KB261521

도시수집가

도시 수집가

한 주에 한 도시, 어디까지 모아볼까?

City Collector's Plan

$(1city/1week) \times 1year = 52map$

박사 · 이명석이 쓰고 그리다

궁리
KungRee

어린 시절 기억나는 가장 오래전의 집은 승동교회 옆 골목 끝에 있었다. 그 골목들이 모이는 곳에 작고 네모난 공터가 있었는데, 그곳이 내 또래 친구들의 놀이터였다. 노올자~소리가 안 들려도 신발 꿰차신고 나가보면 아이들이 두엇은 있었다. 놀이기구도 없고 모래바닥도 없는 골목어귀에서 우리가 할 수 있는 놀이는 몇 개 없었다. 여자아이들은 둘러앉아 소꿉놀이를 했다. 붉은 벽돌을 가루로 빻아 고춧가루를 만들고 노오란 ‘계란꽃’을 따와 상 위에 올리는 소박한 식탁을 하루에도 수십 번 차렸다. 밥그릇은, 병뚜껑이었다.

그러니까 그게 내가 최초로 수집했던 물건이다. 예쁘고 이지러진 데 없는 병뚜껑을 잔뜩 모아서 동네 쓰레기통 뒤에 숨겨두었다. 집으로 가져가면 혼날 것 같았고 집 이외에 딱히 둘 데도 없는 어린 내 눈에는 시멘트로 만든 튼튼한 쓰레기통이 제법 듬직해 보였나 보다. 그러나 쓰레기를 수거하는 분의 눈에는 내 예쁜 병뚜껑들도 쓰레기에 지나지 않았다. 아침에 나와보고 깨끗이 사라진 것을 발견한 뒤 울었던 순간. 그 순간이, 그후로도 오랫동안 이어질 내 수집벽이 처음으로 좌절한 순간이었으리라.

많은 것을 모았다. 좋아하는 게 많은 사람이 버리지 못하는 성정이라면 컬렉터가 되는 건 어쩔 수 없는 결과다. 글자를 읽으면서는 책을 모았고, 한때는 잘라낸 손발톱을 종이에 싸서 날짜를 적어넣고 모았다. 초콜릿 봉지를 모았고, 영수증도 모았고, 컵받침을 모았고, 향수병을 모았다. 고양이를 좋아하게 되면서 조그만 고양이 장식품도 그냥 지나치지 못했다. 고양이털을 빗길 때마다 나오는 털을 모았고, 내가 태어난 해에 나온 동전을 모았고, 그러면서 외국동전도 모았고, 엄지손가락에 들어갈 만한 굵은 반지들을 모았고, 모았고, 모았다. 모으는 것의 규모는 점점 더 커지고 품목은 점점 더 다양해졌다. 그러더니 드디어, 여태껏 모았던 것들 중에 가장 큰 것을 모으기 시작했다. 이 책은 그 결과물이다.

우리는 도시수집가다. 찾아가 걷고 만져본 도시는 물론, 근처에도 가보지 못한 도시까지 수집해보겠다고 나선 사람들이다. 그 방법은 이렇다. 세계의 어떤 도시를 정한 뒤 길지 않은 시간에 그곳을 돌아다녀야 한다고 가정한다. 가장 효과적으로 들여다보기 위해 가장 재미있을 법한 하나의 테마를 정한다. 그 테마는 책, 영화, 드라마, 만화, 인터넷, 그리고 그곳에 다녀온 여행자의 말을 뒤져서 찾아낸다. 그리고 그 테마에 따라 그 도시에서 꼭 찾아가 봐야 할 일곱 군데의 포인트를 정한다. 이어 그것들을 하나의 그림지도로 축약한다.

들고 올 수 없는 이상, 나름의 수집법을 궁리해야 한다. 이것은 우리만의 도시수집법이기도 하다. 관광 가이드에 적힌 모든 아이템을 섭렵하려다 다리가 찢어지는 것이 아니라, 내가 정말 좋아하는 것만 딱 뽑아 먹는 것. 그렇게 우리는 도시를 '스치는' 것이 아니라 도시를 '수집한다'. 내가 가진 페이지들에 하나씩 추가한다. M 은 우리의 수집법을 '야구카드'에 비교했다. "자신이 좋아하는 야구선수를 소유할 수는 없더라도, 그들을 요약한 카드를 만들고 수집할 수는 있잖아?"

도시를 우리가 정한 테마에 따라 축약하며 깨달았다. 그들은 제각각의 이야기를 가지고 있으면서, 서로 닮았다. 약탈당한 바그다드의 박물관과 홍수로 곤욕을 치른 피렌체 도서관, 멕시코시티의 마리아치 밴드와 더블린의 버스커들……. 우리가 살고 있는 도시는 그와 아주 다른 듯하면서 또 아주 닮았다. 이제 생각한다. 내가 살고 있는 도시를 누군가 한 장의 그림지도로 그려달라면, 과연 어떻게 그려야 할까?

우리의 수집법이 도시를 수집하는 가장 좋은 방법이라고 말할 수는 없다. 여러분도 자신만의 방법에 따라 테마를 정하고, 포인트를 꽂고, 지도를 그리고, 마지막엔 진짜 이 도시들을 찾아가라. 우리는 이미 상당수를 수집했고 지금도 수집해 나가고 있다. 도시를 수집하는 데 있어 우리는 경쟁자가 아니다. 하나뿐인 희소 아이템을 향해 맹렬히 달려가는 배타적 수집이 아니라, 좋아하는 것들을 평화롭게 나누는 공유의 수집이다. 혼자서 독차지하기엔 도시는 너무나 크고, 너무나 복잡하고, 너무 무겁다. 우리의 수집법이 당신에게 반짝이는 영감을 줄 수 있기를. 그리하여 우리가 미처 발견하지 못한 도시의 얼굴을 당신의 수집품 속에서 발견하는 기쁨을 누릴 수 있기를 기대한다.

반짝이는 수집품을 즐겁게 돌아보며, P

차례

도시를 보다 117

도시가 속삭이다 221

도시가 미치다　323

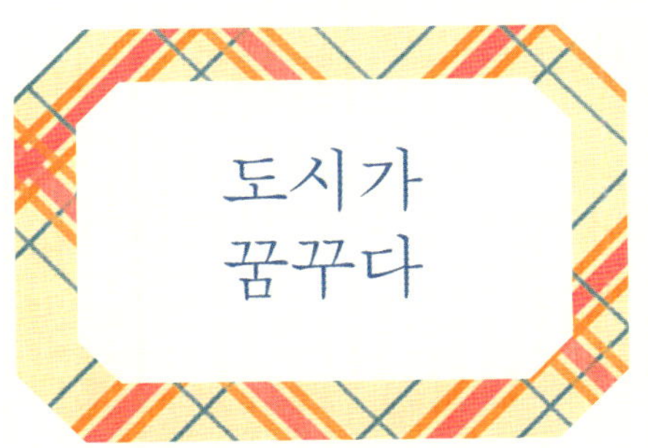

도시가
꿈꾸다

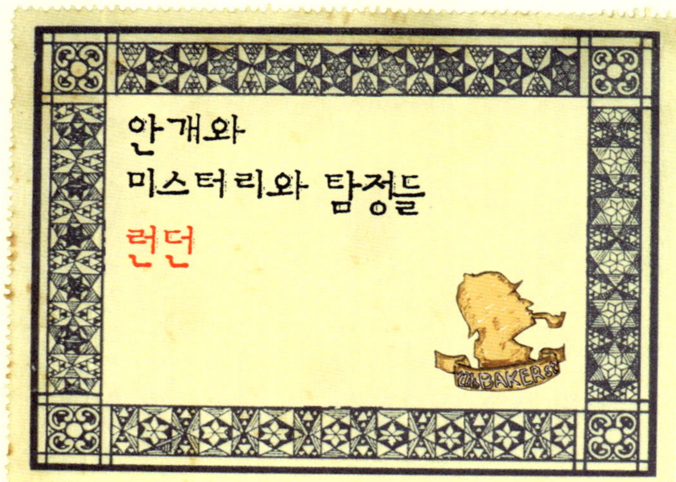

빨간색 이층버스가 돌아다니는 런던은 행복한 빛의 도시. 그러나 도시의 뒷골목은 매혹의 어둠이 스며들 때에야 비로소 그 진면목을 펼쳐낸다. 거리는 온통 안개 속에 갇혀 있고, 희미한 가스등마저 퍽, 하고 꺼진다. 급기야 어디선가 비명소리가 들리더니, 울퉁불퉁한 보도 위로 무거운 것을 끌고 지나가는 그림자가 보인다. 셜록 홈즈, 애거서 크리스티, 잭 더 리퍼……. 기상천외한 범죄자들과 영민한 탐정들이 사랑할 수밖에 없는 곳이다.

1 · 브라운 신부는 왜 언덕을 올랐을까 | 햄스테드 히스 |

작고 땅딸막한 몸에 커다란 챙의 모자, 우중충한 영국 날씨를 못 미더워하는 우산……. 영국을 대표하는 지성 G. K. 체스터턴은 뒷모습의 실루엣만으로도 추리광들의 마음을 두근거리게 하는 탐정, 브라운 신부를 탄생시켰다.

　신부는 단편 〈푸른 십자가〉를 통해 처음 우리 앞에 등장하는데, 런던 시민의 사랑을 받아볼 요량인지 도시 가이드를 자처하고 나선다. 그는 프랑스에서 건너온 세기의 도둑 플랑보를 데리고 런던 여기저기를 돌아다닌다. 그가 노리는 사파이어 십자가를 안전하게 처리한 뒤, 파리 경찰청장 발렝탱에게 도둑을 잡을 기회를 주기 위한 것이다.

　신부의 행로는 스트랫퍼드 역에서 리버풀 가를 지나 터프넬 공원으로 이어지는데, 계속 이상스런 행동을 하고 다닌다. 레스토랑 벽에 수프를 뿌린다든지, 땅콩과 오렌지 팻말을 바꾼다든지……. 이 모든 게 발렝탱의 주의를 끌어 자신을 따라오게 만들려던 것. 신부와 도둑 커플이 마지막으로 노란 버스를 타고 간 곳이 런던 북쪽의 녹지 햄스테드 히스 Hampstead Heath. 인적 드문 공원에서 세기의 도둑과 천재적인 탐정의 입담 대결이 펼쳐진다. 경찰청장은 언제 올 것인가?

2 · 셜록 홈즈는 아직 거기 살고 있나 | 베이커 가 221b 번지 |

런던에서도 가장 시끌벅적한 지하철역 중 하나인 베이커 스트리트 Baker Street. 당신이 만약 그 역의 안내판 아래를 지난다면, 사냥모자를 쓰고 파이프 담배를 문 어떤 남자의 모습을 보고 멈춰서고 말 것이다. 전 세계 미스터리 팬들의 사랑을 한 몸에 받고 있는 탐정의 대명사, 셜록 홈즈다. 작가 코난 도일은 소설 속에서 이 명탐정의 주소를 '베이커 가 221b 번

London 

1
햄스테드 히스
Hampstead Heath
런던 동물원
3
베이커 가
221b 번지
2
Regent's Park
22lb BAKER st.
BAKER St.
NEW SCOTLAND YARD
HYDE PARK
뉴스코틀랜드 야드
6
LONDON EYE

화이트헤이븐 맨션
4
이스트 엔드
5
EAST
END
GOSWELL R…
OLD St.
런던 타워
7
RIVER
THAMES

셜록 홈즈 박물관에 재현된 집무실의 모습

지'로 기록했는데, 런던 시민들은 그 영웅을 진짜 그 동네에서 살아가게 만들었다.

베이커 가에는 원래 221b번지가 없었다. 그러나 많은 독자들이 진짜 홈즈가 존재하는 양, 그에게 팬레터나 사건을 의뢰하는 편지를 보냈다고 한다. 편지는 가장 가까운 주소지인 애비 내셔널 뱅크Abbey National Bank로 전달되었는데, 지금은 이 거리 북쪽에 세워진 '셜록 홈즈 뮤지엄'으로 보내진다고 한다. 박물관은 런던 시의 양해 아래 221b로 주소가 표기되어 있는데, 홈즈가 왓슨에게 온갖 잘난 척을 늘어놓던 집무실이 생생하게 복원되어 있다.

3 • 여행자는 왜 늑대우리에 갇혔나 | 런던 동물원 |

런던의 미스터리는 괴물들의 세계로 이어진다. 19세기에는 지킬 박사가 변신한 하이드 씨, 그리고 20세기에는 미국에서 온 늑대인간이 이 도시의 안개를 사랑했다. 1981년의 영화 〈런던의 늑대인간〉An American Werewolf in London은 저예산으로 제작된 컬트 호러로, 현대의 도시 런던을 빅토리아의 악몽으로 되돌려놓는다. 영국으로 배낭여행 온 미국 젊은이들이 요크셔의 황무지에서 정체불명의 야수에게 물리는데, 그중 하나는 죽고 나머지 하나는 런던의 병원으로 이송된다. 달이 뜨면 광폭한 늑대인간으로 변하게 된 이 청년은 런던의 거리와 지하철에서 여러 희생자를 만들고, 다음날 런던 동

신세계 미국의 청년들이 구세계 런던의 어둠 속으로 들어온다.

물원London Zoo 늑대우리에서 눈을 뜬다. 동물원은 리젠트 파크 북쪽에 자리잡고 있다. 마이클 잭슨은 이 영화에 매료되어, 런던에 살고 있던 존 랜디스 감독을 불러 뮤직 비디오 〈스릴러〉의 연출을 맡겼다고 한다.

4 · 포와르는 집에 돌아와 있을까 | 화이트헤이븐 맨션 |

미스터리의 여왕 애거서 크리스티에게 이 도시는 무엇이었을까? 『나일 강의 죽음』, 『오리엔트 특급 살인』, 『카리브 해의 미스터리』 같은 작품들에서 알 수 있듯이, 여왕의 상상력은 도버 해협과 유럽 대륙을 가뿐히 넘어 아시아와 아프리카에 이르고 있다. 좀더 소박하게 진행되더라도 시골의 장원이나 섬을 배경으로 하는 경우가 많다. 그러나 크리스티 여사의 가장 유명한 주인공인 전직 벨기에 경찰 에르퀼 푸아로가 바로 여기 런던에 살고 있다.

푸아로는 런던을 홈 베이스로 삼아 대륙을 넘나든다.

런던 중심부 차터하우스 스퀘어Charterhouse Square에 있는 플로린 코트Florin Court는 1936년에 지어진 아름다운 아르데코 스타일의 아파트다. 1980년대에 제작된 TV 미스터리 시리즈에서 바로 이곳이 푸아로가 살고 있는 가상의 건물, 화이트헤이븐 맨션Whitehaven Mansion으로 등장한다.

5 · 세계에서 가장 유명한 살인마는 어디에 | 이스트 엔드 |

19세기 후반 런던의 동쪽인 이스트 엔드East End는 팽창하는 도시의 밑바닥 인생들을 수용하는 어두운 군락이었다. 화이트채플Whitechapel 주변은 가난한 노동자, 걸인, 창녀들이 뒤엉켜 사는 뒷골목 중의 뒷골목이었다.

London

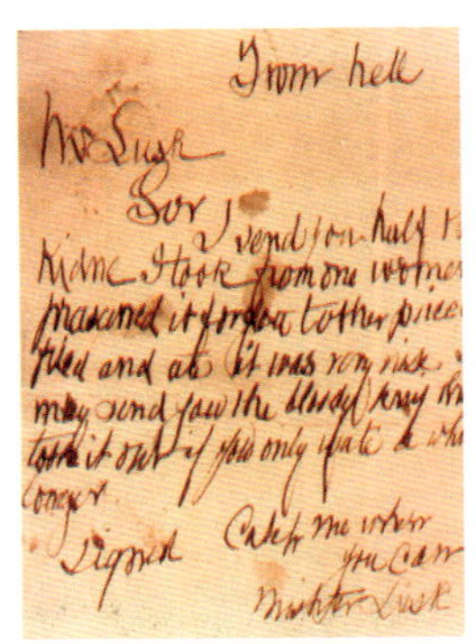

잭 더 리퍼가 절반의 신장과 함께 보냈다는 편지 '프롬 헬'

1888년, 바로 이곳에서 역사상 가장 유명한 살인마가 탄생했다. 잭 더 리퍼Jack the Ripper.

이 불가사의한 범인은 창녀와 밑바닥 여성들을 잔혹한 방법으로 살해해갔지만 런던 경찰국 '스코틀랜드 야드'는 단서조차 잡지 못했다. 그때 경찰국에 범인이라 자칭하는 자가 편지를 보내온다. 지금은 가짜라는 게 정설로 받아들여지고 있지만, 어쨌든 그 편지에서 스스로를 지칭한 '잭 더 리퍼'는 연쇄 살인마의 대명사가 되었다. 잭 더 리퍼는 이후 수백 편의 픽션으로 만들어지며 범죄적 상상력에 풍성한 자양분을 제공했다. 그중 가장 뛰어난 작품은 앨런 무어와 에디 캠벨의 만화 『프롬 헬』로 여겨지는데, 이 제목은 잭 더 리퍼의 편지에 피로 쓴 글씨에서 유래했다.

6 · 모든 사건이 모여드는 하수구 | 뉴스코틀랜드 야드 |

'스코틀랜드 야드'는 수많은 범죄극의 주역으로 등장한다.

미국 범죄 드라마의 팬들이 'NYPD'를 모를 수 없듯이, 추리 소설광들에게 '뉴스코틀랜드 야드New Scotland Yard'는 불멸의 울림을 가진 이름이다. '더 야드'는 런던 경찰총국, 혹은 런던 경찰을 말한다. 원래 경찰서가 있던 거리가 스코틀랜드 야드여서 붙여진 이름이라고 한다. 웨스트민스터에 있던 건물은 현재 빅토리아 스트리트로 옮겨졌는데, 여기에 블랙 뮤지엄Black Museum이라는 범죄 박물관이 있다. 지팡이 칼과 우산, 총 등 여러 범죄 관련 증거물, 잭 더 리퍼가 썼다고 여겨지는 편지, 여러 사형

수의 데스마스크 등이 보관되어 있다고 한다. 1951년 오손 웰즈는 이곳
의 전시품을 테마로 꾸민 라디오 쇼 '블랙 뮤지엄'을 만들기도 했다.

7 • 탑에서 사라진 미소년 왕자들은 어디로 | 런던 타워 |

대영제국의 역사는 피의 역사다. '브레이브 하트'를 비롯한 수많은 반역
자, 살인자, 해적들이 이 도시에서 처형되어 피를 뿌렸다. 그중 가장 가
슴 아픈 미스터리의 장소는 지금도 많은 여행객들이 방문하는 런던 타워
Tower of London다.

존 에버렛 밀레스가 그린 탑
속의 두 왕자(1878년, 부분)

　1483년 영국 왕 리처드 3세는 자신의 형 에드워드
4세의 두 아들인 에드워드와 리처드를 이 탑에 가둔
다. 런던 타워는 견고한 성에 둘러싸인 탑인데, 왕족
들의 거주지이기도 했지만 실질적으로는 감옥이나 마
찬가지였다. 열세 살과 열 살인 어린 형제는 의회와
연관된 불법행위의 혐의를 받고 있었는데, 이 탑에 갇
힌 후에는 누구의 눈앞에도 등장한 적이 없었다. 처형
되었다거나 병으로 죽었다거나 장례를 치렀다거나 하
는 기록도 없이 사라진 것이다. 1674년 화이트 타워
의 보수공사 중에 두 어린이의 뼈가 발견되어 이들로
여겨져 안장되기도 했으나, 확실한 증거는 없다.

London

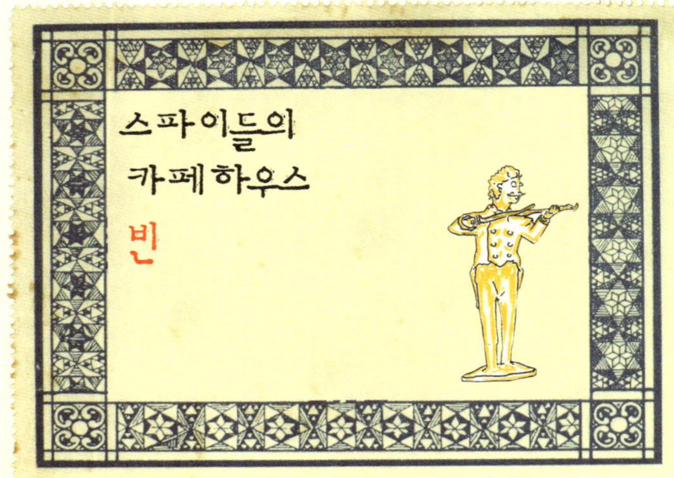

빈은 클래식 그 자체, 모차르트와 오페라와 카페 하우스의 도시다. 그러나 한 꺼풀 고풍스러운 장식을 벗기면 전혀 다른 얼굴이 드러난다. 백주대낮의 저격과 납치, 공공연한 감시, 꼬리를 무는 음모들……. 빈은 세계에서 외국인 정보조직원의 밀도가 가장 높은 첩보 도시다.

 끝나지 않는 냉전의 호텔 | 임페리얼 호텔 |

2009년 12월, 빈 중심가 임페리얼 호텔 객실에서 필드 케이르라는 남자가 죽은 채 발견되었다. 그는 요르단 중앙정보부의 전직 지휘자이며 최근까지 국왕 압둘라 2세의 최측근이었던 자. 경찰은 심장마비라고 발표했지만 여러 의문은 풀리지 않았다. 그해 초, 우마르 이스라일로프라는 남자가 빈 거리에서 대낮에 총격으로 살해당했다. 그는 러시아 군이 체첸 공화국에서 벌인 잔혹행위의 주요한 목격자였다고 한다.

스파이 영화에서나 나올 법한 일이 낯설지 않은 도시. 빈은 언제나 국제 정보전의 한가운데 있어온 도시다. 냉전시대 동서의 스파이들이 공공연히 정보전을 펼치던 곳이었고, 지금도 세계에서 외국인 정보조직원의 비율이 가장 높은 스파이 허브Spy Hub다. 국제원자력기구IAEA나 석유수출국기구OPEC 같은 국제기구가 곳곳에 있고, 무기 구매와 돈세탁도 용이하다. 공교롭게도 케이르가 죽은 임페리얼 호텔은 냉전시대 크레믈린의 모든 정보가 집결되던 빈 적군Red Army의 수뇌부가 자리 잡았던 곳이다.

2· **마리아 테레지아의 비밀 회담방** | 쉔부른 궁전 |

오스트리아가 대제국이었을 때부터 빈은 스파이들의 도시였다. 아니, 제국의 영광 자체가 첩보 활동의 도움이 없었으면 불가능했다. 1740년에 즉위한 여제 마리아 테레지아는 모두 16명의 아이를 낳았고, 이들을 통해 전 유럽과 사돈을 맺어 권력의 거미줄을 짰다. 루이 16세에게 시집보낸

단두대에 오른 마리 앙투아네트의 주요 죄목은 쉔부른 궁에 편지를 보내 스파이 활동을 했다는 것이었다.

2
쉔부른 궁전

schottenring
Rathaus
대관람차
6
요한 스트라우스
동상
5
stadtpark
1
임페리얼
호텔
4
카페
모차르트
opernring
Kill the
3rd man
Belvedere-garten
3
7
Kolschitzky-
gasse
콜시츠키 거리
Schwechat
슈베하트

마리 앙투아네트 역시 그중 하나였는데, 하녀들에게 스파이 임무를 맡겨 일거수일투족을 알리게 했다. 하녀들의 보고 사항은 여제의 속을 태웠다. 앙투아네트가 아무리 유혹해도 덜떨어진 루이가 침소에 들지 않는다는 것. 여제가 프랑스의 베르사유 궁을 보고 경쟁심에 불타 화려하게 증축했다는 쉔부른 궁Schloss Schönbrunn에서 그녀는 반대의 입장에 처해 있었다. 궁 안에는 곳곳에서 밀파된 스파이들이 득실거렸기에, 시종과 시녀의 출입조차 통제한 비밀 회담방을 마련해두어야 했다.

3 • 도시를 구하고 커피를 얻은 스파이 | 콜시츠키 거리 |

1683년 오스만 제국의 터키 군사들이 빈을 공격하자, 시민들은 성문을 걸어 잠그고 적군과 대치했다. 처음에는 기세가 대단했지만 두 달이 지나자 식량과 물자가 떨어졌고 시민들은 항복이 임박해왔다는 절망감에 빠져들었다. 이때 폴란드 출신의 장사꾼인 콜시츠키Georg Franz Kolschitzky라는 자가 나선다. 그는 아랍인 행세를 하며 터키군 지역을 통과해, 폴란드를 중심으로 한 연합군이 곧 빈에 도착한다는 소식을 가지고 돌아온다. 빈 시민들은 머지않아 해방의 환호성을 지를 수 있었다.

이때 성 밖의 터키군이 남기고 간 포대 중에 이상한 곡식이 있었다. 콜시츠키는 이것이 '커피'임을 알고 자신에게 넘겨달라고 한다. 그는 '푸른 병 아래의 집Hof zur Blauen Flasche' 이라는 빈 최초의 카페를 열고 기독교인들을 커피에 중독되게 만들었다. 지금 빈의 남쪽에는 콜시츠키의 이름을 딴 거리Kolschitzky-gasse가 있는데, 아랍

스파이 콜시츠키는 성안에 갇힌 빈 시민들을 구한 덕분에 도시 최초의 카페를 열었다.

복장을 하고 커피를 따르는 그의 조각상을 만날 수 있다.

4 · 제3의 사나이의 집무실 | 카페 모차르트 |

세계인들에게 빈을 '스파이 도시'로 각인시킨 장본인
은 영화 〈제3의 사나이〉다. 이 작품은 2차 대전에서 오
스트리아가 패한 뒤 빈이 네 열강에 의해 분할 통치되
던 때를 배경으로 하고 있다. 오랜 친구의 연락으로 빈
에 도착한 미국의 소설가는 친구가 의문의 죽음을 당했
음을 알게 되고, 사건을 뒤쫓다 이 도시가 페니실린과
무기 암시장으로 썩어가고 있음을 발견한다. 느와르 영
화의 대명사로 꼽히는 이 작품은 시종일관 어두운 톤으
로 대관람차, 묘지, 하수로 등 빈의 여러 장소들을 화

냉전시대, 빈은 암시장의 어
둠이 흘러넘치는 도시였다.

면 속에 담는다. 대관람차에서는 그 유명한 대사가 펼쳐진다. "이탈리아
는 체사레 보르자 밑의 40년 동안 전쟁과 테러와 유혈낭자한 참상을 당했
지만 미켈란젤로와 다빈치와 르네상스를 만들었다. 스위스는 그들의 형
제애로 500년 동안의 민주주의와 평화를 얻어 뭘 만들었나. 뻐꾸기 시계
다." 알베르티나 광장 모서리의 '카페 모차르트'는 작가 그레이엄 그린이
시나리오를 썼던 장소이며 영화에도 등장한다.

5 · 마타 하리가 되고 싶었던 사랑의 여간첩 | 요한 스트라우스 동상 |

마타 하리와 본드걸. 우리 머리 속엔 치명적인 매력의 여성 스파이들에
대한 판타지가 있다. 하지만 실제 정보세계에서 이런 실례를 찾기란 극히
어렵다고 한다. 그래도 빈이라면 사정은 다르다. 한때 마타 하리가 무희
로 공연하기도 했던 이 도시에서 '마리나'라는 닉네임을 가진 KGB의 여

간첩을 만나보자.

마리나는 아리따운 금발의 여성으로 파리의 러시아 이민자 사회에서 태어났다. 1960년대 프랑스 정보조직에 섭외되어 모스크바 무역박람회에 참가한 것이 이쪽 세계에서의 첫일이었다. 별것 아니었다. 러시아 혈통이고 예쁘니까 자연스럽게 사업가들과 친해졌고, 그들의 대화를 기록해 전달하면 되었다. 따분했다. 그녀는 이후 뮌헨에 있는 미국의 이념 방송국인 '라디오 리버티 _Radio Liberty_'의 러시아어 방송에 참가하게 된다. 그리고 여기에서 올레그 투마노프라는 남자와 사랑에 빠진다. 카나리아 군도로 여행을 가서 그녀와 한 침대에 누운 투마노프는 자신이 KGB의 스파이라는 사실을 고백했다. 그녀는 처음에는 믿지 않았지만 곧 설레게 되었다. 비밀과 위험에 매혹되는 소녀의 마음으로. 마리나는 1974년부터 KGB 정보원이 되었다. 그녀는 이 일을 즐겼다. 비밀편지를 작성한다든지 하는 일엔 낙제점이었지만, 방송국에서 술을 마시며 동료들의 비밀을 건네 듣는 일은 아주 잘했다. 그녀는 이 정보들을 모아 빈의 스파이들에게 전했다. 그녀의 빈 지도에는 주요 접선장소가 표시되어 있었는데, 슈타트 파크 _Stadt Park_의 유명한 요한 스트라우스 동상도 그중 하나다.

치명적인 매력의 여자 스파이, 마타 하리의 전설은 빈에서 귀엽게 부활했다.

6. 제임스 본드의 놀이동산 | 대관람차 |

명품 중독의 바람둥이 스파이, 제임스 본드에게도 빈은 지나칠 수 없는 도시다. 역대 007 중에서 가장 인기가 없는 티모시 달튼이 주연을 맡는 바람에 빛이 바랬지만, 〈007 리빙 데이라이트〉는 이 도시를 배경으로 화려한 스파이 전쟁을 펼쳐낸다. 본드는 슬로바키아에서 암살범으로 의심되는 본드 걸 밀로비와 그녀의 스트라디바리우스 첼로 '레이디 로즈'를 빈으로 데리고 온다. 쉔부른 궁전, 놀이동산 Wurstelprater, 그리고 유명한 대관람차 Wiener Riesenrad를 지나는 액션 활극이 펼쳐진다.

제임스 본드도 당연히 이 첩보 도시를 피해갈 수 없었다.

7 • 비엔나 커피는 없어도 비엔나 땅굴은 있다 | 슈베하트 |

1940년대 후반 빈을 분할 통치한 여러 나라들은 적국의 정보를 캐기 위해 혈안이 되어 있었다. 이때 영국 측이 임페리얼 호텔의 소련 측 본부에서 크레믈린으로 정보를 전달하는 경로를 알아내게 된다. 영국군은 빈 남동쪽 슈베하트 Schwechat 지역의 고속도로 밑에 땅굴을 파고 전화선을 따낸 뒤, 근처에 정보를 수집하기 위한 위장 가게를 연다. 영국제 남성복과 잡화 같은 걸 팔았는데, 의외로 인기를 끌었다고 한다. 오퍼레이션 실버 Operation Silver라 불린 이 작전은 훗날 베를린에서 더 큰 규모로 진행된 오퍼레이션 골드로 발전했다. 오스트리아는 국토의 3/4이 산악 지역인지라 터널 굴착에 있어 세계 최고의 기술력을 자랑한다. 한반도 휴전선 지역에서 발견된 북한 땅굴에 장비와 기술력을 제공한 것도 바로 그들. 그런데 이들은 장비를 제공한 사실을 남한 측에 슬며시 알려주었다고 한다. 역시나 스파이 정신이 투철한 나라.

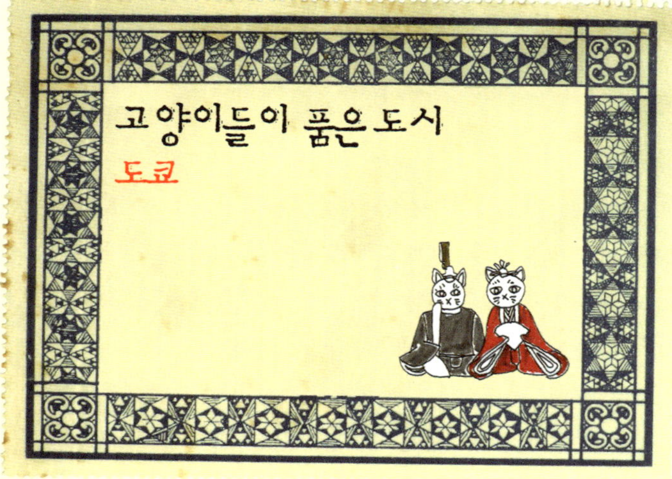

일본인들의 고양이에 대한 애정은 각별하다. 그들은 고양이와 같이 사는 방법을 모색하는 한편 고양이의 매력을 살릴 수 있는 다양한 방법들을 만들고 공유해왔다. 고양이와 사람이 공존하는 세계 위에 얇게 펼쳐진, 그들이 만들어낸 또 다른 고양이의 세계가 여기 있다.

'고양이 빌딩' 에는 고양이가 없다. 빌딩 자체가 고양이다. 좁고 긴 빌딩은 전체적으로 까맣고, 그 한가운데 거대한 고양이의 얼굴이 그려져 있다. 캐릭터처럼 귀엽지도, 호러물처럼 무섭지도 않은 약간 뾰루퉁한 표정의 고양이. 그래서 그 빌딩의 별칭이 '고양이 빌딩' 이다. 엄청난 다독가인 다치바나 다카시는 자신이 가진 책과 자료들을 보관하기 위해 이 건물을 지어 올렸다. 지하 1층, 지상 3층, 총 4층짜리 건물은 하루키식 표현을 빌리자면 "치즈케이크 모양" 을 하고 있다. 좁은 땅에 맞춘 좁고 긴 삼각형 모양.

다치바나 다카시의 『나는 이런 책을 읽어왔다』에 상세한 고양이 빌딩 내부 부감도를 그린 이는 세노 갓파이다. 독학으로 무대미술가가 된 그는 다양한 분야에서 활동하며 독특한 세밀화와 손글씨로 재미있는 책을 많이 써냈다. 굉장한 호기심과 에너지를 가진 그는 마찬가지로 열렬한 호기심의 소유자인 다치바나 다카시와 오랜 친분을 유지했는데, 그 덕분에 고양이 빌딩을 짓는 데도 한발 깊이 딛게 되었다. 막연하거 건물 외벽에 뭔가 그림을 그려서 재미있는 작업을 해보고 싶다고 생각했던 다치바나 다카시는 세노 갓파와 얘기하며 현재의 고양이 얼굴을 그리기로 결정했다. 세노 갓파는 종이를 잘라 빌딩 모형을 만들어 마을 안에 까만 고양이 빌딩이 서 있는 모습을 상상했다. 고양이로 결정된 것은 다치바나 다카시가 고양이를 좋아하기 때문. 다른 이유는 없었다고 한다.

막상 그림을 그린 이는 세노 갓파가 아니라 구름 그림을 일본에서 제일 잘 그린다는 세노의 친구 시마쿠라 후치무라다. 덕분에, 이 묘한 눈 색깔을 한 고양이는 마을을 내려다보며 당당하게 길가에 자리잡게 되었다.

미타카
지브리
뮤지움
이노카시라 공원
고토쿠지
세타가야선

나가노
신주쿠
시부야
소세키 공원
3
넨네코야
7
고양이 빌딩
1
카페 란포
6
도쿄 타워
우에노
아사쿠사
雷門
いらっしゃいませ

2 • 구구가 산책하던 아름다운 공원 | 이노카시라 공원 |

이노카시라 공원에 간다고 해서 구구를 만날 수 있는 것은 아니다. 공원을 활보하는 얼룩고양이 구구는 영화 속에 있을 뿐이니까. 하지만 영화 〈구구는 고양이다〉의 중요한 배경이 된 이노카시라 공원은 실제로 고양이들을 자주 만날 수 있는 곳이기도 하다. 여의도 한강시민공원보다 큰 규모의 이노카시라 공원은 고양이뿐 아니라 오리, 까마귀, 그리고 개성적인 아티스트를 비롯한 다양한 사람들을 만날 수 있는 곳이다. 왕가 소유였던 정원을 개방해 만든 이곳의 가운데에는 호수가 자리잡고 있어, 날씨가 좋은 날이면 보트를 타는 연인들도 자주 볼 수 있다.

〈구구는 고양이다〉에서 고양이의 매력이 잘 살아날 수 있었던 것은 이 누도 잇신 감독 스스로가 고양이 '챣피'를 키우면서 가까이서 관찰한 덕분이다. 유명한 만화가이기도 한 원작자 오시마 유미코는 자신의 작품에서 "고양이는 모든 것의 입구"라고 말했는데, 그 의미는 〈구구는 고양이다〉에서 유감없이 살아나 있다.

이노카시라 공원이 있는 키치조지는 델리스파이스의 노래 〈키치조-지의 검은고양이〉에도 나오는 동네이다. 도쿄 외곽에 있지만 벚꽃이 아름다운 이노카시라 공원을 비롯하여 각종 가게들, 재즈클럽, 라이브 하우스 등이 많아 문화를 사랑하는 사람들이 살고 싶은 동네로 꼽는 곳이기도 하다.

이노카시라 공원은 고양이뿐 아니라 다양한 사람들과 동물들의 사랑을 받고 있다. ⓒ박사

3 · 나쓰메 소세키와 그의 고양이들의 영면지 | 소세키 공원 |

소설 『나는 고양이로소이다吾輩は猫である』의 주인공은 고양이다. 영어교사인 구샤미 선생의 집에 얹혀사는 고양이인 '나'는 인간들을 비웃는다. 고양이의 눈으로 보면 구샤미 선생 일가나, 그의 집으로 모여드는 친구, 후배들이나 다 우습기 그지없다. 더구나 '나'는 보통 고양이가 아니다. 온갖 책의 구절들을 인용하며 근거 있게 비웃는다. 시선은 고양이지만, 사람이 들어도 그럴듯하다. "발이 네 개가 있는데도 두 개밖에 사용하지 않는다는 것부터가 사치다. 네 발로 걸으면 그만큼 빨리 갈 수 있을 텐데 언제나 두 발로만 걷고, 나머지 두 발은 선물받은 말린 대구포처럼 하릴없이 드리우고 있는 건 우습기만 하다."

소설 속 구샤미 선생의 모델이기도 한 작가 나쓰메 소세키는 "일본의 셰익스피어"라 불리며 사랑받는 국민작가다. 그가 1905년에 《호토토기스》에 발표한 이 작품은 그의 처녀작으로, 이후 그는 교직을 사임하고 《아사히 신문》에 입사하여 전속작가가 되었다.

소설의 주인공인 고양이도 모델이 있다. 소세키가 키우던 이 고양이는 1908년 9월 13일에 죽었다. 소세키는 친구들을 불러 고양이 무덤을 만들어주고 같이 슬퍼했다. 이 고양이의 무덤이 원래 있던 곳은 아이이치 현의 야외박물관 자리인데, 나중에 '나쓰메 소세키 공원'으로 옮겼다.

'나쓰메 소세키 공원'은 그가 말년에 살았던 집 주변에 만들어졌다. 와세다 대학 근처에 있는 이 공원에는 그의 흉상과 '네코즈카猫塚'

『나는 고양이로소이다』 표지

라는 이름의 고양이 무덤이 있다. 이 무덤은 소설의 모델이 되었던 고양이뿐 아니라 나쓰메 집안에서 기르던 모든 고양이, 강아지, 새들의 공양탑이라고 한다.

4 · 고양이 버스를 타러 오세요 | 지브리 뮤지움 |

미야자키 하야오 감독의 영화 〈이웃의 토토로〉에 나오는 고양이 버스, 네코버스ネコバス는 모든 고양이 마니아들의 로망이다. 통통한 다리를 여러 개 달고 있는 고양이 버스는 그 둔중한 몸매에도 불구하고 아이들을 태운 채 나뭇가지 사이로 가볍게 달린다. 고양이 버스의 팬을 위해, 미야자키 하야오는 지브리 뮤지움 안에 특별한 방을 만들었다. 고양이 버스를 타볼 수 있는 곳이다.

약 1,210평 넓이의 공간에 지하 1층, 지상 2층, 총 3층으로 만들어진 이곳은 미야자키 하야오의 작품세계를 모두 집대성해 놓았다고 해도 과언이 아니다. 이곳의 설계를 직접 맡은 미야자키 하야오는 "우리 모두 이곳에서 길을 잃어버리자"를 모토로 삼았다. 넓지는 않지만 아기자기해서 길을 잃기도 쉬울 뿐 아니라 어느 곳에서건 재미를 발견할 수 있는 이곳은 작업풍경이나 과정, 애니메이션의 원리를 볼 수 있는 탐구의 공간이기도 하다.

고양이 버스는 12세까지만 이용가능하다. 헝겊과 솜으로 만들어져 폭신폭신해 보이는 고양이 버스는 달리지는 못하지만 보는 것만으로도 충분히 대리만족을 느낄 수 있다.

지브리 뮤지움의 고양이 수도꼭지 　ⓒ 박사

5 · 마네키네코의 고향 | 고토쿠지 |

마네키네코는 일본에서 매우 보편적인 부적이다. 어느 가게에서나 행운을 기대하며 가져다놓은 마네키네코를 쉽게 볼 수 있다. 마네키네코가 한 손을 흔들어 손님을 부른다는 설의 유래는 다양하다. 그중에서도 가장 신빙성 있는 설은 예민한 고양이가 사람이 다가올 때 불안함을 달래기 위해 얼굴을 닦는 모양이 마치 사람을 부르는 듯하다는 것. 원인과 결과가 바뀌어 고양이가 손을 들면 사람이 온다며 마네키네코가 만들어진 것이다.

일본 각지에는 마네키네코의 발상지를 자처하는 곳이 몇 곳 있는데, 고토쿠지도 그중 한 곳이다.

에도 시대의 히코네 번 제2대 번주 이이 나오타카는 매사냥을 하고 돌아오는 길에 고양이가 이리 오라며 손을 흔드는 모양을 보고 가까이 있는 절인 고토쿠지에 들어가 쉬기로 결정한다. 그가 방에 들어선 직후 번개가 치고 비가 내리며 날씨가 험악해졌다. 이에 고양이를

고토쿠지 근처의 가게들은 마네키네코를 전면에 내세운다.
ⓒ 박사

기특하게 여긴 그는 고토쿠지에 많은 기부를 하였고, 덕분에 고토쿠지는 이이 가문의 위패를 모시는 절이 되어 부흥하게 된다. 이후 후세에 경내에 고양이를 위한 사당이 세워지고 마네키네코가 만들어졌다고 한다.

설화야 어찌되었건, 고토쿠지는 고양이를 좋아하는 이들을 기쁘게 한다. 사람들이 소원을 기원하며 두고 간 마네키네코를 모아놓은 봉납처는 압도적인 느낌을 준다. 그뿐 아니라 소원을 비는 나무판인 에마에도 고양이가 그려져 있고, 사방팔방에 고양이들이 자연스럽게 놓여 있다.

6 • 안경 쓴 고양이 료스케의 집 | 카페 란포 |

카페 란포는 '고양이 카페'라 할 수는 없다. 일본의 유명한 추리소설 작가인 에도가와 란포에서 따온 카페이름에서도 알 수 있듯이, 추리소설을 좋아하는 주인의 잡다한 취향이 반영되어 있는 카페이다. '고양이'도 그러한 주인의 잡다한 취향 중 하나일 것이다. 카페 란포가 일본 고양이 카페를 대표하는 이름으로 고양이 지도에 그려진 이유는 카페의 사방 벽을 채우고 있는 고양이 그림과 장식품 때문이 아니다. 간판고양이인 료스케 덕분이다.

고양이 마을로 유명한 야나카 지역의 지도　ⓒ 박사

료스케는 한 마리가 아니다. 현재 카페 란포를 대표하는 료스케는 3대째이다. 마음에 드는 고양이에게만 주어진다는 '료스케'라는 이름을 받은 세 번째 고양이인 것이다. 우에노에서 주워왔다는 고양이 '료스케'의 매력은 안경 쓴 모습에 있다. 카페주인이 만들어준 작은 고양이용 안경을 쓴 모습이 알려지면서 안경 쓴 료스케와 같이 사진을 찍기 위해 고양이 애호가들이 멀리서도 찾아오기 시작했다고 한다.

아무리 간판고양이라고는 해도 갈 때마다 만날 수 있는 것은 아니다. 그럴 때는 주변의 희귀한 고양이 수집품들을 보면서 마음을 달래보는 것도 좋을 듯.

7 • 고양이를 주제로 한 카페 겸 공방 | 넨네코야 |

'넨네코야'는 고양이를 주제로 한 카페 겸 공방이다. 그렇지만 상시 겸업

하는 것은 아니다. 금, 토, 일요일, 그리고 경축일에는 카페를 운영하지만 주중에는 공방에 전념한다. 카페영업을 하는 날이라도 운영시간은 오전 11시 반에서 오후 6시까지. 이곳에서 자랑하는 냥 카레와 고양이 혀 스튜를 맛보려면 부지런을 떨어야 한다.

넨네코야 찾아가는 법

고양이 얼굴 모양의 밥을 얹은 냥 카레나 고양이 발바닥 모양의 경단도 고양이 마니아들을 열광하게 하는 요소이지만, 이곳의 매력은 단연 상당한 양과 퀄리티의 고양이 관련 상품과 작품들이다. 넨네코야의 입구는 안에서부터 넘쳐나온 고양이 관련 상품들로 가득 차 있어 비좁아 보인다. 실내도 넓은 편은 아니지만 꼼꼼히 살펴볼 만한 상품들이 진열되어 있어 쉽게 자리를 뜰 수 없다.

또 하나 이곳의 매력은 일곱 마리의 고양이 점원. 간판고양이는 최고령 고양이인 신이치로, 어렸을 때 다친 상처로 한쪽 눈을 잃었지만 오히려 그것이 매력포인트가 되어 각종 고양이 그림과 조각의 '윙크하는 고양이' 모델로 등극했다. 이곳에서 '점원'으로 일하는 고양이들은 나름대로의 다양한 사연을 가지고 이곳에 모여들어 넨네코야의 얼굴이 되어주고 있다.

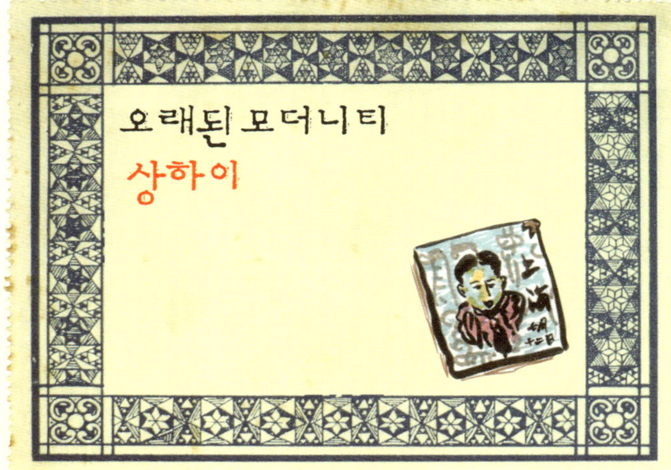

'올드 상하이'라는 말로는 부족하다. 그것은 어느 도시에나 있는 과거의 영광, 관광객에게 팔아먹기 좋은 노스탤지어가 아니다. 이 불가사의한 모더니티의 도시는 1920년대 말에 갑자기 솟아나 파리에 맞서다 불과 20년 만에 가라앉아버렸다. 잠시 모던을 겪은 게 아니라, 모던이 만들었고 모던과 함께 사라졌던 도시다.

1 • 기이한 모더니티의 스카이라인 | 와이탄의 아르데코 빌딩들 |

지금 상하이는 세계가 놀라워하는 미래도시다. 포동 지구는 개방 중국을 대표하며 하늘을 꿰뚫는 첨단 비즈니스 빌딩들을 쭉쭉 뽑아내고 있다. 그러나 건너편으로 보이는 와이탄外灘, The Bund의 스카이라인은 무척이나 당혹스러운 감정을 만들어낸다. 왜 저기에 20세기 초반의 아르데코 건물들이 떼거지로 앉아 있는 걸까?

19세기에 작은 어항에 불과했던 상하이는 강제 개항 이후 갑자기 아시아를 대표하는 도시가 되었다. 1930년대 100만으로 증가한 인구 중 토박이는 15~25퍼센트에 불과해, 외국과 외지에서 온 사람들이 뒤섞인 진정한 국제 도시였다. 당시 세계를 휩쓸던 모더니즘과 소비 도시의 비전은 중국의 상업적 열정과 만나 독특하고 활기 넘치는 거리를 만들었다. 특히 대륙을 차지하기 위해 달려온 열강들이 앞다투어 호텔, 영화관, 백화점 등을 지어댄 곳이 와이탄 거리. 그 시대 세계의 문화 수도는 물론 파리였다. 그러나 와이탄은 파리이자 뉴욕이고 베를린이자 상트페테르부르크였다.

2 • 신여성과 댄디보이 | 뚜어룬루의 카페 |

"유명해질 거라면 서둘러야 해. 너무 늦으면 즐거움도 그리 크지 않을 거야. …… 어서, 어서, 늦으면 안 돼, 안 돼." 스물세 살에 상하이 문단의 인기 작가가 된, 〈색, 계〉의 원작자 장아이링張愛玲은 이렇게 말했다. 그녀는 첫 원고료를 받아 백화점에 립스틱을 사러 갔다.

모던 상하이를 대표하는 이미지는 어설프게 댄디보이를 흉내 내는 남자들이 아니라 치파오를 입은 '신여성'들이었다. 오늘날 중국 여성을 대표하는 의상이 된 치파오는 바로 이 시대의 발명품이다. 원래 만주족 여

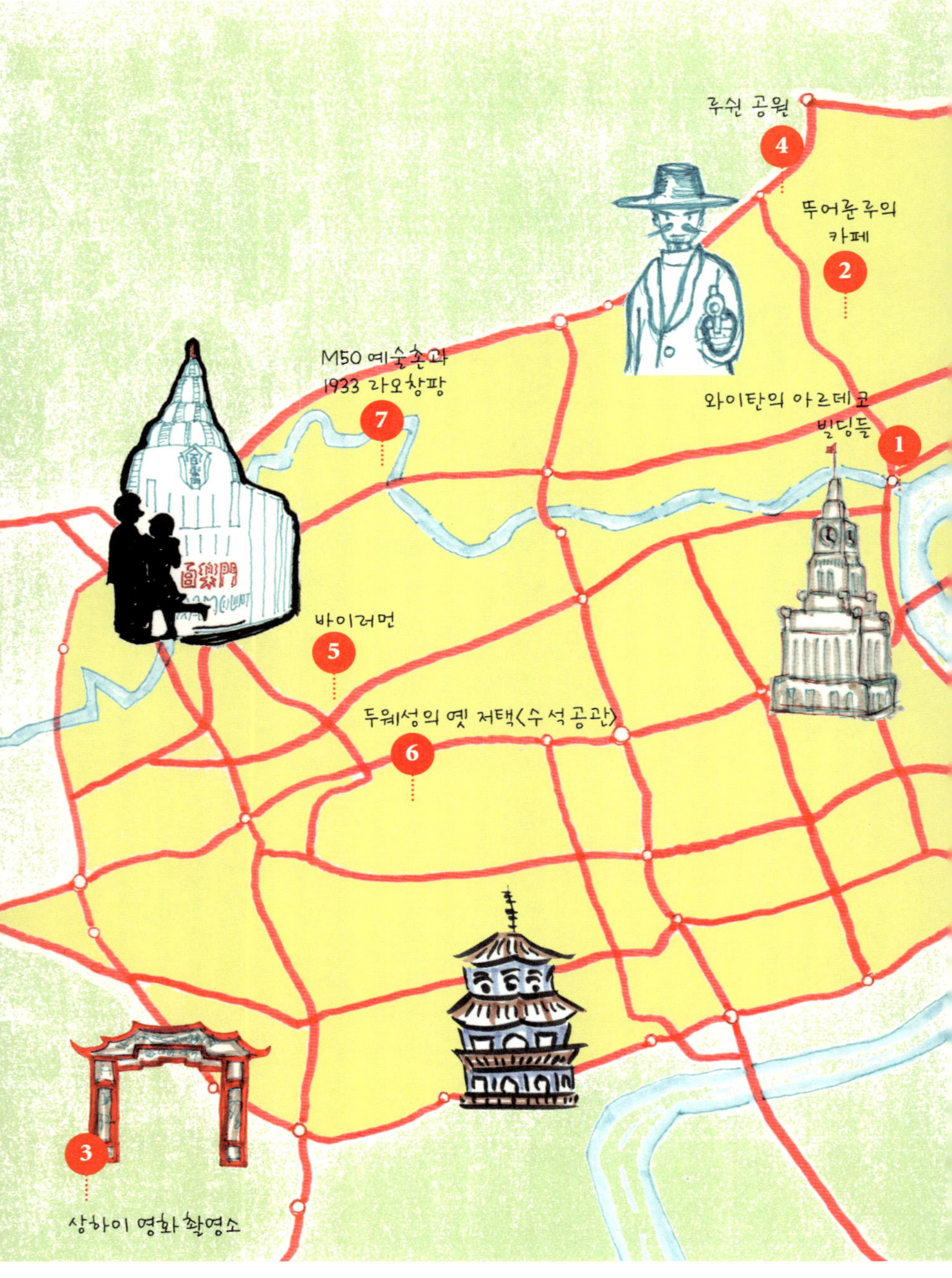

루쉰 공원
4
뚜어룬루의 카페
2
M50 예술촌과 1933 라오창팡
7
와이탄의 아르데코 빌딩들
1
바이러먼
5
두웨성의 옛 저택〈수석공관〉
6
상하이 영화 촬영소
3

上海
七月
十二日

1930년대 광고에 등장한 상하이의 여성, 치파오의 영광이 시작된 때다.

성들이 입던 옷을 몸에 딱 붙게 하고 치마 길이를 짧게 만들어 활동적이면서도 섹시하게 변형시켰던 것이다.

또한 그 시대 문명의 총아는 '카페'였다. 소설가와 지식인들은 '설리번'에서 초콜릿을, '페데랄'에서 케이크를, '콘스탄틴'에서 아랍식 블랙커피를, '리틀 맨'에서 아름다운 웨이트리스를 즐겼다. 지금 모던보이들의 세계로 돌아가려면 뚜어룬루가 그럴 듯해 보인다. 1920~30년대 상하이의 도시 풍경을 느낄 수 있는 골목길 사이로 고풍스러운 카페들을 만날 수 있다.

3 • 영화는 현대의 빛 | 상하이 영화 촬영소 |

"오데온은 동양 최대의 넓이와 최고의 화려함을 자랑하는 전당입니다. 중국 최고의 영상만을 당신에게 제공합니다." 1930년대 《양우》라는 잡지에 게재된 상하이 오데온 극장의 홍보문구다. 그런데 오데온은 상하이에 12개나 있던 서구식 영화관 중 하나에 불과했다. 체코의 건축가 라디슬라우스 후덱이 설계해 1933년에 개장한 그랜드大光明 영화관은 2,000개의 소파식 좌석에 에어컨을 설치했고 동시통역용 이어폰도 구비해두었다.

황금기 상하이 문화를 대표하는 단어는 '영화'다. 1927년 만들어진 세계 최초의 유성 영화는 바로 이듬해 상하이를 찾아왔다. 1930년대부터 본격적으로 만들어진 상하이 영화는 이 도시의 특산품이었고, 영화관은 인산인해를 이루었다. 당시를 대표하는 문화인인 루쉰, 장아이링 등도

영화광이었고, 《영롱부녀도화잡지》 등 쏟아지는 영화잡지를 읽지 않으면
교양인들의 대화에 낄 수 없었다.

최전성기에 자살해 전설이 된 롼링위阮玲玉
를 비롯해 당시 영화 스타들의 대부분은 '신
여성'을 대변하는 여배우들이었다. 그런데
그 한가운데 우뚝 솟은 남성 스타가 있었으
니, 바로 김염. 서울에서 태어나 독립운동가
인 아버지를 따라 중국으로 건너가 이 시대
를 휘어잡은 원조 한류스타다. 그의 인기는
1934년 영화잡지 《전성》에서 가장 잘생긴

〈야초한호-〉에서 롼링위와 호흡을 맞춘 원
조 한류 스타, 김염

남자배우, 가장 친구로 사귀고 싶은 배우, 가장 인기가 있는 배우, 세 항
목에서 1위를 차지했을 정도다.

지금 상하이 서남쪽 외곽에 대형 영화 촬영소影视乐园가 있는데, 1930년
대 상해 거리를 재현해놓은 대규모 세트장이다. 당시의 여러 건물과 전차
들을 볼 수 있고, 〈상해탄〉이라는 공연도 만날 수 있다.

4 · 항일과 혁명의 핏자국들 | 루쉰 공원 |

상하이가 눈 깜짝할 사이에 세계적 규모의 도시가 된 데에는, 중국 대륙
을 집어삼키려는 열강들의 각축이 큰 역할을 했다. 당연한 결과로 이 도
시는 식민지배에 항거하는 여러 세력들의 주요 활동구대이기도 했다.
〈아나키스트〉, 〈색, 계〉 등 이 시대 상하이를 배경으로 하는 여러 영화에
서 혁명가, 테러리스트, 스파이들이 벌이는 쟁투를 엿볼 수 있다.

당시 상하이의 여러 서구식 건물, 공원, 경마장은 일반 중국인들에게
는 그림의 떡이었다. 오직 외국인들과 극소수의 지배층을 위한 시설이었

기 때문이다. 홍커우 공원虹口公園에는 '중국인과 개는 들어갈 수 없다'는 표지가 붙어 있다는 풍문이 떠돌기도 했다. (실제 표지판은 없었지만, 개와 자전거, 외국인의 시종이 아닌 중국인, 양복과 고급 의상을 입지 않은 일본인과 인도인의 출입을 금하고 있었다.) 이 공원은 이후에 개방되어 상하이 시민들의 위락시설이 되었는데, 윤봉길 의사가 도시락 폭탄을 투척한 역사적 의거의 현장이다. 현재 홍커우 공원은 루쉰 공원魯迅公園으로 이름이 바뀌어 있다. 『아큐정전』 등의 소설과 에세이로 중국인들의 자긍심을 불러일으킨 루쉰魯迅의 기념관이 자리잡고 있다.

5 · 100가지 쾌락의 댄스홀과 재즈 클럽 | 바이러먼 |

번쩍이는 네온 불빛에 물들어 잠들지 못하는 상하이. 그 밤의 주인공은 카바레, 댄스홀, 그리고 재즈 클럽 들이었다. 당시 뉴욕에서 태어난 재즈 음악은 곧바로 이 도시로 날아왔고, 서양식 정장을 걸친 외국인들과 중국식 장삼을 걸친 부유층들은 치파오를 입은 여인들과 사교댄스를 즐겼다. 캐세이 호텔, 비너스 카페, 비엔나 가든 댄스홀 등 이국적인 이름을 가진 밤의 클럽들은 매력적인 중국식 이름도 갖고 있었다. 그중 가장 유명한 곳이 '파라마운트Paramount'를 개명한 '바이러먼百樂門'으로, 지금도 성황리에 영업 중이다.

오랜 전통의 상하이 재즈는 오늘날에도 그 명성을 저버리지 않는다. 세계 각국에서 온 뛰어난 연주자들을 여러 클럽에서 만날 수 있는데, 올드 상하이의 고전적인 사운드를 찾는 사람들은 와이탄 강변의 피스 호텔Peace Hotel로 간다. 일흔이 넘는 노연주자들로 구성된 밴드로 유명한데, 정통 재즈라기보다는 스윙이 사라진 중국화된 연주 스타일이라고 한다.

6 · 사이공 마피아 | 두웨성의 옛 저택 |

돈과 기회를 찾아온 사람들이 들끓는 메트로폴
리스. 당연히 거기에는 온갖 범죄자들이 기승을
부리고 있었다. 영국이 중국인들을 타락시킨 아
편의 본거지도 이곳이었다. 두웨성杜月笙은 이 시
대 상하이 암흑가를 지배했던 자로, 그 다채로운
행적으로 인해 어두운 전설의 주인공이 되어 있
다. 그의 조직 청방靑幇은 매춘, 도박, 아편으로
대표되는 밤의 경제를 지배했고, 막강한 조직력
과 군사력까지 갖추고 있었다. 그는 이를 바탕으

〈상하이 트라이어드〉는 열네 살
소년의 눈으로 1930년대 상하이
암흑가를 들여다본다.

로 정치적인 실권과 명예에 도전했다. 1927년 장개석의 반공 쿠데타에
일익을 담당했고, 프랑스 조계지에 대한민국 임시정부가 들어서는 것을
주선하기도 했다. 일본의 지배 뒤에는 부역을 거부하고 홍콩으로 탈출하
는 등 항일의 자세를 분명히 했는데, 이는 일제의 항복 뒤에 국민당과 공
산당 양쪽이 그를 회유하기 위해 애쓴 이유가 되기도 했다.

두웨성은 어느 체제도 선택하지 않고 쓸쓸하게 죽어갔지만, 그의 저택
은 상하이의 명물이 되었다. 푸시浦西 신르루新樂路에 있는 부티크 호텔 '수
석공관'이 바로 그곳으로, 1930년대에 지어진 건물 안에 구식 엘리베이
터가 움직이고 보스가 사용하던 권총, 시거, 시계 등이 전시되어 있다.
백주대낮에 총질을 하며 혁명가들을 참살하던 행적조차 노스탤지어가 되
고 있다.

상하이가 오랜 암흑의 시간을 보낸 덕분일까? 도시 곳곳에는 20세기 초반의 건물들이 덩그러니 방치되어 있는데, 개방의 물결을 통해 이들도 새로운 인생을 맞이하고 있다.

옛 외국인 도살장을 개조한 1933 라오창팡

모간산루 50번지는 1930년대에 지어진 공장들이 1999년에 문을 닫으면서 흉물스럽게 비어버릴 운명을 맞이했다. 다행히도 전 세계에서 온 예술가들이 이곳을 새로운 터전으로 삼기 시작했다. 100여 개의 스튜디오, 갤러리, 각종 예술 관련 사무소들이 들어선 'M50 예술촌'은 상하이는 물론 전 세계 예술의 미래를 바라볼 수 있는 곳이 되었다. 상하이 미술 특유의 대량 생산품 느낌의 거대한 설치작품들도 이런 환경 때문에 만들어진 게 아닌가 여겨진다.

하이룬루海场路역 근처에 있는 '1933 라오창팡老场坊'은 1933년에 지어진 외국인 대상의 거대 도살장이었다. 하루에 1,000여 마리의 소, 돼지를 잡던 이곳은 지금 상하이를 대표하는 문화공간으로 탈바꿈하고 있다. 옛 건축물의 골간을 유지한 채 세련된 조각작품들을 배치하고 갤러리, 레스토랑, 상가들을 채워놓고 있다.

(1city / 1week) × 1year = 52map

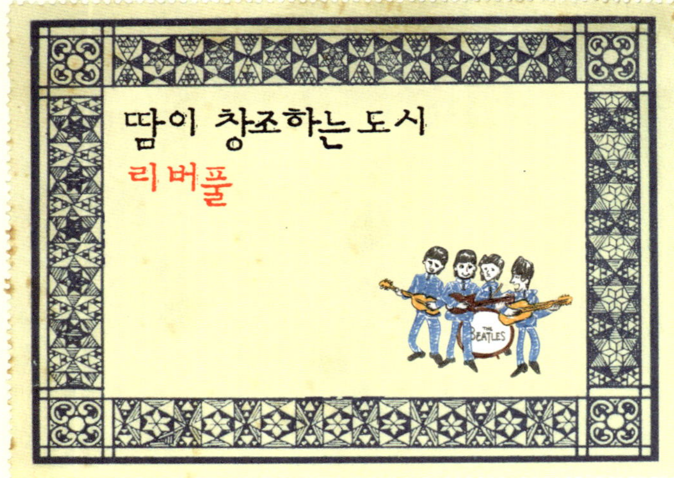

비틀즈와 축구. 사람들은 단 두 단어로 이 도시를 축약하곤 한다. 그러나 저 유서 깊은 항구와 기차역이 세계로 실어 나른 발명품들은 또 얼마나 많은가? 철도여행, 대서양 횡단, 맹인학교, 여자고등학교, 청소년 법정, 학교 무상급식, 말라리아 치료……. 이 모든 것들이 여기에서 태어났다. 리버풀은 언제나 노동하고 끊임없이 창조하는 도시다.

1 • 철도여행을 만들다 | 리버풀 기차역 |

1830년 9월 15일, 리버풀 사람들은 최초로 도시 간을 오가는 철도여행의 승객이 되었다. 스티븐슨이 증기기관차를 만들어내고도 한참 동안 기차는 그저 석탄이나 옮기고 가까운 거리에 있는 사람들을 부정기적으로 실어 나르는 도구에 불과했다. 리버풀 앤드 맨체스터 레일웨이 Liverpool and Manchester Railway가 개통되고 나서야 정기적인 시간표를 가지고 운행되는 도시 간 철도의 역사가 시작된 것이다. 처음 철로를 놓을 때는 리버풀 항구와 맨체스터 공장 사이의 물자교역을 위한 목적이 컸지만, 열차의 편리함을 알게 된 승객들 덕분에 본격적인 기차여행의 시대를 열게 되었다.

역사적인 첫 운행의 승객들은 당시 영국과 리버풀을 대표하는 유명인사들이었는데, 그들은 또 다른 최초의 기록, 그러나 매우 비극적인 사건의 목격자가 되어야만 했다. 처녀 운행을 하던 증기 기관차가 물을 공급받기 위해 중간 지점에 잠시 서 있을 때였다. 리버풀의 인기 높은 하원 의원이었던 윌리엄 허스키슨이 객차에서 잠시 내렸다가 수상 윌링턴이 다른 객차에 타고 있는 것을 보게 된다. 그가 반갑게 인사하며 다가가던 그때, 기관차 '로켓'이 달려와 그의 다리를 깔아뭉개 그를 죽이고 만다. 이것은 철도역사 초기의 가장 유명한 철도 사상 사고가 되었다.

불행한 사건에도 불구하고 리버풀과 맨체스터 사이의 열차는 세계 최초의 철도 우편을 수송하는 등 활기차게 연기를 뿜으며 내달렸고, 1840년대 영국 철도 붐을 일으킨 장본인이 된다. 개통 당시 크라운 스트리트에 있었던 리버풀의 종

리버풀 앤드 맨체스터 레일웨이의 처녀 운행, 도시 간 철도여행의 시대를 열었다.

맥헐의 메카노
3
Leeds St.
세인트
조지 홀
7
Prince
Dock
Dale St.
캐번 클럽
4
리버풀 기차역
1
Lime St.
BEATLES
항구
6
Liverpool
ONE
앨버트 독
2

5
안 필드
Edge Hill >>>
THE BEATLES

착역은 1836년에 라임 스트리트로 옮겨왔고, 현재 이곳에 대형 역사를 두고 있다.

2 • 타이타닉과 대서양 횡단여행을 만들다 | 앨버트독 |

허스키슨의 불행을 기억하고 있는 사람은 많지 않다. 그러나 타이타닉을 모르는 사람은 없을 것이다. 타이타닉 호는 1912년 4월 10일 영국 사우스햄튼에서 출발해 뉴욕으로 항해하다 빙산에 부딪혀 침몰한 초대형 여객선이다. 대서양 횡단여행의 시대를 개척하기 위해 건조된 이 배의 공식 항구는 리버풀이었고, 승무원과 승객의 상당수도 리버풀 사람들이었다. 비록 이 도전은 역사적인 실패로 끝났지만 리버풀은 오랫동안 대서양을 가로지르는 항해의 중심지로 이름을 떨쳐왔다. 비틀즈의 노래로 만든 뮤지컬 영화 〈어크로스 더 유니버스〉의 첫 장면은 리버풀 항구에서 주드라는 청년이 꿈을 찾아 뉴욕으로 가는 배를 타는 데서 시작한다.

한때 제국의 항구로 번성했던 리버풀은 영국 산업의 침체와 더불어 시들어갔다. 낡은 항구의 창구는 이제 앨버트 독이라는 복합 건물로 변신해 이 도시의 또 다른 얼굴이 되고 있다. 유네스코 세계문화유산으로 지정된 이 건물 안에는 머시사이드 해양 박물관 Merseyside Maritime Museum , 비틀즈 스토리, 테이트 리버풀 등의 명소들이 자리잡고 있다. 해양 박물관은 우리에게 리버풀이 바다를 지배하던 시대를 기억하게 해준다. 아메리카와 오스트레일리아로 향한 신대륙 이민사의 도전정신과 더불어 이 항구가

앨버트 독은 1년에 400만 명이 찾아오는 리버풀의 최대 명소다.

주도했던 노예무역의 참상도 깨닫게 해준다.

3 · 움직이는 장난감을 만들다 | 맥헐의 메카노 |

기차들은 칙칙폭폭, 배들은 뿌우뿌우. 사방에서 새로운 기계들이 쏟아지던 산업혁명의 시대, 리버풀은 온갖 창의적인 아이디어들을 현실로 변화시키는 엔지니어들의 땅이었다. 당연하게도 이곳의 아이들은 공작과 발명의 매력에 흠뻑 빠져 있었다. 리버풀 북쪽인 맥헐Maghull 에 살고 있던 프랭크 혼비는 바로 그 공학 소년들의 꿈에 힌트를 얻어 놀라운 장난감들을 만들어냈다. 바로 메카노Meccano. 여러 종류의 부속품과 실제 작동하는 기어를 가지고 기차, 자동차, 교량 등을 만드는 조립완구로, 한국에서도 오래전부터 과학 소년들에게 사랑을 받아왔다.

프랭크 혼비가 1908년 처음 생산하기 시작한 메카노는 1980년까지 리버풀을 대표하는 브랜드로 세계적인 사랑을 받았다. 그는 이밖에도 혼비 모형 철도, 딩키 토이즈 등 스스로 작동하는 장난감 분야에서 탁월한 성과를 거두었다. 현재 맥헐 지역 주민들을 중심으로 혼비 박물관 설립 운동이 진행되고 있는데, 그의 첫 번째 철도모형의 모델이 된 맥헐 기차역 주변이 될 것이라고 한다. 현재는 맥헐의 미도우즈 센터Meadows Centre의 공간을 빌려 그와 관련된 전시를 하고 있다.

탄생 100주년을 넘긴 메카노. BBC의 〈제임스 메이의 토이 스토리(James May's Toy Stories)〉는 메카노의 재료만으로 실둘 크기의 다리를 만들어 리버풀의 운하에 세우는 과정을 방영하기도 했다.

4 • 비틀즈를 만들다 | 캐번 클럽 |

뭐니 뭐니 해도 이 도시가 만들어낸 최고의 히트 상품은 비틀즈다. '리버풀의 비틀즈'가 아니라, '비틀즈의 리버풀'이라고 해도 과언이 아닐 정도로 도시 곳곳에서 이 전설적인 밴드의 흔적을 찾을 수 있다. 존 레논의 이름을 딴 공항, 폴 매카트니가 살았던 집, 스트로베리 필드 등 그들 노래에 영감을 준 장소들, '비틀즈 스토리'를 비롯한 여러 기념관들……. 그리고 그들의 전설이 시작되는 매튜 스트리트의 캐번 클럽The Cavern Club까지.

비틀즈의 영광이 시작된 캐번 클럽의 명예의 벽

비틀즈는 1961년부터 63년까지 이 클럽에서 292회 동안 출연하며, 최초의 팬들을 만들어냈다. 후에 그들의 매니저가 되고 '다섯 번째 비틀즈'라 불리는 브라이언 엡스타인을 처음 만난 것도 여기에서였다. 현재 이 거리는 비틀즈를 기념하는 온갖 조형물들로 가득한데, 클럽 바깥에는 어린 존 레논이 벽에 기대어 있는 조각상이 있고, 명예의 벽에는 비틀즈의 멤버들은 물론 척 베리, 롤링스톤즈 등 이곳에서 연주한 록 스타들의 이름이 새겨져 있다.

5 • 올림픽을 만들다, 미친 축구에 빠지다 | 안필드 |

리버풀은 육체노동자의 도시다. 영국에서도 가장 스포츠를 사랑하고, 특히 축구에 대한 열정으로 밤을 지새우는 사람들로 가득하다. 1862년에서부터 67년까지 리버풀은 매년 그랜드 올림픽 페스티벌Grand Olympic Festival을 개최했다. 고대 그리스의 올림픽을 재현하고자 했던 움직임으로, 오직 아마추어들만이 모여 스포츠를 통해 이상에 도전하는 자세를 보

여주었다. 피에르 드 쿠베르탱은
이 행사로부터 많은 영감을 얻어
1896년 최초의 근대 올림픽을 개
최하기에 이른다.

   또한 이 도시는 에버튼 F.C.와
리버풀 F.C.라는 걸출한 축구팀

리버풀 F.C.는 1892-93년 시즌에 에버튼 F.C.와 갈
라져 발족하게 된다. 그해 랭커셔 리그에서 우승했다.

을 가진, 영국에서도 가장 뜨거운 축구 열기를 자랑하는 도시다. 특히
1970~80년대에 무적에 가까운 위용을 자랑한 리버풀 F.C.의 전설은 아
직도 시민들에게 깊은 자부심으로 남아 있다. 그러나 그 격렬한 사랑은
훌리건이 만들어낸 양대 참사를 경험하게 만들기도 했다. 1985년 유러피
언 컵 결승전이 열린 브뤼셀 보두앵 경기장에서 리버풀과 유벤투스의 서
포터들이 난투극을 벌여 39명이 사망한 헤이젤 참사, 영국 셰필드의 힐
즈브러 스타디움의 경기장이 무너져 FA컵 준결승전을 보러간 리버풀 팬
96명이 압사한 힐즈브러 참사가 그것이다. 두 사건은 영국의 훌리건 문
화에 대한 깊은 반성과 변화를 가져오게 했다. 여러 사건에도 불구하고
지금도 안 필드의 경기장에 모인 4만의 관중은 응원가 〈You'll Never
Walk Alone〉을 목이 터져라 부르고 있다.

6 · 끝까지 저항하는 항만 노조 | 항구 |

비틀즈의 백 비트와 축구의 박력, 그 밑바탕에는 리버풀 시민들의 땀에
대한 사랑과 투철한 반역 정신이 깔려 있었다. 2011년 새로운 박물관The
New Museum of Liverpool으로 변신한 '리버풀 생활 박물관The Museum of Liverpool
Life' 이 간판으로 내세운 전시는 '목소리를 요구한다Demanding a Voice' 였
다. 리버풀 극장 동맹, 여성 참정권 운동, 항만노동자의 파업과 같은 역

사적인 정치투쟁의 모습이 바로 리버풀 시민들의 생활이라는 것이다. 아일랜드의 전설적인 노동운동가 짐 라킨도 리버풀에서 태어나 이곳 항만노조의 파업운동을 통해 자신의 정체성을 찾았다고 한다.

첨바왐바는 〈텁섬핑〉이라는 신나는 댄스곡으로 리버풀 항만 노동자의 파업을 응원했다.

1980년대 대처 정부가 광산노조들을 거의 함락시키고 항만노조를 차례대로 손들게 하였지만, 오직 리버풀의 항만노조만이 끝까지 저항했다. 1990년대 중반 항만노조의 파업은 전 세계적인 관심을 끌었다. 1998년 영국을 대표하는 대중음악상인 브릿 어워즈BRIT Awards의 시상식에서 첨바왐바Chumbawamba는 자신들의 히트곡 〈텁섬핑Tubthumping〉의 가사를 바꾸어 "새로운 노동당은 항구를 팔아먹었다. 마치 우리들 모두를 팔아먹은 것처럼"이라고 노래했다. 그리고 보컬 댄버트 노바콘은 당시 관중석에 있던 노조운동가 출신 부수상 존 프레스콧의 머리에 얼음물을 부어버렸다. "이건 리버풀 항만노동자의 몫이다."라고 외치며. 파업은 블레어의 노동당 정부의 배신으로 결국 깃발을 내릴 수밖에 없었던 것이다.

7 · 가짜 도시를 만들다 | 세인트 조지 홀 |

언제나 과격하고 박진감 넘쳤던 도시. 그러나 리버풀 항구가 퇴색하고 축구도 과거와 같은 영광을 얻지 못하고 있는 지금, 시민들은 새로운 시대를 위해 도시를 단장하고 있다. 리버풀의 고전적인 모습을 내다버리기보다는 깔끔하게 다듬으며 익숙한 듯 색다른 비전을 만들어내고 있는 것이다. 덕분에 이 도시는 여러 영화에서 다른 유명 도시를 대신하는 역할로

인기를 모으고 있다. 주드 로가 멋
쟁이 뉴요커로 나오는 〈알피〉에서
는 뉴욕이 되었고, 〈불의 전차〉에
서는 파리에 있는 영국 대사관 건물
의 역할로 시청을 내주었다. 〈다크
맨 리턴즈〉에서는 고담 시의 운하,

세인트 조지 홀은 리버풀이 누렸던 19세기의 영광을
상징한다.

〈셜록 홈즈〉에서는 영국의 부두를 대신해서 이곳의 강과 스탠리독이 출
연한다.

　이 도시에서 가장 압도적이고 고전적인 건물은 세인트 조지 홀St
George's Hall로 보인다. 최초의 네오클래식 건물로 일컬어지는데, 법정과
콘서트홀이라는 서로 어울리지 않는 두 목적을 위해 1854년에 지어졌다.
테러범으로 억울한 옥살이를 하게 된 북아일랜드 인들의 투쟁을 그린
〈아버지의 이름으로〉에서 런던의 여러 장면을 연출하기 위해 등장한다.

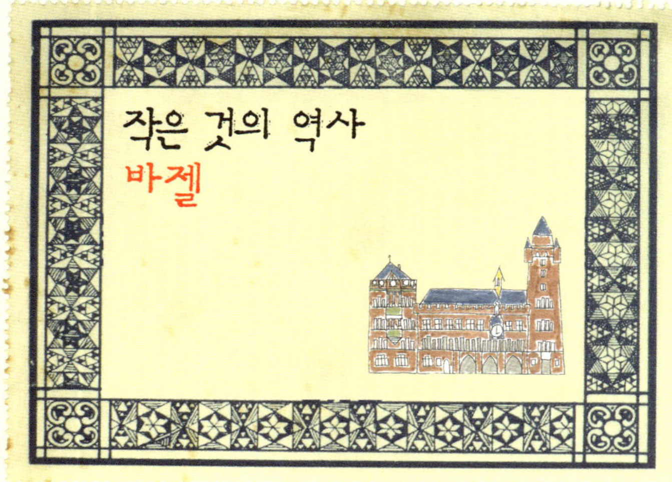

역사적으로 굵직굵직한 사건들은 작고 힘없는 사람들의 일상을 부수며 둔중한 소리를 내고 굴러간다. 그 와중에도 작은 것들을 보듬고 그 역사를 지키고자 하는 사람들, 있다. 그들이 바젤에 만들어놓은 세계는 영롱하고 경이롭다. 작아도 아름다운, 혹은 작아서 아름다운 것들의, 결코 작지 않은 역사.

1 · 작은 일상을 역사의 페이지로 | 바젤 카니발 |

우리의 일상이 모여서 역사가 된다는 것은 자명하지만, 사실 잊기 쉬운 것이기도 하다. 바젤의 카니발은 작은 사건들을 역사의 반열에 올려놓는 의미있는 행사다. 우스꽝스러운 가면을 쓴 사람들이 지난 1년간 바젤에서 있었던 사건들을 풍자하며 상기시킨다. 지난 1년간의 '인물' 들도 마찬가지다. 분장을 하고 행렬에 참가한 1만 명 이상의 사람들은 오렌지, 노란 미모사와 함께 풍자시구가 적힌 색종이인 찌델*Zeedel*을 사람들에게 나누어준다. 명실상부하게 1년을 정리하는 자리가 화려한 축제로 열리는 것이다.

풍자적인 시구를 읊는 '슈니첼뱅크*Schnitzelbänke*' 공연단은 레스토랑을 중심으로 돈다. 100개 이상의 슈니첼뱅크 공연단은 다양한 멜로디와 촌철살인의 가사로 풍자의 대상을 알고 있는 사람들을 웃게 한다. 그와 동시에 바젤의 시민들은 지난 1년간 있었던 일을 새삼 떠올리며 일상이 역사 속으로 편입했음을 실감한다.

14세기 즈음에 시작된 바젤의 카니발은 16~17세기의 종교탄압에도 굴하지 않고 전통을 유지해왔다. 사순절이 시작된 직후의 월요일부터 3일간 열리는 카니발은 이제는 그 규모와 아름다움으로 꽤 유명세를 떨치고 있다. 바젤의 1년간의 역사를 모르더라도 과장된 가면과 흥겨운 음악은 충분히 즐겁고 재미있다. 하지만 그 내용을 들여다볼 수 있다면 더 짜릿하게 즐길 수 있을 것이다.

2 · 종이의 역사와 현재 | 종이 박물관 |

인류가 쌓아온 문명을 기록하고 전수하는 데 지대한 역할을 했던 종이는 저장매체로서의 역할을 서서히 잃어가고 있다. 한편에서는 새롭게 종이

7
비트라 디자인 박물관
5
바젤 월드
바젤 카니발
1
3
바젤 대학교
바젤 시청
뮌스터 대성당
Wettsteinbrücke
4
바젤 미술관
6
돌하우스
돌하우스 뮤지엄
만화 박물관

라인강
2
종이 박물관

종이 박물관에서 만들어져 판매되는 책자들

를 발견하고 갖가지 필기구와 도구를 이용하여 갖고 놀고 있기는 하지만, 그보다는 자판에 익숙해져 손에 펜 한 번 잡아보지 않은 사람들이 늘어나는 속도가 더 빠르지 않을까.

그렇기 때문에 종이의 A에서 Z까지 볼 수 있는 바젤의 종이 박물관Basler Papiermuhle은 의미가 크다. 라인 강으로 흘러드는 지류 바로 옆에 자리잡은 이 작은 박물관은 오래된 물레방아가 인상적인데, 중세시대에 제지공장으로 지어진 이래 500년간 쉬지 않고 움직인 이 물레방아는 현재 종이를 만드는 작업도 톡톡히 돕고 있다.

이곳에 온 사람들은 종이를 피부로 만날 수 있다. 1층에서 종이원료인 펄프로 종이를 만드는 일부터 직접 해볼 수 있기 때문이다. 2층에서는 그렇게 만든 종이 위에 펜으로 흔적을 남겨볼 수 있으며, 납활자 제작현장을 볼 수도 있다. 3층에 준비되어 있는 것은 다양한 시대의 인쇄기계들. 직접 자신의 이름과 종이 박물관 건물 그림을 인쇄해본 뒤 가장 위층으로 올라가면 그렇게 해서 묶인 종이들이 책으로 만들어지는 과정을 살펴볼 수 있다. 책과 관련된 전시물들을 구경하는 것은 덤이다.

바젤의 종이 박물관이 내용적으로 충실한 이유는, 학문활동이 왕성한 도시였던 덕분에 인쇄와 출판산업이 발달했기 때문이다. 옛 제지공정의 기술을 다시 볼 수 있는 것도 그 덕분이다. 기념품으로 작은 납활자를 살 수 있다.

3 · 미시사, 역사의 새로운 시선 | 바젤 대학교 |

미시사Microhistory를 한마디로 설명하면 '작은 것의, 혹은 작은 것을 통해 보는 역사'이다. 전쟁, 혁명, 경제체제의 변화 등 거대한 사건이 아니라, 개개인의 사람들이 어떻게 살았는지를 밝혀주고 작은 것의 역사를 섬세하게 들여다보아 과거 선조들의 삶의 실상을 드러내는 것이 미시사가 추구하는 방법이다.

야콥 부르크하르트 Jacob Burckhardt가 1860년에 쓴 『이탈리아 르네상스의 문화 Die Kultur der Renaissance in Italien』는 언어, 관습, 축제, 음식, 질병, 출생, 가족, 결혼 등 일상의 소재를 꼼꼼히 들여다보는 역작이다. '아래로부터의 역사'를 추구한 이 책 이후 '르네상스'가 일반적인 용어로 사용되기 시작하였으니, 이 책의 영향력을 짐작해볼 수 있다. 저자인 야콥 부르크하르트는 1818년 바젤에서 태어났다. 바젤 문법학교를 졸업하고 바젤 대학교에서 그리스어를 공

야콥 부르트하르트는 역사서술에 있어 탁월한 공을 세웠다.

부한 그는 베를린에서 공부하고 돌아와 바젤 대학교에서 예술사를 가르쳤다. 오늘날 예술사의 기초를 마련하는 데 크게 공헌한 그는 역사서술에 있어 자신의 문학적 능력을 아끼지 않았다.

'국수'라는 먹을거리를 통해 국수를 먹고 사는 다양한 나라 다양한 사람들의 역사와 문화를 설명한 책 『누들 Noodle』의 부제는 '세계의 식탁을 점령한 음식의 문화사'이다. 이 책의 저자 크리스토프 나이트하르트 Christoph Neidhart 또한 바젤에서 태어나, 바젤 대학교를 졸업했다.

스위스에서 가장 오래된 바젤 대학교가 설립된 해는 1459년. 에라스무스, 프리드리히 니체, 칼 융 등 유럽지성사에서 굵직굵직한 흔적을 남긴 이들도 바젤 대학교 출신이다.

4 · 만화의 예술성을 옹호하다 | 만화 박물관 |

한때는 저급한 문화로, 또 한때는 상업적 도구로만 치부되었던 만화. 하지만 예술성의 측면을 포함한 다양한 측면에서 만화는 이야기할 거리가 많은 장르이다. 바젤의 만화 박물관Karikatur & Cartoon Museum Basel은 세계 40여 개국 700여 명의 작가들이 그린 2,000점을 훌쩍 넘는 캐리커처와 카툰 원화들이 모여 있는 곳이다.

이곳을 설립한 것은 만화가 위르크 슈파르Jürg Spahr이다. 후원자인 디터 부르크하르트Dieter Burckhardt와 함께 가치 있다고 판단되는 원화들을 수집하여, 1996년에 문을 열었다. 건물 또한 역사적 가치가 높은 곳을, 스위스의 유명한 건축가인 자크 에르조Jacques Herzog와 피에르 드 무롱Pierre de Meuron이 개조하여 현재의 모습으로 만들었다.

작품 수집의 가장 큰 원칙은 '예술성'이다. 큰 원칙 아래 정치와 시사만화는 배제하고 휴머니즘, 사랑 등의 주제를 주로 다루고 있다. 그렇다고 해서 만화의 주요 기능 중 하나인 비판과 풍자를 외면한 것은 아니다. 당면한 현대문명의 문제에 대해 비판하는 작품도 볼 수 있다. 한편에서는 일본만화 캐릭터도 전시하고 있다. 소장된 원화의 규모가 상당하여 그때그때 선정된 주제에 따라 전시된 작품은 정기적으로 교체된다.

어린이를 위해 '그림 그리는 곳'이 마련되어 있기는 하지만, 이곳은 어린이를 위한 박물관이 아니라 만화의 예술성을 향유할 수 있는 어른들을 위한 곳이다. 만화에 좀더 관심이 많은 사람은 수요일과 토요일에 문을 여는 만화 도서관을 이용하는 것도 괜찮을 듯.

바젤 박물관 문화의 선구자, 바젤 대학교 교수 요한 야콥 단논의 캐리커처

5 · 작고 반짝이는 것들, 모여라 | 바젤 월드 |

바젤에서는 1년에 한 번, 3월 말에서 4월 초경에 작고 반짝거리는 것들을
위한 박람회, '바젤 월드 *Basel World*' 가 열린다. 이 박람회에 모이는 것은
보석과 시계. 그리고 스트랩, 상자, 쇼핑백, 리본 등등 이와 관련된 모든
제품들이다.

1972년 스위스 산업박람회 안에서 열린 '유럽 시계 주얼리 쇼'에서 시
작된 이 박람회는 2003년에 바젤 월드로 새롭게 명칭을 바꿨다. 표만 구
입하면 일반인도 입장할 수 있는 이 대중적인 행사는 '월드'라는 이름에
걸맞게 전 세계의 관심을 받고 있다. 45개국에서 2,000여 개에 달하는
업체가 참가하고 100여 국에서 10만 명이나 참관하는 이 행사는, 가히
세계 최대의 시계 보석 박람회라 할 만하다.

신제품 시계와 보석들을 구경하는 것도 재미있지만, 독특한 부스들도
흥미롭다. 각종 시연이 벌어지고 만나기 힘든 사람들이 왕래한다. 진귀
한 시계는 예약을 하고 가야 볼 수 있지만 대부분의 시계들은 그 장소에
서 직접 만져보고 착용해볼 수 있으니, 관심있는 이들이라면 여행 가기
전에 일정을 확인해보는 것도 좋겠다.

6 · 잃어버린 인형을 찾아서 | 돌 하우스 박물관 |

그 많던 인형들은 다 어디로 갔을까? 한때는 물고 빨고 절대 놓지 않았던
인형들. 이름을 지어주고 대화를 나누며 살아 있다고 믿어 의심치 않았던
인형들. 바젤 인형 박물관의 전시물인 인형들을 보면, 그 인형을 갖고 놀
았던 사람들이 지금 어떻게 되었을까 떠올리게 된다. 사람보다 훨씬 짧은
수명을 지닌 것처럼 보이는 인형들이 지금은 이미 죽은 사람들 대신 그
자리를 지키고 있다.

그 많던 인형들은 다 어디로 갔을까? 한때는 물고 빨고 절대 놓지 않았던 인형들

정기적으로 개최되는 바젤 가을 박람회Basel Autumn Fair에 전시된 미니어처 작품들 몇 개에서 시작된 바젤의 인형 박물관은 유럽 내 인형 박물관 중에서 가장 큰 규모를 자랑한다. 4층 건물의 각 층마다 테디베어, 인형, 정교한 회전목마를 비롯한 장난감 등 폭넓게 수집된 전시물들이 각각의 주제하에 전시되고 있다. 특수재질 유리가 설치된 전시장은 자외선과 열로부터 인형을 지킨다.

눈에 띄는 것은 1904년에 제작된 테디베어. 독일에서 마르가르테 슈타프가 첫 테디베어를 만들었던 해가 1903년이니, 그 역사를 짐작해볼 수 있다. 1850년에서 1950년 사이에 만들어진 미니어처 인형집들도 눈길을 끈다. 그러한 오래된 전시물 외에도, 현대작가들의 작품도 볼 수 있다.

7 • 가구는 어떻게 쓰이는가 | 비트라 디자인 박물관

다양한 사람들이 다양한 물건을 수집하고 있지만, 확실히 '가구'는 수집하기 쉬운 품목은 아니다. 값도 값이려니와 보관할 장소도 필요하기 때문이다. 그러므로 가구의 아름다움에 홀린 '보통' 사람이라면, 다른 방법을 찾을 수밖에. 마음을 사로잡은 가구를 미니어처 형태로 수집하거나 다른 이의 컬렉션을 보며 대리만족하는 것은 어떨까?

비트라 디자인 박물관Vitra Design Museum은 스위스의 가구회사 비트라가 만든 곳이다. 1976년에 비트라의 CEO가 된 롤프 펠바움Rolf Fehlbaum은 1980년대 디자이너들의 가구를 수집해왔는데, 이를 토대로 현재 비트라 디자인 미술관의 관장인 알렉산더 폰 베게작Alexander von Vegesack과 함께 대중들에게 공개되는 디자인 박물관을 1989년에 오픈했다. 1,800점

정도의 수집품은 가구 디자인의 역사를 보여줄 만큼 핵심적인 제품들로 구성되어 있다.

비트라 디자인 박물관 전경

　이곳이 유명한 것은 건물 덕분이기도 하다. 프랭크 게리Frank o. gehry가 디자인한 디자인 박술관 건물도 눈길을 끌지만, 가이드를 동반한 2시간의 건축투어에서 볼 수 있는 건축물도 쟁쟁하다. 자하 하디드Zaha Hadid의 소방서, 안도 다다오Ando Tadao의 회의소, 니콜라스 그림쇼Nicholas Grimshaw와 알바로 시자Alvaro Siza 등 현재 유명세를 떨치고 있는 현대건축가들의 작품이 스위스 접경 지역인 독일 바일암라인Weil am Rhein에 위치한 비트라 복합단지, 이 한 곳에 모여 있다.

Basel

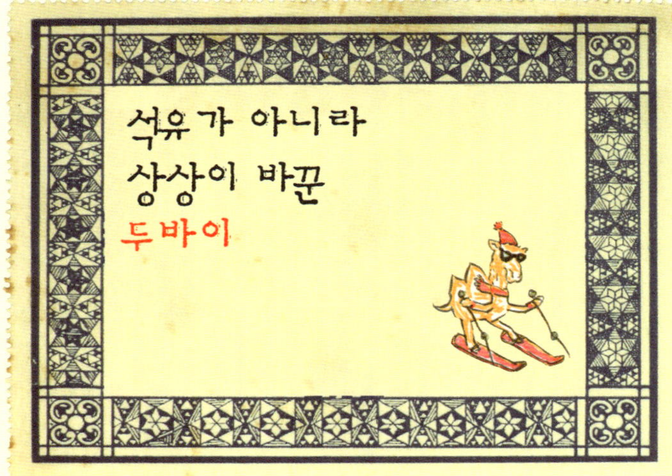

검은 황금이 바다에서 솟아올랐다. 세계에서 가장 높은 빌딩들이 앞다투어 뻗어나왔다. 지상에서 가장 큰 인공 섬들이 위성지도를 바꾸었다. 열대의 태양 아래 스키를 타고, 밤낮 없는 분수 쇼로 물을 희롱한다. 두바이는 '노'라는 말을 거부했다.

1 • 바람의 탑은 지혜의 탑 | 두바이 박물관 |

두바이는 아라비아 반도 동쪽에 있는 아랍 에미리트 연방의 일곱 개 토후 국 중 하나다. 오래전부터 페르시아 해로 이어져 있는 소금기 가득한 개 울*Dubai Creek* 주변에 어부와 상인들이 모여 살고 있었는데, 그들은 작은 배에 실려 온 진주와 고기를 나누는 조용한 시간을 보냈다. 1966년 석유 가 발견되기 이전까지는 말이다.

검은 황금이 솟아나기 전까지 그들이 가장 신경 썼던 것은 바람이었다. 전기도 에어컨도 무지막지한 오일달러도 없던 때, 그들은 오직 지혜만으 로 뜨거운 태양과 싸웠다. 두바이 구 시가 곳곳에서 볼 수 있는 바람의 탑 *malqaf*이 그 지혜의 도구다. 사막을 가로질러온 섭씨 50도의 공기는 바람

의 탑 윗부분에 걸려 탑 아래로 꺾여 내려오고, 그 밑에 파놓은 도랑에서 차가운 땅과 물을 만 난다. 그렇게 식은 공기는 다시 위로 올라가 두꺼운 세라믹으로 뒤덮인 건물 내부로 들어간다. 이 기적을 만나려면 두바이 박 물관을 찾아가보면 된다.

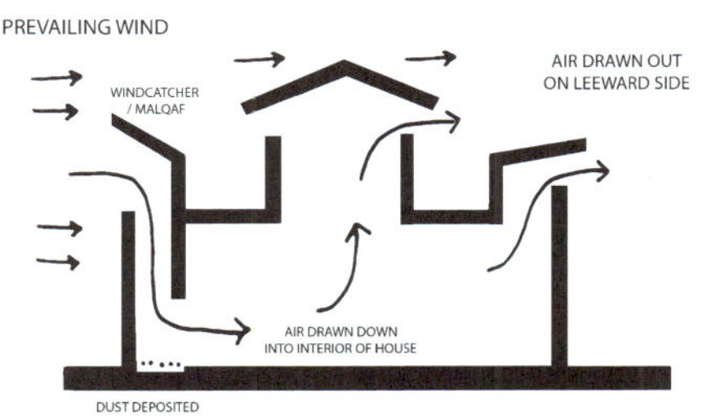

바람의 탑 내부 구조, 전기가 필요 없는 에어컨

2 • 금과 향료와 모든 것의 시장 | 데이라의 수크 |

두바이 크리크 동쪽의 데이라*Deira* 지역은 꼬불꼬불한 시장들이 아랍의 옛이야기를 전해주고 있다. 아라비아인들은 무엇이든 가져다 놓고 파는 이곳을 수크*souq*라고 부른다. 황금의 수크, 포목의 수크, 향료의 수 크…… 이들 대부분은 두바이의 가장 오랜 시절, 그 항구가 바다의 실

The World
Palm Jumeira
인공 섬의 바다
3
7
버즈 알 아랍
Maritime
Dubai Marina
6
스키 두바이

두바이
박물관
1
Dubai
2
Deira
데이라의 수크
Creek
4
국제공항
모래언덕의
사파리 투어
5
OIL

두바이 박물관에서 옛 시장의 모형을 볼 수 있다.

크로드를 건너온 온갖 물건들을 실어 나르던 때부터 존재해왔다.

가장 유명한 곳은 '골드 수크', 125개 이상의 가게들이 온갖 귀금속으로 만들어진 제품들을 내다팔고 있다. 인디안 골드, 이탈리안 골드, 아랍 골드 등 금 자체도 출신에 따라 서로 다른 디자인을 하고 있다.

3 · 석유가 아닌 상상이 지도를 바꾼다 | 인공 섬의 바다 |

석유는 아라비아 인들의 삶, 그리고 많은 도시의 지도를 획기적으로 바꿔놓았다. 문자 그대로 야자수 모양으로 떠 있는 '팜 아일랜드*Palm Islands*'는 100개의 럭셔리 호텔, 프라이비트 비치, 워터 파크 등으로 구성되어 있는 인공 휴양 도시다. '더 월드*The World*'는 세계 지도 모양을 한 300여 개의 섬을 분양해 전 세계 갑부들의 눈을 돌아가게 만들었다.

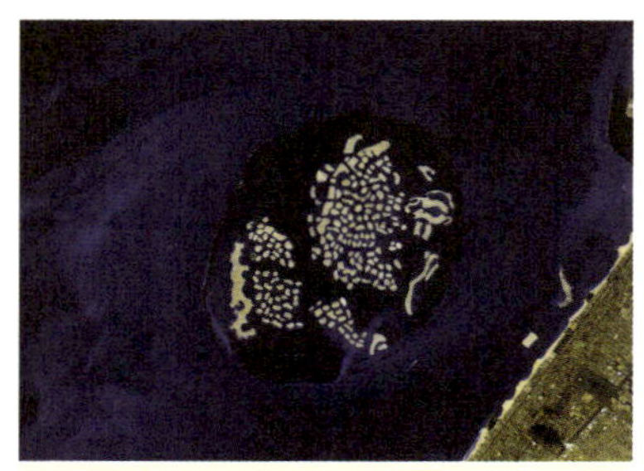
위성지도가 가장 놀랍게 바뀌고 있는 도시, 두바이

두바이의 기적 같은 변화는 CEO 통치자로 잘 알려진 셰이크 모하메드가 왕세자가 되어 실권을 얻은 1995년부터 본격화되었다. 그는 언젠가 고갈될 석유가 아니라 압도적인 스케일의 상상력을 통해 두바이를 변신시키고자 했다. 두바이의 인공 섬 열풍은 세계 부동산 업계의 크나큰 관심을 받고 '팜 아일랜드', '팜 데이라', '더 월드' 등의 프로젝트로 이어져 왔다.

4 · 하늘을 지배하는 자가 꽃도 지배한다 | 국제공항 |

국제공항에서 사람들을 구경하다 보면 재미있는 장면을 만나게 된다. 아랍 사람들은 그들의 문화적 전통에 따라 온몸을 천으로 둘러싸고 있는데, 그럼에도 시계나 구두 등 약간이라도 드러나는 부분은 번쩍이는 명품으로 휘감고 있는 경우가 많다. 그것이 오일달러와 아랍의 금욕이 만나는 장면. 그런데 두바이에서는 반대의 풍경을 보게 된다. 이곳의 거대한 국제공항에서는 아랍 바깥의 사람들이 사치의 경쟁을 벌이고 있다.

두바이 국제공항은 1998년 이후 왕성한 성장을 보이고 있는 대표적인 허브 공항이다. 현재 국제선 승객 수용에 있어서는 세계 4위이고, 10위권 안의 공항 중 가장 큰 성장률을 보이고 있다. 이런 대규모 공항이 또 시내와 아주 가깝게 건설되어 있어, 곳곳의

두바이 국제공항은 사람과 꽃의 허브다.

초대형 쇼핑몰로 신속하게 사람들을 실어 나르고 있다. 이 공항의 또 다른 자랑은 거대한 플라워 센터Flower Centre를 가지고 있다는 사실이다. 두바이가 꽃이나 식물류 무역의 허브로 맹활약하고 있기 때문이다. 네덜란드, 케냐, 에쿠아도르, 태국 등 세계의 진귀한 꽃들이 이곳을 거쳐간다.

5 · 그래도 사막은 계속 된다 | 모래언덕의 사파리 투어 |

도시의 방문객들은 완벽한 냉방 시설로 무장된 지상 최대의 건물 속에서 전 세계에서 날아온 상품들을 탐닉한다. 그러나 아라비아 반도에서도 매우 독특한 색채와 형태로 유명한 두바이 모래언덕의 유혹을 거부하기란 어렵다.

사파리 투어의 밤은 유목민의 텐트 체험

어느 여행사에서나 도시 동쪽의 사막으로 향하는 사파리 투어를 쉽게 만날 수 있는데, 힘센 사륜구동차가 투어의 동반자다. 커다란 바퀴의 자동차는 곡예하듯 모래 위에 새로운 무늬를 만들어가는데, 현지의 운전기사는 손님들의 비명 소리가 커질수록 더 뿌듯한 미소를 짓는다고. 자동차 멀미가 심하다면 이곳 왕족들이 열광한다는 낙타 레이싱을 구경해도 좋다. 밤이면 유목민의 텐트에서 벨리 댄스, 헤나 등을 경험할 수 있다.

최근 두바이는 영화 페스티벌과 로케이션 유치를 위해 분주하게 움직이고 있다. 영국 SF 드라마 〈닥터 후〉의 스페셜 에피소드 '죽음의 행성'을 이곳 사막에서 촬영하기도 했다.

6 • 사막 속에서 눈을 즐긴다 | 스키 두바이 |

정말로 불가능이라는 걸 싫어하는 도시. 안 된다고 하면 더 하려고 할 것 같은 사람들. 두바이의 기발함, 그리고 막대한 스케일의 상상력은 이곳에서도 확연히 드러난다. 사막 속에 자리잡은 거대한 실내 스키장. 몰 오브 에미리트 Mall of the Emirates 안에 있는 스키 두바이 Ski Dubai 다.

2005년 11월에 오픈한 이곳은 85미터 높이의 인공 산 밑으로 다섯 개의 미끈한 슬로프를 자랑한다. 그중 하나는 400미터 길이에 이르고, 스노보더를 위한 별도의 슬로프도 운영하고 있

스키 두바이는 눈을 이용한 다채로운 놀이시설을 갖추고 있다.

다. 겨울 스포츠 마니아들이 열광할 만한 액티브한 공간이지만, 얼음 동굴, 3D 극장 등을 갖춘 '스노파크'로 가족 단위의 손님들을 유혹하고 있기도 하다.

7 • 최고를 향해 날아가는 인공 우주 | 버즈 알 아랍 |

사막의 푸석푸석한 지반 위에 5톤짜리 아프리카 코끼리 10만 마리가 겹쳐져 서 있다. 그 옆으로는 초속 50미터의 모래 바람이 불어온다. 섭씨 50도의 열기는 물기를 쪽쪽 말려버린다. 그런 것이 이 도시에 서 있다. 바로 2012년 현재, 세계 최고층 빌딩으로 기록되고 있는 버즈 칼리파Burj Khalifa. 역사상 인간이 만든 구조물중 가장 높은 828미터의 건물을 한국 기업이 주도한 프로젝트로 완성했다.

'가장 높다'는 기록은 물론 멋진 것이다. 그러나 아직도 많은 사람들은 두바이의 가장 뛰어난 상징물로 '버즈 알 아랍Burj Al Arab'을 이야기한다. 거대한 돛대를 형상화한 브이 자의 골격 아래 시원하게 뚫린 아트리움, 이슬람의 3차원 별을 형상화한 분수, 바다를 지상으로 솟아오르게 한 아쿠아리움, 그

버즈 알 아랍의 내부는 180미터 높이의 아트리움이 압도한다.

안에 7성급이라는 비공식 레벨까지 만들어낸 최고급 호텔이 자리잡고 있다. 사막도 바다도 태양도 편안하게 모시는 인공 우주가 거기에 있다.

인도는 신의 나라로 유명하다. 수많은 힌두의 신들은 인도 곳곳에 빼곡하게 들어앉아 있다. 이미 힌두의 신만으로도 가득 찬 나라, 또 다른 종교가 들어갈 틈이 있을까? 델리는 바로 그 틈을 보여준다. 수많은 종교들이 제 목소리를 내는 도시, 델리.

1 • 티베트 불교를 보호하다 | 티베트 하우스 |

티베트 하우스Tibet House는 티베트에 대한 작은 박물관이다. 이곳에 전시된 물건들의 중심은 티베트의 정치적 지도자이자 종교적 지도자인 달라이 라마Dalai Lama가 인도로 망명올 때 가지고 왔던 의식용 물품이다. 1974년 티베트 하우스의 새 건물을 지을 때 달라이 라마가 주춧돌을 직접 올리는 등, 달라이 라마와 이곳은 밀접한 관계를 가지고 있다.

이외에도 1959년 이후 정치적인 문제로 티베트에서 험한 히말라야 산맥을 넘어 인도로 망명해 온 많은 사람들이 가지고 온 종교적으로 중요한 책과 물품들이 이곳에 보관되어 있다. 티베트의 탱화라 할 수 있는 '탕카Thangka'가 200여 점, 각종 조각상 100여 개 등등. 그리고 3,000권 이상의 책이 모여 도서관을 이룬다. 티베트 승려의 학문적인 깊이와 티베트 문학에 대해 알 수 있는 귀중한 자료들이다.

이곳은 단순히 자료들을 모아놓은 박물관의 역할에만 만족하지 않는다. 티베트 불교에 대한 강의를 개최하여 티베트의 문화를 알리고, 티베트의 음악을 알리기 위한 경연대회도 열고 있다. 티베트 특유의 향 등 티베트 물품을 파는 매장도 그러한 문화전파에 한몫한다.

티베트인들에게 티베트 불교는 생활과 밀접한 연관이 있다. 티베트 불교에서는 스승, 즉 라마를 중시한다. 그 때문에 라마교라 불리기도 한다. 티베트의 불교는 인도에서 직접 들어온 것으로, 티베트어 경전은 인도의 산스크리트어 경전을 연구하는 데 중요한 역할을 하고 있다.

2 • 가장 규모가 큰 이슬람사원 | 자미 마스지드 |

델리에는 인도에서 가장 규모가 큰 이슬람 사원이 있다. 이 건물을 지은 이는 타지마할을 지은 샤 자한Shah Jahan 황제. 그가 마지막으로 세운 건

Delhi

올드델리 역
디감바 자인교 사원
2
3
자미 마스지드
지타콜로니브리지
락슈미 나라얀 사원
5
4
구루드와라 방글라 사힙
7
간디 스므리티
1
티베트 하우스
후마윤의 무덤
노이다톨브리지
자미 아나가르
6
바하이 사원

Grand Trunk Rd

축물인 자미 마스지드 *Jami Masjid* 에서는 2만여 명이 동시에 알라신에게 무릎을 꿇고 경배를 올릴 수 있다고 한다.

1852년에 그려진 자미 마스지드

인도와 이슬람 양식이 융합된 무굴 건축의 걸작인 이 사원은 1644년에 착공하여 15년 뒤인 1658년에 완공되었는데, 붉은 사암과 하얀 대리석으로 쌓아 올린 40미터의 뾰족탑이 특히 볼 만하다. 두 개의 탑 중 일반인에게 공개된 남쪽 탑에 올라서면 델리의 풍경을 한눈에 볼 수 있다. 너비 60미터, 길이 36미터의 거대한 모스크, 흰 대리석 돔을 보면 인도에서 가장 큰 이슬람 사원이라는 것이 실감난다.

무슬림이 인도에 들어와 세력을 형성하기 시작한 것은 8세기경부터이지만, 인도의 지배적 종교인 힌두교와 이슬람교의 사이는 오랫동안 좋지 않았고 여전히 좋지 않다. 근본적으로 화합할 수 없는 사상과 문화를 가진 이들은 심각한 유혈사태를 일으키기도 했다. 특히 19세기 말 인도를 식민지 삼았던 영국이 분리통치정책의 일환으로 힌두-무슬림의 종파적 갈등을 이용하는 바람에 인도와 파키스탄이 분리독립으로 치달으며 충돌하여 100만 명이 사망하는 대참사가 벌어지기도 했다. 현재 인도에 거주하는 무슬림은 약 1억 2,000만. 소수집단인 이들은 정부의 무슬림 포용 정책에도 불구하고 아직도 인도 내에서 종파갈등을 겪고 있다.

3 · 새의 병원 | 디감바 자인교 사원 |

찬드니 촉 거리의 초입에는 자인교 *Jainism* 의 작은 사원이 서 있다. 1656년에 지어진 이곳의 이름은 '디감바 자인교 사원 *Digambar Jain Temple*' 이지만, 별칭은 '새의 병원'이다. 먹이를 찾아 날아오는 새들을 돌봐서인지, 이곳으로 다친 새들이 스스로 찾아온다고. 사원 위층에 새의 병원이 마련되어 있다. 사원에 들어가려면 가죽신, 가죽옷 등 몸에 지닌 가죽제품을 모두 내려놓아야 한다. 생명을 중시하기 때문에 시체의 일부인 가죽 또한 금지하는 것이다.

자인교는 BC 6~5세기 무렵, 부처와 같은 시대에 살았던 마하비라Mahavira가 주창한 종교이다. 자인교의 목표는 영혼을 완전히 정화하여 삶의 비참한 속박에서 벗어나는 것. 그것을 그들은 '승리한다'고 여겼다. 그리하여 승리자, 혹은 정복자를 의미하는 '지나'에서 '자인교'라는 이름이 유래했다. 자인교란 '지나의 가르침'을 뜻한다.

자인교는 생명을 중요하게 생각한다.

자인교의 특징 중 하나는 물질에 대한 집착을 버리는 것이다. 그 때문에 자인교 수행자들은 극단적인 무소유인 나체수행을 지향한다. 또 하나의 특징은 불살생과 비폭력을 추구하는 것. 땅·물·불·공기를 바탕으로 하고 있는 수많은 여러 생물의 존재를 인정하고 그들 생명의 존엄성을 지켜주자는 주장을 펼치고 있다.

4 • 평등의 이름 | 구루드와라 방글라 사힙 |

시크교도들의 성전 '구루드와라 방글라 사힙Gurdwara Bangla Sahib'은 8대 시크교 구루인 하르 크리샨이 1664년 왕의 초대로 델리를 방문했을 때 머문 곳에 지어졌다. 당시 인도 왕인 라자 자이 싱의 소유였던 이 건물에서 가장 인상적인 것은 황금 돔이다. 모든 순례자에게 새벽 3시부터 저녁

Delhi

9시까지 열려 있는 이 예배당의 동쪽에는 무료로 매일 식사를 제공하는 채식식당이 있다.

이곳을 방문했던 구루 하르 크리샨의 당시 나이는 일곱 살이었다.

이곳을 방문하던 당시 구루 하르 크리샨의 나이는 일곱 살이었다. 다섯 살 때 손수건 하나로 나병환자를 낫게 했다는 전설이 전해지는 그는 천연두와 콜레라에 시달리던 델리 주민들의 고통을 덜어주기 위해 빈민가를 방문하여 새옷을 주고 치유력이 있는 성수라 알려진 방글라 사힙의 우물물을 나누어주었다. 현재에도 이곳의 물은 치료에 효과가 있는 성수로 여겨진다. 결국 하르 크리샨은 많은 사람들을 만나다 그들에게 옮은 천연두 때문에 일곱 살의 나이로 세상을 뜨게 된다.

시크교는 힌두교와 이슬람교를 합친 종교로, 16세기 초반에 구루인 나나크 데브가 주창했다. 시크교 안에서는 모두가 평등하다. 신과 여신 간에도 차이가 없고 남자, 여자, 부자, 가난한 자, 종교, 인종과 상관없이 모두 평등하다. 시크교는 카스트 제도를 거부한다. 어떤 동물도 죽이지 않는다. 시크교에 따르면, 인간은 신에 대한 사랑과 현세의 선행으로만 구제된다. 대부분의 남자신도들은 머리털과 수염을 절대 깎지 않아 외모만 보더라도 시크교도임을 알 수 있다.

5 · 수많은 신들의 둥지 | 락슈미 나라얀 사원 |

비슈누와 그의 아내 락슈미를 모신 힌두교 사원인 '락슈미 나라얀 사원 Lakshmi Narayan Temple'의 다른 이름은 '비를라 만디르 Birla Mandir'이다. 인도 굴지의 재벌 중 하나인 비를라 가문의 발데브 다스 비를라가 세운 사원이기 때문이다. 비슈누와 락슈미를 같이 묘사한 것을 보통 락슈미-나라야나 Lakshmi-Narayana라 하는데, 사원의 이름도 이것에서 왔다. 하지만 수많은 신을 모시는 인도답게 이곳 또한 두 신만을 모시지는 않는다. 별관에는 시바와 그의 아내 두르가가 모셔져 있고, 한쪽에는 불교사원이 세워져 있기도 하다. 불교순례자는 누구나 사원의 숙박소를 별도의 요금 없이 이용할 수 있다.

이곳은 여러 신의 조각들로 가득 차 있다.

1938년에 세워진 이 사원은 현대적 감각을 자랑한다. 사원 전체는 힌두 신화에 나오는 여러 장면들로 조각되어 있다. 이 작업에는 100명 이상의 조각가들이 참여했다고 한다. 이 조각들 속에서 부처도 힌두교 신의 하나로 대우받는다. 비슈누의 아홉 번째 화신으로 그려지고 있는 것.

비를라 가문은 인도 전역에 수많은 사원과 천문관들을 세웠는데 이 사원을 공개할 때는 간디를 초청하여 이곳이 종교나 신분에 구애받지 않는 열린 신전임을 내세웠다고 한다.

락슈미 여신은 어머니의 신으로 다산을 상징하였지만, 이후에 아름다움과 행운, 행복, 부를 상징하는 여신으로 여겨졌다.

6 · 모든 종교를 아우르다 | 바하이 사원 |

그토록 종교가 많은 인도. 모든 종교를 한꺼번에 아우르는 종교는 없을까? 없을리가. 19세기 초에 바하 올라에 의해 중동에서 시작되어 1844년 인도로 들어온 '바하이'는 모든 종교를 넓은 가슴으로 품는다. 이슬람교의 한 분파로 시작한 신흥종교인 바하이는 이슬람교의 '성전'을 거부하

Delhi

고 평화를 가장 큰 가치로 여긴다. 부처, 예수 등은 하느님의 뜻을 세상에 전파하기 위한 화신이라고 여긴다. "전 세계는 하나의 나라이고 인류는 그 나라의 시민들이라."는 말에서도 엿볼 수 있듯, 전 인류를 형제라 여기고 모든 국가는 통합되어야 한다고 생각한다.

바하이교는 아름다운 사원으로 더욱 알려졌다.

미국, 독일, 호주, 파나마 등 세계 곳곳에 사원이 있지만, 특히 델리에 있는 바하이 사원Bahai House of Worship은 그 아름다움으로 눈길을 끈다. 1980년에서 86년에 걸쳐 지어진 이 사원은 연꽃의 모양이다. 이란의 건축가 파리부르즈 사바Fariburz Sahba가 설계한 이 사원은 아홉 개의 연꽃잎이 삼층으로 겹쳐져, 총 27개의 연꽃잎으로 정갈하게 싸여 있다. 사원 주위의 아홉 개의 연못은 연꽃을 둘러싼 푸른 잎이다. 아홉이라는 숫자가 반복되는 이유는 바하이에서 9가 통합을 의미하는 숫자이기 때문.

지름 70미터, 높이 34.27센티미터의 바하이 사원의 실내에서는 1,300명이 함께 앉아 집회를 가질 수 있다. 어떤 신전과도 다른 특징은 신을 묘사하는 조각, 그림, 글씨는 물론이거니와 제단도 없다는 것이다. 방문자들이 제각각의 신에게 기도를 올릴 수 있는 의자만 비치되어 있다. 이곳에서는 신분, 종교와 상관없이 자신이 믿는 신에게 기도하고 명상할 수 있다.

7 · 철학자의 신격화 | 간디 슴리티 |

간디는 인도의 철학자이자 정치적 지도자로, 인도인들에게는 거의 신격화에 가까운 사랑을 받고 있다. 간디에게 '위대한 영혼'이라는 의미의

'마하트마' 라는 호칭을 부여한 것은 인도의 시성 타고르이다. 그는 "참된 사랑이 인도문 어귀에 모습을 드러내자 문이 활짝 열렸다. 모든 망설임은 사라졌다. 진리는 진리를 불러일으켰다. 진리의 힘을 눈에 보이게 한 마하트마를 찬양하라!"라며 그를 우러렀다.

간디는 인도인들 사이에서 신에 가까운 존경을 받고 있다.

1948년 1월 30일, 저녁기도를 하기 위해 정원을 가로지르던 간디는 한 힌두 광신도가 쏜 총에 맞고 쓰러진다. 그때 간디의 나이 79세였다. 그가 죽기 직전 144일간 머물렀던 그의 후원자 비를라의 저택 뜰에는 그가 죽기 전에 걸어갔던 마지막 발자국이 시멘트 모형으로 남아 있다. 그 저택은 현재 '간디 슴리티 *Gandhi Smrit*' 라는 이름으로 일반인에게 공개되고 있다. 간디의 침대, 그의 둥근 안경과 지팡이, 그가 늘 곁에 두었던 물레와 신던 샌들, 책 몇 권을 볼 수 있다. 그에 관한 영화도 상영한다.

그는 살생을 하지 않는 아힘사의 계율을 지키는 한편, 비폭력을 주장했다. 그는 억압받는 이에게 증오와 이기심을 누르고 정의, 사랑, 자기희생의 정신을 갖기를 요구했는데, 그의 비폭력 정신은 억압자들에게도 효과적으로 작용했다. 인도 각지에 남아 있는 간디의 흔적은 그가 인도인들에게 얼마나 많은 사랑을 받고 있는지 보여준다.

문명은 흰개미처럼 지구를 갉아먹었고, 오직 하나 아프리카만이 남았다. 그리하여 사람들은 나이로비를 찾았다. 식인 사자를 잡기 위하여, 킬리만자로의 눈을 밟기 위하여, 침팬지들의 우아한 사회를 엿보기 위하여, 자신만의 커피 농장 속에 숨기 위하여…… 배낭 하나와 듬직한 용기, 그 외에는 모두 버려두고 와야 했다.

1 • 차가운 물과 미친 달의 기차역 | 철도 박물관

아프리카에 '도시' 라니 그만큼 어울리지 않는 모습이 있을까? 나이로비는 원래 '차가운 물' 이라는 뜻의 작은 수원지였다. 등쪽 아프리카를 식민지로 삼았던 영국인들은 항구도시 몸바사에 첫 터전을 만든 뒤 풍성한 자원이 있는 빅토리아 호수와 우간다로 기찻길을 놓아갔다. 철도는 오랜 건조지역을 지나 올려다보기에도 숨막히는 케냐 고원 앞에 다다랐다. 영국인들은 여기에 중간 기착지를 건설하기로 했고, 아시아의 상인들이 발 빠르게 옮겨왔다. 훗날 케냐의 수도가 될 나이로비가 태어났다.

　1896년에 처음 선로를 연 뒤 1930년대까지 건설된 이 철도의 별명은 루나틱 익스프레스*Lunatic Express*. 달의 광기로 뒤덮인 기차는 서슴없이 덮쳐오는 정글, 들썩거리는 나무다리, 적대적인 원주민, 이름 모를 전염병 사이를 통과하며 금지된 물품, 미친 모험가, 불행한 노예들을 실어 날랐다. 어두운 전설의 두 정점은 '케동*Kedong*의 학살' 과 '차보*Tsavo*의 식인 사자'. 마사이 족이 강간당한 소녀들에 대한 보복으로 열차 노동자를 급습해 500명을 살해한 사건과, 차보 강의 사자들이 인도계와 아프리카 노동자들 28명을 물어 죽인 뒤에 잡힌 사건이다. 나이로비 기차역 북서쪽에 있는 '철도 박물관*Nairobi Railway Museum*' 에서 그 시대 몸바사를 오고가던 우아한 야간열차의 모습도 볼 수 있다.

2 • 인디아나 존스와 루즈벨트 대통령의 사파리 | 노포크 호텔

20세기 초반은 사파리 탐험의 시대. 쟁쟁한 유명인들이 나이로비를 거점으로 사자와 코끼리와 야생의 부족들을 찾아 떠났다. 그중 가장 떠들썩했던 인물은 미국의 전 대통령이었던 루즈벨트. 그는 두 번째의 대통령 임기를 마치자마자 아들 커미트와 함께 나이로비로 왔다. 스미소니언 재단

트리톱스 로지
4
케냐 자연사 박물관
5
노포크 호텔
2
NATIONAL MUSEUM
Valley Rd
Uhuru Park
Kenyatta Centre
Ngong Rd
응야요 스타디움
6
키베라 슬럼
7
카렌 블릭센 뮤지엄
3
COFFEE OF KENYA
Langata Rd
Mombasa

철도 박물관
1

어린 인디아나 존스, 케냐에서 루즈
벨트를 만나다.

에 기증하기 위한 동물 사냥을 위해서였다.

인디아나 존스의 어린 시절을 그린 〈영 인디아나 존스〉 시리즈를 보면, 바로 이때의 루즈벨트가 어린 인디를 만나는 장면이 나온다. 그는 인디에게 사격술을 가르쳐주고, 이 사냥으로 얻을 동물들이 미국의 소년들에게 얼마나 가치 있는 교육의 자료가 될 것인지 역설한다. 인디는 예민한 관찰력으로 오릭스가 있는 곳을 루즈벨트에게 알려주지만, 곧 사냥을 멈추어달라고 간청한다. 그의 직감대로 그곳의 오릭스는 거의 멸종 위기에 놓여 있었기 때문이다. 이렇게 픽션 속에서는 교훈적으로 마감되지만, 당시 루즈벨트가 코끼리를 잡고 의기양양해 있는 사진은 동물 보호론자들의 심기를 불편하게 하기에 충분해 보인다.

노포크^{Norfolk} 호텔은 1904년에 문을 연 식민지 시대의 우아한 건물로 루즈벨트, 헤밍웨이 등이 케냐 여행의 거점으로 삼았던 장소라고 한다. 굳이 호텔에 묵지 않더라도 고풍스러운 레스토랑에서 애프터눈 티를 마시며 그 시절 모험가들의 모습을 떠올려볼 수 있다.

3• 사라진 커피 농장의 꿈, 아웃 오브 아프리카 ｜카렌 블릭센 뮤지엄｜

"마침내 누군가 여기 편의시설 따위는 하나 찾아볼 수 없는 땅에 들어섰다. 거기에 진정 새로운, 꿈에서나 찾을 수 있던 자유가 있었다."

아프리카를 동경하다 못해 그 속에서 자신만의 안식처를 일구고자 했던 사람들도 있었다. 영화 〈아웃 오브 아프리카〉의 자전적인 주인공 카렌 블릭센^{Karen Blixen}이 대표적인 인물이다. 덴마크 여성인 카렌은 1913

년 블릭센 남작과 약혼한 뒤 케냐로 와 키쿠유 족의 땅에 커피 농장을 개척했다. 거친 땅에서 둘의 성격 차이는 확연히 드러났고, 남편은 가정에 충실하지 못했고, 머지않아 둘은 헤어졌다. 이후 카렌은 사냥꾼이자 사파리 안내자였던 데니스 핀치 해튼과 사랑에 빠졌다. 그러나

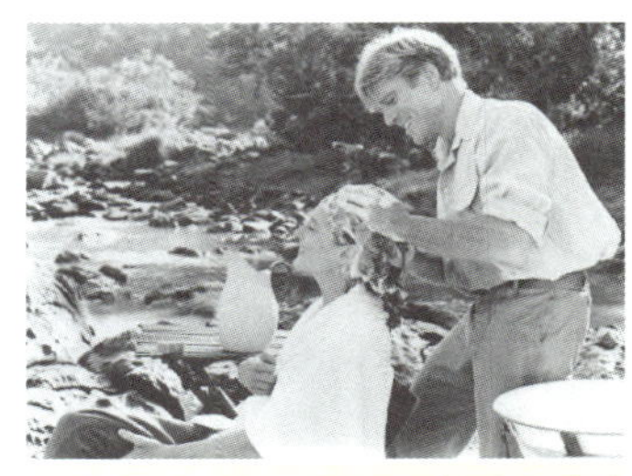

나이로비는 원주민의 언어로 '차가운 물' 이라는 뜻이다. 〈아웃 오브 아프리카〉의 유명한 샴푸 신.

연인은 비행기 사고로 죽고, 대공황으로 인한 커피 판매 부진과 농작의 실패가 이어졌다. 카렌은 결국 농장을 버리고 '아웃 오브 아프리카' 할 수밖에 없었다. 그녀가 이자크 디네센 Isak Dinesen이라는 이름으로 『일곱 개의 고딕 이야기』 등의 소설을 발표해 명성을 얻은 것은 그 후의 일이다.

영화 〈아웃 오브 아프리카〉의 인기로 인해 카렌의 옛 거주지 근처에 '카렌 블릭센 뮤지엄' 이 문을 열게 되었다. 나이로비 상업 지구에서 떨어진 남서쪽, 그녀의 이름을 딴 카렌 로드에 자리잡고 있다.

4 · 공주로 올라가 여왕으로 내려오다, 나무 위의 집

| 트리톱스 로지 |

누군가는 모든 것을 찾아 아프리카로 왔다 빈손으로 떠나게 되었지만, 누군가는 왕이 되어 떠나기도 했다. 1952년 영국의 공주 엘리자베스는 남편 에딘버러 공작과 결혼한 뒤, 허니문의 장소로 케냐를 택한다. 나이로비에 잠시 머문 이 세기의 커플은 도시에서 북쪽으로 조금 간 니에리 Nyeri 지역의 트리톱스 로지 Treetops Lodge에서 신혼의 밤을 보낸다. 문자 그대로 나무 위에 놓인

트리톱스는 현재 애버데어 국립공원 안에 호텔로 자리 잡고 있다.

Nairobi

이 숙소는 보이스카우트 운동의 개척자인 바덴-파웰 *Baden-Powell* 의 거주지이기도 했다. 달콤한 신혼의 밤이 지나자 놀라운 소식이 들려왔다. 공주의 아버지였던 영국 왕 조지 6세가 서거했던 것이다. 당시 트리톱스에 머무르고 있던 전설적인 사냥꾼 짐 코벳은 그 상황을 방명록에 기록했다. "어느 날 소녀가 공주의 몸으로 나무를 올랐다. 그리고 다음날 여왕이 되어 내려왔다."

5 • 리키의 천사가 된 제인 구달 | 케냐 자연사 박물관 |

영국의 소녀들이 동아프리카의 꿈을 꾸는 것은 당연하다. 그리고 그 꿈은 기린의 그림과 나이로비의 소인이 찍힌 편지로 현실이 된다. 어린 시절 『타잔』을 읽으며 아프리카를 동경하던 제인 구달은 케냐로 이민 간 친구의 편지를 받는다. "언제 놀러 오렴." 당연히 가야지. 그녀는 악착같이 돈을 모아 배를 탔고, 몸바사를 거쳐 나이로비에 도착했다. 그녀는 비서 일을 배워둔 덕분에 겨우 일자리를 구했지만, 그것은 오랫동안 꿈꾸어 온 아프리카의 생활과는 달랐다. 어떻게 하면 저 때 묻지 않은 동물들의 세계로 들어갈 수 있을까? 그때 누군가 말해주었다. "리키를 찾아가." 나이로비의 자연사 박물관장으로 있던 루이스 리키가 그 열쇠였다.

루이스 리키는 케냐에서 태어나 키쿠유 족의 성인식을 거친, 진정한 의미로 아프리카를 아프리카 그대로 받아들일 수 있는 고고학자였다. 나이로비에 있던 그의 거주지에는 시벳 캣, 원숭이, 앵무새, 열대 뱀, 그리고 여러 종족의 원주민들이 어울려 살아 '리키의 서커스' 라 불릴 정도였다.

루이스 리키의 집은 온갖 동물에 둘러싸여 '서커스' 라 불렸다.

올두바이 협곡에서 고인류의 화석을 발굴해 명성을 얻은 그는 비서로 일
하게 된 구달에게 툭하면 침팬지 이야기를 꺼냈다. 참다못한 구달이 외쳤
다. "제발 침팬지 이야기는 그만둬 주세요. 그게 정말 제가 하고 싶은 일
이라고요." 리키의 도움으로 그녀는 곰베 지역의 침팬지 세계 속으로 들
어갔고, 아프리카와 유인원에 대한 세계인의 편견을 뒤집게 된다.

6 · 세계에서 가장 희박한 공기 속을 달리는 마라토너

| 응야요 스타디움 |

나이로비 시민들 중에는 이봉주를 아는 사람
이 꽤 있다. 케냐의 마라토너들이 1991년부터
2000년까지 보스턴 마라톤을 석권해왔는데,
2001년 한국의 이봉주가 그 연승 기록을 깼기
때문이다. 이후 2009년까지도 케냐는 이 대회
에서 단 두 차례를 빼고는 모두 우승자를 배출
했다. 마라톤을 비롯한 남자 육상 중장거리
부문에서 케냐 선수들은 압도적인 실력을 보
여주고 있다. 작은 키에 긴 다리를 지닌 선천

보스턴 마라톤 대회의 우승은 케냐 선
수들이 거의 독점하고 있다. 모두 네 차
례 우승한 로버트 체루이요트.

적 조건과 해발 2,000미터의 고지대에서 생활하면서 얻은 강인한 심폐력
이 큰 도움이 된다고 한다. 거기에 어린 시절부터 맨발로 고지대를 뛰어
다닌 생활 역시 적지 않은 영향을 주었으리라.

　나이로비에서는 매년 '지상 최고의 레이스The Greatest Race on Earth'의 일
환으로 마라톤이 펼쳐진다. 이 레이스는 영국계 은행 스탠다드차타드가
세계에서 가장 산소가 적은 도시, 가장 더운 도시, 가장 습도 높은 도시,
가장 복잡한 도시로 나이로비, 뭄바이, 싱가포르, 홍콩을 선정해서 벌이

는 4인 1조의 국가 단위 경기다. 1,700미터의 고지대, 극심한 공해, 울퉁불퉁한 도로 등의 조건 때문에 완주 자체가 영예라는 나이로비 마라톤은 응야요 스타디움*Nyayo Stadium*에서 출발한다.

7 · 지상 최악의 슬럼 | 키베라 |

〈콘스탄트 가드너〉의 어두운 음모는 키베라 슬럼의 아이들을 위협하고 있다.

2007년 나이로비에서는 '슬럼 마라톤'이라는 특이한 행사가 개최되었다. 도시 인구 400만 중에 250만이 시 면적의 5퍼센트에 불과한 슬럼에 모여 사는 것이 나이로비의 현실이다. 세계 각국의 시민들은 이 슬럼 지역을 달리며 그들의 참상을 눈으로 확인했고, 정부의 강제 철거에 항의했다. 150만 명이 살고 있는 키베라 슬럼*Kibera slum*은 아프리카에서 두 번째로 큰 슬럼 지역으로, 대부분의 시민들이 하루 1달러 미만으로 생활하고 있다고 한다. 우리는 영화 〈콘스탄트 가드너〉에서 바로 그 참상을 확인할 수 있다. 정원 가꾸기가 취미인 온화한 외교관 랠프 파인즈는 케냐에서 살해당한 아내의 죽음을 파헤치기 위해 이 슬럼으로 들어선다. 거기에서 다국적 제약회사와 정부의 불법 실험이 자행되고 있었다.

(1city / 1week) × 1year = 52map

오래된 도시는 신을 품고 있다. 신들은 직접 그 도시에 내려와 나라를 짓기도 하고 전설을 남기기도 한다. 인간계에서 한 뼘쯤 떠올라 천계의 그늘 밑에 자리잡은 오래된 도시 베이징. 베이징에서, 천계를 건너다본다.

1 · 황제와 신의 특별한 관계 | 천단공원 |

황제가 된다는 것은 신과 교류한다는 뜻. 낱낱이 신께 고해바치고 백성의 안위를 약속받는다는 뜻. 베이징 황성 내에는 네 개의 제단이 있다. 남쪽의 천단天壇, 북쪽의 지단地壇, 동쪽의 일단日壇, 서쪽의 월단月壇은 이름에서도 볼 수 있다시피 각각 제사를 지내는 대상이 다르다. 이중 천단은 가장 중요시되던 제단으로, 명청시대에 황제가 매년 이곳에서 천신에게 제를 올렸다. 이곳의 넓이는 무려 자금성의 네 배. 고대 규모로는 가장 큰 제단이며, 현존하는 세계 최고 최대의 제전이기도 하다. 명나라의 영락제가 1420년에 세운 이 제단은 1961년 최초의 전국중점문물보호단위 중 하나로 선포되었고, 1998년 유네스코의 세계문화유산에 등록됐다.

제사를 지내는 환구단圜丘壇 정중앙에는 하늘을 상징하는 천심석天心石이 놓여 있는데, 이 천심석 위에서는 독특한 메아리 현상이 발생한다. 이는 황궁우皇穹宇를 둘러싼 회음벽回音壁, 황궁우 앞에 깔린 세 개의 돌 삼음석三音石에도 생기는 기이한 현상이다. 회음벽의 이쪽에서 서서 말한 작은 소리는 벽을 따라 전파되어 다른 쪽 벽에서도 들린다고 하고, 삼음석의 경우는 첫 번째 돌에서 손뼉을 치면 한번, 두 번째 돌에서는 두 번, 세 번째 돌에서는 세 번의 메아리가 들린다고 한다.

천단의 중심 건축물인 기년전祈年殿 천정에는 용과 봉황이 어우러진 그림이 그려져 있는데, 전설에 따르면 바닥에 조각되어 있던 봉황이 밤에 천정의 용에게 놀러갔다가 날이 밝자 그대로 눌러앉은 것이라고.

2 · 애정소설 속에서 신의 뜻을 읽는다 | 대관원 |

사랑 이야기에도 신의 뜻은 깃들어 있다. 인생무상 한 편의 꿈과 같다는 덧없는 교훈일지언정, 그 과정에서 인간의 깨달음은 천계와 인간계를 넘

5 雍和宮 (옹화궁)
The Palace Museum
4 古觀象臺 (고관상대)
7 崇文門 (숭문문)
1
천안문 광장
3 (백운관) 白云觀
천단공원
2 大觀園 (대관원)
周口店北京猿人遺迹
6 (주구점 베이징원인 유적)

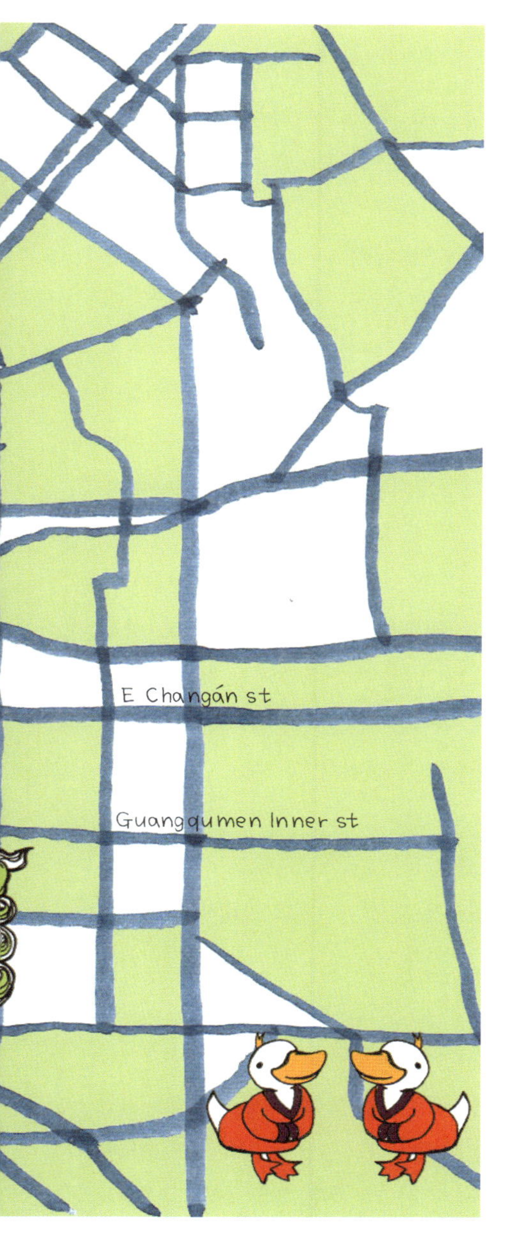

E Changán st
Guangqumen Inner st

『홍루몽』은 중국을 이해하기
위해 꼭 읽어야 할 소설이다.

나든다. 청나라 시절 조설근이 지은 장편고전소설 『홍루몽紅樓夢』은 가히 중국의 정신이라 할 만하다. 소설의 배경인 대관원大觀園은 귀공자 가보옥賈宝玉이 살고 있는 가공의 장소인데, 현재 베이징에는 소설을 정밀하게 재현하여 만든 대관원이 자리하고 있다. 1984년에서 1989년까지 『홍루몽』만을 전문적으로 연구하는 학문인 홍학紅學의 학자들과 전문가들이 원작을 재현하기 위해 최대한의 노력을 기울여 만든 곳이다. 이후 대부분 홍루몽과 관련된 영화와 TV 드라마는 이곳에서 촬영된다.

『홍루몽』의 '홍루'는 '붉은 누각'이라는 뜻. 아녀자들이 거처하는 규방을 홍루라 일컬었으니, 소설의 제목을 번역하면 '규방의 꿈'이다. 중국판 로미오와 줄리엣이라 할 정도로 주인공들의 애정관계를 중심에 두고 있으나, 이들이 인간 세상에 내려오기 이전, 전생의 인연을 중국 고대신화의 하나인 여와신화로 설정하는 등 각종 신화와 유, 불, 도의 사상을 깊이있게 담고 있다.

뱃놀이를 할 수 있는 연못, 거대한 정원, 고급저택으로 이루어진 이곳은 천상과 인간의 경치를 모두 겸비한 고대 정원건축의 집대성으로 일컬어진다.

3 · 야단법석, 사람들의 신 섬기기 | 백운관 |

신이 인간과 관계 맺는 방식은 예나 지금이나 사찰, 사원, 교회를 거친다. 백운관白云觀은 현재에도 대규모 회합이 열리는 중국 최대의 도교사원으로, 739년 당나라 현종 때 천장관天長觀이라는 이름으로 처음 세워졌다.

이후 1203년에 태극궁太極宮으로 이름이 바뀌었다가, 쿠빌라이 칸 시대 국가 승려였던 구처기丘處機가 기거하면서 명실상부한 도교의 중심지가 되었다. 14세기 명나라와의 전

유가, 도가, 불가의 세 사람이 강을 바라보고 함께 웃는 송나라의 그림

쟁을 거치며 파괴되었다가 재건축되어 오늘날까지 백운관이라는 이름으로 명맥을 유지하고 있다. 도교의 일파인 전진교의 중심으로, "전진교의 제일숲"이라는 이름으로도 불린다. 이곳에 자리한 노율당老律堂 앞에 놓인 청동노새는 치유의 능력이 있어 이를 만지면 병이 낫는다는 전설이 내려온다.

정기·부정기적으로 이루어지는 도교의 행사를 먀오후이廟會라 하는데, 그중에서도 백운관의 축제가 유명하다. 특히 정월 19일, 백운관이 모시는 악진인의 생일을 기념하는 회신선은 성대하다. 이날 진인이 하계로 내려와 인간들과 인연을 맺는데, 내려오는 그 모습이 일체만유의 모습인 '법상'이라 일반인들은 그가 진인임을 알 수 없다고 한다. 그날 사제들은 도교전통의식을 거행하며 화려한 시가행진을 벌이고, 사찰 앞에서는 수예품이나 과자를 판매하는 시장이 열린다.

4 · 하늘의 비밀을 엿보려 한 오래된 증거 | 고관상대 |

옛 현인들은 별을 보면서 무엇을 읽으려 했을까. 건조한 과학지식 너머 신비한 목소리를 들으려 했던 것은 아닐까. 신이 우주를 움직이는 방식을 엿보려 한 것은 아닐까. 베이징의 천문대인 고관상대古觀象臺에는 세계에서 가장 오래된 천문기구와 천문자료들이 보관되어 있다. 이 천문대의 천

17세기 서구인이 그린 고관상대 옥상의 천문기구

체 관측 역사도 500여 넌에 이르러 현존하는 세계에서 제일 오래된 천문대로 꼽힌다. 처음 베이징에 천문대가 설치된 것은 여진족이 통치하던 금나라 시절. 1127년 송나라는 하남에서 천문기구들을 가지고 와 베이징에서 천문을 관측했고, 원나라 세조는 1279년 사천대司天臺를 건설하고 새 천문기구들을 제작했다. 1436년에서 49년, 명나라 시절 사천대 근처에 세운 관상대가 바로 현재의 고관상대이다. 당시에는 관성대觀星臺라 불렸으며, 명청시대에 이곳을 중심으로 천문관측이 이루어져 "명청관상대"로 불리기도 했다.

'베이징 고대천문의기古代天文儀器 진열관'이 된 현재에 이르기까지의 과정은 지난했다. 기나긴 역사를 통해 하나둘 모였던 천문기기들은 1900년 8개국 연합군이 베이징에 침입하면서 약탈해갔고, 결국 프랑스가 약탈해 간 것은 1902년에, 독일이 빼앗아간 것은 1921년에 돌려받았다. 명대에 만들어진 기기들은 중일전쟁 때 약탈을 우려해 1931년 '자금산紫金山 천문대'와 남경박물관으로 옮겨졌고, 현재 이곳에는 청대에 제조된 대형 천문기기 여덟 개가 전시되어 있다.

5 · 속죄와 화합을 도모하다 | 옹화궁 |

사람을 죽인 뒤에 신에게 속죄만 하면 모든 죄가 지워질 수 있는 것은 아

닐 것이다. 속죄의 노력과 흔적들은 지금도 남아 옛사람의 고뇌를 엿보게
한다. 베이징 최대의 라마교 사원인 옹화궁雍和宮이 처음 지어진 것은
1694년. 처음의 용도는 청조 제3대 황제인 옹정제가 즉위하기 전에 머물
던 저택이었다. 옹정제가 즉위하고 나서 3년 뒤에 옹화궁으로 이름이 붙
여졌고, 정식으로 라마교 사원으로 결정된 것은 이곳에서 태어난 건륭제
때 이르러서이다. 몽골과 티베트 등 소수 민족과 관계를 돈독하게 하기
위해 1744년 이곳을 정식으로 라마교 사원으로 만들었는데, 그 배경은
단지 외교적 목적만은 아니었다. 스스로 사람을 너무 많이 죽였다고 생각
한 건륭제의 속죄의 의미도 있었다.

옹화궁 내에 자리잡은 만복각 안에는 기네
스북에 오른 세계 최대의 목조 미륵불이 있다.
지상 18미터, 지하 8미터, 합쳐서 26미터인
이 목조 미륵불은 한 그루의 백단목으로 만들
어졌다고 한다. 티베트의 달라이라마가 건륭
제에게 선물한 이 불상 이외에도 볼만한 것은
활짝 웃는 얼굴을 한 불상인 포대화상布袋和尙.
사람들이 큰 배 미륵불이라고도 부르는 이 불
상은 9세기 말 현존했던 스님을 모델로 하고

그림 속의 용맹한 남자는 옹화궁에서
살았던 청나라 옹정제이다.

있다. 큰 자루에 온갖 필요한 일용품들을 넣고 다녀서 얻은 이름이 자루스
님, 즉 포대화상인 것이다.

6 · 인간의 근원을 생각하다 | 주구점 베이징 원인 유적 周口店北京猿人遺迹 |

신이 직접 내려와 이룬 천하인 듯 여겨왔던 중국도, 당연히 지난한 인류
진화의 한 과정에 지나지 않는다. 1929년, 베이징 원인의 두개골 화석 발

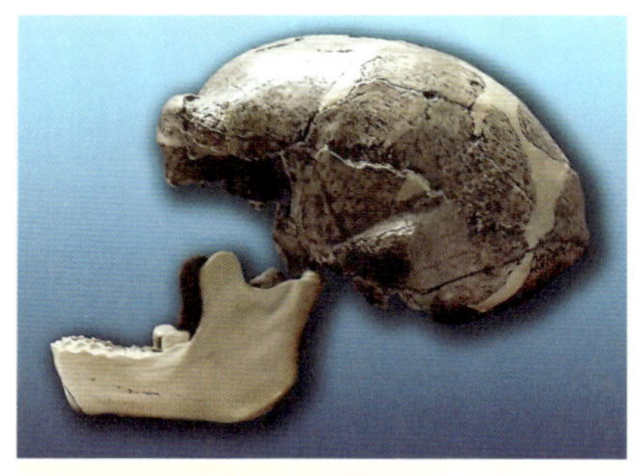

베이징 원인의 두개골 측면

굴은 인류의 기원을 찾아내는 데 획기적인 기여를 했다. 이곳에서 발굴된 화석은 두개골 여섯 개, 두개골의 조각 12개, 아래턱뼈 15개, 치아 157개 등 상당한 분량이었으나, 1941년 일어난 태평양전쟁을 거치면서 모두 잃어버리고 말았다. 이후 최근 들어 발굴이 재개되면서 2003년 6월 또다시 인간의 화석이 대량 발굴되었다. 50~60만 년 전의 인류가 불을 사용했다는 증거, 석기를 사용했다는 증거, 무덤을 만들고 장식품을 착용했다는 증거가 발견된 15개의 발굴지와 발굴품들을 전시한 박물관이 이곳에 자리잡고 있다.

근처의 작은 산 이름은 용골산龍骨山. 이름에서도 짐작하다시피 용의 뼈라 불리는 각종 동물의 뼈 화석들이 심심치 않게 발견되었던 곳이다. 이곳에서 나온 뼈는 사람들 사이에서 만병통치약이라 여겨져 높은 가격에 팔렸다고 한다. 그렇게 잃어버린 뼈들 중에 소중한 화석이 있었을지도 모를 일. 어찌나 섬세하게 작업했는지 손상 없이 두개골에 붙은 흙을 제거하는 데 4개월이 걸렸다는 고고학자들의 일화와 비교해보면 그 안타까움을 짐작할 수 있다.

7 · 신과 인간, 오래 싸우고 오래 속이다 | 숭문문 |

신과 인간이 늘 좋은 관계를 유지한 것은 아니었다. 베이징은 용왕과 오래고도 힘겨운 싸움을 한 도시이다. 베이징 지방이 전부 바다여서 '고해 유주苦海幽州' 라 불렸던 시절, 사람들은 용왕과 싸워 이겨 북경을 육지로 만들었다. 이때 도망쳤던 용왕의 아들 용공은 이후 명나라 주원장의 군사

인 유백온과 요광효가 베이징 성을 짓는다는 소식을 듣고
다시금 베이징을 빼앗을 궁리를 한다. 처음엔 베이징 안
의 모든 물을 빼앗을 계략을 짰던 용공은 실패하자 베이
징을 물에 잠기게 하려고 아들 용아를 데리고 지하의 수
로를 따라 베이징으로 온다. 베이징이 물바다가 되자 요
광효는 그들과 대치하고, 힘겨운 싸움은 결국 또다시 사
람의 승리로 끝나게 된다.

유백온은 중국의 노스
트라다무스로 불리기
도 한다.

요광효는 그때 잡은 용공과 용아를 각각 북신교와 숭문
문崇文門 근처에 묶어두고, "언제쯤 풀어줄거요?"라는 말
에 "성문을 열 때 돌판을 두드리는 소리가 들리면 풀어주겠노라."고 답한
다. 그 뒤, 베이징성의 아홉 개의 문 중 여덟 개만 성문을 열 때 누각에
달아놓은 돌판을 두드리고, 숭문문 하나만 쇠종을 쓰게 되었다고 한다.
이런 연유로, "구문팔전일구종九門八鎮一口鐘"이라는 말이 생겨났다.

또 다른 전설은 유백온과 요광효가 베이징 성을 짓기 위해 엄청난 폭우
를 내리며 장난치는 용들을 잡아들이면서 시작한다. 놀라고 겁이 난 용들
이 사방팔방으로 도망치자 마지막으로 남은 아버지 늙은 용이 이들과 대
치하게 된다. 힘겨운 싸움 끝에 사대천왕의 도움으로 마지막 남은 용을
이긴 이들은 그를 숭문문 근처 철탑에 가두고, "베이징성이 완공되어 숭
문문의 돌판소리가 들리게 되면 풀어주겠노라."약속한다. 14년간의 대공
사 끝에 베이징성이 완공된 날, 용은 돌판소리가 들리기만을 학수고대하
였으나 숭문문만 쇠종을 쳐서 결국은 풀려나지 못했다고.

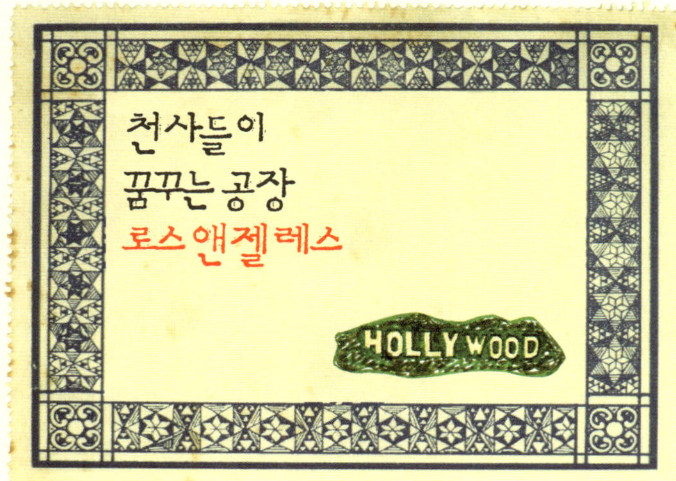

천사들의 도시, 로스앤젤레스. 그 천사들은 아마도 장난꾸러기, 수다쟁이, 이야기꾼, 그리고 벼락부자와 유명 스타들일 것이다. 세계인들을 로맨스, 판타지, 액션의 환상 속으로 데리고 가는 거대한 꿈의 공장.

1 • 할리우드 사인 아래 영화의 도시가 빛난다 | 그리피스파크 |

로스앤젤레스의 북쪽, 그리피스 파크의 언덕에 우뚝 서 있는 아홉 개의 거대한 알파벳 글자. HOLLYWOOD. 이 유명한 사인은 이곳이 미국, 아니 지구를 대표하는 영화의 도시임을 알리고 있다. 할리우드 사인은 1923년 지역의 주택사업을 홍보하기 위해 'HOLLYWOODLAND'라는 이름으로 처음 세워졌다. 이후 할리우드가 영화산업의 메카로 자리 잡으면서 오늘날과 같은 모습을 얻게 된다.

할리우드 사인은 영화가 만들어내는 빛과 어둠을 동시에 보여준다. 수많은 스타 지망생들이 멋진 캐딜락을 끌고 그 사인 아래를 달리는 날을 꿈꾸지만, 그 'H' 글자 위에서 뛰어내려 죽기도 했다. 또한 영화인들은 이 글자들을 가지고 놀지 못해 안달이 나 있다. 〈투모로우〉에서는 거대한 토네이도로 사인을 부수고, 〈오스틴 파워 3 – 골드멤버〉는 사인 아래 닥터 이블의 기지를 숨겨두었다.

2 • 할리우드에서 별이 되었다는 증거 | 명예의 거리 |

세계가 인정하는 셀레브리티가 되었음을 증명하는 가장 확실한 방법은 무엇일까? 바로 할리우드 명예의 거리 Hollywood Walk of Fame에 입성해 자신의 별을 남기는 것이다. 영화, 텔레비전, 공연예술 등의 분야에서 최고의 인기를 얻은 스타들의 이름을 새긴 황금의 타일이 이 대로의 바닥을 장식하고 있다. 1950년대부터 전통을 이어온 이 별의 숫자는 2,400개를 넘기고 있는

명예의 거리는 매년 1,000만 명의 관광객을 끌어모으고 있다.

HOLLYWOO
유니버설 스튜디오스 할리우드
Universal City
6
Griffith Park
1
그리피스
파크
명예의 거리
2
그라우맨스
차이니즈 극장
3
West Hollywood
Santa Monica Blvd
비벌리 힐스
4
Beverly Hills

Chinatown
Downtown
서던캘리포니아-
대학교
5
월트 디즈니
콘서트 홀
7

데, 할리우드 대로와 바인 스트리트에 걸쳐져 있는 거리의 길이가 점점 늘어나고 있다. 찰리 채플린은 1956년에 별의 주인공으로 선정되었지만 당시 매카시 선풍으로 인해 그 이름을 남기지 못하고, 1972년에야 자신의 별을 남길 수 있게 되었다. 2010년 5월에는 도날드 덕, 심슨 가족에 이어 슈렉이 가상의 캐릭터로서 이 거리에 들어서는 영광을 얻기도 했다.

3 · 시사회를 하려면 바로 이 극장들에서 | 그라우맨스 차이니즈 극장 |

황금기 할리우드를 가득 채웠던 영화산업의 시설들 중 상당수는 시 외곽으로 빠져나갔다. 그럼에도 아직 이 지역은 영화역사의 면면을 기억하게 하는 유물들로 가득하다. 그라우맨스 차이니즈 극장Grauman's Chinese Theatre의 우아한 아시아식 건물은 멀티플렉스에 익숙해진 영화관객들의 상식을 깨어버린다. 또한 극장 앞바닥을 가득 채운 여러 스타들의 손과 발자국 때문에 유명세를 누리고 있기도 하다. 손과 발뿐만 아니라 해럴드 로이드의 안경, 그라우초 막스의 담배, 해리 포터의 마법봉 등의 상징물들이 사용되기도 한다. 이 극장은 〈스타워즈〉의 시사회장으로도 유명하지만, 종종 영화에 직접 출연하기도 했다. 〈포레스트 검프〉와 〈스피드〉에서는 이 영화관에서 〈2001 스페이스 오디세이〉가 상영되고 있는 모습이 나온다. 〈오스틴 파워〉의 주인공들이 스티븐 스필버그 감독, 톰 크루즈 주연으로 자신들이 방금 벌인 일들의 영화판을 보는 극장도 바로 이곳이다. 1940년대 중반에는 아카데미 시상식이 여기에서 열리기도 했는데, 현재는 근

그라우맨스 차이니즈 극장은 스타들의 손도장으로 유명하다.

처에 있는 코닥 극장Kodak Theatre에서 열린다.

4 · 비벌리 힐스 아이들의 집은 어디에 있나요 | 비벌리 힐스 |

2000년대의 미드 열풍 이전에도 미국산 드라마 열기는 만만치 않았다. 1970~80년대 〈기동순찰대 CHiPs〉, 〈A 특공대The A-Team〉, 〈미녀 삼총사Charlie's Angels〉 등 원조 미드 인기작들 중에는 로스앤젤레스를 배경으로 하는 작품들이 유독 많았다. 드라마 스튜디오가 몰려

〈프리티 우먼〉의 현장인 비벌리 윌셔 호텔에서 현대의 신데렐라를 꿈꾼다.

있기도 했지만, 캘리포니아의 태양 아래 빛나는 도시는 성공을 꿈꾸며 모여든 사람들이 액션 활극을 벌이기에도 적당한 장소였기 때문이다.

〈비벌리 힐스 아이들Beverly Hills, 90210〉의 동네는 로스앤젤레스 서쪽 고지대에 있는 세계적 부촌으로, 톰 크루즈, 브리트니 스피어스 등 초특급 스타들의 대저택이 모여 있는 곳으로도 유명하다. 리처드 기어는 영화 〈프리티 우먼〉에서 이곳의 쇼핑가인 원조 로데오 거리Rodeo Drive에서 비벌리 힐스가 어느 쪽인지 물어보다 운명의 사랑에 빠진다. 그 현장인 비벌리 윌셔 호텔Beverly Wilshire Hotel이 지금도 그 자리에 남아 있다.

5 · 영화를 만들고 싶다면 여기에서 공부해 | 서던캘리포니아 대학교 |

영화와 드라마의 도시이니만큼 배우나 감독을 꿈꾸는 젊은이들이 세계 각국에서 모여드는 것도 당연해 보인다. 수학 천재들의 범죄 드라마 〈넘버스〉에 교정을 빌려주기도 하는 서던캘리포니아 대학교University of

조지 루카스의 기념비적인 SF 영화 〈THX 1138〉은 USC 재학 시절 만든 단편을 발전시킨 것이다.

Southern California는 영화학도의 산실이다. 이 대학의 영상예술학교School of Cinematic Arts는 미국에서 가장 오래되고 가장 큰 영화학교로, 조지 루카스, 로버트 저메키스 등 명감독들을 배출해냈다. 1973년 이래 매해 한 명 이상의 졸업생이 아카데미와 에미상 후보로 뽑히는 기록을 이어가고 있으며, 200개 가까운 수상 실적을 기록하고 있다. 1960년대 초반 월트 디즈니의 주도로 설립된 칼아츠California Institute of the Arts는 애니메이션 분야의 인재들을 배출해내는 곳으로 유명하다. 〈비틀쥬스〉의 팀 버튼, 〈이온 플럭스〉의 피터 정 등이 이 학교 출신이고, 〈라이온 킹〉과 〈토이 스토리〉의 크레디트 곳곳에서 졸업생들의 이름을 볼 수 있다.

6. 거대한 꿈의 공장의 실체를 확인하자 | 유니버설 스튜디오스 할리우드 |

도시 북쪽, 할리우드 사인 근처에 있는 유니버설 시티는 이름 그대로 영화사 유니버설 픽처스의 터전이 되고 있는 곳이다. 여기에 있는 거대한 영화 스튜디오이자 테마 파크인 '유니버설 스튜디오스 할리우드Universal Studios Hollywood'는 할리우드 영화가 어떻게 만들어지고 있는지를 생생히 확인할 수 있는 장소다.

20세기 초반 유니버설이 무성영화를 찍을 때부터 영화촬영장을 둘러볼 수 있는 투어는 존재했다. 그러나 본격적인 테마파크형의 투어가 시작된 것은 1960년대부터다. 이제 관람객들은 영화촬영 세트만이 아니라 돌발적인 이벤트, 스턴트 시범, 라이브 퍼포먼스 쇼 등

거대한 영화 세트장이자 놀이동산인 '유니버설 스튜디오스 할리우드'

을 체험할 수 있게 되었다. 〈백 투더 퓨처〉, 〈비틀쥬스〉, 〈킹콩〉, 〈심슨 가족〉 등 여러 히트작들을 테마로 한 세트와 놀이기구들이 인기를 모으고 있다.

7 • 월트 디즈니의 흔적을 찾아라 | 월트 디즈니 콘서트 홀 |

월트 디즈니의 꿈은 가장 꿈만 같은 꿈, 상상으로만 그릴 수 있는 애니메이션이라는 꿈이었다. 시카고 예술학교의 야간과정을 다니던 디즈니는 학교신문의 만화를 그리며 자신의 재능을 발견하고, 카툰 스튜디오를 만들기 위해 할리우드로 온다. 〈증기선 윌리〉로부터 본격화된 그의 모험은 1930~40년대 디즈니 애니메이션의 황금시대를 열게 된다.

음악공연과 영화에서 꾸준히 이용되고 있는 디즈니 콘서트홀

　2003년에 문을 연 월트 디즈니 콘서트 홀은 이 도시의 새로운 랜드마크가 되고 있다. 딱 보기만 해도 '프랭크 게리'의 작품임을 알 수 있는 날렵하면서도 웅장한 건축물은, 금방이라도 아기 코끼리 덤코와 함께 하늘을 날아오를 듯하다. 이 건물은 그 유명세 덕분에 〈심슨 가족〉에 패러디되기도 했다. 스프링필드 마을이 프랭크 게리를 불러 새로운 콘서트홀을 만드는데, 번즈 사장은 이 건물을 교도소로 바꾸어버린다. 범죄자 스네이크는 그 감옥에서 탈출하며 말한다. "프랭크 게리가 디자인한 감옥도 나를 붙잡아둘 수는 없어." 월트 디즈니 콘서트홀은 음악공연을 위해 주로 사용되지만, 2003년 〈매트릭스 레볼루션〉의 시사회장으로 사용되는 등 영화와도 꾸준히 인연을 맺고 있다.

Los Angeles

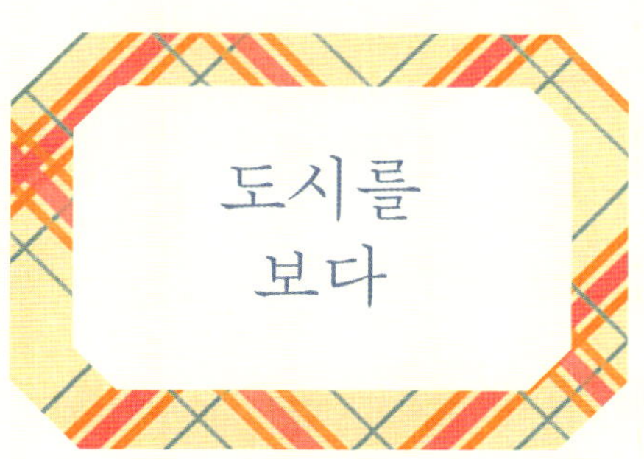
도시를
보다

모스크바의 색은 얼음의 색. 모스크바의 색은 빨갱이의 색. 우리의 선입견과 편견 속에서 모스크바는 단 하나의 색으로 이름지어져 있었다. 하지만 들여다보라, 모스크바는 형형색색 알록달록 강렬한 색으로 제 몸을 장식하고 있다. 그 색의 향연이 모스크바를 다시 보라 한다. 편견을 버리고, 두 눈 크게 뜨고.

 알록달록, 테트리스 | 소비에트 과학원 |

모스크바를 대표하는 바실리 성당의 별명은 일명 '테트리스 성당'이다. 유명한 게임 테트리스의 첫 화면에 나오면서 수많은 사람의 인상에 선명하게 새겨졌기 때문이다. 세계적으로 너무나 많은 사람들을 중독시켜 "KGB의 음모다."라는 말까지 들었던 테트리스의 알록달록함은 사실 모스크바의 한 면이다. 바실리 성당의 이미지뿐 아니라, 힘차게 다리를 내뻗는 러시아 민요춤의 이미지도 테트리스의 고향이 모스크바임을 보여준다.

다양한 색의 도형, '테트로미노'의 향연인 테트리스도 처음 만들었을 때는 색깔도 소리도 없었다. 알렉세이 파지노프는 소비에트 과학원에서 음성인식과 컴퓨터 디자인 프로그램을 개발하던 연구원으로 러시아의 퍼즐인 '펜토미노'에서 영감을 얻어 1984년에 처음 이 게임을 개발했다. 이후 동유럽, 헝가리를 거쳐 서방으로 넘어가면서 명실상부한 역대 최고의 게임으로 인정받았다. 1989년 미국 소프트웨어 배급협회에서 최초로 네 개 부문을 석권하기도 한 이 게임은 아케이드 버전, 휴대용 게임, 콘솔 게임, 모바일 게임 등 무려 59개의 게임플랫폼에서 위용을 떨쳤다. 수많은 법정분쟁만큼이나 요란한 인기였다. 한 게임잡지는 이 게임에 대해 "믿지 못할 만큼 간단하고 방심할 수 없을 정도로 중독적이다."라고 논평했다.

당시 개인의 지적재산권을 인정하지 않던 소련에서 활동했기 때문에 게임의 인기와 상관없이 돈을 벌지 못했던 알렉세이 파지노프는 이후 미국으로 넘어간다. 1996년경부터 마이크로소프트와 테트리스 컴퍼니에서 일하면서 〈해트리스〉, 〈클락웍스〉 등의 게임을 만들며 계속 활동한 그는 게임개발자들의 영웅으로 추앙받고 있다.

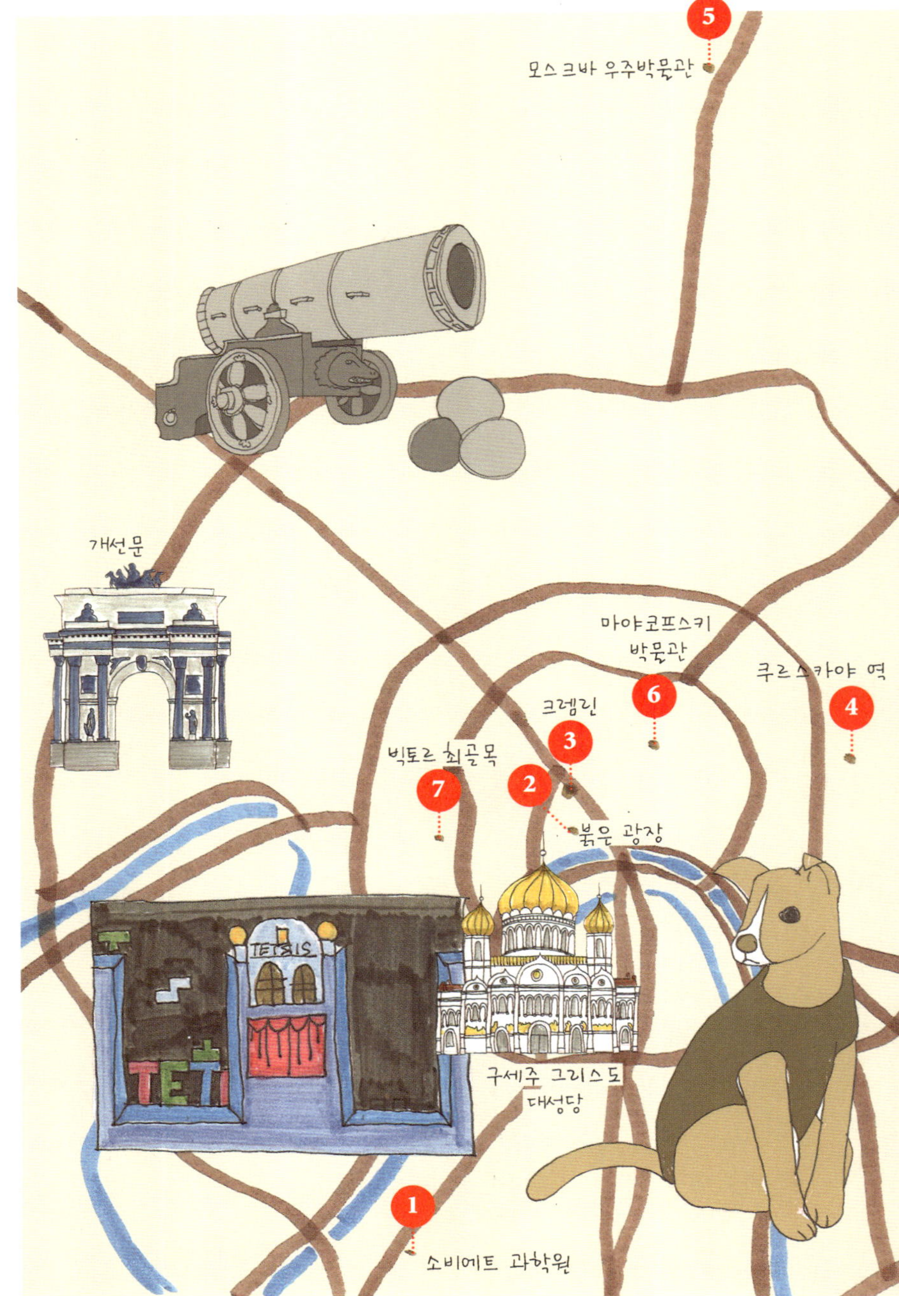

모스크바 우주박물관
5
개선문
마야코프스키
박물관
6
쿠르스카야 역
4
크렘린
3
빅토르 외골목
7
2
붉은 광장
구세주 그리스도
대성당
1
소비에트 과학원

2 • 붉은, 광장 | 붉은광장 |

'붉은 광장'은 모스크바의 붉은 심장일 테다. 크렘린의 전면에 펼쳐진, 레닌의 묘가 있는 광장. 예전부터 차르의 선언, 판결, 포고가 내려지던 곳. 지금도 메이데이 같은 큰 행사나 사열식이 이루어지는 곳. 그러나 그 이름에도 불구하고 이 광장은 붉지 않다. 바닥에 깔려 있는 포석은 다갈색이며, 규모도 그리 크지 않다. 가장 넓은 부분이라고 해봐야 겨우 너비 100미터, 길이 500미터 가량에 지나지 않는다.

붉은 광장이 현재의 이름으로 불리기 시작한 때는 17세기 말이다. 그 이전에는 상업광장, 화재광장 등으로 불렸다. 'ㄲ라스나야'는 고대 슬라브어로 '붉은'이라는 뜻이지만 동시에 '아름다운'이라는 뜻이기도 하다. 결혼식을 따르는 행렬을 '붉은 행렬'이라고 부르기도 하고, 아름다운 아가씨를 '붉은 아가씨'라 부르기도 한다.

붉은 광장을 둘러싸고 있는 건물들의 면면은 화려하다. 모스크바를 대표하는 이미지인, "세상에서 가장 아름다운 건축예술품"으로 불리는 바

붉은 광장에서는 수많은 역사적 사건들이 일어났다.

실리 성당, 화려한 굼 백화점, 역사박물관과 크렘린 성벽을 배경으로 한 레닌묘, 스빠스까야 탑이 붉은 광장을 중심으로 한 곳에 모여 있다.

세라믹 타일로 화려하게 장식된 바실리 성당에는 이 성당을 너무나 사랑한 이반 대제가 또다시 이토록 아름다운 건물이 지어질까 두려워 건축가 두 명의 눈을 뽑아버렸다는 전설이 전해 내려온다. 이후 1919년 8월 KGB가 성당의 성직자를·총살했고, 1929년에는 역사박물관에 넘겨지는 비운을 겪기도 했다. 1936년에는 철거의 위기에 직면하기도 하였으나 간신히 고비를 넘겨 지금에 이르고 있다. 1990년부터는 이 성당에서 예배가 다시 시작되었다.

레닌묘가 있는 크렘린 성벽 아래는 일종의 공동묘지이다. 현재 230여 개의 무덤이 자리하고 있는데, 트로츠키, 스탈린, 흐루시초프, 막심 고리키 등의 흉상을 그들의 무덤 앞에서 볼 수 있다. 레닌묘는 현재 붉은 화강석으로 만들어져 있으며, 그 안에는 검은 양복을 입고 반듯하게 누워 있는 레닌의 시신이 안치되어 있다.

3 · 검은, 크렘린 | 크렘린 |

냉전시대, 널리 알려졌던 소련의 이미지는 '크렘린'과 '검은'을 찰떡처럼 붙여놓은 것이었다. 그들의 음험함, 속을 알 수 없는 무표정함, 비열한 계산속 등을 몽땅 '검다'는 표현 속에 우겨넣어 크렘린 위에 발라버린 것이다. 그러나 사실 크렘린은 검지 않다. 온갖 아름다운 성당과 건물들이 모여 있는 이곳은 현재 모스크바를 방문하는 이들에게 다채로운 색을 보여준다.

원래 크렘린의 의미는 고대 러시아에서 쓰던 보통명사로, '도시 내부의 요새, 성벽'이다. 러시아 내의 오래된 도시들은 다 크렘린을 가지고

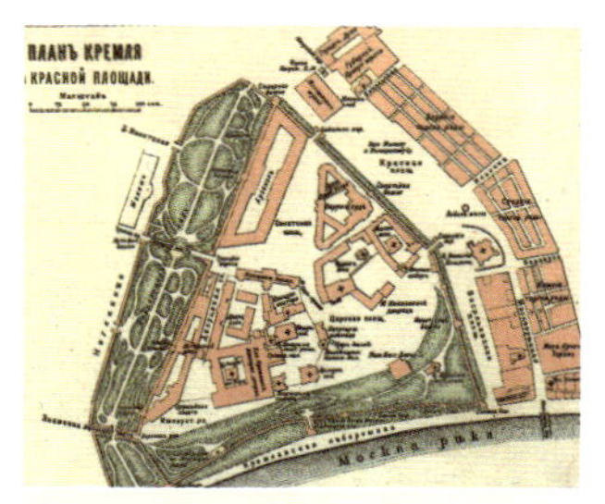

크렘린의 아름다운 건물들은 제각각의 매력으로 사람들의 시선을 끈다.

있는데, 그중에서도 모스크바의 크렘린이 가장 유명하며, 러시아어 대문자로 시작할 경우 보통 모스크바의 크렘린을 말한다. 1156년 모스크바를 세웠다고 알려진 유리 돌고루키 공이 처음 만들었다는 이곳은 러시아 역사의 증언자다. 귀족들의 결혼식, 짜르의 대관식, 온갖 출정식 등의 공식행사가 이곳에서 이루어졌다.

크렘린 내부에는 성당이 많다. 3대 성당인 성모승천교회와 성수태고지교회, 대천사교회 이외에도 많은 교회당들이 자리잡고 있다. 모스크바의 정중앙이라고 알려진 곳에 있는 높이 100미터의 이반대제종탑은 한때 모스크바에서 제일 높은 건물이었다. 레닌이 기거하기도 했던 노란색의 화려한 대통령 궁에서는 지금도 대통령이 집무를 보고 있다. 현대식 디자인의 크렘린 대극장도 어깨를 겯고 있다.

이곳에서는 지구상에서 실전용으로 만든 것 중에는 가장 크다고 알려진, 한 번도 사용하지 않은 거대한 포와 한 번도 울리지 못한 거대한 종도 볼 수 있다. 너무 커서 종탑에 설치할 수 있는 방법이 없어 전시용으로만 놓여 있다고.

4 · 푸른 막대기가 숨겨진 곳 | 야스나야폴랴나 |

모스크바의 쿠르스카야 역에는 야스나야폴랴나로 가는 특급열차가 있다. 야스나야폴랴나는 톨스토이의 생가와 묘지가 있는 곳이다. 이곳에 가면 대문호 톨스토이가 태어났다고 전해지는 검은 소파와 톨스토이의 무덤을 동시에 볼 수 있다. 이곳에는 푸른 막대기의 전설이 내려온다. 톨스토이의 맏형 니꼴라이는 "이 숲에는 푸른 막대기가 숨겨져 있는데, 그 막대기

를 찾은 사람은 전 세계 인류를 이해하고 행복하게 살 수 있다.”고 늘 말
해왔다. 어린 톨스토이와 그의 형제들은 그 막대기를 찾아 영지의 숲 속
을 돌아다니곤 했다고 한다. 나이 들어서도 그 막대기를 잊지 못하던 톨
스토이는 가장 사랑하던 셋째 딸에게 바로 그 숲의 계곡에 무덤을 만들어
줄 것을 유언으로 남겼다. 비석도 없이 조촐한 그의 무덤은 그 유언에 따
른 것이다.

톨스토이는 꽤 심각한 노름꾼이었는데, 한번은 노름 끝에 야스나야폴
랴나 저택을 잃고 말았다. 그에게 있어 자기가 나고 자란 이곳을 잃는다
는 것은 보통 심각한 일이 아니었다. 그는 일기에 “모든 것을 잃어버렸
다. 야스나야폴랴나 저택-나는 더 이상 쓸 수가 없다. 나 자신에게 구역
질이 나서, 나의 존재를 잊어버리고 싶을 정도이다.”라고 쓰며 괴로워했
다. 그는 결국 백방으로 수소문하다 소설 한 편을 급히 써주기로 하고 계
약금으로 영지를 되찾았다. 농노가 해방되고 지주들의 토지가 그들에게
돌아가야 한다고 주장하며 꽤 넓은 토지를 농민들에게 나누어준 그였지
만, 이 땅에 가졌던 애착이 얼마나 대단한 것이었는가 짐작할 수 있다.
“지구의 정신적인 자오선은 야스나야폴랴나를 지나
간다.”고 한 러시아의 시인의 말은, 톨스토이에 대
한 존경의 뜻이자 그가 뿌리를 내렸던 이 땅에 대한
경의의 뜻이라 봐야 할 것이다.

몇 차례 모스크바에서 야스나야폴랴나까지 도보
여행을 하기도 했던 그는 결국 이곳이 아닌 다른 곳
에서 숨을 거두었다. 여든둘의 나이로 영지를 떠난
그는 한달이 채 지나지 않아 아스타포보라는 작은
역의 역장 관사에서 눈을 감았다.

톨스토이는 자신이 태어난 영
지인 야스나야폴랴나를 특별
히 사랑했다.

5 • 별빛 속을 날던 기억 | 모스크바 우주박물관 |

인류 최초의 우주비행사는 유리 가가린이다. 그는 1961년 4월 12일 우주선 바스똑-1호를 타고 1시간 29분만에 지구 상공을 일주하고 귀환하였다. 냉전상황 속에서 미국과 우주를 향한 치열한 경쟁을 하던 소련에서 그는 일약 국가적 영웅이 되었다. 그는 1968년 비행훈련 중 추락사하였는데, 그 뒤 유명한 혁명가들과 어깨를 나란히 하고 크렘린 벽에 묻혔다. 모스크바 시내에는 그의 동상이 세워졌다.

우주정복에 대한 소련의 집념은 인류 최초의 우주비행사 유리 가가린을 낳았다.

우주를 향한 꿈은 2차대전 이후의 소련에게 절박한 것이었다. 미국과의 자존심 경쟁에서 이기기 위해 총력을 다하던 그들은 1957년 세계 최초로 지구궤도에 인공위성 스푸트니크를 발사했다. 스푸트니크 2호는 한발 더 나아가 최초로 생명체를 태운 우주선으로 계획되었고, 거리의 개인 '라이카' 가 우주를 여행하는 최초의 지구생물체로 선발되었다. 라이카 덕분에 사람들은 무중력 상태에서도 지구생물이 생존할 수 있다는 사실을 알게 되었지만 라이카는 살아 돌아오지 못했다. 애초에 돌아올 수 있는 장치가 되어 있지 않은 우주선이기도 했지만 우주선의 문제로 발사 후 실내온도가 급격히 올라가 5시간 만에 죽고 만 것이다. 그러나 소련은 라이카의 죽음을 감추고 이후 "독극물이 든 먹이를 먹고 편안하게 숨을 거두었다."고 주장했다.

현재 모스크바 우주박물관은 세계최초로 인공위성을 쏘아올린 '우주정복' 의 업적을 기리기 위해 1964년에 세운 100미터 높이의 거대한 '스페이스 오벨리스크' 하단부에 자리잡고 있다. 기념비의 정상에는 우주선 모형이 위풍당당하게 올라서 있다. 우주박물관에는 유리 가가린의 초상

화와 인류 최초의 여자 우주비행사 발렌찌나 테레슈꼬바의 흉상, 최초의
자동월면차 루나호트-1호, 라이카를 기념하는 조형물, 우주선 모형 등이
전시되어 있다.

6 · 노랑 재킷의 사나이, 마야코프스키 | 마야코프스키 박물관 |

러시아의 혁명시인 마야코프스키는 모든 것이 강렬했다. 시가 강렬했고,
인상이 강렬했고, 사랑이 강렬했고, 혁명적 태도가 강렬했고, 서른여섯
의 나이에 권총으로 마감한 죽음이 강렬했다. 미래파 운동을 주도하고 독
특한 실험시를 쉬지 않고 발표했던 그는 이미 열다섯 살에 노동당원이 되
었고 어린 나이에 경찰에 체포되었다. 모스크바 미술학교에서 열 살 많은
친구인 미래파 화가 다비드 브를류크를 만난 그는 1912년 브를류크가 작
성한 미래주의 선언문 〈대중의 취향에 따귀를 때려라〉에 서명하고 시를
발표하며 본격적인 이름을 날리기 시작했다.

1914년 그는 밝은 노란색 블라우스를 입고 등장했다. 주변의 사람들은
충격을 받았다. 우크라이나 시인인 스테판 쿠즈바이트는 "마야코프스키
의 노란색 셔츠"라는 시를 써 그 놀라움을 표현했다. 이는 미래주의 시운
동을 위한 해프닝으로, 그의 동료는 뺨에 새 그림
을 그리고 등장하기도 했다. 그 사건에 대해 마야
코프스키는 말했다. "나는 양복을 가져본 적이 한
번도 없었다. 꾀죄죄한 셔츠가 두 벌 있었을 뿐이
다. 경험에 비추어 넥타이로 가리면 좀 나을 것
같았다. 돈이 없었다. 누나한테 노란색 천을 얻어
몸에 감았다. 성공. 이는 즉, 인간에게서 가장 눈
에 띄고 가장 아름다운 부분은 넥타이라는 뜻. 따

마야코프스키는 아방가르드한 포
스터 디자인으로도 유명하다.

라서 넥타이를 확대하면 성공도 확대될 것이 분명했다. 그러나 넥타이의 크기란 한정되어 있으므로 나는 꾀를 부렸다. 즉, 넥타이 같은 재킷, 혹은 재킷 같은 넥타이를 만들었다. 효과는 만점이었다." 결국 그의 노란색 블라우스, 혹은 셔츠, 혹은 튜닉이라 기억된 그의 옷은 넥타이의 확대판이었던 셈이다. 시뿐 아니라 미술에까지 걸쳤던 그의 작품들은 마야코프스키 박물관에서 볼 수 있다.

7. 형형색색, 빅토르 최 골목 | 아르바트 거리 |

대학로나 명동에 비교되곤 하는 모스크바의 번화가 아르바트 거리에는 빅토르 최의 이름이 붙은 작은 골목이 있다. 그가 무명시절에 노래를 불렀다는 골목이다. 길이는 채 100미터가 안 되지만 빅토르 최를 잃은 슬픔은 깊다. 매년 8월 15일은 그가 스물여덟 살의 나이에 의문의 교통사고로 죽은 날로, 20년이 지난 지금도 이곳은 그의 죽음을 추모하는 젊은이들로 늘 북적북적하다. 그를 추모하는 벽, 스찌나 쏘야는 그에게 바치는 낙서가 형형색색 그려져 있다. 꽃다발이 바쳐지고, 담뱃불이 향처럼 피워져 있다. 그의 팬들은 관광객의 호기심에 찬 카메라를 거부한다.

빅토르 로베르토비치 최는 러시아의 전설적인 록그룹 키노의 리더다. 러시아 록 음악의 최고참인 유리 셉축도 "러시아 록 음악의 시초"라고 인정하는 이다. 소련 역사를 움직인 13명 중 한 명으로 꼽히기도 한다. 고려인 2세인 아버지와 우크라이나인 어머니 사이에서 태어난 그의 노래 몇 곡은 한대수, 윤도현 등에 의해 한국어로 번역되어 소개되기도 했다.

정치적인 메시지로 가득찬 반항적인 가사의 곡으로 젊은이들을 흔들었던 그는 영화를 찍기도 했으며, 영화홍보를 위해 미국에 다녀오기도 했다. 굉장한 인기에도 불구하고 그는 계속 아파트 빌딩의 보일러실에서 화

부로 일하며 살았는데, 그것은 그가
소련정부의 환영을 받지 못했던 때
문이기도 하다. 소련의 잡지《콤소
몰스카야 프라우다》는 그의 사후 그
에 대해서 "그를 믿지 않을 수 없다.
대중에게 보여지는 모습과 실제 삶

빅토르 최는 러시아 록의 전설이자 영웅이다.

의 모습이 다름없는 유일한 록커가 빅토르 최이다. 그는 그가 노래 부른
대로 살았다. 그는 록의 마지막 영웅이다."라고 평했다.

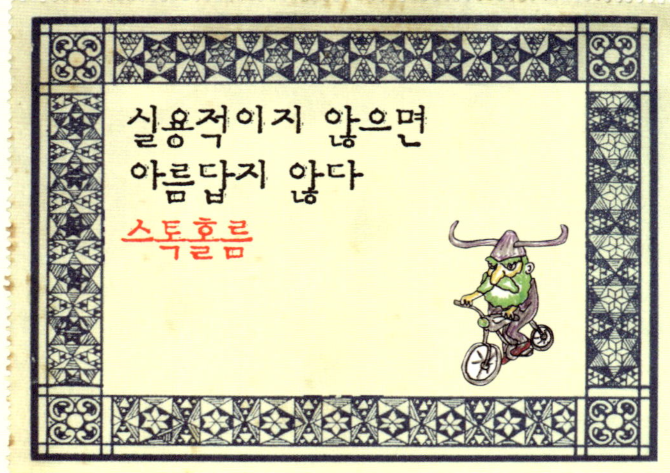

정치, 디자인, 환경, 팝 음악…… 요즘은 무엇을 말하든 스칸디나비아를 바라본다. 그 한가운데 스톡홀름이 있다. 14개의 섬을 57개의 다리로 엮은 뒤 초록의 공원으로 뒤덮은 도시. 나무들은 색색의 스웨터를 입고 있고, 총명한 실용주의가 북구의 판타지를 감싸준다.

1 · 스톡홀름 카드와 지상에서 가장 긴 아트 갤러리 | 중앙역 |

"스웨덴에서 가장 좋은 게 무엇이었나요?" 많은 여행자들이 이렇게 답한다. "스톡홀름 카드요." 지하철과 버스, 섬들을 오가는 페리, 자전거 투어는 물론 80군데 주요 관광지의 할인 혜택까지 하나의 카드로 해결할 수 있다니 무척이나 경제적이고 실용적이다. 그러나 여행의 수단에 불과한 교통카드를 '가장 좋았다'는 목적으로 탈바꿈시키다니. 그야말로 '스톡홀름답다'.

이 카드는 또한 '세계에서 가장 긴 아트 갤러리'를 무료로 관람할 수 있게 해준다. 스톡홀름에 있는 90개의 지하철 역사들 하나하나가 예술 작품처럼 치장하고 있기 때문이다. 벽과 천장 자체를 동굴처럼 불규칙하고 자연스럽게 마감한 뒤에 페인팅, 모자이크, 조명, 조각 기둥을 덧붙여놓았다.

스톡홀름 지하철 역사는 '세계에서 가장 긴 아트 갤러리'라 불린다.

대학Universitetet 역에는 생물 분류학으로 유명한 칼 폰 린네의 업적을 기리는 장식물을 새겨두는 등 지역적 특성도 잘 살리고 있다. 갤러리답게 중앙역T-Centralen station에서 출발하는 가이드 투어도 있다. 화요일은 블루, 목요일은 그린, 토요일은 레드라인을 따라간다.

2 · 항해사의 대망신을 큰 자랑으로 만들다 | 바사 흐 박물관 |

1625년 구스타프 2세 치하의 스웨덴 왕국은 해양 강국의 면모를 뽐내기 위해 전함 바사Vasa 호를 건조한다. 당대 최고의 과학과 예술의 집합체로

Humle Garden
6
갤러리 파스칼
3
콘서트 홀
NOBEL
1
중앙역
Centralstation
IKEA
FURNITURE
Design House
Toy
Gamla Stan

4 주니바켄
2 바사 호 박물관
5 그뢰나 룬트
7 로열 내셔널 시티 파크
Djurgarden

전함 바사 호, 17세기 유럽 선박의 원형을 가장 잘 유지하고 있다.

온 국민의 관심 속에 출항한 배, 그러나 처녀항해를 떠난 선박은 2킬로미터도 못 가서 균형을 잃고 침몰하고 만다. 과시용으로 너무 많은 포를 실어 무게를 지탱하지 못해서라고도 하고, 구스타프 국왕이 정치적 이유로 너무 급히 배를 완성시키라고 지시한 때문이라고도 한다. 어쨌거나 세계 해양사에 길이 남을 대망신을 당한 셈이다.

그로부터 300년이 흘렀다. 해양 고고학자들은 1956년 스웨덴 항구 바로 바깥에서 바사 호를 발견해 5년에 걸친 작업 끝에 인양한다. 놀랍게도 선체는 17세기의 모습을 거의 그대로 간직하고 있었다. 스톡홀름 사람들은 선조의 부끄러운 실패를 끌고 와 멋진 박물관으로 변모시켰다. 커다란 돛대를 달고 있는 해안의 박물관 안에는 바사호의 본 모습이 생생히 재현되어 있다. 거대한 선박의 본체, 아름다운 선미의 조각, 선원들의 옷가지와 물품 등과 더불어 당시 선박의 구조와 선원들의 활동을 볼 수 있는 미니어처까지 세심하게 진열되어 있다. '30년 전쟁' 때 발틱 해를 지배하기 위해 만들어진 전함 바사 호는 당시에는 적들을 하나도 죽이지 못했지만, 수백 년 뒤에는 세계의 여행객들을 사로잡고 있다.

3 • 노벨상 시상식의 수상자는 어떤 기분일까 | 콘서트홀 |

'개처럼 벌어 정승처럼 써라.' 이 격언을 스웨덴 사람처럼 충실히 따르는 경우가 있을까? 냉전시대 스웨덴은 자본주의와 공산주의 사이를 오가며 짭짤한 수익을 얻어 박쥐 취급을 받았다. 그런데 이 간사한 동물은 '사회적 환원'이라는 가치를 앞장서 실천하며 착한 박쥐로 사랑받고 있다. 다이너마이트를 발명해 떼돈을 벌어들이고, 잘못 나온 부고 기사에서 '더러운 상인'이라 불린 노벨의 변신 역시 그러했다. 그는 유산의 94퍼센트를 '노벨상' 설립에 남기고, 인류에 가장 큰 기여를 한 사람들에게 영광의 메달을 건네주도록 했다.

매년 12월 10일 스톡홀름의 콘서트홀에서는 노벨상 시상식이 벌어져 전 세계인의 시선을 한 군데로 모으는데, 꼭 그곳이 아니라도 노벨상의 꿈을 대리 체험할 수 있는 장소가 꽤 있다. 시상식이 끝난 뒤 전망 좋은 시청 건물에서 공식연회가 벌어지는데, 평소에도 이곳 레스토랑에서 노벨상 수상자들의 디

1918년의 노벨상 증서. 노벨상에 쏟아진 초기의 관심은 유래를 찾기 어려운 상금액 때문이기도 했다.

너 메뉴를 맛볼 수 있다. 구시가에 있는 스웨덴 아카데미 소유의 레스토랑 길데네 프레덴Den Gyldene Freden은 노벨상 수상자를 결정하는 장소로 유명하다. 노벨상의 실물을 보려면 구시가인 감라 스탄Gamla Stan에 있는 노벨 박물관을 찾아가면 된다.

4 · 말괄량이 삐삐의 친구가 되고 싶다면 | 주니바켄 |

노벨 할아버지가 세상에 유용한 사람을 뽑아 추켜세운다면, 세상에 절대 무용한 일들을 벌여놓고 으스대는 소녀가 있다. 바로 스웨덴이 낳은 세계

『삐삐 롱스타킹』은 잉거 닐슨 주연의 TV 시리즈로 널리 알려져 있다.

적인 동화작가 아스트리드 린드그렌Astrid Lindgren이 1945년에 선보인 『삐삐 롱스타킹』이다. 항상 괴상한 패션에 장난기로 가득 차 있는 소녀, 엄청난 괴력을 가지고 있지만 친구들에게는 한없이 다정한 소녀. 삐삐는 어쩌면 "인내가 제일 쉬웠어요."라고 말하는 스톡홀름인들의 마음속에 감추어진 광기를 대변하고 있는 게 아닐까?

스톡홀름에서 삐삐를 만나려면 듀르가르덴Djurgarden 섬으로 달려가면 된다. 여기에 있는 어린이 박물관 주니바켄Junibacken은 우리를 『보물섬』, 『정글북』 같은 동화 속의 세계로 안내한다. 그리고 그 한가운데 린드그렌의 작품 세계가 재현되어 있다. 건물 바깥에는 린드그렌의 동상이 서 있고, 그녀를 기념하는 영구 전시물이 갤러리에 가득하다. 아이들은 이야기책 기차를 타고 린드그렌 월드를 탐험해볼 수 있다.

5 • 아바와 스위디시 팝의 향연 | 그뢰나 룬트 |

듀르가르덴 섬은 마치 보물섬처럼 곳곳에 신나는 재미를 감춰두고 있다. 놀이공원인 티볼리 그뢰나 룬트Tivoli Gröna Lund 역시 빼놓을 수 없는데, 작은 규모에도 불구하고 스톡홀름의 상징으로 오랜 역사를 이어왔다. 1883년에 세워진 이 공원은 특이하게도 당시의 거주지와 상업 건축물들을 부수지 않고 그것을 감싸안은 채 여러 놀이기구들을 채워넣었다. 19세기에 손으로 만든 회전 돼지가 아직도 아이들을 태운 채 돌고 있는데, 스톡홀름 사람들의 알뜰한 마음을 느낄 수 있다.

이 놀이공원은 여름철의 콘서트로도 유명하다. 밥 말리, 비비 킹, 지미 헨드릭스에서부터 최근의 레이디 가가까지 멋진 리스트가 이어져왔다.

그중에서도 공원의 공식 홈페이지가 가장 위에 올려놓은 역사적 공연은 무엇일까? 바로 이 도시가 낳은 세계적인 팝 그룹 아바ABBA의 1975년 콘서트다. 아바는 1974년 유러비전 송 콘테스트를 통해 주목을 받았지만, 곧바로 이어진 유럽 투어에서는 큰 재미를 보지 못했다. 그러나 절치부심 끝에 시작한 이듬해의 스웨덴-핀란드 투어에서부터 본격적인 성공 가도를 달리기 시작했는데, 이곳 그뢰나 룬트의 공연에서 정점을 찍었다.

아바가 그뢰나 룬트에서 공연했던 1975년의 앨범, 〈ABBA〉. 팬들은 '리무진 앨범'이라고도 부른다.

아바, 에이스 오브 베이스, 카디건스 등 세계적인 사랑을 받고 있는 스웨덴 팝 밴드는 하나둘이 아니다. 그 성공의 원인은 뭘까? 귀에 쏙 들어오는 멜로디, 흥겹고도 단순한 리듬, 복고풍의 아기자기한 정서 등 여러 이유를 들 수 있지만, 그들이 영어로 노래한다는 사실을 무시할 수 없다. 그것도 매우 쉬운 영어로. 이것 역시 스웨덴식 실용주의라 할 수 있는데, 덕분에 미국과 영국을 제외하고는 최대의 팝 수출국이라는 이야기를 듣고 있다. 최근 뮤지컬 〈맘마미아〉 등을 통해 아바가 새롭게 사랑을 받고 있는데, 이곳 공원에서 걸어갈 수 있는 거리에 아바 박물관 ABBA the Museum이 건설되고 있다고 한다.

6 · 북유럽 디자인의 작은 보물들을 만난다 | 갤러리 파스칼 |

꾸미지 않은 듯 꾸민다. 생활 속에서 아름다움을 보고 만지게 한다. 스칸디나비아 디자인에 대한 관심과 사랑은 식을 줄을 모른다. 이 도시에서 열리는 스톡홀름 퍼니처 페어가구, 노던 라이트 페어조명, 스톡홀름 패션 위크패션 등은 북유럽 디자인의 현재를 확인할 수 있는 좋은 기회들을 꾸준히 제공한다. '디자인하우스 스톡홀름', '이케아' 등 스웨덴산 디자

전후 스웨덴 디자인의 대표자인 스티그 린드버그(오른쪽). 세라믹, 유리, 텍스타일 등에서 탁월한 제품들을 만들어냈다.

인 제품을 구경할 수 있는 숍들도 곳곳에 있다.

갤러리 파스칼gallery pascale은 스웨덴-프랑스 혈통의 여성인 파스칼 코타드-올슨 Pascal Cottard-Olsson의 콜렉션을 중심으로 만들어진 작은 갤러리 겸 숍이다. 가구, 패션, 조명, 일러스트레이션 등 스칸디나비아 디자인의 현주소를 볼 수 있는 전시들이 꾸준히 이어지고 있다.

7 • 초록색이 가장 강하다 | 로열 내셔널 시티 파크 |

디자인을 사랑하는 시민들인 만큼 도시는 온갖 색들로 반짝인다. 그렇다면 이 도시에서 가장 빛나는 색은 무엇일까? 아마도 그린.

최근 유로연합은 도시 환경에 대한 관심을 촉발시키고자 매년 한 도시씩 유럽의 녹색 수도European Green Capital로 선정하기 시작했는데, 2010년 그 첫 번째 우승자가 바로 스톡홀름이다. 과감한 교통정책으로 출근자의 80퍼센트가 대중교통을 이용하게 되었고, 지난 10년간 자전거 이용자는 130퍼센트나 증가했다고 한다. 특히나 획기적인 쓰레기 배출 프로세스 등을 통해 탄소 배출을 급속히 줄이고 있는데, 2050년에는 탄소 배출을 완전히 없앤다는 계획이다.

거주민의 95퍼센트가 300미터 이내에 '진짜'

스톡홀름은 2010년 유로피언 그린 캐피털의 첫 번째 도시로 선정되었다.

녹지를 가지고 있는 것도 큰 자랑이다. 듀르가르덴의 동쪽 녹지대를 포함한 로열 내셔널 시티 파크Royal National City Park는 시 공원으로는 세계 최초로 국립공원으로 지정되었다. 시 구역 안에 일곱 개의 자연보호구역이 있고, 시내에서 30분만 나가면 무스와 순록을 볼 수 있는 사파리 투어 코스가 마련되어 있다. 감라 스탄Gamla Stan 지구의 '건물 지붕 트레킹 투어' 등 도심 속에서 야생을 즐기고자 하는 상상력도 기발하다.

아테네에 가면, 투명하게 드러난 나체에 눈이 부실 것이다. 그들은 감추지 않는다. 역사는 바위에 고스란히 새겨져 있고, 육체는 옷 위에 선명한 윤곽을 드러내며, 표정은 진심을 감추지 않는다. 그러므로 아테네에서는 그 누구든 조금쯤 벗어야 한다. 자신을 드러내야 한다.

1 • 너를 드러내어, 너 자신을 알라 | 아고라 |

대화를 나눈다는 것은 자신을 드러내는 일이기도 하고, 자기자신이 누구인가 스스로 깨닫는 과정이기도 하다. 옛 철학자 소크라테스는 말했다. "너 자신을 알라." 소크라테스와 대화를 하다보면 스스로를 노출시키지 않을 수 없다. 그렇게 알몸으로 드러난 자신을 찬찬히 들여다보고 알아가는 것. 그것이 철학의 기본이라고, 그는 말한다.

아테네에서 태어나 아테네에서 죽은 아테네의 철학자 소크라테스. 그가 주로 출몰한 곳은 아고라였다. 아고라는 그리스식 민주주의가 직접 이루어진 공간이다. 아테네의 시민들은 이곳에서 재판도 열고, 시장도 보고, 모여서 공동체에 관한 여러 가지 결정도 내렸다. 직접 민주주의가 이루어지는 장소이자 철학이 실천적으로 모습을 드러내는 곳이기도 했다.

소크라테스가 방문하기 전, 아고라를 휘어잡고 있던 이들은 소피스트들이었다. 사소한 결정에서부터 목숨이 걸린 재판에 이르기까지 대화와 설득으로 해결하려 했던 이들에게 말을 잘한다는 것은 무엇보다 중요한 재능이었다. 소피스트들은 사람들에게 말 잘하는 법, 즉 웅변술을 돈 받고 가르쳤다. '현자'를 뜻하던 '소피스트'라는 단어는 '궤변가'를 뜻하는 말로 추락했다. 중요한 건 말재주가 아니라는 것을 집요한 문답으로 밝혀낸 소크라테스가 결국 아테네 시민들의 손에 의해 죽은 것은, 스스로를 안다는 것이 사실은 두려운 일이라는 것을 반증하는 것일까?

2 • 디오게네스의 등불에 나를 비추다 | 리시크라테스 기념비 |

"나는 대왕 알렉산드로스다. 네가 원하는 것을 말하라."라며 위풍당당하게 그를 내려다보는 청년 앞에서 남루한 옷자락 속으로 손을 넣어 긁적거리며 "햇볕을 가리지 말고 비켜주시오."라고 말했다는 철학자 디오게네

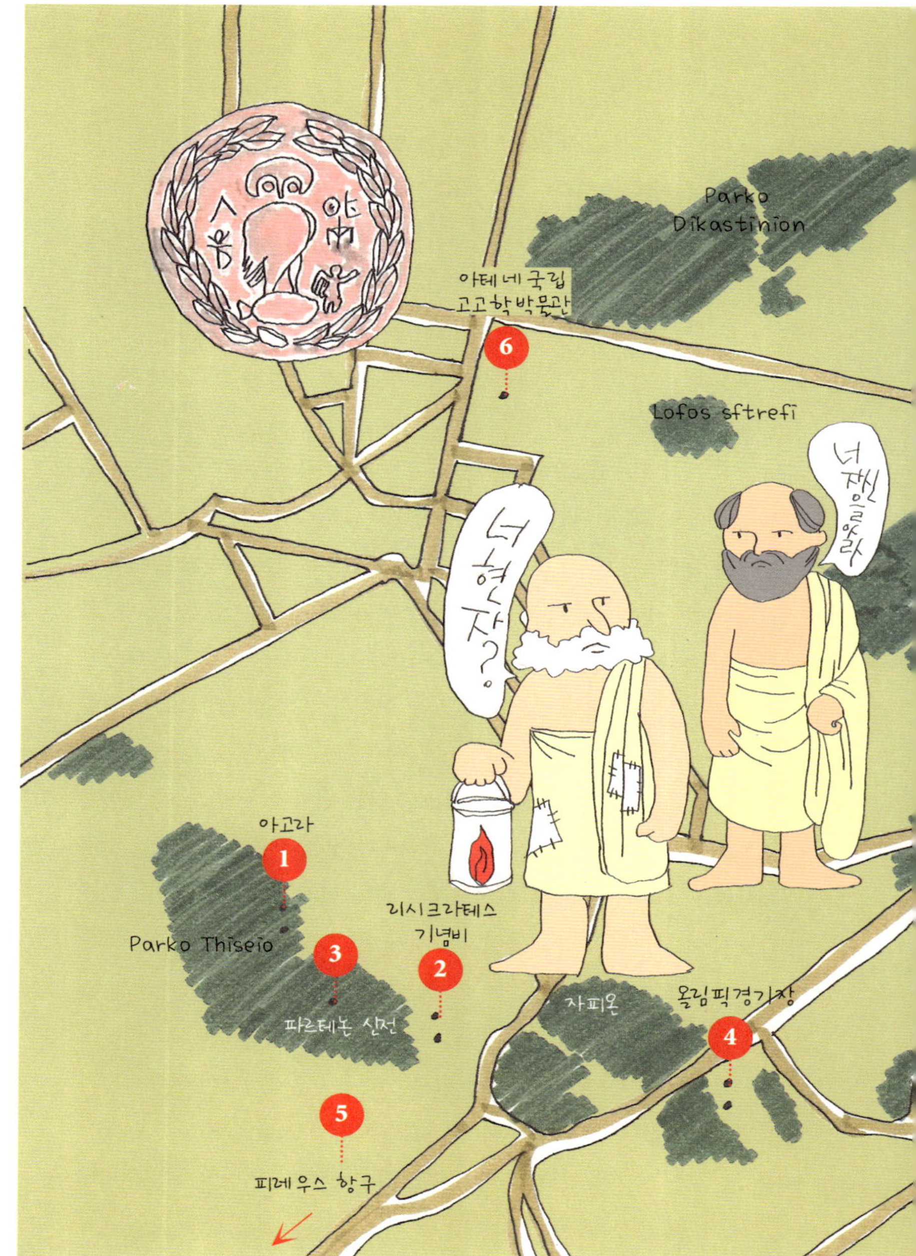

Parko Dikastinion
아테네 국립
고고학박물관
Lofos sftrefi
6
너현자?
너자신을알라
아고라
1
리시크라테스
기념비
Parko Thiseio
3
2
파르테논 신전
자피온
올림픽경기장
4
5
피레우스 항구

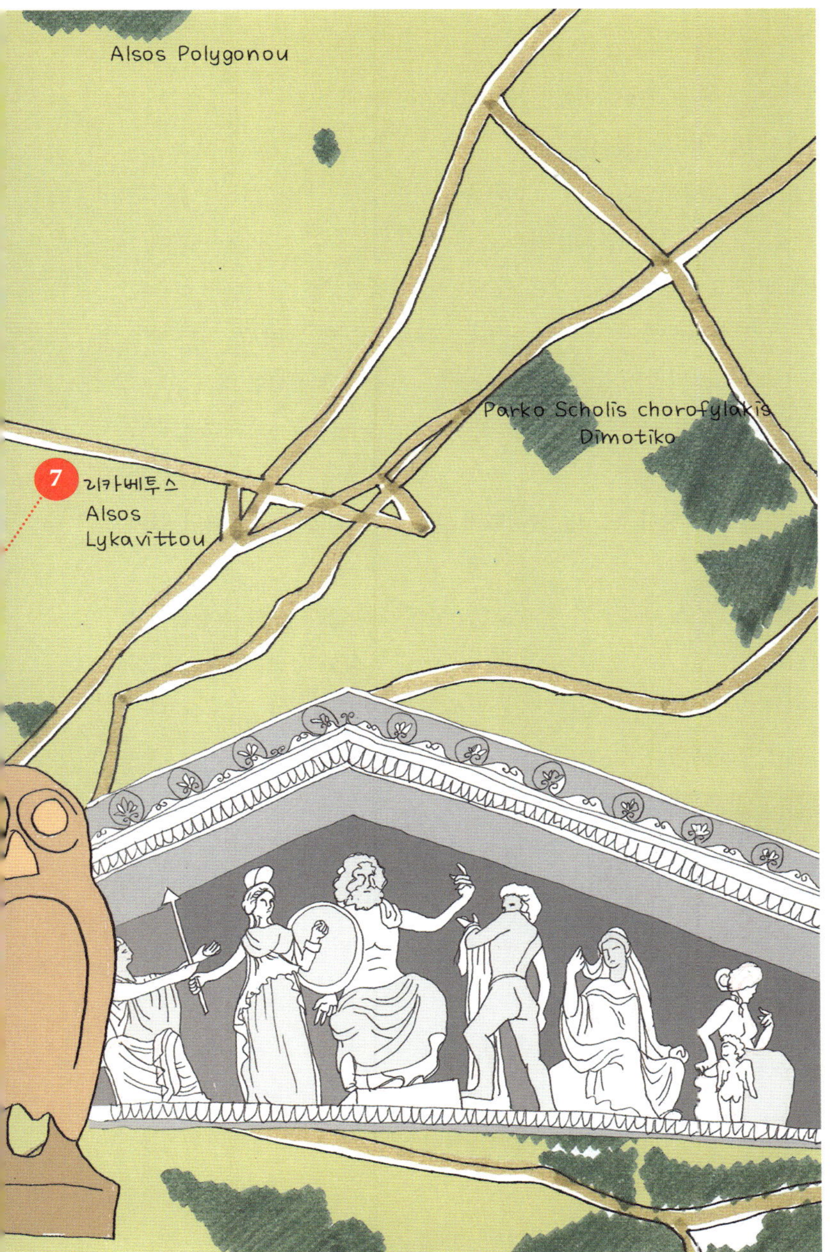

Alsos Polygonou
Parko Scholis chorofylakis
Dimotiko
7 리카베투스
Alsos
Lykavittou

스. 시노페에서 태어나 일명 '시노페의 디오게네스'라 불리는 그는 퀴닉 학파의 대표적인 인물이다.

문명을 반대하고 원시적인 생활을 추구한 그는 가능한 한 욕망을 줄이고 수치심을 느끼지 않으며 스스로 만족하는 것에 큰 가치를 두었다. "아무것도 필요로 하지 않는 상태"가 되어야 신에게 가까워진다고 생각했던 것. 그의 세계관에 맞게 그의 외양은 초라했다. 한 벌의 옷, 한 개의 지팡이, 그리고 약간의 소지품이 든 자루. 그리고 그의 집은 통이었다. 그의 철학이 퀴닉학파라는 이름을 얻은 이유는 통속에 사는 그의 모습이 그리스어로 퀴온Kyon, 즉 개와 같았기 때문이었다. 아무것이나 잘 먹고 잠자리를 걱정하지 않으며 불평없이 정직하게 살아가는 개처럼 살고자 했던 것.

알렉산드로스 대왕과의 에피소드만큼이나 알려진 그의 기행은, 환한 대낮에 등불을 켜서 들고 다녔다는 것이다. 진실한 사람, 정직한 사람이 보이지 않는다며 들고 다녔던 그 등불은 '디오게네스의 등불'이라는 이름으로 구전되었다.

디오게네스는 헐벗고 다녔지만 그것을 부끄러워하지 않았다.

현재 아테네에는 '디오게네스의 등불' 기념비라 불리는 것이 있다. 아크로폴리스의 동쪽에 있는 리시크라테스 기념비Lysikrates Monument는 BC 335년경 소년 합창대회의 스폰서들을 기념하기 위해 만들어진 비석이다. 그러나 그 생김새 때문인지 사람들은 이 비석을 디오게네스의 등불이라 부른다. 현재 이 비석이 자리하고 있는 수도원은 1810년 바이런 경이 아테네를 방문했을 때 머물렀던 곳이기도 하다.

아테네의 아크로폴리스에 자리잡고 있는, 아름답지만 폐허에 가까운 파르테논 신전은 기구한 시절을 지나왔다. 아테나 여신에게 바치는 신전으로 지어진 이곳은 비잔틴 제국이 통치할 때는 동방정교의 교회가 되었다가 십자군에 의해 점령당한 후 가톨릭 교회가 되기도 했다. 또 오스만 투르크가 지배할 때는 모스크가 되기도 하였으나 성격이야 어찌되었건 비교적 잘 보존된 셈이었다. 하지만 1687년 베네치아 공화국이 아테네를 점령하고 있던 오스만 투르크를 공격했을 때 파르테논 신전은 치명적인 상처를 입는다. 탄약고로 사용하던 이곳에 베네치아군의 구포탄이 날아든 것이다. 이후 이어진 베네치아군의 약탈, 영국 엘진의 유물 반출 등을 통해 파르테논 신전은 되돌릴 수 없는 폐허가 되었다.

현재 파르테논 신전의 적은 '산성비' 다. 파르테논 신전을 구성하고 있는 석회석, 대리석은 탄산칼슘을 주성분으로 하고 있는데, 이는 또한 산에 녹는 성질을 가지고 있다. 아테네가 대도시로 변화하는 과정에서 생겨난 공해 때문에 발생한 그리스 고대유물들의 침식현상이 본격적인 문제로 대두된 것은 1970년대. 그리스 문화부에서는 에렉테이온의 여상주와 파르테논 신전의 조각 등에서 심각한 훼손의 흔적을 발견했다. 1990년, 문제의 심각성을 인식한 아테네 시가 본격적인 오염 규제정책을 발표하면서 피해는 줄어들고 있지만, 공해 자체를 현격히 줄이는 것 이외에는 다른 보호방책이 없어 세계인의 우려를 사고 있다.

파르테논 신전은 지금도 산성비에 노출되어 조금씩 부식되고 있다.

세계인의 축제라 할 수 있는 올림픽은 고대 그리스에서 시작되었다. 기원전 776년부터 시작되었다는 것이 정설. 4년마다 한 번씩 열렸던 이 경기는 시민권이 있고, 범법행위를 한 적이 없으며, 제우스에 대해 불경한 행동을 한 적이 없는 남자만 참가할 수 있었다. 여성의 경우는 관전조차도 금지되었는데, 이 경기에 참여한 모든 선수들이 벌거벗고 뛰었다는 것이 하나의 이유가 될까? 색다른 것은, 당시 고대 올림픽에는 운동선수만 참여한 것이 아니었다는 것이다. 시인, 철학자, 예술가들도 참가해 문학, 예술, 연극 등을 겨루었다고.

서기 393년 로마제국의 데오도시우스 1세가 반기독교 행사라고 규정하면서 제293회 대회를 마지막으로 고대 올림픽은 막을 내렸다. 역사 속에 묻힌 올림픽을 1896년 되살린 이는 프랑스의 쿠베르탱 남작. 빈곤한 그리스를 대신하여 돈을 쾌척한 그리스의 대부호 아베로프 덕분에, 아테네는 고대 경기장을 복원하여 제 1회 근대올림픽 개최지에 걸맞는 대리석 좌석의 경기장을 갖게 되었다. 지금도 그곳에 가면 아베로프의 동상을 볼 수 있다.

세계에서 유일하게 대리석으로만 된 이 경기장의 또 하나의 특징은 고대 경기장과 같은 말발굽 모양의 구조라는 것. 5만 명을 수용할 수 있는 이곳은 각종 육상경기와 행사 등에 사용되고 있으며, 28회 2004 아테네 올림픽 당시에는 개막식과 폐막식이 거행되기도 했다.

이곳은 또한 마라톤의 도착지점이기도 하다. BC 490년, 아테네를 공격한 10만의

마라톤 승전을 알리고 죽은 병사, 그도 벌거벗었을까?

페르시아군을 1/5밖에 안 되는 2만의 아테네 시민군이 물리친 마라톤 전투의 승전보를 알리기 위해 42.195킬로미터를 달려온 병사의 죽음을 기리는 이 뜻깊은 경기는 올림픽의 꽃으로 여겨진다.

5 • 그리스인 조르바를 만나다 | 피레우스 항구 |

그리스인 조르바는 '자유인'의 또 다른 이름이다. 니코스 카잔차키스가 만난 남자, 그의 소설 『그리스인 조르바』에 나오는 그는 거침없는 삶의 에너지를 발산하여 소설 속의 '나'를 감명시켰다. 진정한 의미에서의 자유인. 그의 삶은 어설픈 철학들을 가차없이 부순다.

그리스인 조르바는 가식을 벗은 자유인의 모습을 보여주었다.

그들 둘이 만나는 곳이 바로 피레우스 항이다. 피레우스 항은 아테네의 외항으로, 기원전 490년에 테미스토클레스에 의해 건설되었다. 유럽 각국으로 오가는 배들은 모두 이곳에서 출발하고, 또 도착한다. 에게해의 크루즈선들도 모두 이곳으로 온다. 크레타 섬, 키클라데스 제도, 사모스, 낙소스, 파로스, 미코노스, 사로니코스 제도, 도데카니사 제도 등. 지중해를 여행하고자 한다면 반드시 거쳐야 될 항구다.

크레타 섬 카잔차키스의 묘비에 쓰여 있는 말은, 그가 생전에 남긴 말이다. "나는 아무것도 바라지 않는다. 나는 아무것도 두려워하지 않는다. 나는 자유다." 이는 그리스인 조르바가 할 법한 말이기도 하다. 그는 말한다. "나는 인간이니까." '나'가 묻는다. "인간이라니, 그게 무슨 뜻이지요 조르바?" 다시, 그가 대답한다. "글쎄, 자유라는 거지." 그렇다. 모든 가식과 위선을 벗어버렸을 때, 인간은 자유다.

6 · 누드 조각상들이 가득한 곳 | 아테네 국립 고고학 박물관 |

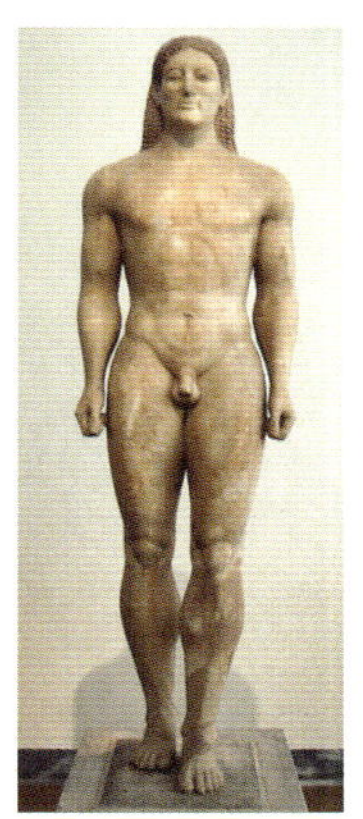

그리스 조각들은 사실적인 미를 추구했다.

벌거벗은 옛 그리스인들을 보고 싶다면 아테네 국립 고고학 박물관에 가면 된다. 물론 당시의 그리스인들이 이토록 멋진 몸매를 하고 있었을 것 같지는 않지만, 사실적으로 묘사된 나체의 조각상들이 박물관을 꽉꽉 채우고 있다. 아프로디테 여신이 기원전 4세기의 조각가 프락시텔레스가 만든 자신의 조각상을 보고 놀라 "도대체 프락시텔레스는 어디서 내 벌거벗은 모습을 보았는가?"라 했다는 이야기는 물론 지어낸 에피소드이겠지만, 당시 그리스인들이 그 조각상을 보고 놀라 "도대체 프락시텔레스는 언제 아프로디테 여신의 벌거벗은 모습을 보았는가?"라며 수근거렸을 법하다.

1891년에 문을 연 아테네 국립 고고학 박물관은 고대 그리스의 건축을 본떠 지어졌다. 조각상뿐 아니라 선사시대에서 헬레니즘 시대에 이르는 시기에 만들어진 회화, 공예품들이 한곳에 모였다.

조각상은 대부분 그리스의 신들을 모델로 하고 있는데, 입고 있는 옷이 없다보니 소지품으로 정체를 판단할 수밖에 없다. BC 460년에 만들어진 것으로 알려진 유명한 포세이돈 청동상은 멋진 자세로 뭔가를 던지기 위해 팔을 뻗고 있는데, 그 손에 든 것이 삼지창인지 번개인지 알 수 없어 "제우스 또는 포세이돈 청동상"이라 표기해놓았다고 한다.

7 · 아테네를 굽어보는 민둥산 | 리카베투스 |

아테네는 벌거벗은 산에 둘러싸여 있다. 큰 강이 없는 아테네는 늘 물 부족에 시달린다. 그 이유는 '아테네'라는 도시 이름의 유래에서부터 찾아

볼 수 있다. 어느날 포세이돈과 아테네는 이 도시에 자신의 이름을 달겠다며 다투었다. 결국 이들은 시민들을 모아놓고 그들이 좋아하는 선물을 준 신의 이름을 도시에 달겠다고 제안했다. 포세이돈이 준 선물은 물이었다. 그는 자신의 삼지창으로 바위를 내리쳐, 물이 솟아나게 만들었다. 하지만 그 물은 소금물이었다. 아테네는 방패로 땅을 내리쳐 올리브나무가 자라나게 했다. 이를 본 시민들은 아테네의 손을 들어주었고, 이에 화가 난 포세이돈은 아테네에 '물 부족'이라는 저주를 내렸다.

이토록 물이 부족한 아테네에 산에까지 물이 안 올라가는 것은 당연할지 모른다. 하지만 석회암으로 이루어진 바위는 물을 품기에 좋다. 그 덕분에, 리카베투스는 완전히 헐벗은 산은 면하게 되었다.

리카베투스 산이 생기게 된 유래도 아테네 여신과 관계가 깊다. 아테네는 막 태어난 에리크토니오스를 바구니에 담아 케크롭스의 딸들에게 맡기며 "절대 열지 말라"고 당부했다. 그리고는 아크로폴리스를 만들 산을 가지러 팔레네로 갔는데, 그 사이를 참지 못한 케크롭스의 딸들이 바구니를 열어본 것이다. 이 사실을 안 아테네는 화를 내며 들고 오던 산을 집어던졌는데, 그것이 바로 리카베투스가 되었다고 한다.

리카베투스의 민머리에서 보는 아테네의 전경은 훌륭하다.

리카베투스의 맨숭맨숭한 정상에는 아기오스 조르기오스라는 교회가 있는데, 이곳까지 오르면 아테네의 전망이 기다리고 있다. 민둥산이기에 얻을 수 있는 선물이다.

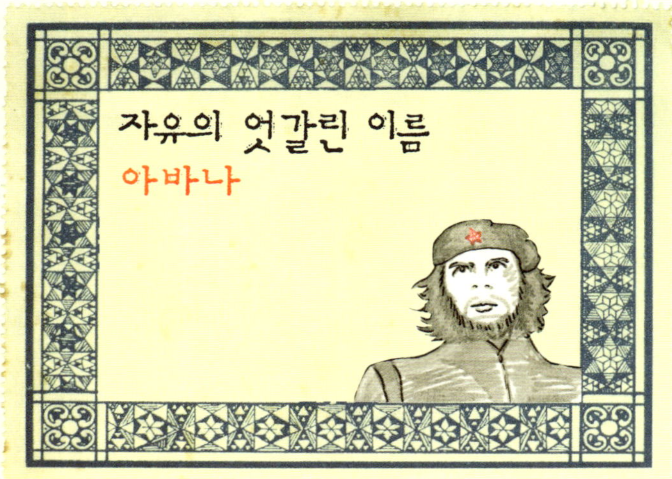

카리브 해의 야자수 그늘 아래 혁명이라니, 어울리지 않는다. 그 혁명으로 얻은 게 소비에트식 억압이라니, 어울리지 않는다. 처절한 궁핍과 고립 속에 저렇게 풍요로운 음악과 노래라니, 더욱 어울리지 않는다. 돈이 있어도 살 것이 없고, 살 것이 없으니 자유로운 건가? 머리 꼭대기의 태양 때문에 그림자를 잃어버린 도시, 아바나.

1 • 아무것도 없어 전부가 되어버린 | 말레콘 방파제 |

엘 말레콘El Malecon은 아바나의 북쪽 바닷가를 둘러친 8킬르미터 가량의 해안도로다. 여러 영화와 다큐멘터리들이 말레콘의 이 방파제를 아바나의 상징처럼 그리고 있는데, 거기에는 조금 역설적인 진실이 깃들어 있다. 말레콘에는 아무것도 없다. 바다 쪽에는 한강 고수부지만도 못한 허름한 둑이 길게 이어져 있고, 길 건너편에는 과연 사람이 살고 있을까 싶은 낡은 건물들이 줄지어 있다. 그것이 쿠바다. 혁명의 꿈은 소비에트식 계획경제와 미국의 고립정책으로 처참하게 좌절되었다. 아바나의 시민들은 버리려야 버릴 게 없고, 살래야 살 것이 없는 신세를 수십 년 간 겪어왔다. 그럼에도 불구하고 혹은 그럼으로 인해 말레콘은 진짜 아바나가 되었다. 빈털터리의 시민들은 이 방파제 외에는 갈 곳이 없었다. 그리고 거기에는 무한정으로 주어지는 태양과 파도와 바람과 비가 있었다. 그들은 돈을 줘도 살 수 없는 행복의 조각들을 모아 온갖 종류의 노래와 춤을 만들어냈다.

여러 영화와 다큐멘터리들이 말레콘의 이 방파제를 아바나의 상징처럼 그리고 있다.

2 • 나의 체는 돈을 받지 않는다 | 혁명광장 |

모스크바, 부다페스트, 평양……. 공산주의의 수도들은 아직도 구 소련이 배급한 어두컴컴한 코트를 덮어쓰고 있는 듯하다. 그러나 아바나는 '섹시한 혁명의 도시' 라는 독특한 이미지를 지니고 있다. 눈부신 카리브 해의 한가운데 자리잡고 있다는 지정학적 조건도 무시할 수 없으리라. 그

Havana

malecon
mal
코펠리아 6
혁명 광장
2
콤파이 세군도의 집
5
7 미라마르
Miramar
La Habana
라티노아메리카노
스타디움
4

말레콘
방파제
1
파르타가스 담배 공장
3
Bahia de la Habana

알베르토 코르다는 자신이 찍은 체가 누구의 소유물도 아니라고 했다.

러나 가장 결정적인 이유는 역시 이곳이 체 게바라의 도시이기 때문이다.

체의 얼굴은 혁명 광장^{Plaza de la Revolución}의 벽을 비롯해 도시 곳곳에서 만날 수 있다. 그 대부분이 우리에게도 매우 익숙한 아이콘— '영웅적인 게릴라^{Guerrillero Heroico}' 라 불리는 1950년대 체의 사진을 변형한 것이다. 사진을 찍은 알베르토 코르다^{Alberto Korda}는 열렬한 공산주의자로, 자신의 작품에 어떤 대가도 요구하지 않았다. 그러나 체 게바라가 혁명과 자유의 아이콘이라는 경계를 넘어 상업적 이미지로 팔리는 데는 우려를 나타냈다. 급기야 스미노프가 감히 보드카 광고에 체의 얼굴을 사용하자 반대에 나섰고, 5만 달러의 로열티를 받아내 쿠바의 의료 지원제도에 기부했다.

체의 이미지는 아일랜드의 짐 프리츠패트릭 등 세계적인 아티스트들의 작품으로 재탄생했다. 1968년 뉴욕의 지하철 광고를 시초로 쿠바의 가장 강력한 적인 미국 곳곳에 퍼져나갔다. 2003년 《뉴욕 옵저버》는 코르다가 체를 섹시한 혁명 영웅으로 만든 패션 사진가였다고까지 말한다.

3 · 시가 연기는 제멋대로 흐른다 | 파르타가스 담배 공장 |

영화 〈여인의 향기〉에서 자살을 결심한 알 파치노는 자신이 데리고 다니던 청년에게 말한다. "몬테크리스토 넘버원을 사와." 쿠바 산의 이 명품 시가를 구하기 위해서는 적지 않은 시간이 걸릴 것이고, 그 사이에 충분히 목숨을 끊을 수 있으리라 여긴 게다. 그런데 왜 쿠바의 담배에 '몬테크리스토' 라는 이름이 붙었을까? 쿠바의 담배 공장에서는 장시간 일하는 노동자들을 위해 소설책을 읽어주는 전통이 있었는데, 그중 가장 인기 있었던 것이 뒤마의 『몬테크리스토 백작』이었기 때문이란다.

1913년 솔트 레이크 시티에서 아바나 산 시가를 배달하는 자동차

콜럼버스가 처음 쿠바 섬에 도착했을 때에도 이곳 원주민들은 담배를 피우고 있었다. 그리고 지금 그 쿠바산 시가는 이 가난한 나라를 먹여 살리는 가장 중요한 수출품이다. 카피톨리오 근처의 파르타가스*Real Fabrica de Tabacos Partagás*는 아바나에서 가장 오래된 담배 공장 중 하나로, 쿠바 담배 산업의 역사를 볼 수 있는 박물관을 열고 있다. 1845년에 지어진 이 건물은 멋진 크림색 외관만으로도 많은 여행객들의 마음을 사로잡는다.

4 · 공 하나로 자유를 찾아 | 라티노아메리카노 스타디움 |

한국과 쿠바는 묘한 공통점을 지니고 있는데, 그것은 이 지구상에서 야구에 목숨 거는 몇 안 되는 나라라는 사실이다. 지난 WBC와 올림픽을 통해 한국 팀이 세계적인 위용을 과시했지만, 과거 아마추어 야구에서 쿠바는 대마왕과 같은 압도적인 존재감을 과시해왔다.

19세기 후반부터 시작된 쿠바 야구는 이제 국민 스포츠라는 말로도 부족할 만큼의 위치에 올라서 있다. 동네 공터에서 공을 던지고 나무 방망이를 휘두르는 소년들은 국가대표 야구선수가 되는 것이 가장 큰 꿈인데, 그 꿈을 이룬 순간 중대한 기로에 선다. MLB의 계약서에 도장을

라틴 아메리카 선수로는 최초로 메이저리그에서 뛴 에스테반 벨란

찍느냐, 마느냐? 아바나에서는 상상도 할 수 없는 갑부가 될 것인가, 혁명 쿠바를 지키는 영웅으로 남아 있을 것인가? 수많은 쿠바인들이 보트에 매달려 필사의 탈출을 벌일 때, 누군가는 야구공을 타고 자유를 향해 날아가기도 한다.

아바나의 라티노아메리카노 스타디움Estadio Latinoamericano은 카리브 해에서 가장 유명한 야구경기장이다. 5만 5,000명을 수용할 수 있는 관중석, 명예의 전당을 비롯한 역사적 유물, 카페와 편의시설들이 갖추어져 있다. 1주일에 다섯 번 펼쳐지는 야구경기는 쿠바인의 열정을 스타디움에서 확인할 수 있는 기회다.

5 • 부에나비스타 소셜 클럽의 마지막 흔적 | 콤파이 세군도의 집 |

모든 음악은 아바나를 지나야 했다. 그리고 아바나에 들어온 뒤에는 그냥 떠나지 못했다. 하바네라, 손, 맘보, 차차차, 살사, 룸바……. 쿠바가 탄생시킨 음악들의 리스트는 끝이 없다. 아메리카 대륙의 아래위를 대표하는 아르헨티나의 탱고와 뉴욕의 재즈에서도 아바나를 발견하기란 어렵지 않다. 그러나 쿠바 혁명 이후 카스트로의 설교 속에 음악가들의 삶은 밑바닥으로 꺼져갔다.

다행인 것은 움츠려 있었지만 죽지는 않았다는 사실이다. 그리고 수십 년 뒤 그들을 불러 모은 이가 있었다. 오랫동안 골방에서 졸고 있던 쿠바 음악은 1997년 '부에나비스타 소셜 클럽' 프로젝트를 통해 화려하게 부활했다. 라이 쿠더는 1940년대 전성기를 누렸던 클럽의 멤버들을 다시 모아 허름한 스튜디오에서 음반을 만들고

아바나의 할아버지 할머니 뮤지션들에 의해 세계는 무장해제 당했다.

해외 투어에 나섰다. 빔 벤더스는 그 과정을 다큐멘터리로 담았다. 혁명이란 바로 이런 거였다. 세계는 아바나의 선율에 무장해제되었다.

부에나비스타의 할아버지 할머니들은 마지막 불꽃을 피운 뒤 하나둘 세상을 떠났다. 지금도 아바나에는 '부에나비스타'라는 이름을 단 연주들이 여러 호텔과 공연장에서 이어지고 있지만, 관광객들을 위한 여흥인 경우가 적지 않다고 한다. 부에나비스타의 정신적인 리더였던 콤파이 세군도가 마지막을 보낸 집*Casa Compay Segundo*은 지금 작은 박물관이 되어 그들의 마지막 영광을 기린다.

6 • 딸기냐 초콜릿이냐, 혁명이냐 아이스크림이냐? | 코펠리아

아바나로부터 날아온 음악들을 듣다 보면 가끔 고개를 갸우뚱하게 된다. 이런 자유로운 감성의 사람들이 어떻게 카스트로의 영구 집권을 견뎌왔을까? 그런데 역시나 고뇌는 있었다. 젊은이들, 특히 소수의 감성을 지닌 이들에게 아바나는 아이러니로 뒤범벅된 도시다.

1993년의 영화 〈딸기와 초콜릿〉에서 두 주인공은 아바나 중심가의 아이스크림 가게 '코펠리아*Coppelia*' 에서 처음 만난다. 공산당원인 대학생 다비드의 테이블에 딸기 아이스크림을 들고 온 디에고. 초콜릿이 있는데도 굳이 딸기를 시키는 남자, 쿠바에서 그것은 동성애자임을 공공연히 드러내는 행위다. 다비드는 공산당이 '반혁명 변태분자' 로 낙인찍은 게이의 행동을 감시한다는 명목으로 디에고의 집을 찾아간다. 이렇게 호기심으로 시작한 관계는 점차 다비

초콜릿이 있는데도 굳이 딸기를 시키는 남자, 그것은 동성애자라는 뜻?

드가 갖고 있던 완고한 세계관을 흔들게 된다. 둘은 서서히 서로를 이해

해가고 딸기와 초콜릿을 바꿔 먹는다.

쿠바의 여러 도시들은 즐거운 사교의 공간인 아이스크림 가게 '코펠리아'를 갖고 있다. 디에고와 다비드가 만난 아바나의 코펠리아는 1960년대에 지어진 건물로 마치 그 시절 SF 영화에 나왔을 법한 특이한 생김새를 하고 있다. 〈딸기와 초콜릿〉 덕분에 더욱 유명해졌고, 길 건너편에 있는 극장 시네 야라Cine Yara에서 이 영화가 기록적인 흥행을 했다고 한다.

7 · 맘보와 살사, 모든 춤이 태어난 바닷가 | 미라마르 |

아바나는 스페인이 지배한 카리브 해 식민지들의 수도였다. 여러 식민도시에서 긁어모은 금은보화와 신대륙의 산물은 아바나 항에 모인 뒤, 해적과 암초를 피해 세비야로 향했다. 더불어 이 바닷가는 아프리카의 노예들과 유럽의 개척자들이 태양 아래 어우러져 온갖 음악과 춤을 만들어낸 곳이기도 하다.

아바나는 언제나 자유분방하고 매력적인 춤을 만들어내고 세계로 퍼뜨려온 도시다. 1940년대 중반에는 맘보, 50년대 중반에는 차차차, 1960년대 중후반에는 쿠반 살사가 영광의 스텝을 이어왔다. 쿠바 전통 음악이자 춤인 손과 룸바로부터 많은 요소를 이어받은 쿠바 스타일의 살사는 카지노Casino라고도 불리는데, LA 살사와 대별되는 자유분방한 스타일로 인기가 높다. 아바나의 바닷가와 주거 지구가 만나는 미라마르Miramar 지역은 쿠반 살사를 비롯한 여

아바나는 음악과 춤을 결합한 여러 엔터테인먼트를 준비해 두고 있다. 트로피카나 클럽의 캬바레 댄스 쇼.

러 쿠바 스타일 댄스의 탄생지이다. 영화 〈더티 댄싱: 하바나 나이트〉는 1958년의 혁명을 배경으로 아바나의 춤을 그리고 있다.

Havana

내가 바라보고 있다면 나를 바라보는 눈도 있을 터. 거대한 부처의 눈이 곳곳에 그려져 있는 카트만두에 가면, 나를 바라보는 시선 앞에 저도 모르게 옷깃을 여미게 된다. 그 눈 앞에 투명하게 드러나는 자신의 모습을 보러, 또 그렇게 사람들은 카트만두에 간다.

1 • 살아 있는 여신의 시선 | 쿠마리 사원 |

네팔에는 살아 있는 여신이 있다. 당신이 운이 좋다면, 혹은 동전 몇 푼을 낼 용의가 있다면 그 여신이 당신을 창밖으로 내다보며 응시하는 시선을 느낄 수도 있다. 그녀가 갑자기 울거나 웃거나 부르르 떨지 않고 당신을 가만히 바라본다면 그것은 당신의 소원이 이루어졌다는 뜻이다. 신의 땅 네팔의 살아 있는 여신, '쿠마리'는 현재 요란한 아동학대 논쟁에 휩싸인 채 아직도 더르바르 광장의 남쪽 끝에 있는 목조 사원 안에서 가끔 밖을 내다보며, 그렇게 살고 있다.

'쿠마리'는 어린 소녀들 중에서 선출된 신이다. 쿠마리는 '탈레주' 여신의 화신으로 여겨진다. 전해내려오는 이야기는 이렇다. 여신 탈레주는 인간의 몸을 빌어 카트만두 왕국에 내려왔다. 왕은 여신을 극진히 모셨으나, 너무도 아름다운 모습에 이성을 잃어버렸다. 하마터면 인간 왕에게 욕을 당할 뻔한 탈레주 여신은 분노하여 그만 사라지고 말았다. 돌아오지 않는 여신에게 끈질기게 기도한 왕의 정성은 결국 탈레주 여신의 마음을 누그러뜨렸다. 여신은 어린 여자아이를 선택하여 섬긴다면 그녀의 몸에 깃들겠노라 약속했다. 그것이 바로 '쿠마리'의 시작이다.

쿠마리의 선택과정은 엄격하다. 어느 정도 사리를 분별할 수 있다고 생각되는 3세에서 5세의 나이, 네왈리의 카스트를 지니고 석가모니의 후손이라 여겨지는 샤카 족에서 태어나야 후보자에 이름을 올릴 수 있다. 보리수 같은 몸, 사슴 같은 허벅지, 소와 같은 눈꺼풀, 고등 같은 목. 몸에 흉터가 없고 눈과 머리카락은 새카만 색이어야 한다. 32가지의 기준을 만족시키면 테스트가 기다리고 있다. 캄캄한 방에서 소, 돼지, 양, 닭 등의 피투성이 사체들과 하루를 보내는 것. 울지도 않고 침착하다면 그녀는 쿠마리로서의 능력을 인정받게 된다.

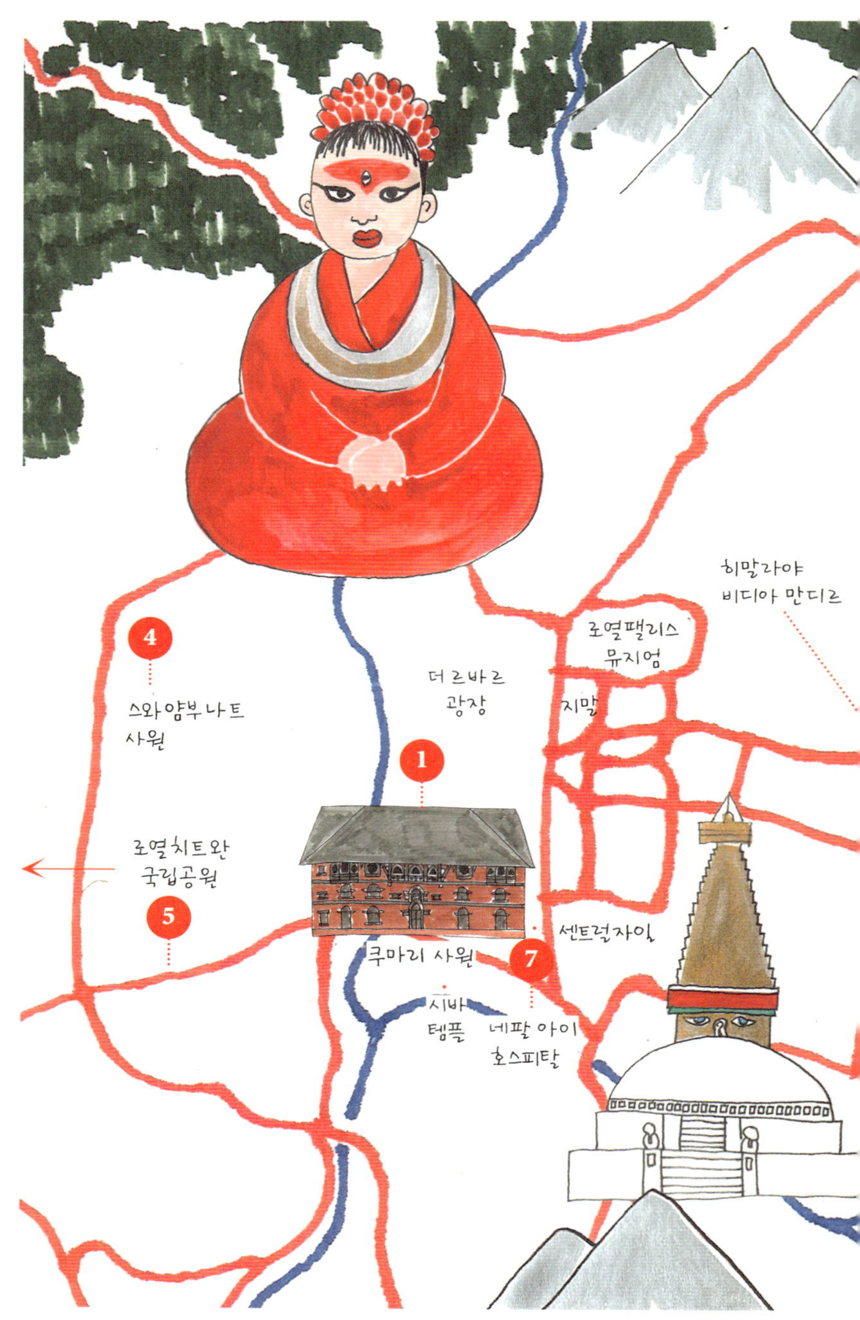
4
스와얌부나트
사원
로열치트완
국립공원
5
히말라야
비디아 만디르
로열팰리스
뮤지엄
더르바르
광장
지말
1
쿠마리 사원
센트럴자일
7
시바
템플
네팔 아이
호스피탈

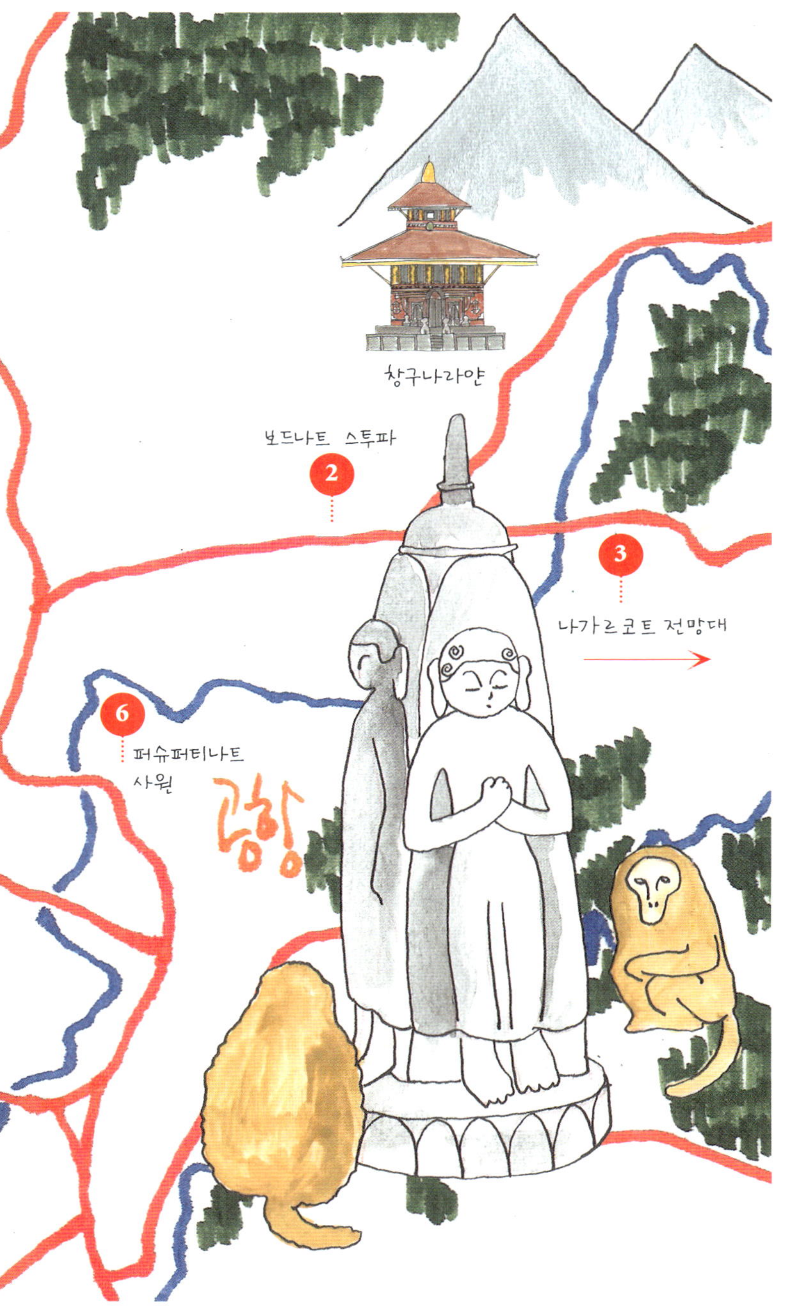

창구나라얀
보드나트 스투파
2
3
나가르코트 전망대
6
퍼슈퍼티나트
사원
공항

그 이후의 삶은 신으로서의 삶이다. 외부출입은 금지되고 1년에 열댓 번, 종교의식 때 사원 밖으로 외출할 수 있다. 특히 9월 인드라 자트라 축제 때는 그녀의 앞에 국왕이 무릎을 꿇고 복을 구한다. 짙은 화장을 하고, 이마에 '티카'라 불리는 제3의 눈을 그려넣는다. 어떤 경우에도 몸에서 피가 나서는 안 되며, 사람들에게 늘 안겨 다닌다.

몸에서 피가 나거나 생리를 시작하게 되면 쿠마리의 생활을 마감하고 집으로 돌아간다. 이후 그녀를 대체할 다른 쿠마리가 그 자리에 앉는다. 여신에서 평범한 소녀로 돌아가는 삶이 순탄할리는 없다. 예전에는 그 이후의 삶이 신산하기 짝이 없었으나, 요즘은 나름대로 이후의 삶을 모색하는 적극적인 모습을 보인다. 개인교사에게 교육을 받고 중등교육과정 졸업자격에 합격하거나 영어를 익히는 그녀들. "경영학을 공부해 은행에서 일하고 싶다."는 꿈을 가진 인간적인 여신이라니, 낯설지만 그 또한 현재 네팔이 가지고 있는 모습이다.

2 • 지혜의 눈이 닿는 땅 | 보드나트 스투파 |

네팔에서 사람들은 어디서나 '지혜의 눈'을 만난다. 그 눈은 만물을 바라보는 부처의 눈이다. 깨달음과 모든 번뇌에서 해방되는 경지를 뜻하는 그 눈에 보이지 않는 것은 없다. 어떤 이들은 이 눈을 그려넣은 이유를 이 눈이 바라보고 있는 바로 이 땅에서 불교의 이상세계를 이루려는 바람에서 찾는다.

거대한 탑이라는 뜻의 '초르덴 쳄포Chorten Chempo'. 위치한 동네의 이름을 따 '보우다Bouda'로도 불리는 세계에서 가장 큰 스투파Stupa인 보드나트에는 사면에 거대한 눈이 그려져 있다. 기단의 높이만 36미터, 그 위에 탑의 높이 38미터. 기단의 길이가 100미터인 이 탑은 우주를 구성하는 다섯 가지 에너지, 즉 땅, 물, 불, 바람, 하늘을 상징하며 또한 깨달음의 13계단을 상징한다.

5세기경, 불교를 받아들이기 시작한 송첸 감포 왕의 시기에 지어졌다고 하는

스투파의 사면에는 지혜의 눈이 그려져 있다.

이 탑에 전해내려오는 전설이 있다. 도축한 소의 살을 저며내는 일을 평생 하며 살아온 천민 노파 자드지모 *Jadzimo*의 소원은 불탑 하나를 세우는 것이었다. 그녀는 왕에게 "물소 한 마리의 살로 덮을 수 있는 만큼의 땅만 주신다면 그 안에 불탑을 세우겠다."고 읍소한다. 왕은 소 한 마리라는 말에 선뜻 허락하였는데, 그 한 마리에서 저며낸 살로 덮은 땅이 지름이 100미터가 넘었다. 지방 귀족들은 천민이 탑을 건설한다는 이야기에 분노하여 왕에게 철회를 탄원하였으나, 왕은 "한번 허락된 것은 철회할 수 없다. *Jarung Kashor*"며 일언지하에 거절하였다. 현재의 보드나트는 이슬람교도들에게 파괴된 후 15세기에 다시 지어진 것이라 한다.

현재 보드나트 주변은 티베트 불교의 중심지가 되어 있다. 그 옛날 카트만두와 라싸 사이의 무역로로 사용되던 길 근처에 세워진 이곳은 티베트인들에게는 성스러운 곳이다. 티베트인들은 이곳이 카트만두 계곡의 모든 기운이 모이는 바로 그 중심에 있다고 믿으며, 부처의 유골이 묻혀 있다고 생각한다. 중국이 티베트를 무력으로 합병한 뒤 1960년부터 티베트에서 망명한 이들은 이곳을 중심으로 다시 뭉쳤고, 네팔에서 가장 큰 티베트 불교 커뮤니티를 만들어냈다. 스투파를 둘러싼 30여 개의 사원들은 불교강좌를 비롯하여 외국인을 위한 명상코스를 운영하기도 한다.

3 · 히말라야를 바라보는 법 | 나가르코트 전망대 |

카트만두를 찾는 사람들 대부분의 목표는 히말라야에 오르는 것이다. 카트만두는 히말라야에 오르는 디딤대로서의 역할을 충실히 해왔다. 하지만 히말라야는 만만한 곳이 아니다. 그러므로 그저 바라보는 것만으로도 좋다는 이들을 위한 전망대가 있을 법하다. 나가르코트 전망대처럼.

해발 2,190미터인 이곳은 히말라야의 전경을 가장 잘 바라볼 수 있는 곳이다. 카트만두 계곡 가장자리에 있는 이곳에서 일출과 일몰을 바라보는 것은 특별한 경험이다. 동쪽으로 내려다보이는 인드라와티 *Indrawati* 강 계곡도 절경이다. 무엇을 볼 수 있을까? 안나푸르나산의 S봉, 안나푸르나 제3봉, 제1봉, 제2봉, 에베레스트 산, 칸첸중가 산, 마나슬루, 랑탕히말, 시샤팡마, 쿰부히말. 날씨가 좋을 경우의 얘기다. 에베레스트를 선명하게 볼 수 있는 날은 흔치 않으니, 날씨 좋은 날을 나가르코트에서 맞이한다면 행운을 기뻐해야 할 것이다. 이곳에는 안전상태가 좋아보이지는 않는 전망탑도 마련되어 있다. 조금이라도 멀리 보고 싶은 이를 위해 만들어진 것인데, 이곳에서 떨어지지 않고 전망을 즐길 수 있었다면 자신의 행운을 한 번 더 기뻐해야 하리라.

나가르코트에서는 히말라야 산맥의 여러 봉우리들을 볼 수 있다.

4 · 원숭이의 시선을 따라 | 스와얌부나트 사원 |

당신은 가파른 385개의 계단을 오르면서, 그리고 오르고 난 뒤에도 번득번득한 응시의 시선을 견뎌야 한다. 당신이 뭔가 먹음직스러운 것으로 가득 차 보이는 가방을 들었거나 손에 음식물 봉투를 들었다면 더욱 그럴다. 그들은 탐욕스럽게 당신을 눈으로 좇다가 급기야 당신의 손에 있는 것을 낚아채고 말 것이다. 스와얌부나트 사원, 일명 몽키템플*Monkey Temple*의 원숭이들은 굉장히 눈치빠르고 상당히 과격하니까.

스와얌부나트는 '몽키템플'이라고도 불린다.

약 2,000년 전에 건립되었다고 알려진, 네팔에서 가장 오래된 사원인 스와얌부나트 사원은 네팔 불교의 성지다. 1979년 유네스코가 세계문화유산으로 등록한 이곳은 붓다가 태어난 룸비니 다음으로 신성시되는 곳으로 순례자들이 끊이지 않는다. 이곳은 카트만두가 생겨남과 동시에 생겨났다고 전해진다. 히말라야에 있는 호수에 핀 연꽃 위에 어느 날 대일여래가 나타났는데, 그를 경배하기 위해 온 문수보살은 그 호수에 악한 뱀이 살고 있어 사람들을 괴롭히고 있다는 것을 알게 된다. 문수보살이 신성한 검으로 쪼바르 산을 둘로 가르자, 호수가 없어지고 그 자리에 가장 먼저 스와얌부나트가 떠올랐다고 한다. 스와얌부나트란 '스스로 존재함*Self existent*'을 뜻한다. 지질학자들은 실제 카트만두가 3만 년 전에 호수였다는 것을 밝혀냈다.

이곳은 불교의 성지이지만 서로 다른 종교들이 평화롭게 어깨겯고 있는 곳이기도 하다. 한켠에는 네팔 불교미술의 한 경지를 보여주는 불탑들이 옹기종기 모여 있고, 또 한쪽에는 땅의 여신 바순다라. 바람의 신 바유 등 힌두교 신을 믿는 사원들이 줄줄이 늘어서 있다. 힌두의 여신 강가와 야무나의 상도 볼 수 있다.

그러나 아쉽게도 이곳은 이슬람에 의해 약탈당한 역사를 갖고 있기도 하다. 이곳에도 보드나트와 마찬가지로 지혜의 눈이 그려진 스투파가 있

kathmandu

다. 1349년, 스투파에 금은보석이 숨겨져 있다 믿었던 그들은 탑을 낱낱이 해체하다시피 했는데, 다행히 곧 복원되었다고 한다.

5 · 코끼리를 타고 가며 보다 | 로열치트완 국립공원 |

세상에는 이미 볼 수 없는 동물들이 많이 있다. 멸종동물인 이들은 이제는 무슨 방법을 써도 직접 볼 도리는 없다. 그런 의미에서, 멸종위기의 동물들을 보호하여 볼 수 있게 해놓은 곳들은 소중하다. 아시아의 세렝게티라 할 만한 로열치트완 국립공원이 그중 하나다.

히말라야 산맥 기슭에 위치한, 아시아 최대규모의 야생동물 보호구역인 이곳에는 멸종위기에 놓인 인도 코뿔소와 벵골호랑이가 산다. 아열대 기후의 평원과 밀림으로 이루어진, 말 그대로 야생동물의 천국이다. 400종 이상의 조류, 80종 이상의 나비가 관찰되는 곳이기도 하다.

로열치트완 국립공원은 코끼리를 타고 돌아볼 수 있다.

1973년에 국립공원으로 지정된 이곳은 차츰 확장되다가 1984년 유네스코 지정 세계자연유산이 되었다. 공원 안에는 랍티 강과 나라야니 강이 흐르고 있어 배를 타고 공원을 둘러볼 수도 있지만, 이곳을 둘러보는 사람들은 주로 코끼리 트래킹을 애용한다.

이곳의 이름은 어원이 분분하다. '레오파드의 숲'을 뜻하는 치투와밴^{Chituwa Ban}에서 왔다는 설이 있는가 하면, '정글 속 깊이'를 뜻하는 치타밴^{Chitta Ban}이라는 주장도 설득력을 갖는다. 힌두교의 신인 시타의 숲을 뜻하는 시타밴^{Sita Ban}에서 온 말이라는 주장도 있다.

6 · 죽음을 바라보다 | 퍼슈퍼티나트 사원 |

인도의 갠지스 강변, 바라나시는 화장터로 유명하다. 그곳에서는 한켠에서 시체를 태우는 광경과 타다 만 시체가 물에 떠내려가는 장면, 그리고 또 한켠에서는 그 물로 목욕하고 마시는 장면을 볼 수 있다. 그 풍경 속에 생과 사는 기묘하게 섞인다. 네팔에도 똑같은 풍경을 볼 수 있는 곳이 있다. 퍼슈퍼티나트 사원 앞을 흐르는 바그머티 강은 규모는 작지만 갠지즈 강의 지류로 성스러운 강으로 여겨진다. 네팔의 힌두인들에게 이곳은 죽은 몸으로라도 가고 싶은 최고의 성지다. 이곳에서 시신을 화장하면 윤회를 벗어나 해탈에 이를 수 있다고.

강 주변에는 아르여가트라는 이름의 화장터가 있다. 총 여섯 개인데, 신분에 따라 사용할 수 있는 화장터가 구분되어 있다. 상루 오른쪽은 왕족 전용이고, 하류로 갈수록 신분이 낮아진다. 이곳의 장례식은 꽤 평화로운 편. 너무나 평화로워 장례식장의 통곡에 익숙한 이들에게 문화적인 충격을 주기도 한다. 하류에는 시체의 유품을 건져다 쓰려는 이들이 어슬렁거린다.

퍼슈퍼티나트 사원은 네팔 최대의 힌두교 사원이자, 인도대륙에 있는 4대 시바 사원 가운데 하나이다. 파괴의 신인 시바는 금뿔이 달린 사슴인 퍼슈퍼티로 변신해서 이곳에서 즐겨 노닐었다 한다. 그 이야기에서 이곳의 이름이 유래했다. 이 지역의 이름은 미르가스털인데, "사슴이 산다"는 의미다. 이 사원은 태어날 때부터 힌두교도인 이들만이 출입을 할 수 있다. 바그머티 강변에는 시바를

퍼슈퍼티나트에는 시체를 태우는 연기가 가시지 않는다.

kathmandu

모신 사원 외에도 부다와 브라흐마 등 여러 신을 모신 사원들이 즐비하다.

7 · 눈을 크게 뜨고 보라 | 네팔 아이 호스피탈 |

아무리 멋진 자연풍광을 가진들, 볼 수 없다면 소용없다. 아무리 멋진 스투파와 사원을 가진들, 볼 수 없다면 아무 소용없다. 아이러니하게도 볼 게 많은 나라인 네팔에는 실명자들이 많다. 햇볕이 강해 백내장에 걸릴 위험이 높기 때문이다. 자외선에 자주 노출된 눈은 수정체가 조금씩 익어 회복되지 않고, 결국 백내장을 유발하게 된다.

네팔에는 백내장 치료 수술 과정에 함께 한 뒤 히말라야를 오르는 프로젝트가 있다.

백내장은 5분 안에 끝나는 간단한 수술로 치료될 수 있는 병이다. 하지만 가난은 그 '간단한' 치료의 기회조차 박탈한다. 가난은 수많은 실명자들을 양산해냈다. 백내장 치료만을 위해 전 세계의 의료봉사팀이 네팔에 가는 이유는 그 때문이다.

카트만두를 중심으로 하여, 네팔 전역에는 백내장 센터가 있다. 세계에서 두 번째로 큰 눈병원도 이곳에 있다. 네팔에서 백내장 수술을 많이 해본 경험을 가진 이들은 다른 가난한 나라로 봉사활동을 떠나기도 했다. 네팔 출신의 안과의사 산둑 박사는 북한에 방문하여 10일 동안 천 명의 백내장 환자를 수술하기도 했는데, 이는 내셔널지오그래픽의 다큐멘터리 〈북한을 가다〉를 통해 많은 이들에게 알려졌다.

(1city / 1week) × 1year = 52map

혁명 이전의 상트페테르부르크를 떠올릴 때마다, 나는 이런 착각에 빠진다. 이 도시에는 두 가지 직업밖에 없었던 게 아닐까? 차르와 예술가. 아니 차르조차 예술가들에게 먹혀버리고 말았던 게 분명하다. 호화로운 궁전, 웅장한 콘서트 홀, 어두침침한 다락방…… . 사람들은 그 어디서나 무언가를 창조해내기 위해 진심을 다했다. 잠들지 못하는 백야가 그들과 함께했다.

1 • 유럽인이 되고 싶었던 차르, 도시를 창작하다 | 청동 기마상 |

상트페테르부르크 Saint Petersburg —직역하면 피터의 도시. 그 이름은 도시의 수호자인 성 바울 Peter 에서 따왔다지만, 동시에 이 도시를 만든 사람이 누구인지를 알려준다. 바이킹과의 전쟁에서 승리한 피터 대제 Peter I the Great 는 러시아를 유럽의 제국으로 만들고자 하는 야망에 불타올랐다. 그리하여 도읍으로 정한 곳이 발틱 해를 향해 있는 연안의 늪지대. 네바 강 하구의 음침한 섬들 위에 수도를 만든다고 했을 때 사람들은 조소했다. 그럼에도 대제는 거침이 없었다. 스스로 오두막에 기거하며 관리들과 노동자들을 독려했다. 전 러시아에 석조 건축을 금지시키고, 모든 자재를 네바 강 하구로 실어오게 했다. 그리하여 100개의 섬이 355개의 다리로 이어진 북쪽의 베니스가 탄생했다.

도시는 사회주의 혁명 이후 수십 년 간 레닌그라드라는 이름으로 불렸지만, 이제 다시 피터의 것으로 돌아갔다. 이곳의 가장 유명한 상징물인 '청동 기마상 Bronze Horseman' 은 대제의 위엄을 기린 조각상이다. 말을 탄 대제가 서 있는 돌은 전설의 '번개 맞은 돌 Thunder Stone' 로 무려 1,500톤에 이르는데, 이것을 오직 인력만으로 6킬로미터나 끌어 핀란드 만에 가져온 뒤 배에 실어 지금의 위치에 옮겨놓았다.

말을 탄 대제가 서 있는 돌은 전설의 '번개 맞은 돌' 로 무려 1,500톤에 이른다.

2 • 백조, 죽어가면서 태어나다 | 마린스키 극장 |

1890년의 어느 날, 비쩍 마른 소녀 하나가 엄마의 손을 잡고 회청록색의

Peter and Paul Fortress
summer palace
러시안 뮤지엄
6
청동 기마상
1
NEVSKIY PROSPECT
4
트페테르부르크
콘서바토리
알렉산드린스키
극장
3
2
FONTANKA
마린스키 극장
5
도스토옙스키
박물관

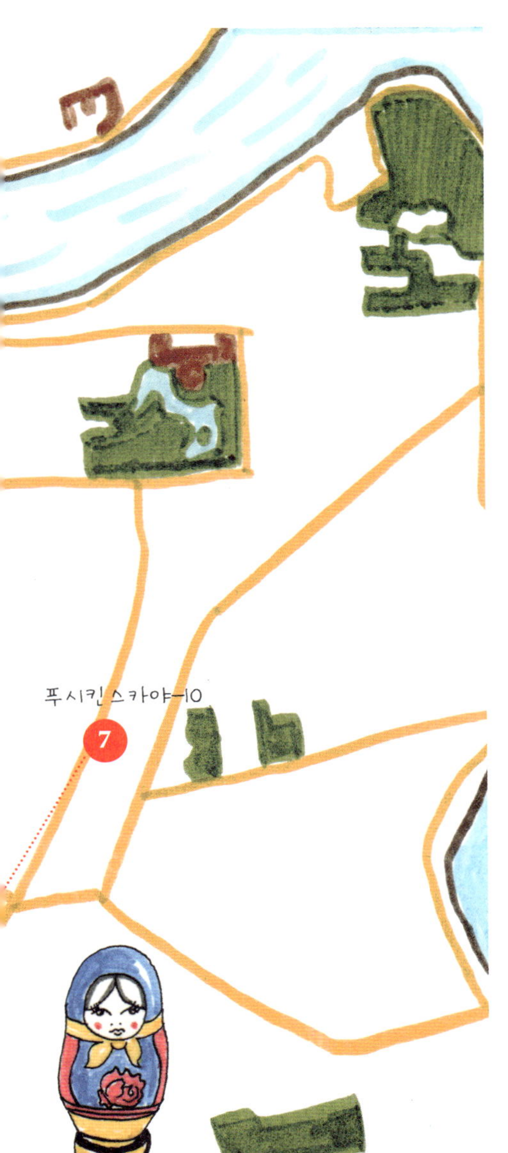

푸시킨스카야—10
7

마린스키 극장Mariinsky Theatre 안으로 들어섰다. 아직 그때는 알렉산드로 골로빈이 만든 황금의 커튼 장식이 없었을 것으로 여겨진다. 그러나 마리우스 페티파의 발레 〈잠자는 숲속의 미녀〉는 그녀의 혼을 빼놓기에 충분했다. 소녀는 엄마를 보채 바로 그 극장에 있는 제국 발레학교, 현재의 바가노바 아카데미를 찾아갔다. 처음엔 너무 어리고 아파 보인다는 이유로 거절당했다. 그러나 열한 살에 기필코 입학 허가를 얻어냈고, 혹독한 훈련을 거친 소녀는 러시아의 백조가 되었다.

〈빈사의 백조〉. 안나 파블로바는 죽는 순간까지 백조 의상을 가져다 달라고 했다.

안나 파블로바Anna Pavlovna Pavlova는 남성 무용수 바츨라프 니진스키와 더불어 러시아 발레의 전설을 만들어낸 대표적 인물이다. 특히 1905년, 마린스키 발레단의 정식 단원이 된 직후 발표한 소품 〈빈사의 백조The Dying Swan〉는 그녀의 이니셜 같은 작품이 되었다. 밝고 경쾌한 백조가 아니라 죽음 직전에 가냘픈 몸으로 고통을 호소하는 백조의 모습은 이전의 발레에서는 상상할 수 없는 충격이었다. 러시아 혁명으로 인해 먼 나라를 떠돌아다녀야 했지만, 파블로바는 고향의 백조들을 잊지 않았다. 1923년 러시아에 극심한 기근이 닥쳐오자 그녀는 기꺼이 구호물품을 보냈고, 마린스키 극장 앞에는 물품을 받으려는 무용수들이 긴 줄을 지었다고 한다.

3 · 림스키-코르사코프와 벌떼 같은 작곡자들

| 상트페테르부르크 콘서바토리 |

림스키-코르사코프, 차이코프스키, 프로코피예프, 라흐마니노프, 쇼스

타코비치……. 이들은 러시아와 세계를 대표
하는 작곡자이자 상트페테르스부르크의 음악
인들이었다. 그들은 마린스키 극장 건너편의
상트페테르부르크 콘서바토리the Rimsky-
Korsakov St. Petersburg state conservatory에서 음악
을 배웠다.

콘서바토리의 중흥을 이끈 림스키-코
르사코프

　콘서바토리는 1862년 안톤 루빈스타인에
의해 설립되었지만, 오늘날의 영광을 이야기
할 때 1871년부터 1906년까지 이 학교에 몸담은 림스키-코르사코프의
역할을 빼놓을 수 없다. 첫 강의를 맡았을 당시 그는 스물일곱 살의 해군
장교였는데, 발라키예프, 무소르그스키 등과 함께 소위 '5인조the Five' 로
활약하고 있었다. 그들은 서부 유럽음악의 모방이 아닌 '러시아의 음악'
을 하기 위해 애썼는데, 정식 음악교육을 받지 않았던 것이 새로운 음악
을 위한 활력소가 되었을 것으로 보인다. 그러나 막상 학생들을 가르치게
되자, 림스키-코르사코프는 자신의 음악적 기초가 너무나 취약하다는 걸
깨달았다. 그는 차이코프스키에 상담을 요청했고, 러시아의 독자적인 음
악을 위해서도 유럽음악의 기초를 배워야 한다는 사실을 깨달았다. 학생
들을 가르치기 앞서 더 큰 공부를 자청한 림스키-코르사코프는 이후 후
진 양성에 몸을 아끼지 않았다. 그런 열정이 콘서바토리를 세계 최고의
음악학교로 만들어낸 것이다.

4 · 극작가 체호프, 사상 최악의 야유를 받다 │ 알렉산드린스키 극장 │

1896년 상트페테르부르크의 알렉산드린스키 극장Alexandrinsky Theatre에
서 〈갈매기〉가 초연된 후, 극작가 안톤 체호프는 스태프와 가족들에게

177

체호프를 좌절시킨 제국 시대의 극장, 알렉산드린스키

말했다. "다시는 극을 쓰지 않겠다." 그만큼 연극은 엉망이었다. 고독과 몽환의 이야기는 스타 연기자를 동원해 지나치게 화려하게 만들어졌고, 멜로드라마를 거부한 실험적인 극은 관객은 물론 제작진에게도 이해받지 못한 상태였다. 2막이 시작되자 야유는 넘쳐났고, 주연 여배우가 목소리를 내지 못하는 상황에까지 이르렀다. 후에 모스크바에서 새롭게 상연되어 호평을 얻기는 했지만, 체호프는 그 공연도 만족하지 못했다.

이렇게 체호프에게 연극사에 길이 남을 좌절을 가져다준 극장이지만 알렉산드린스키는 러시아 공연 예술의 메카로 오늘날까지 그 영광을 이어오고 있다. 이 도시 곳곳을 빛내온 이탈리아 출신의 건축가 카를로 로시*Carlo Rossi*가 디자인한 건물로, 안팎으로 19세기의 우아함을 잘 간직하고 있다. 극장 앞의 작은 광장은 크리스마스 즈음에 열리는 축제로 많은 시민들에게 사랑받고 있다.

5 • 도스토옙스키의 다락방에 숨어들다 | 도스토옙스키 박물관 |

상트페테르부르크는 러시아의 심장이다. 그런데 그 심장은 살짝 얼어 있다. 마치 북쪽 바다처럼 말이다. 이 도시는 톨스토이, 고골리, 고리키 등 러시아 문학의 산실이기도 했다. 그중에서도 도스토옙스키만큼 이 도시의 정신을 반영한 작가는 찾아보기 어렵다. 제국의 영광은 영광이지만, 19세기 러시아인의 삶은 곤궁하기 그지없었다. 그토록 자랑스러워하는 검은 빵 한 조각을 먹지 못한 채 이상을 향해 버둥거리는 청춘들이 넘실

거렸다. 도스토옙스키는 1860년대 이 도시의 작은 쪽방에 기거하며 거의 외출도 하지 않은 채 창밖으로 인간 군상들을 바라보며 소설을 써나갔다. 서유럽의 합리주의를 쫓지만 러시아의 종교적 영혼으로부터 자유롭지 못한 인간들, 정신의 풍요를 자랑스러워하면서도 물질적 빈곤으로 고통받는 인간들…….

도스토옙스키, 상트페테르부르크 사람들에게 구원은 어디에 있는가?

이 도시에는 도스토옙스키가 기거하며 글을 썼던 두 장소가 남아 있다. 센나야 Kaznacheyskaya ul 7, Sennaya의 좁은 골목에서 그는 세 개의 방을 옮겨 다녔는데, 바로 『죄와 벌』을 썼고 그 무대가 되는 곳이다. 블라디미르스카야 Vladimirskaya 지하철 역 근처에는 그가 마지막으로 살았던 곳이 박물관 Dostoevsky Museum의 형태로 공개되어 있다. 그는 여기에서 『카라마조프의 형제들』을 썼다고 한다.

6 · 일리야 레핀의 리스트를 훔쳐보다 | 러시안 뮤지엄 |

19세기부터 혁명 이전까지, 상트페테르부르크에 살았던 예술가들의 리스트는 정말로 화려하다. 문학, 음악, 연극, 발레 등 수많은 분야에서 교과서 레벨의 이름들이 줄을 잇고 있다. 21세기의 우리가 그 사람들의 얼굴을 만날 수 있는 가장 좋은 방법이 있다. 조악한 기술로 찍은 흐릿한 흑백사진은 젖혀두자. 그들에게는 국민 초상화가가 있었다. 바로 일리야 레핀 Ilya Yefimovich Repin. 차르와 톨스토이와 멘델레예프까지, 그의 리스트에 들지 않았다면 러시아의 유명인이라고 할 수 없다.

레핀은 우크라이나 출신으로 초기에는 고국에 있는 코사크 족의 호쾌

러시아 사실주의 대가, 레핀의 〈사드코〉

한 일상과 풍습을 그려냈다. 이어 〈볼가 강에서 배를 끄는 인부들〉과 같은 작품을 통해 방대한 스케일과 섬세한 시선으로 민초들의 표정 하나하나를 그려내면서 러시아 사실주의 회화의 시대를 만들어간다. 완숙기에 접어들어서는 러시아 여러 국민 영웅들의 초상, 국가적 행사들을 기록하는 데 집중해 역사적 기록자로서의 임무를 충실히 수행하기도 했다. 러시안 뮤지엄 *Russian Museum*은 〈사드코 *Sadko*〉 등 그의 걸작들을 감상하기에 가장 좋은 장소다.

7 · 21세기의 푸시킨들을 만나자 | 푸시킨스카야-10 |

정말로 많은 예술가들의 리스트를 읊었지만, 그래도 상트페테르부르크 시민들이 가장 사랑하는 예술가 하나를 뽑으라면 그 답은 명료하다. 시인 알렉산더 푸시킨. 『유진 오네긴 *Eugene Onegin*』 등 러시아 문학의 원형이 되는 위대한 작품들을 줄줄이 낳았기 때문이기도 하지만, 아내를 유혹한 남자와의 결투 끝에 죽었다는 로맨틱한 최후가 더욱 큰 애정을 불러일으켜 왔다.

비주얼 아티스트 바비 바다로프는 푸시킨스카야-10의 시인 콘테스트에서 수상하면서 유명세를 탔다.

우리는 이 도시 곳곳에서 푸시킨의 이름을 만날 수 있다. 그중에서도 '푸시킨스카야-10 *Pushkinskaya-10* 아트센터'는 21세기의 푸시킨들을 만날 수 있는 곳이다. 1989년에 문을 연 이곳은 "박물관이 아닌 박물관"을 지향하는 갤러리, 스튜디오, 공연장, 그리고 가게들의 집합체다. 온갖 아방가르드한 예술행위들이 벌어지는 장소이며, 독특한 나이트클럽 피시 패브릭Fish Fabrique으로도 유명하다.

Sankt Peterburg

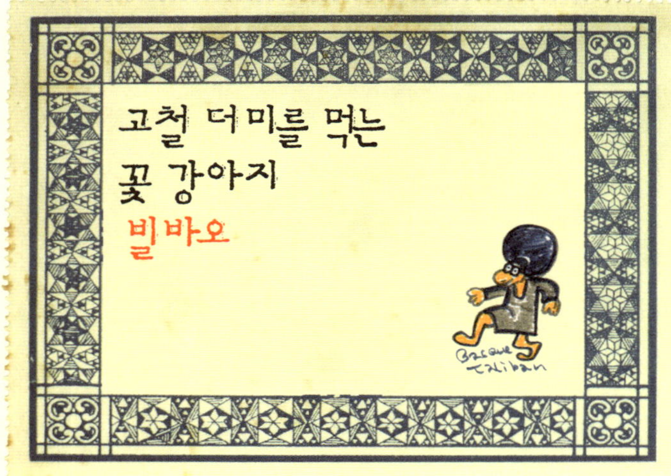

시민들은 그 도시를 '콧구멍' 이라고 불렀다. 커다란 베레모를 쓴 남자들은 인상만 썼다. 철강산업의 영광이 식은 자리엔 녹슨 고철만 남았다. 그때 어떤 마법이 그 도시를 새로 태어나게 했다. 혹자는 구겐하임의 마술이라 했지만, 단지 그것만은 아니었다.

1 · 산티아고로 가는 길 위에서 고민하라 | 산티아고 성당 |

빌바오는 '산티아고로 가는 길' 위에 서 있는 또 하나의 산티아고다. 도시를 휘감아도는 네르비온Nervion 강 동쪽에 산티아고 성당이 있다. 동쪽과 북쪽에서 흘러와 서쪽 갈리시아에 있는 산티아고 데 콤포스텔라 성당을 향해 지친 발걸음을 옮기던 순례객들이 잠시 숨을 돌리는 장소다. 이곳이 작은 어촌 마을에 불과했을 때부터 교회는 기독교인들의 중요한 이정표가 되어왔다. 그 이름 때문에 성스러운 길의 목적지에 도착했다는 착각에 빠지게도 했지만 말이다.

중세 때부터 바스크 민족의 중심 도시로 역사를 이어왔지만, 여행객들에게 빌바오는 그저 산티아고의 조개 표식을 따라 잠시 들르게 된 여관에 불과했다. 불과 20년 전까지만 해도 별반 다를 바 없었다. 산티아고를 둘러싼 구시가Casco viejo는 좋게 말해 '중세의 고풍스런 거리'였지, 냉정하게 보자면 그저 칙칙한 건물들이 옹기종기 모여 있는 강변의 작은 구역에 불과했다. 그러나 어떤 결단이 이 도시를 변신시켰고, 이 '중세'는 진정 의미 있는 '현대'의 장식품이 되었다.

2 · 골칫덩이를 옮겨라 | 빌바오 항구 |

19세기의 산업혁명은 이 도시에 큰 영광을 가져다주었다. 인근에서 질 좋은 철광 광산이 발견되었고, 스페인 북부의 가장 큰 항구는 영국과 교역하는 데도 커다란 이점을 보였다. 빌바오는 철강산업의 주요 운송창구이자 선박 제조의 중심지로 각광을 받았고, 20세기 초반까지만 해도 스페인에서 가장 부유한 도시의 하나였다. 그러나 2차 대전 이후 철강산업이 쇠퇴하면서 강을 둘러싼 항구와 공장들은 보기에도 끔찍한 공해산업이자 고철덩이가 되어버렸다. 바스크 분리주의자의 테러 활동까지 겹쳐

빌바오 항구
2
3
구겐하임 미술관
주비주리 다리
4
산마메스
스타디움
6
Ave de Sabrio Arana
Calle Elcano
Basque Txiban
Calle Autonomia

Extebarria Parkea
7
빌바오 기차역
5
바스크 모자 가게
1
산티아고 성당

새로운 항구를 만들기 위해 강변을 도크로 둘러싸는 작업은 환경운동가들의 비판을 받기도 했다.

져, 이 도시는 스페인의 더러운 콧구멍 취급을 받았다.

1990년대 초반, 시민들은 머리를 모았다. 항구와 산업시설을 멀리 바다로 보내고 새롭고 아름다운 도시를 건설하자. 누군들 그런 꿈을 꾸지 않을까? 그러나 진지하고 엄격한 설계, 고된 노동을 마다하지 않는 시민들의 전통이 진짜 기적을 만들었다. 얼핏 구겐하임 미술관을 유치하게 된 것이 모든 마법의 원천으로 보이지만, 빌바오의 강변은 도시 자체를 진짜 예술의 공간으로 만들고자 하는 시민들의 의지로 가득하다.

3 · 꽃 강아지를 지켜라 | 구겐하임 미술관 |

〈007 언리미티드〉의 오프닝에서 피어스 브로스넌이 빌딩에서 탈출한 뒤 유유히 거리로 나설 때, 구겐하임의 꽃 강아지가 귀엽게 쳐다보는 장면이 나온다.

20세기 전후의 도시 건축계에서는 '빌바오 효과' 라는 말이 마법의 주문처럼 돌아다녔다. 시커먼 공해 도시 빌바오가 미술계 최고의 브랜드인 구겐하임 미술관Guggenheim Museum Bilbao을 들여놓은 뒤 세계적인 관광지가 되었기 때문이다. 물론 이 건물은 건축가 프랭크 게리의 걸작이며, 2010년 세계의 건축 전문가들에 의해 최근 30년 간 세워진 것 중 가장 중요한 건축물로 뽑히기도 했다. 온갖 잡지의 표지에 이 건물이 주인공으로 등장했고, 오직 그 모습을 보기 위해 이 도시를 찾는 사람들도 적지 않다. 그러나 정작 빌바오가 놀라

운 것은 그 구겐하임을 진짜 이 도시에 딱 어울리는 건물로 만들기 위해
스스로 변신했다는 사실이다.

프랭크 게리가 티타늄으로 만든 미술관 건물은 수많은 관광지도에 '빌
바오'라는 지명을 적어넣게 한 장본인이다. 그런데 빌바오 사람들은 그
건물보다도 그 앞에 있는 커다란 강아지를 더 사랑하는 것 같다. 설치조
각가 제프 쿤스가 만든 12.4미터의 거대한 토피어리 꽃 강아지Puppy는 원
래 구겐하임 개관을 기념한 한정 전시물이었는데, 시민들의 열화와 같은
사랑 때문에 영구 전시물이 되었다. 설치 당시 정원사로 위장한 ETA 테
러리스트들에 의해 폭탄 화분이 장착될 위기를 겪기도 했다.

4 · 새로운 강을 만들어라 | 주비주리 다리 |

빌바오를 새롭게 만드는 온갖 프로젝트들은 굽이굽이 흐르는 네르비온의
강을 따라 줄을 잇고 있다. 수많은 매력의 포인트들이 빌바오의 기적이
단지 구겐하임 때문만은 아니라고 주장한다. 노마 포스터의 획기적인 지
하철 시스템, 잔디밭 위를 구르는 산뜻한 초록색 트램 라인, 페데리코 소
리아나가 디자인한 우스칼두나 콘서트 홀 등 이 도시는 리노베이션 건축
학의 견학 코스가 되기에 부족함
이 없다. 그중에서도 주비주리
Zubizuri의 하얀 윤곽이 도드라
진다.

바스크어로 하얀 다리라는 뜻
을 지닌 주비주리는 발렌시아 출
신의 건축가 겸 조각가인 산티아
고 칼리트라바가 디자인했다.

주비주리는 바스크어로 '하얀 다리'라는 뜻이다.

우아한 곡선의 보도와 매력적인 디자인의 아치가 어우러져 강변의 풍경을 바꾸는 데 크게 일조했다. 하지만 유리로 된 바닥이 부서지거나 보행객이 미끄러지는 등 사고가 이어져 지역 주민의 항의를 받기도 했다. 빌바오는 여전히 건설 중인 것이다.

5 · 베레모를 지켜라 | 바스크 모자 가게 |

빌바오의 변신은 오랫동안 그들을 지켜봐온 주변인들에게 더욱 놀라운 현실이기도 하다. 왜냐하면 이곳은 유럽에서도 가장 보수적이기로 유명한 바스크인들의 본거지이기 때문이다. 스페인 북부와 프랑스 남부의 피레네 산맥 주변에 살고 있는 바스크인들은 주변과 완전히 고립된 언어를 사용하는 것으로 유명하다. 인도유럽어족에 둘러싸여 있지만, 그들과 아무런 친족관계를 찾을 수 없다. 언어로부터 시작된 고립성은 이 지역 사람들의 고집스런 독립정신으로 이어져오기도 했다. 파블로 피카소의 그림으로 유명한 게르니카Guernica의 학살사건도 빌바오 인근에서 벌어졌다.

바스크는 스스로를 고립시켰지만, 자신들의 개성을 세계에 퍼뜨리기도 했다. 그중 가장 유명한 것이 베레모. 피레네 산맥의 목동들이 비를 피하기 위해 크고 둥글게 만든 모자는 각국의 군복 디자인에 활용되면서 세계적인 패션 아이템이 되었다. 검은 베레로 유명한 체 게바라도 북스페인의 바스크 혈통을 이어받고 있다. 빌바오 구시가에는 1857년부터 대대로 바스크 전통의 모자Txapelduns를 만들고 있는 고로스타이가 가문의 모자가게Sombreros Y

베레모는 바스크의 목동들이 쓰던 모자로부터 유래했다.

가 있다.

6 • 바스크 남자들의 힘을 보여주라 | 산마메스 스타디움 |

유럽 축구 리그에 관심이 많은 팬들은 빌바오를 또 다른 이유 때문에 또렷이 인식하고 있다. 다른 스페인의 대도시처럼 이곳에도 고유의 축구팀인 아틀레틱 빌바오가 존재한다. 흥미로운 사실은 이 축구팀에는 오직 바스크 출신만이 선수로 뛸 수 있다는 점이다. 레알 마드리드나 FC 바르셀로나 같은 팀이 전 세계의 슈퍼스타들을 모아 드림팀을 만들고, 인근 도시이자 역시 바스크 지역인 산 세바스티안이 이천수 등 외국 선수들을 영입해온 것을 보면 얼마나 특이한 전통인가 실감하게 된다. 이런 핸디캡에도 불구하고 아틀레틱 빌바오는 스페인 4대 명문팀으로 찬연한 역사를 이어오고 있다.

　바스크 남자들은 자신들이 세계에서 가장 강한 남자들이라고 주장한다. 그 증거로 내놓는 것은 축구가 아닌 바스크 전통의 스포츠 게임이다. 가끔 해외 토픽을 장식하는 바스크 전통의 민속 스포츠는 무거운 돌 들기, 통나무 빨리 썰기, 도끼로 나무 쪼개기 등 인간의 원초적인 힘, 노동과 직결되는 능력을 테스트한다. 아틀레틱 빌바

빌바오는 H18K라 불리는 18종의 바스크 전통게임을 현대화하고 규격화하려는 노력을 벌이고 있다.

오의 본거지인 산 마메스 스타디움에서, 우리는 이 도시가 가장 국제적이면서 동시에 가장 원초적이라는 사실을 확인할 수 있다.

7 · 구시가와 신시가를, 바스크와 세계를 엮어라 | 빌바오 기차역 |

빌바오는 20년 간 변신했지만, 여전히 극과 극의 모습을 지니고 있다. 구겐하임을 중심으로 한 산뜻한 리노베이션 라인과 여전히 구태의연한 도심은 이질적인 채로 공존한다. 중세의 분위기를 풍기는 구시가와 바스크 고유의 음식점이 현대 도시의 차가움을 덜어주지만, 때론 강의 동쪽과 서쪽을 아예 다른 도시로 여겨지게 만들기도 한다. 다행히 그 모든 것을 이어주는 혈관이 있다. 세계에서 가장 깔끔하고 매력적인 지하철도 좋지만, 도시 위를 느릿느릿 배추벌레처럼 기어가는 트램의 정겨움이 이 도시를 사랑스럽게 만든다.

아반도의 기차역은 고풍스러운 스테인드글라스와 현대적인 교통 시스템이 어우러진 곳이다.

아반도에는 이 도시의 안과 밖을 잇는 모든 교통의 중심이 되는 기차역 Bilbao-Concordia terminal station이 있다. 이곳은 빌바오의 기적과 바스크의 전통을 스페인과 유럽 전역으로 수출하는 장소이기도 하다. 1965년에 시작된 FEVE 철도 라인은 이 기차역을 중심으로 왕성하게 혈관을 이어가고 있다.

(1city / 1week) × 1year = 52map

이스탄불은 때가 많이 탄 도시다. 관심과 욕망이 쓰다듬어온 도시다. 그래서 광채가 나는 도시다. 그래서 겹겹이 깊은 도시다. 이스탄불의 보석들을 들추며, 그 안에 겹쳐진 사람들의 흔적을 본다. 그 겹침의 매혹.

1 • 아시아와 유럽이 겹쳐지다 | 보스포루스 다리 |

아시아와 유럽은 이스탄불에서 만난다. 하나의 도시는 두 개의 대륙에 걸쳐 있다. 보스포루스 해협을 사이에 두고 이스탄불의 서쪽은 유럽, 동쪽은 아시아이다.

오스만 터키가 1453년 5월 29일 콘스탄티노플을 함락시킨 계책은 배를 보스포루스 해협에서 골든혼 해협 쪽으로 갈라타지구의 육로를 통해 넘긴 것이었다. 정복자 메흐메드 2세는 골든혼 해협 입구를 쇠사슬로 막아놓고 아시아 쪽에서 유럽 쪽을 넘보는 군대만 경계하던 비잔틴 제국의 뒤통수를 쳤다. 이미 쇠약해 있던 비잔틴 제국은 콘스탄티노플이 함락되면서 결정적으로 멸망했다. 이렇듯 유럽 쪽의 콘스탄티노플을 점령하면서, 오스만 터키는 두 대륙을 갈라놓은 보스포루스 해협을 완전히 장악하게 되었다. 이곳을 허가 없이 지나는 배들을 사정없이 공격했다.

이곳에 처음 바다를 건너는 다리가 건설된 것은 1973년이었다. 두 대륙을 걸어서 왕래할 수 있게 된 것이다. '보스포루스 대교'라 명명된 이 다리가 만들어진 이후, 두 번째 다리는 1988년에 완성되었는데 '제2의 보스포루스 대교' 혹은 '파티하 술탄 메흐메드 교'라 불린다. 비잔틴을 정복했던 메흐메드 2세의 이름이 상징적으로 다리에 붙여진 것이다.

2 • 그리스 정교회와 이슬람이 겹쳐지다 | 하기아 소피아 |

'성스러운 지혜'를 뜻하는 이름을 가진 하기아 소피아는 1453년 메흐메드 2세가 콘스탄티노플을 점거하기 직전까지 그리스 정교회의 총본산이었다. 콘스탄티누스 2세가 360년 처음 건립했다. 404년과 532년의 2차에 걸친 화재로 큰 피해를 입어 현재의 모습에서 처음의 모습을 찾기는 어렵다. 더욱 화려하고 아름답게 다시 지어졌다고. 특히 두 번째 재건 때

유럽지구
3
파묵 아파트
골든 호
페라팔라스 호텔
아타튀르크 다리
갈라타 다리
5
7
시르케지 기차역
톱카프 궁전
4
2
예레바탄 사라이
하기아 소피아
마르마라 해

돌마바흐체 궁전
6
1
보스포루스 대교
보스포루스 해협
아시아지구
메흐메드 2세

는 아름다움이 극에 달하여, 재건을 명한 유스티니아누스 1세가 537년의 헌당식날 "솔로몬이여, 내가 그대에게 승리했도다!"라 외쳤다고 전해진다.

하기아 소피아의 내부 모습

콘스탄티노플을 점령한 오스만 제국의 술탄 메흐메드 2세는 하기아 소피아를 모스크로 사용하겠다고 선언했다. 콘스탄티노플에 입성하자마자 곧장 이 전설적인 대성당으로 향하여 그 자리에서 명한 것이었다. 거대한 돔형의 지붕을 얹은 하기아 소피아는 사실, 모스크로 바로 사용되기에도 구조에는 무리가 없었다. 미흐라브(메카 방향을 나타내는 아치형 벽관)와 미나레트(첨탑)를 설치하고 아름다운 모자이크화들을 우상이라 하여 지우기만 하면 되었던 것. 모자이크화들은 천으로 덮여 있다가 정복자의 증손자인 쉴레이만 1세 때 훼손되었으며, 처음에는 임시로 쓰기 위해 소박하게 만들어졌던 미나레트도 11대 황제였던 셀림 2세 때에 이르러 위풍당당한 네 개의 첨탑으로 완성되었다.

1923년 터키공화국이 수립되었을 때 유럽 각국은 하기아 소피아의 반환과 종교적 복원을 강력하게 요구했다. 이에 터키 정부는 이곳을 박물관으로 운영하기로 결정하고 기독교든 이슬람이든 그곳에서의 종교적 행위를 금지했다. 현재 이곳에는 성당으로서의 흔적과 모스크로서의 흔적이 사이좋게 같이 공존하고 있다.

3 · 구세대와 신세대가 겹쳐지다 | 파묵아파트 |

이스탄불에서 태어나 자라난 세계적 작가 오르한 파묵은 현재에도 '파묵

아파트’에 살고 있다. 그의 말에 따르면 “어머니가 나를
품에 안고 처음 세상을 보여주고, 처음 사진을 찍었던
곳”이다.

오르한 파묵의 젊은 시절

　그의 어머니, 아버지, 형, 할머니, 삼촌들, 고모들,
숙모들이 살았고 살고 있는 ‘파묵 아파트’는 5층짜리 건
물이다. 3대에 걸친 대가족은 이 건물의 각 층을 차지하
고 들어앉았다. 오르한 파묵이 태어나기 1년 전까지만 해도 돌로 지은 대
저택에서 함께 살았던 이 대가족은 그 건물을 사립초등학고에 임대하고
그 옆에 현대적인 아파트를 지어 ‘파묵 아파트’라 이름지었다. 가로로 넓
었던 대가족의 저택이 세로로 올라앉은 셈이다. 파묵은 그 아파트의 문이
대부분 열려 있었다고 회상한다. 터키의 이 부유한 대가족은 파묵 아파트
안에서 서로 겹치고 간섭하다가 결국 오르한 파묵의 작품세계에까지 만
만치 않은 영향력을 미치게 되었다.

　파묵 아파트가 자리 잡고 있는 니샨타쉬는 구찌, 루이비통, 아르마니
등 여러 명품샵이 들어서 있는 고급 주택가이다. 부유층과 유명인이 많이
살고 있는 이 동네는, 원래는 아르누보 스타일의 아파트 빌딩으로 유명하
다. 이곳의 지명인 니샨타쉬의 의미는 ‘타깃스톤’. 옛날 오스만의 군인들
이 돌을 세워놓고 사격연습을 하던 곳이었다. 작은 오벨리스크처럼 생긴
그 돌은 아직도 포도에 남아 있다.

4 · 그리스와 비잔틴이 겹치다 | 예레바탄 사라이 |

이스탄불은 그리스의 식민도시에서 출발했다. 기원전 7세기경 지중해와
흑해에서 활발한 해상무역을 하던 그리스인이 처음 도시를 세웠던 것이
다. 그들이 세웠던 아크로폴리스의 흔적은 현재 지하 물 저수지인 예레바

예레바탄 사라이는 최대 8만 톤까지 물을 채울 수 있다.

탄 사라이에 남아 있다.

532년 콘스탄티누스 1세 때 만들어지기 시작한 예레바탄 사라이는 길이 141미터, 폭 73미터에 달하는 거대한 공간이다. 원래는 '예레바탄 사룬치(지하 저수장)'라 불렸으나, 그 규모로 인해 '예레바탄 사라이(지하 궁전)'라는 이름을 얻게 되었다. '예레바탄 yere batan'이란 '땅에 빠진'이라는 의미라고 한다. 이곳을 떠받치고 있는 것은 8미터 높이의 돌기둥 336개인데, 건축자재가 부족했던 당시의 상황 때문에 그리스 식민시절의 기둥이 동원되었다. 다 다른 모양의 기둥 중에서도 가장 이색적인 것은 거대한 메두사 얼굴이 초석으로 사용되고 있는 기둥. 옆으로 뉘여 있거나 거꾸로 놓여 있는 메두사의 얼굴은 음침한 분위기를 자아낸다. 메두사라는 괴물 자체가 마주보면 돌이 되는 저주에 걸려 있기에 눈길을 피하기 위해 일부러 얼굴을 뒤집어놓은 거라는 얘기도 있고, 건설하던 기독교도들이 이교도를 멸시하기 때문에 아무렇게나 놓았을 것이라는 이야기도 있다. 19킬로미터 떨어진 벨그라드 숲에서 끌어온 물을 최대 8만 톤까지 채울 수 있는 이 저장고에서 메두사의 얼굴은 가장 낮고 가장 깊은 곳에 자리하고 있다가, 현재는 가장 각광받는 전시물이 되었다.

5 · 중국과 오스만 터키가 겹쳐지다 | 톱카프 궁전 |

15세기 중순부터 19세기 중순까지 약 400년 동안 오스만 제국의 군주가 거주한 궁전인 톱카프 궁전은 중국의 자금성과 비슷하다. 현재의 규모는 많이 축소되었지만 지어질 당시에는 자금성과 규모도 비슷했다고 한다.

왕이 바뀔 때마다 수많은 증축과 개축이 진행되고 네 번의 대화재를 거치면서 현재의 모습은 반듯하게 계획된 자금성과는 달리 무질서하게 보이지만, 자금성과 비교해보면 그 의도를 알 수 있다.

자금성의 천안문에 해당하는 문은 '바브 휘마윤'이다. 신성한 문이라는 의미를 가진 이 문은 황제의 문 또는 술탄의 문이라고도 불린다. '바브 웃 셀람', 즉 경건한 문이라 불리는 제2의 문은 자금성의 '오문午門'에 해당한다. 세 번째 문, '바쉬스 싸데'는 지복의 문으로, 군주와 측근만이 통과할

톱카프 궁전은 지어질 당시 자금성과 규모가 비슷했다고 한다.

수 있다. 이곳을 통과하면 제3정원과 알현실이 나오는데, 자금성으로 치자면 '건청문乾淸門'에 해당한다고 볼 수 있다. 자금성의 후궁에 해당하는 것이 250개의 방이 있는 톱카프의 하렘이다.

이곳에서는 중국의 귀한 도자기도 볼 수 있다. 예전에 부엌으로 쓰였던 곳이 현재 동양 도자기 전시관이 되어 있는데, 컬렉션이 대단하여 도자기 애호가들의 사랑을 받고 있다. 특히 14~19세기 중국과 일본산 자기들이 많이 전시되어 있다. 중국 도자기는 무려 10,350점이나 된다. 수집용이라기보다 실제 사용하기 위한 용도로 구입되었을 것으로 보이는 이 도자기들 덕분에, 톱카프는 자금성과 한층 겹친 모습을 보여주고 있다.

6 · 유럽과 오스만 터키가 겹쳐지다 | 돌마바흐체 궁전

돌마바흐체 궁전의 모델은 베르사유 궁전이다. 1843년 31대째의 술탄인 압둘 메지트가 짓기 시작한 이 건물은 유럽의 바로크 양식과 오스만 전통

양식을 접목시킨 것이다. 방문자들은 유럽을 그대로 옮겨놓은 듯한 인상을 받는다.

돌마바흐체 궁전에 들어서면 유럽을 그대로 옮겨 놓은 인상을 받는다.

현존하는 궁전 중 가장 화려한 궁전이라는 평을 듣는 이곳을 꾸미기 위해 들어간 금만 해도 14톤. 은은 40톤이 동원되었다고 한다. 15,000제곱미터의 면적에는 방 285개, 연회장이 43개, 터키식 욕탕이 여섯 개 있다. 홀은 43개, 화병은 280개, 시계는 156개가 있으며, 크리스털 촛대 58개와 샹들리에 36개가 찬란하게 그 호화로움을 밝히고 있다. 카펫이나 커튼, 좌석커버 등은 터키제이지만 가구와 샹들리에는 대부분 유럽에서 주문한 것인데, 그중에는 외국 왕실이 보낸 선물도 적지 않다.

그토록 화려한 궁전에서도 가장 눈길을 끄는 대형 연회장인 '황제의 방'은 넓이가 가로 세로 40미터에 중앙 돔의 높이는 36미터에 달한다. 그곳에 걸려 있는 샹들리에는 영국 빅토리아 여왕이 기증한 것으로, 무게가 4.5톤이나 되며 750개의 등이 달려 있다.

'터키의 아버지' 아타튀르크로 불리는 터키공화국의 초대 대통령 무스타파 케말은 수도를 앙카라로 이전했지만 이스탄불에 머물 때는 돌마바흐체 궁전을 사용했는데, 그가 죽은 1938년 11월 10일 9시 5분을 기념하기 위해 현재 이곳 모든 시계는 9시 5분에 멈춰 있다고 한다.

7 · 수많은 인종이 겹쳐지다 | 시르케지 역 |

처음 오리엔트 특급이 다니기 시작하던 시절의 시르케지 *Sirkeci* 역은 어떤

오리엔탈 익스프레스 포스터

모습이었을까? 유럽 대륙의 마지막 기차역인 시르케지 역은 애거서 크리스티의 『오리엔트 특급 살인』의 유명세에 힘입어 사람들의 관심을 끌었지만, 그전에도 복잡하기는 마찬가지였다.

1883년부터 프랑스 파리와 터키 이스탄불 구간을 운행했던 오리엔트 특급 열차는 여러모로 상징적인 의미를 갖고 있었다. 파리에서 출발하여 스위스, 이탈리아, 유고, 불가리아를 거쳐 이스탄불에 도착하는 이 열차는 사람들에게 최초로 유럽을 기차를 타고 횡단하는 경이로움을 안겨주었다. 많은 인종과 민족이 자리 잡은 유럽은 이 기차 안에서 엎치락뒤치락 겹쳐지고 섞여들어갔다. 개통된 지 94년만인 1977년에 비행기로 인해 승객이 줄어들면서 문을 닫았지만, 그 명성만은 여전히 전해 내려오고 있다.

고급스러운 교통수단이었던 오리엔트 특급 열차를 주로 이용한 것은 부자와 고관들이었다. 그들이 이스탄불에 도착해서 묵을 만한 호텔이 없는 것을 알아챈 프랑스의 '국제 침대열차 회사'는 1984년에 '페라 팔라스 호텔'을 짓는다. 터키 최초로 전기를 사용해 움직이는 엘리베이터가 설치되었던 이 고급 호텔은 애거서 크리스티가 머물며 『오리엔트 특급 살인』을 저술했던 장소로도 유명하다. 지금도 411호는 애거서 크리스티 기념 룸으로 남아 있으며, '애거서 크리스티 홀'이 있어 당시의 인테리어를 잘 보존된 형태로 방문자들에게 보여준다.

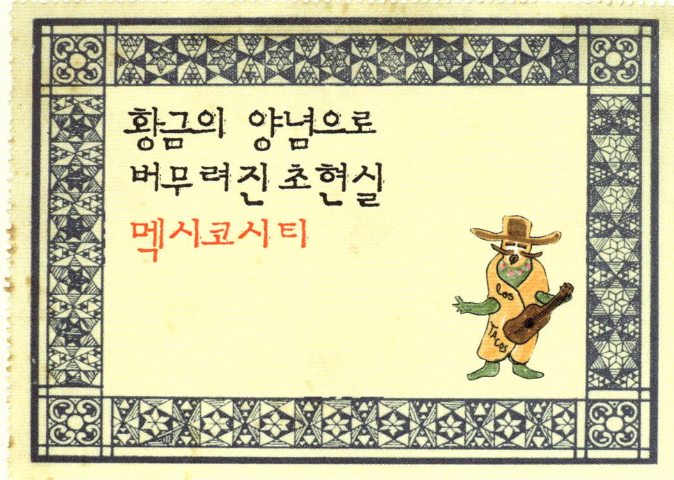

황금은 그들을 유혹했다. 살사 양념은 그들을 버무렸다. 지독한 대기 오염은 그들을 숨 막히게 했다. 토르티야는 그 모든 것을 감싸안았고, 불쑥 나타난 마리아치 밴드가 황홀경을 선사했다. 그리하여 지상에서 가장 초현실적인 수도가 만들어졌다.

해발 2,240미터의 고원에 자리잡은 멕시코시티는 황금으로 뒤덮여 있었고, 황금 때문에 멸망했고, 황금의 추억으로 살아가는 도시다. 14세기 초 톨텍 제국이 멸망한 뒤 이곳으로 옮겨온 사람들은 수도 테노치티틀란 Tenochtitlan을 건설하고 대제국 아스텍의 영광을 구가했다. 인구 20~30만 명을 수용한, 당시로서는 세계적인 대도시였다.

1518년 베라크루스 해안에 도착한 정복자 코르테스는 500여 명의 병사를 이끌고 내륙 정복에 나섰다. 황금으로 뒤덮여 있다는 아스텍의 도시에 대한 소문이 그의 피를 끓게 했다. 그는 주변 부족들과 동맹을 맺고 병사와 말을 늘려가며 수도로 들어섰다. 황제 몬테주마 2세는 전통에 따라 그들을 환영했고 황금으로 된 갖가지 선물을 하사했다. 그러나 평화는 오래가지 못했다. 코르테스의 병사들은 축제를 벌이기 위해 사원에 모여든 아스텍의 지도층을 몰살시키고 황금을 노략질했다. 그 가치는 유럽 대륙의 물가를 휘청거리게 할 정도였다고 한다. 분노한 시민들은 '슬픔의 밤 La Noche Triste'에 스페인 병사들과 그들에게 나라를 빼앗긴 왕을 처단했는데, 이때 황금을 들고 달아나다 호수에 빠져 죽은 병사들은 저주받은 보물의 전설을 만들어냈다. 영화 〈캐리비안의 해적〉에 나오는 코르테스의 황금 주화 역시 이로부터 유래한 것이다.

스페인 군대를 신의 사자로 착각했던 아스텍 제국은 멸망했고, 테노치티틀란은 가톨릭교회를 믿는 멕시코시티로 바뀌었다. 그리고 지금 이 도시는 거대한 기둥 위에 있는 황금의 천사상이 내려다보고 있다. 멕시코 독립전쟁 개시 100주년을 기념하

독립의 천사상은 그리스 신화에 나오는 승리의 여신 니케를 형상화한 것이라 한다.

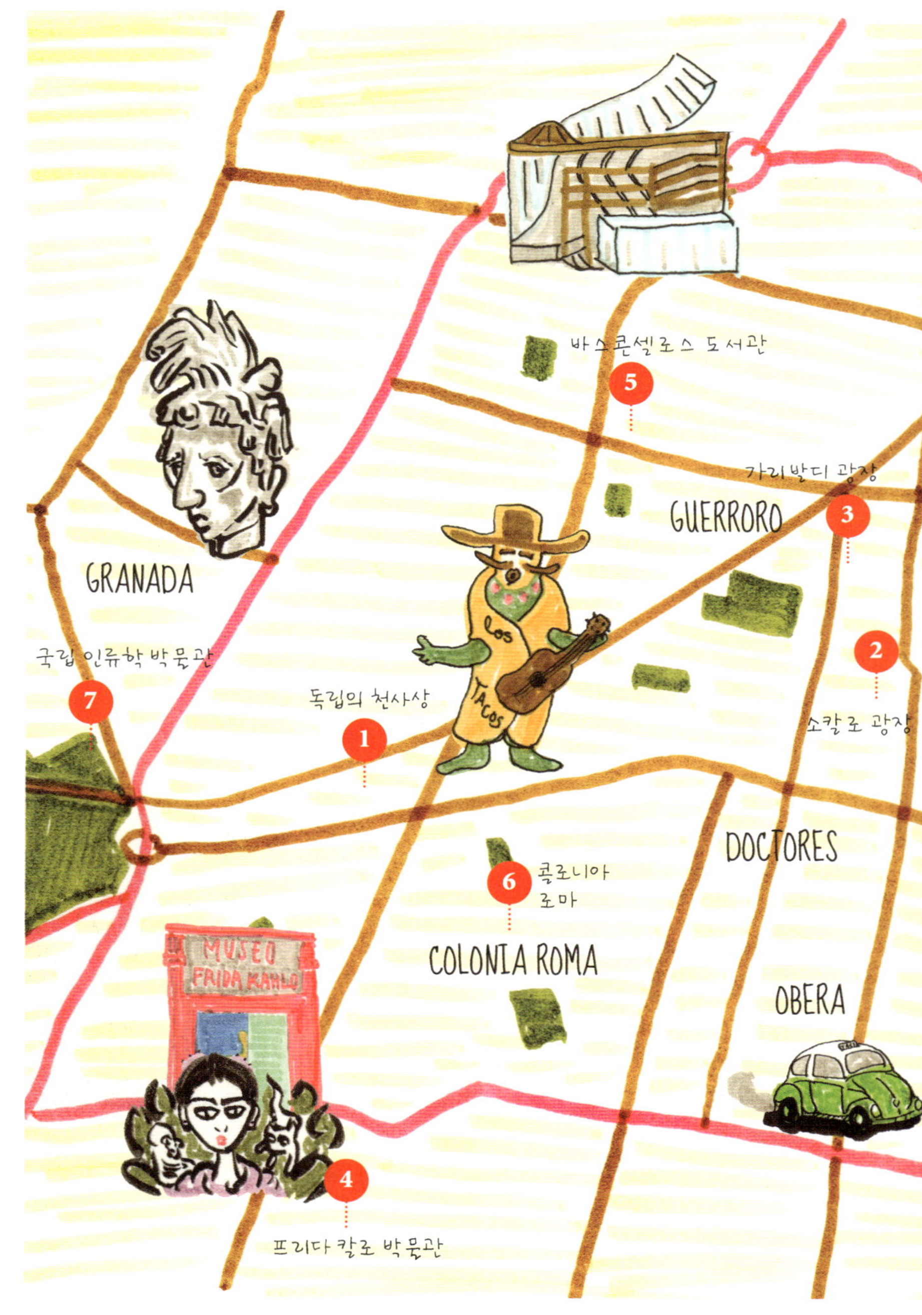
바스콘셀로스 도서관
5
가리발디 광장
GUERRORO
3
GRANADA
2
국립 인류학 박물관
독립의 천사상
소칼로 광장
7
1
Los
TACOS
DOCTORES
콜로니아
로마
6
COLONIA ROMA
OBERA
MUSEO
FRIDA KAHLO
4
프리다 칼로 박물관

IZTACALCO

기 위해 세워진 앙헬^{El ?ngel}은 이 도시를 상징하는 존재가 되었다.

2 · 지나치게 맛있는, 타코와 식도락의 전쟁터 │ 소칼로 광장 │

아메리카 대륙의 한가운데서 유럽 각국의 방문을 허락한 멕시코는 식도락의 전쟁터가 되었다. 아보카도를 넣은 아즈테카 수프, 정체를 알아보기 어려운 돼지껍질 튀김, 데킬라, 메스칼, 코로나와 같은 갖가지 술들……. 그중에서도 타코^{Taco}를 빠뜨리고서는 이 도시를 이야기할 수 없으리라.

아스텍의 원주민들은 오래전부터 옥수수 가루를 반죽해 만든 토르티야를 애용해왔다.

아스텍을 비롯한 중앙아메리카의 원주민들은 오래전부터 옥수수 가루를 반죽해 만든 토르티야를 밥이나 빵과 같은 기본적인 식사로 애용해왔다. 농부의 아내들은 토르티야에 여러 재료들을 싸서 먹는 타코를 새참으로 만들곤 했는데, 각 지역 사람들이 멕시코시티로 몰려들면서 수백 가지 타코가 경연을 벌이게 되었다. 국립궁전 옆의 소칼로 광장^{Plaza de la Constitución}은 주말마다 온갖 노점으로 뒤덮여, 화끈한 살사 소스를 끼얹은 타코를 베어먹기에 아주 좋은 장소가 된다.

여행객들은 뜨거운 오후에 가벼운 한 끼를 해결하기 위해 길거리 타코를 찾게 마련이지만 유념해둘 사실이 있다. 멕시코시티에서 타코는 이른 아침이나 저녁 이후의 식사다. 이 도시의 사람들은 오후의 식사를 가장 거나하게 먹기 때문이다. 그래도 그 시간을 제외한다면 곳곳의 타코 가게에서 갈아구운 고기, 석류 알맹이, 허브와 채소, 각종의 살사 소스가 뒤

섞인 맛의 향연에 동참할 수 있다.

3 · 지나치게 흥겨운, 마리아치 밴드 | 가리발디 광장 |

"멕시코~, 멕시코~" 영화 〈제8요일〉을 보고 난 사람들은 이런 노래를 자기도 모르게 부르게 된다. 왜 프랑스 영화를 보고 대서양 너머의 저 나라를 찾게 되는 걸까? 주인공의 환상 속에서 요란한 치장의 멕시코 가수가 난데없이 나타나 노래를 부르기 때문인데, 그 장면이 너므나 인상적이어서 잊기가 어렵다.

커다란 모자에 쫙 달라붙은 옷과 부츠를 갖춰 입은 마리아치 밴드는 멕시코의 흥겨움을 전 세계에 퍼뜨렸다. 미국 남부를 비롯한 곳곳의 식당에서 돈을 받고 노래를 해주는 이 밴드를 만나기는 어렵지 않다. 그러나 역시 본연의 마리아치를 만나려면 멕시코시티, 특히 가리발디 광장Plaza Garibaldi을 찾아가야 한다. 여기에선 여러 길거리 밴드들이 마치 경연을 벌이듯 노래를 부르고 있는데, 복장의 스타일이나 악기의 구성들이 조금씩 다르다. 여러 음역대의 크고 작은 기타와 바이올린은 집시 밴드의 구성과 비슷하지만, 때론 하프도 등장하고, 쿠바 음악에 영향을 받은 트럼펫도 심심치 않게 나타난다. 가리발디 광장에서는 마리아치 외에 야로초, 노르테뇨 등의 민속음악 밴드도 만날 수 있다.

마리아치 밴드의 음악은 스페인을 중심으로 중미와 아프리카의 민속적 요소가 결합되어 있다.

Mexico City

4 · 지나치게 열정적인, 디에고와 프리다 | 프리다 칼로 박물관 |

20세기 초반 황금의 천사는 영광스럽게 기둥 위로 올라갔지만, 독립국가 멕시코는 여전히 포르피리오 디아스 대통령의 절대 권력 아래 무릎 꿇려 있었다. 스페인 지배자들로부터 유형과 무형의 유산을 물려받은 대지주들은 농민들을 가혹하게 착취하고 있었고, 독립 100주년 기념행사는 지배체제를 선전하기 위한 수단에 불과했다. 그런데 바로 그때, 러시아 혁명의 전초가 되는 멕시코 혁명의 봉화가 타오른다. 멕시코시티는 아메리카의 등불이 되었고, 도시는 혁명이 가져다준 창조적 열정에 휩싸이게 된다. 그 한가운데 있었던 남자가 디에고 리베라. 그 그늘 아래 더욱 독창적인 예술혼을 불태운 여자가 프리다 칼로였다.

시대를 불태운 뜨거운 연인이었지만 동시에 막장 치정극의 맞상대였던 두 사람. 그들의 작품은 멕시코시티가 가장 아름다웠던 시절을 대변하고 있다. 아스텍 문명의 유산을 혁명적 스케일로 재현한 디에고의 벽화는 대통령궁에 있는 '멕시코 식민의 역사'를 비롯해 도시 곳곳에서 만날 수 있다. 멕시코의 국민 예술가로 미국과 러시아에까지 명성을 떨친 디에고의 위용을 확인하기란 어렵지 않다. 반면 프리다는 오랫동안 '디에고의 부인'으로만 알려져 있었다. 죽은 뒤 수십 년 후인 1980년대에 와서야 새로운 예술운동을 통해 그녀 작품의 진정한 가치가 알려지게 되었다. 소아마비로 고통받은 어린 시절, 여성으로서의 억압과 콤플렉스, 멕시코의 자연을 느끼게 하는 원시적 화풍…… . 그녀는 수많은 예술가들에

코요아칸에 있는 프리다의 '푸른 집'. 다리를 자른 말년의 그녀는 이 집과 정원 밖으로는 거의 나가지 못했다.

게 영감을 주는 마이너리티의 대변자가 되었다. 현재 박물관이 된 프리다의 '푸른 집La Casa Azul'은 그녀의 예술 세계와 더불어 남편 디에고, 혁명가 트로츠키와 얽힌 놀라운 삶을 확인하려는 사람들의 발길로 분주하다.

5 • 지나치게 현학적인, 도서관 | 바스콘셀로스 도서관 |

21세기 들어 멕시코시티는 세계에서 가장 번잡하고 오염되고 위험한 도시라는 오명을 벗어나고자 여러 노력을 벌이고 있다. 그리고 그 결과물들 역시 이 도시의 놀라운 창의성과 초현실주의적인 분위기를 반영하고 있다. 멕시코의 국립 도서관장을 역임한 호세 바스콘셀로스를 기리기 위해 만들어진 도서관José Vasconcelos Library은 아마도 세계에서 가장 난해한 구조의 도서관으로 보인다. 큐브형의 구조물이 서로 얽혀 있는 사이로 거대한 공룡의 골격이 전시되어 있다. 빈센트 대통령의 주도하에 만들어진 이 건축물은 '멕시코시티의 막대한 인구는 막대한 문학 인구'라는 아이디어를 반영하고 있다. 부에나비스타 기차역과 결합된 건물을 통해 하루 35만 명에 이르는 이곳의 지하철, 버스, 교외 기차 이용객을 독서 대중으로 끌어들이고자 한다.

도서관은 가브리엘 오로즈코의 〈발레나〉를 비롯한 여러 멕시코 현대 미술가들의 작품으로 장식되어 있다.

6 • 지나치게 모은 세계 | 콜로니아 로마 |

분명 콜로니아 로마Colonia Roma라는 이름은 이탈리아의 수도가 아니라 이 지역의 옛 이름인 라 로미타La Romita로부터 왔다. 그러나 이 동네를 거니는 사람들이 유럽의 어느 도시에 왔다는 착각에 빠지기란 어렵지 않다. 루이 카브레라 공원의 아름다운 분수와 곳곳에 자리잡은 보자르Beaux-Arts

Mexico City

보자르 스타일의 건축물을 만날 수 있는 콜로니아 로마, 아트 갤러리

양식의 건물들은 '리우데자네이루' '마드리드' 등 먼 나라의 이름을 딴 지명들과 겹쳐지며 다국적의 분위기를 만들어낸다. 20세기 초반 중상류층이 모여 살면서 아름다운 건축과 조각으로 장식해갔던 이 지역은 1940년대에 이르러 부유층이 교외로 떠나며 조금씩 쇠퇴해갔다. 1985년 대지진의 여파는 이 지역에도 커다란 타격을 주었는데, 신기하게도 무너진 대부분은 새로 지은 건물들이었다고. 그 덕분이라고 하기는 어렵지만, 지금도 멕시코시티의 서정을 즐길 수 있는 산책로가 되고 있다.

7 · 지나치게 많은 신들 | 국립 인류학 박물관 |

스페인의 정복자들은 유일신을 내세우며 이 땅을 정복했다. 그러나 이 도시는 온갖 신들이 뒤엉켜 사는 게 훨씬 자연스러워 보인다. 그 증거가 바로 여기, 기둥 하나로 받쳐져 있는 84미터의 캐노피 아래 있다. 멕시코 모든 박물관의 어머니라 할 수 있는 국립 인류학 박물관*Museo Nacional de Antropología*. 아스텍인들이 테오티우아칸을 두고 '인간이 신이 되는 장소'라고 말했던 이유를 알 수 있는 곳이다.

가장 많은 사람들을 사로잡는 전시물은 멕시코의 상징처럼 되어 있는 '태양의 돌'. 25톤의 돌에 새겨진 거대한 신의 모습인데, 중앙에 있는 태양의 신 주위로 종교의식에 사용되던 달력의 주기

아스텍의 '태양의 돌'은 소칼로 광장 아래에 있다가 1790년에 발굴되었다.

가 표시되어 있다. 기괴한 팔 다리의 위치를 보여주는 땅의 여신, 노래와
춤을 담당했다는 거북이 모양의 신, 독특한 헤어스타일로 유명한 팔렌케
청년의 머리 등 예술혼과 상상력을 자극하는 이미지들로 가득하다.

어느 도시에나 그 도시 고유의 색깔이 있다, 라고 말할 때의 그 '색깔' 이 바르셀로나에서는 다른 의미를 띤다. 말 그대로 독특하고 화려한 색으로 가득 찬 도시이기 때문이다. 길을 걸으면서 만나는 건물들과 그래피티뿐이랴. 선명하고 환상적인 색을 자유자재로 쓴 화가들의 도시이기도 하지 않은가. 색채 자체가 풍경인 도시, 바르셀로나에 가려면 먼저 색안경부터 벗어야 한다.

1 • 천진난만한 원색의 광장 | 후안 미로 광장 |

후안 미로 *Joan Miro*의 천진난만한 원색은 현대미술에 관심 없는 사람에게
도 꽤나 익숙하다. 그보다 더 유명한 화가로 들 수 있는 이름은 파블로 피
카소 정도나 될까? 바르셀로나에서는 파블로 피카소, 후안 미로, 그리고
그들 못지않게 유명한 살바도르 달리를 쉽게 만날 수 있다. 그들 모두 스
페인을 대표하는 화가들이다.

그중에서도 바르셀로나에서 태어나, 특히 카탈루냐 사람들이 사랑한
후안 미로의 작품은 이 도시에서 쉽게 접할 수 있다. 후안 미로 미술관도
따로 마련되어 있고, 후안 미로 공원
도 위풍당당하게 자리잡고 있지만 여
행자들이 더 손쉽게 만날 수 있는 곳
은 람블라스 거리 한가운데 있는 타일
로 만든 후안 미로 광장이다. 관광의
메카라는 람블라스 거리 한복판에 이
작품이 가로누워 있는 까닭은 "바르셀
로나에 온 관광객을 환영"하기 위해서
라고.

람블라스 거리의 후안 미로 광장을 한눈에 보기는
어렵다.

2 • 피카소 초기작품의 보고 | 피카소 미술관 |

파블로 피카소 *Pablo Ruiz Picasso*는 스페인 사람들이 가장 자랑스러워 하는
사람이라고 한다. 당연하게도, 피카소 미술관 *Museu Picasso*은 바르셀로나
에서 가장 많은 사람들이 찾는 미술관이다. 특히 피카소의 초기 작품들이
많은 곳이라 시기별로 변화하는 피카소의 작품세계를 한눈에 살펴보기에
이만한 곳이 없다.

Barcelona

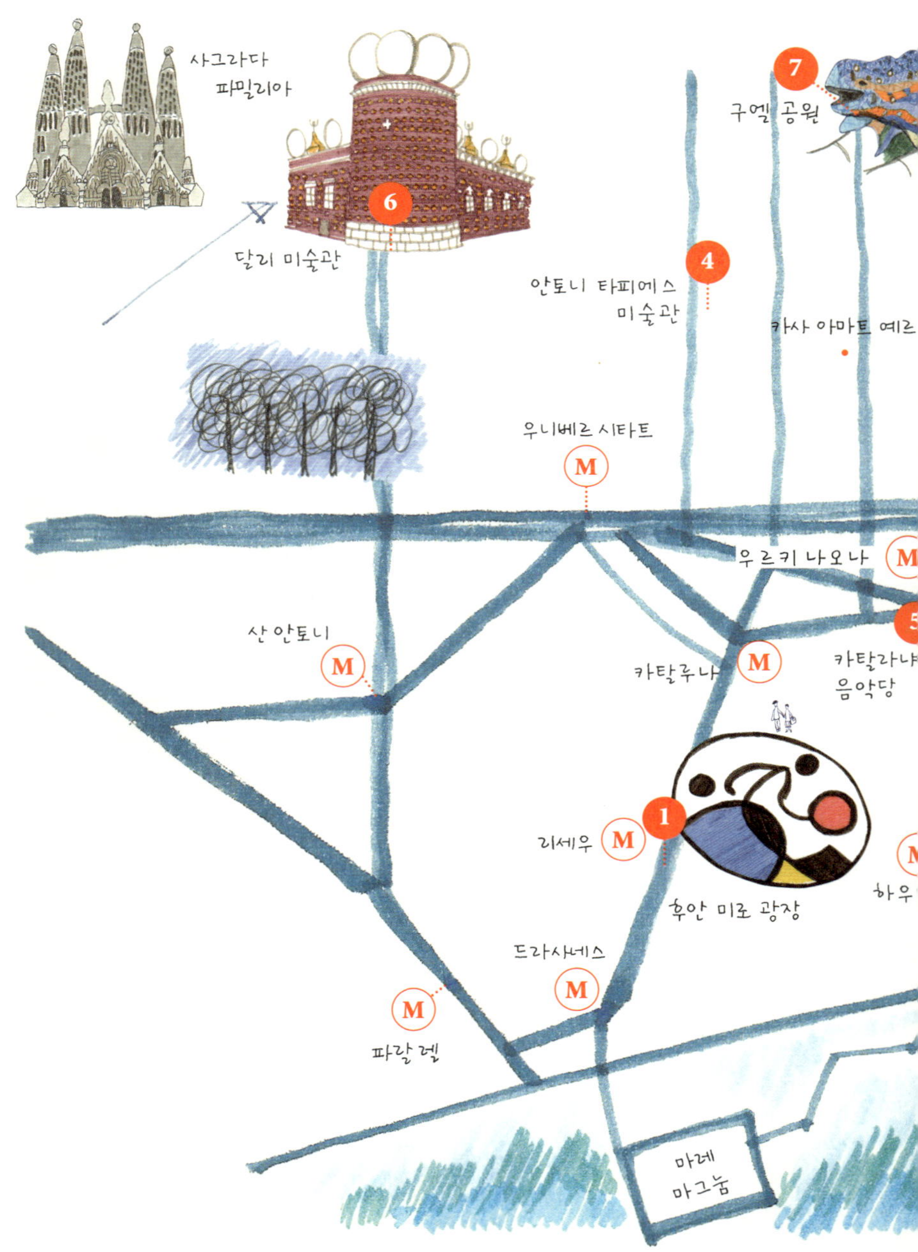

사그라다 파밀리아
달리 미술관
6
안토니 타피에스 미술관
7
구엘 공원
4
카사 아마트 예르
우니베르시타트
M
우르키나오나
M
산 안토니
M
카탈루냐
M
카탈라냐 음악당
5
리세우
M
1
후안 미로 광장
하우
M
드라사네스
M
파랄렐
M
마레 마그눔

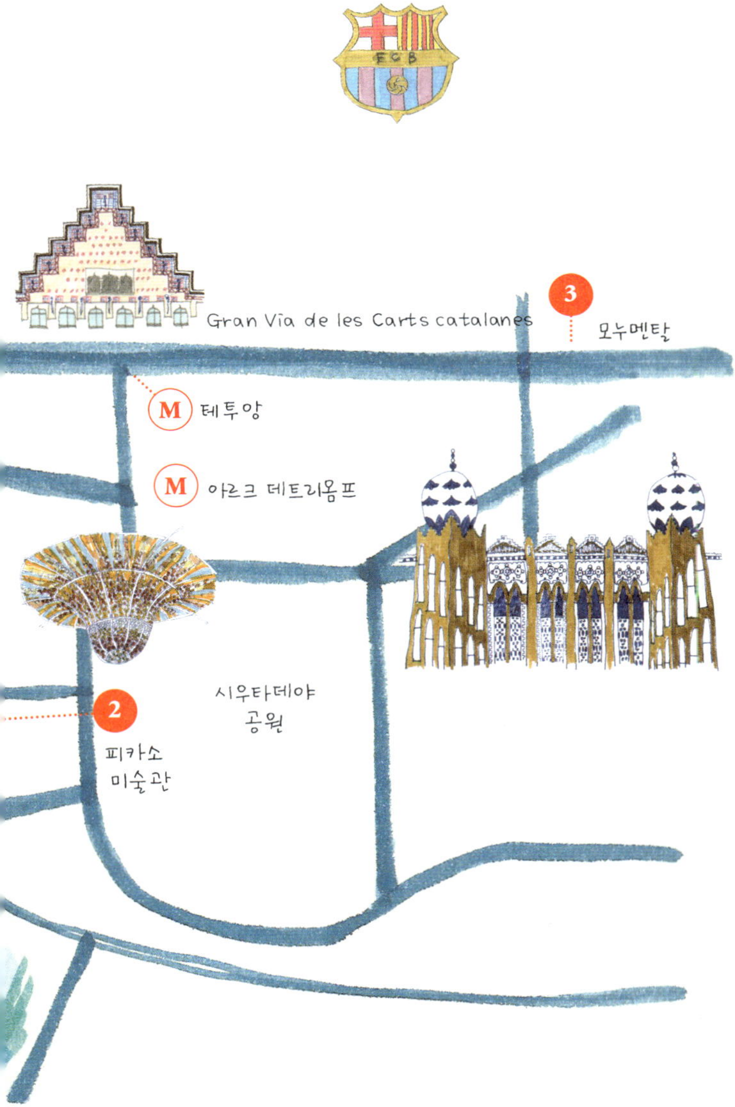

Gran Via de les Carts catalanes
모누멘탈
3
M 테투앙
M 아르크 데트리옴프
시우타데야
공원
2
피카소
미술관

피가소, 달리, 미로는 바르셀로나가 자랑하는 3대 화가다.　　　　　　ⓒ박사

피카소가 태어난 곳은 스페인 남부 안달루시아 지방에 있는 작은 도시인 말라가. 그는 주로 프랑스 파리에서 활동했는데, 그전에 바르셀로나에 머물며 이 도시의 공기를 맘껏 들이마셨다. 이 미술관은 그가 파리로 유학을 떠나기 전까지 살았던 14세기경에 지어진 고딕 양식의 귀족 저택, 아길라르 궁전을 개조한 것이다. 1963년에 개관한, 13～15세기에 지어진 고풍스러운 귀족저택들이 늘어선 비좁은 몬까다 거리에 자리잡은 이 미술관은 피카소의 유년시절의 연필 습작품부터 과거의 유명 작품들을 리메이크한 작품까지 무려 3,000개의 작품이 모여 있다.

3• 바르셀로나에 유일한 투우 경기장 | 모누멘탈 |

붉은 벽돌에 흰색과 푸른색의 타일로 앙증맞은 무늬를 그려붙인 이곳. 탑 위에 둥글게 올라앉은 달걀 같은 지붕 위에도 푸른 무늬가 그려져 있어 스페인 사람들의 감각을 새삼 느끼게 한다. 사실, 바르셀로나는 투우가 금지되어 있다. 2004년에 '안티 투우 도시' 선언을 했다고. 그래서 바르셀로나에 유일하게 남은 투우 경기장인 이곳, 모누멘탈 Monumental 이외에는 모두 문을 닫았고, 모누멘탈도 변신을 기다리고 있다.

1914년에 엘 스포르트 El Sport 라는 이름을 달고 오픈했다가 1916년에 모

안은 선혈이 낭자하지만, 투우 경기장의 외관은 상큼하다.

누멘탈이라고 이름을 바꾼 이곳은 모데르니스모 건축양식으로 지어진 건물이다. 프랑스식으로 '아르 누보'라 하는 이 건축양식은 이슬람 미술과 고딕 미술을 절충한 무데하르 양식. 장식성이 강한 독창성이 특징이다. 이곳에서는 1960년 이후 투우 시즌이 아닐 때는 콘서트가 열렸는데, 비틀즈, 롤링스톤즈, 밥 말리 등 쟁쟁한 스타들이 그 이름을 올렸다.

4·붉은 건물의 단단함 │ 안토니 타피에스 미술관 │

바르셀로나에는 피카소도, 미로도, 달리도 있지만 안토니 타피에스 Antoni Tapies도 있다. 바르셀로나에서 태어난 그는 바르셀로나 대학에서 법률을 전공하였으나 전공과는 무관하게 다양한 회화작업을 내놓으며 대가의 반열에 올랐다. 찢어진 캔버스, 편지, 못 쓰는 물건들, 쓰레기에 휘갈겨 쓰듯 드로잉을 한 그의 작품은 사람들에게 깊은 인상을 남겼다.

그의 이름을 건 이 미술관은 타피에스의 전 작품을 볼 수 있는 곳이기도 한 한편, 도서관과 아트 관련 전문서점을 갖추고 현대미술을 쉽게 접할 수 있도록 돕는 곳이기도 하다. 모데르니스모 건축가인 도메네크 이 몬타네르 Lluis Domenech I Montaner가 설계하여 1984년에 지어진 이 건물은, 건물 자체의 아름다움보다 건물 옥상 위의 작품으로 인해 더 유명해졌다. 거대한 철사뭉치로 보이는 'cloud and chair'라는 이름의 이 작품은 바르셀로나의 푸른 하늘을 배경으로 이곳을 찾는 이들에게 명료한 간판의 역할을 하고 있다.

단순하면서도 복잡한, 안토니 타피에스 미술관 옥상의 설치작품 〈cloud and chair〉
ⓒ박사

Barcelona

5 · 아름다움의 극치를 쌓다 | 카탈라냐 음악당 |

숨이 막히는 경험을 하고 싶다면 카탈라냐 음악당의 천정 스테인드글래스를 올려다보라.

안토니 타피에스 미술관을 설계한 도메네크 이 몬타네로의 대표작은 카탈라냐 음악당Palau de la Musica Catalana이다. 그의 이름은 낯설지만 20세기 초반, 카탈루냐에서는 가우디만큼이나 명성이 높았다. 스물다섯 살에 바르셀로나 건축학교 교수로 취임했던 이 건축가의 '천재성'은 바로 이 음악당에서 확인할 수 있다. 가우디를 보러 왔다가 못 보고 가도 아깝지 않을 아름다움을 가진 이 음악당은 수천 개의 채색유리를 사용하여 벽과 천장을 꾸미고 있다. 스테인드글라스와 샹들리에의 아름다움은 어떤 건물에 견주어도 전혀 뒤처지지 않는다.

6 · 달리의 세계를 짓다 | 달리 미술관 |

살바도르 달리Salvador Dali에 대해 또 다른 설명이 필요할까? 광인과 천재의 어디쯤에 자리잡았던 그의 행적은 너무 유명해서, 그의 작품만큼이나

달리 미술관의 전경이야말로 '달리스러움'의 전형이다.

깊은 인상을 사람들에게 남겼다. 하도 기이하여 어디 하늘에서 뚝 떨어진 듯했던 그도 사실은 카탈루냐 북부의 작은 마을 피게라스Figueras에서 태어나 같은 도시에서 여든네 살의 나이로 죽은 평범한 사람이었다. 결국 그의 고향인 이곳에 달리 미술관Teatre Museu Dali이 세워지게 된다.

피게라스는 바르셀로나에서 버스로는 약 2시간 20분, 기차로는 약 2시간쯤 걸리는 곳에 자리하고 있다. 내란중에 불탄 시민극장을 개조해서 1974년에 오픈한 이 건물은 선명한 붉은 벽에 빵모양의 장식을 다닥다닥 붙이고 건물 꼭대기에 거대한 달걀을 옹기종기 이고 있다. 외양부터 '달리스러운' 이 건물은 위층부터 보며 내려올 수 있도록 작품을 배치하였다고. 약 600여 점의 달리 작품뿐 아니라 달리의 무덤도 이곳에 있다 하니, 달리의 작품을 좋아하는 사람들에게는 성지순례 삼아 꼭 들러볼 곳이다.

7 · 가우디의 머릿속에 들어가다 | 구엘 공원 |

바르셀로나의 색채를 이야기하면서 가우디를 빼놓을 수는 없다. 곡선과 다양한 색깔을 써서 신비롭기까지 한 건물을 지어냈던 그의 작품은 바르셀로나 이곳저곳에 자리잡고 그곳의 풍경을 바꾸고 있다. 그중에서도 구엘 공원 *Park Guell*은 색색깔의 타일조각, 독특한 기둥과 화려한 천정, 모자이크 분수, 조각품과 구불거리는 벤치로 가득 찬 말 그대로 '가우디 월드'라 할 만한 곳.

구엘 공원의 도마뱀은 바르셀로나의 상징이 되고 있다.

구엘이 아파트단지를 짓기 위해 가우디에게 맡겼던 이곳은 14년간의 공사기간에도 불구하고 계획대로 이루어지지 못했고, 결국 구엘이 죽은 뒤 그 가족이 시에 땅을 기증하면서 구엘 공원이 되었다. 가우디가 1906년에 이사 와서 죽기 직전까지 20년간 살았던 곳이기도 하다. 이곳에 오면 가우디 박물관도 둘러볼 수 있다.

Barcelona

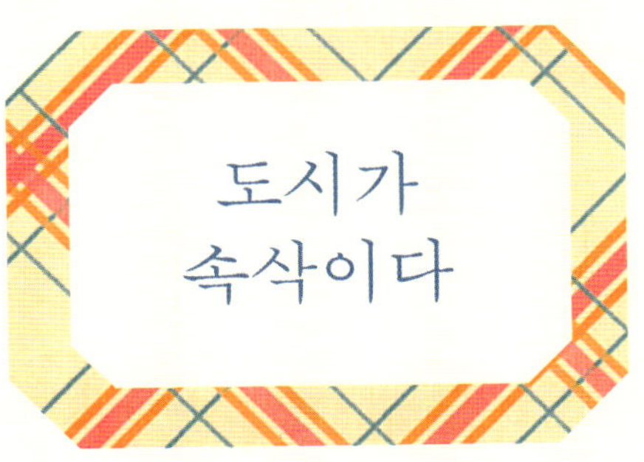

도시가
속삭이다

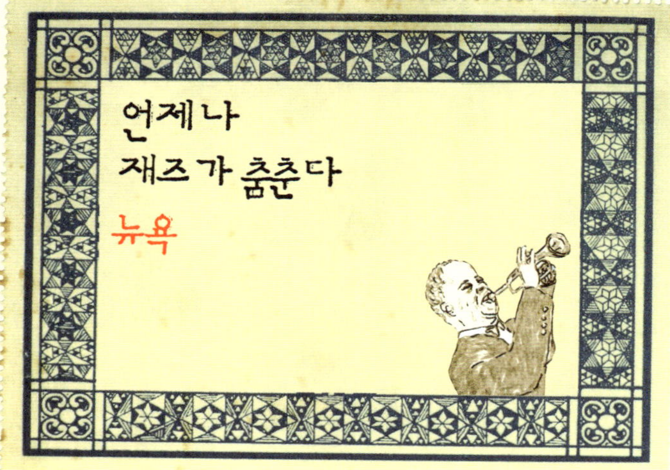

재즈라고 하면 무엇이 떠오르는가. 난해하고 전위적인 음률을 쏟아내는 뮤지션? 그들 앞에서 꼼짝 않은 채 감상하는 청중? 태초의 재즈는 전혀 다른 모습이었다. 그것은 세계인에게 선보인 최초의 흑인 댄스 음악이었고, 아프리카와 유럽이 신대륙에서 만난 불륜의 그루브였다. 〈위대한 개츠비〉의 퇴폐적인 댄스파티에서 연주되던 그 재즈. 뉴욕은 아직 그 음악을 사랑한다.

1 · 공인된 성지^{聖地} | 레녹스 라운지 |

뉴욕을 방문한 재즈팬들에게 놓칠 수 없는 성지가 있다. 할렘의 남쪽에 있는 재즈 클럽들. 특히 1939년에 문을 연 레녹스 라운지Lenox Lounge는 마일스 데이비스와 존 콜트레인이 밤을 지새우며 재즈를 한 단계 도약시킨 곳이다. 그 안에 있는 지브러 룸Zebra Room은 할렘 르네상스의 작가들과 흑인 운동가 말콤 X의 휴식처이기도 했다. 그러나 2차 대전이 일어나기 이전의 재즈는 작은 클럽의 음악이 아니었다. 빅 밴드의 압도적인 사운드가 거대한 홀을 울리면, 수천 명의 댄서들이 미친 듯 춤을 추어대던 당대의 히트 댄스 음악이었다. 트위스트, 소울 트레인, 문 워크, 브레이크 댄스, 비보잉의 원천이 그 재즈에 있다.

2 · 위대한 춤과 음악의 배틀 | 사보이와 아폴로 |

센트럴파크 북쪽의 할렘 지역은 남부에서 몰려온 가난한 흑인들이 모여 살던 동네였다. 20세기 초반, 이들은 월세를 마련하기 위해 작은 파티를 열어 뉴올리언즈에서 가져온 재즈 음악을 연주하며 춤추고 놀았다. 백인들의 사교댄스를 흉내 내 만든 찰스턴Charleston 댄스는 '하얀 바퀴벌레' 들에게 진짜 춤이 무언지를 보여주었고, 댄서 조세핀 베이커에 의해 프랑스와 유럽으로 뻗어나갔다.

사보이 볼룸Savoy Ballroom은 할렘을 대표하는 댄스홀로, 1920년대 후반 오늘날 '스윙 댄스'로 알려져 있는 린디 홉Lindy Hop이 태어난 곳이었다. 사보이에는 정기적인 밴드 배틀이 있어, 카

사보이와 아폴로는 할렘이 가장 뜨거웠던 한 시절을 대변한다.

ⓒ 이명석

7 루이 암스트롱 박물관
EAST RIVER
125th
Harlem
1 레녹스 라운지
사보이와 아폴로
2
lenox Ave
1st Ave
APOLLO
Tonight Show
Central park
5th Ave
틴 팬 앨리
3
Broadway
Lincoln Center
Dizzy's Club
HUDSON RIVER

23rd
14th
Houston St
East Village
이스트사이드의
앤티크 숍
Lower East Side
5
카페
소사이어티
Flat Iron Building
4
Greenwich Village
See Cafe Society
거버너스 아일랜드
6

운트 베이시, 듀크 엘링턴, 엘라 피츠제럴드, 베니 굿맨 등 재즈 초기의
거장들이 피 튀기는 대결을 벌였다. 린디 홉 댄서들의 더 큰 박수가 당대
최고의 뮤지션이라는 증거였다. 사보이 볼룸이 있던 자리엔 현재 기념공
원이 들어서 있고, 당시 여러 공연이 벌어졌던 아폴로 극장은 여전히 성
업 중이다. 마이클 잭슨 등 흑인 스타들의 등용문인 '아마추어 나이트'가
매주 목요일 열리고 있다.

3 · 양철 나무꾼의 악보 공장 | 틴 팬 앨리 |

구겐하임 앞에서 만난 스트리트 재즈 밴드 '틴 팬
ⓒ 이명석

재즈나 블루스 등, 초창기 미국 음악을
접하다 보면 '틴 팬Tin Pan' 이라는 말을
자주 듣게 된다. 〈오즈의 마법사〉에
나오는 양철 나무꾼Tin Man이 자기 몸
을 두드리며 연주하는 모습이 떠오르
지만, 이 말은 맨해튼에 있는 어떤 거
리의 이름에서 유래했다. 맨해튼 최초
의 마천루였던 다리미 빌딩Flat Iron
Building이 등장할 무렵, 근처인 5번가와 6번가 사이의 28번 거리에는 악
보 출판사들이 밀집해 있었다. 당시 이 거리에 들어서면 사방에서 양철
팬을 두드리는 듯한 소리로 시끄러웠다고 한다. 출판사에 곡을 팔기 위해
온 작곡자들과 악보를 사가려는 사람들이 여기저기에서 피아노를 두드리
며 불협화음을 만들어댔던 것이다. 이로부터 틴 팬 앨리Tin Pan Alley는 미
국의 음악창작자 혹은 음악산업 전체를 일컫는 말이 되었다.

226

4 · 이상한 열매가 열린 곳 | 카페 소사이어티 |

1938년 급진파 유대인 바니 요셉슨은 그리니치빌리지에 카페 소사이어티 Café society라는 클럽을 연다. 별명은 '올바른 사람들의 잘못된 장소 The wrong place for the right people'. 그때까지 뉴욕에서 흑인 예능인들이 활동하던 곳들은 '코튼 클럽'처럼 백인 관객들이 흑인 예능인들의 재주를 관람하는 방식이 대부분이었다. 흑인 손님은 아무리 유명한 인사가 와도 기둥 뒤의 격리된 좌석을 내주었다. 요셉슨은 유럽의 카바레에서 흑인 뮤지션과 댄서들이 차별 없이 사랑받는 걸 보고, 이를 뉴욕으로 역수입하자고 마음먹었다.

소사이어티는 백인들과 흑인들이 자유롭게 무대와 객석에서 섞이게 했다. 덕분에 레나 혼, 레스터 영, 사라 본 등 수많은 흑인 뮤지션들이 이곳을 발판으로 슈퍼스타가 되었다. 빌리 홀리데이가 남부에서 린치당해 나무에 매달린 흑인들을 은유적으로 그린 노래 〈스트레인지 프루트〉를 처음 부른 곳도 여기였다. 소사이어티는 2차 대전 중에도 번성했으나, 이후 매카시 광풍 속에 문을 닫아야 했다.

빌리 홀리데이는 〈스트레인지 프루트〉를 부른 뒤 앵콜도 없이 퇴장했다. 관객들에게 그 가사를 되새겨보라고.

5 · 재즈 파티의 플래퍼들 | 이스트사이드의 앤티크숍 |

미국의 1920년대를 두고 '재즈 에이지' 또는 '으르렁거리는 20년대 Roaring Twenties'라고 한다. 당시 유럽은 1차 대전의 잔재를 떠안은 채 괴로워하고 있었지만, 미국인들은 대공황이 닥쳐올 것도 모른 채 미친 듯 파티를 즐기고 있었다. 금주법이 세상을 옥죄고 있었지만, 술과 환락에

미국이 가장 행복했던 시절의 패션, 플래퍼 ⓒ 이명석

대한 열정은 그것을 사뿐히 뛰어넘었다. 그때 등장한 세대가 플래퍼 *flapper*—코르셋을 벗고 하늘거리는 드레스를 입고 밤마다 자유분방한 파티를 즐기던 젊은 여성들이다.

1920년대 플래퍼 스타일은 끝없이 재현되며 패셔니스타들에게 영감을 주고 있다. 뉴욕의 정말 좋은 점은 자신이 좋아하는 시대가 있다면 완벽하게 그때의 스타일로 변신할 수 있다는 사실. 이스트 빌리지나 로어 이스트사이드의 앤티크 숍에서 아르누보 문양의 하늘거리는 드레스와 해변의 파티를 위한 실크 수영복을 만날 수 있다.

6 • 〈위대한 개츠비〉의 시대로 통하는 섬 | 거버너스 아일랜드 |

플래퍼로 변신한 뒤에는 진짜 재즈 댄스파티에 가보고 싶지 않나? 맨해튼 남쪽에 거버너스 아일랜드라는 작은 섬이 있다. 원래는 군사지역으로 통제되어 있지만, 매년 여름을 전후로 일반에 공개된다. 때를 잘 맞춘다면 이 낙원의 잔디밭에서 스코트 피츠제럴드의 소설 『위대한 개츠비』에 묘사되는 바로 그 댄스파티 *Jazz Age Lawn Party*에 참여할 수 있다.

공짜 페리를 타고 무성영화에서 갓 튀어나온 것처럼 그 시대의 복장을 완벽하게 재현한 사람들을 따라가라. 산뜻한 나무 바닥의 야외용 댄스홀이 보

『위대한 개츠비』의 몽롱한 꿈이 거버너스 아일랜드에서 재현된다.　　　　　ⓒ 이명석

인다. 빨간 피아노와 구닥다리 마이크로폰을 들고 나온 복고풍의 밴드는 1920년대의 재즈를 그 시대와 같은 스타일로 연주한다. 눈부신 햇볕 아래 사람들은 피크닉 가방을 펼치고 춤을 춘다. 미국이 가장 아름다웠던 시대가 눈앞에 있다.

7 • 그의 인생에 재즈의 모든 것이 있다 | 루이 암스트롱 박물관 |

춤추는 재즈, 듣는 재즈……. 당신이 어느 쪽을 더 좋아할지 모르겠다. 그러나 그 모든 재즈를 이야기할 때 빠뜨릴 수 없는 이름이 있다. 루이 암스트롱. 그가 없었다면 오늘날의 재즈가 없었을지도 모른다. 있었더라도 무척이나 다른 모습이리라. 두툼한 입술로 마치 이야기하듯 뿜어내는 트럼펫 솔로, 관악기처럼 울려나오는

퀸즈의 라과디아 공항 근처에 루이 암스트롱의 하우스 뮤지엄이 있다.

스캣 창법의 보컬, 대중을 사로잡는 따뜻한 음색 속에서 급변하는 애드리브……. 그의 인생을 돌아보면 재즈의 모든 것이 보인다. 루이 암스트롱은 1943년 퀸즈에 집을 마련해, 그의 부인 루실과 함께 오래도록 살다가 눈을 감았다. 바로 그 집에 루이 암스트롱 하우스 뮤지엄louisarmstrong-house.org이 자리잡고 있다.

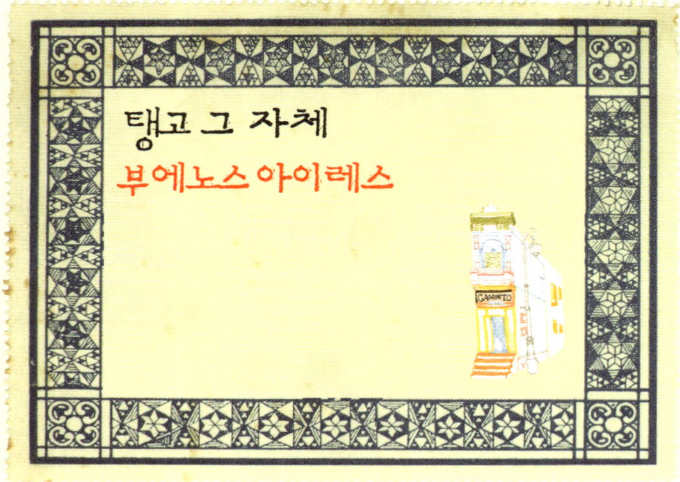

서글픈 이민선에 실려 보카 항구로 들어온 악기, 반도네온. 그것은 육체노동에 지친 남자들의 향수를 달래는 음악이 되었고, 그 품에 안긴 여자들의 슬픔을 어루만질 춤이 되었다. 그리하여 부에노스아이레스는 탱고 그 자체가 되었다.

1 · 탱고는 플라타 강의 아이다 | 플라타 강 |

아르헨티나의 정신, 소설가 보르헤스는 말했다. "탱고는 플라타 강 Rio de la Plata에 속해 있다. 아버지는 우루과이의 밀롱가, 할아버지는 쿠바의 하바네라다." 플라타는 대서양이 남아메리카 대륙의 아랫도리를 찢고 들어오는 형상을 한 거대한 강이다. 음악이자 춤인 탱고는 이 흙탕물투성이의 강에서 태어났다. 탱고가 플라타 강의 아이라는 말의 다른 의미는 오직 부에노스아이레스가 이 녀석을 만들어낸 건 아니라는 사실이다. 강의 건너편, 우루과이의 수도 몬테비데오는 또 다른 탱고의 거점이며, 완고한 부에노스아이레스가 받아들이지 못한 실험적 탱고의 산실이기도 했다.

2 · 파스텔 색의 거리에서 걸음마하다 | 보카의 카미니토 |

탱고의 탄생은 동시다발적이었지만, 19세기 후반의 보카 La Boca가 가장 중요한 역할을 했다는 사실은 부정할 수 없다. 부에노스아이레스의 옛 항구였던 이 지역은 유럽의 이민자들, 특히 이탈리아와 스페인 출신들이 향수에 젖어 시름하고 그것을 노래와 춤으로 풀어내던 동네였다.

보카의 카미니토 Caminito 거리는 누구도 그냥 지나치지 못하는 곳으로, 이탈리아계 항구노동자들이 알루미늄 벽에 칠해놓은 파스텔 조의 건물들이 화사하게 빛나고 있다. 거친 환락가에서 태어난 탱고가 우아한 격식을 갖춘 예술로 변모했듯이,

탱고는 아름다운 카미니토의 밤거리에서 진정한 생명을 얻었다.

CAMINITO

Rio de la Plata
1 플라타 강
글라수 궁
3 Recoleta
Av. 9 de Julio
콜론 극장
6
r Corrientes
Obelisk
콘피테리아 이데알
4 5 피아졸라 탱고
Monserrat
7 산 텔모
El Viejo ALMACEN
San Telmo
25 de Mayo
보카의 카미니토
La Boca
2

카미니토도 많은 변화를 거쳐왔다. 1930년대부터 시작된 탱고의 황금기에는 자유분방한 연주자들의 터전이 되었고, 군사 독재의 시기에는 어둡게 침잠했고, 지금은 부에노스아이레스를 찾는 거의 대부분의 여행객들이 찾는 번잡한 관광지가 되었다. 그럼에도 길거리 연주자와 댄서, 오래된 밀롱가와 카페 등 탱고를 사랑하는 사람들을 매혹시킬 보석들이 곳곳에 숨어 있다.

3 • 탱고의 왕 가르델, 체 게바라의 아버지에게 일격을 당하다 | 글라스 궁 |

카를로스 가르델 Carlos Gardel . 이 달콤한 바리톤 가수는 루돌프 발렌티노와 더불어 세계의 여성들을 탱고의 마수에 빠져들게 한 장본인이었다. 그는 세계 투어를 통해 항구의 밑바닥 문화에 불과했던 탱고를 아르헨티나가 가장 자랑스러워하는 보물로 격상시켰다. 그리고 카리브 해로 떠나던 도중 비행기 사고로 죽고 만다. 최전성기에 사라진 존재이니, 그로 인해 불멸의 삶을 얻었다고 해도 과언이 아니다.

가르델은 영화 〈여인의 향기〉를 통해 널리 알려진 〈포르 우나 카베사(Por una cabeza)〉의 작곡자이기도 하다.

부에노스아이레스 사람들은 말한다. "가르델은 지금도 날마다 점점 더 노래를 잘한다." 당연하게도 이 도시에서 그의 흔적을 찾기란 어렵지 않다. 그가 어린 시절을 보낸 아바스토 Abasto 시장에는 동상이 서 있고, 곳곳의 벽화에서 중절모를 쓴 그의 얼굴을 볼 수 있다. 또한 흥미로운 장소는 글라스 궁 Palais de Glace . 원

234

래 아이스하키 경기장으로 개장했다가 연주장 겸 댄스홀로 바뀐 곳인데, 가르델은 이곳에서 일어난 난동으로 목숨을 잃을 뻔했다. 부상을 입힌 장본인은 체 게바라의 아버지라고 한다.

4 · 코르토 말테제, 밀롱가의 마초들을 응징하다

| 콘피테리아 이데알 |

부에노스아이레스는 오랫동안 '남반구의 파리'로 불려왔다. 영감을 찾아 북반구에서 날아온 예술가들의 보금자리였던 것이다. 그중에는 이탈리아의 전설적인 만화가 휴고 플라트Hugo Platt도 있었다. 베네치아에서 태어나 아프리카와 유럽을 유랑해온 이 청년은 1940년대 이 도시로 건너와 만화가로서 눈을 떴고, 유럽으로 돌아간 뒤 방랑의 영웅『코르토 말테제Corto Maltese』시리즈를 시작했다.

그중 하나인 〈탱고〉는 이 음악이 태어나던 시대의 부에노스아이레스, 그리고 이 도시의 여자들이 어떤 일을 겪었는지를 또렷하게 보여준다. 1923년 6월, 코르토는 아름다운 여인 루이제를 찾아 보카의 항구로 들어온다. 그는 사창가의 범죄 조직 바르사비아의 뒤를 캐더니 친구의 복수를 위해 부패한 경찰을 쏘아 죽이고 이 도시를 떠난다.

그 시대 부에노스아이레스는 여자라고는 거의 없는 극심한 남초男超의 도시였고, 탱고는 마초macho들의 춤이었다. 고된 일을 마친 부두의 하급 노동자들은 사창가로 향했고, 그나마 얼마 안 되는 여자들을 사로잡기 위해 춤을 연마해 겨루었다. 길

코르토가 탱고를 춘 밀롱가를 지금은 찾지 못할 것 같다. 그 정취와 가장 가까운 곳이라면 1912년에 문을 연 '콘피테리아 이데알(Confiteria Ideal)'이 아닐까?

거리의 여자들을 춤추는 척 껴안기 위해 거칠고 빠르지만 또한 유연한 동작을 익혔고, 이는 탱고 특유의 악센트를 만들어냈다.

5 · 아스토르 피아졸라, 이 도시와 멱살잡이하다 | 피아졸라 탱고 |

"나는 마르 델 플라타에서 태어나 뉴욕에서 자라났고 파리에서 내 길을 찾았다. 그러나 내가 무대에 오를 때, 사람들은 안다. 내가 부에노스아이레스의 음악을 연주하리라는 걸." 우리가 '탱고'라면 가장 먼저 떠올릴 이름. 가장 유명한 작곡자이며 탁월한 반도네온 주자, 아스토르 피아졸라 *Astor Piazolla*. 그러나 부에노스아이레스와 그는 만날 때마다 멱살잡이를 하는 애증의 관계였다.

피아졸라는 남쪽 바닷가에서 상어 낚시를 즐겼다. 명곡 〈상어(Escualo)〉의 서스펜스도 거기에서 만들어졌다.

피아졸라는 부에노스아이레스 남쪽 바닷가의 도시 마르 델 플라타에서 태어나, 아버지를 따라 뉴욕에서 어린 시절을 보냈다. 여기에서 처음 '반도네온'을 손에 잡았고, 카를로스 가르델의 꼬마 통역 겸 반주자가 되어 그를 쫓아다니기도 했다. (가르델이 카리브 해 순회에 그를 데려가려던 걸 아버지가 막아 목숨을 구할 수 있었다.) 피아졸라는 부에노스아이레스로 돌아와 반도네온 연주자로 크게 주목받지만, 새로운 탱고 음악을 만들어내려는 그의 시도는 번번히 거부당했다. 축구팀 보카 주니어스의 팬클럽을 위한 카니발에 자신의 편곡을 선보였다가 "여기가 콜론 극장이냐"며 끌려 내려오기도 했다.

낙담한 그는 탱고를 떠나 클래식에 전념하기도 했다. 그러나 파리에서

나디아 블랑제의 가르침을 받다, 자신의 진짜 음악은 클럽에서 반도네온으로 연주하던 그 '탱고'임을 깨닫는다. 이렇게 탄생시킨 새로운 탱고 Nuevo Tango는 이 음악의 역사를 완전히 뒤바꾸었다. 그는 세계적으로 유명세를 탔다. 그러나 부에노스아이레스 시민들은 여전히 반발했다. "아르헨티나에서는 모든 것이 바뀌게 마련이다. 탱고를 빼놓고." 그는 맞섰다. "내 음악이 탱고가 아니라고 말해도 좋다. 하지만 아르헨티나가 아니라고는 말할 수 없다."

부에노스아이레스 중심가에는 그의 이름을 딴 극장식 식당 겸 갤러리 피아졸라 탱고가 있다. 그가 클래식 음악에 빠져들었던 콜론 극장에도 그 숨결이 남아 있을 것이다. 그의 홈베이스였다 사라진 클럽 '676' 근처를 배회할 수도 있다. 그러나 이 도시에서 피아졸라는 부유하는 존재였고, 하나의 장소로 그를 기억하기는 어려워 보인다. 어쩌면 그의 고향, 마르델 플라타로 날아가고 싶어질지도 모른다. 거기에 아스토르 피아졸라 국제공항이 있다.

6 · 부에노스아이레스 탱고 카페의 할아버지들 | 콜론 극장 |

'남반구의 파리'는 1년에 몇 달씩 실제로 북반구의 파리를 대체했다. 부에노스아이레스는 유럽 연주자들의 겨울 휴양지 역할을 해왔고, 덕분에 이 도시엔 고급스러운 공연 예술이 넘쳐흘렀다. 그 대표적인 장소가 콜론 극장이다. 피아졸라는 일이 없는 낮 시간에 콜론 극장에서 연주되는 바르토크나 스트라빈스키에 매료되었고, 이는 탱고 음악을 변모

탱고의 마에스트로들이 남반구 공연 예술의 메카, 콜론 극장에 모이다.

시키는 데 큰 영향을 주었다. 이어 변신한 탱고는 콜론 극장의 당당한 주역이 되었다.

2007년, 이 극장에 백발과 주름을 훈장처럼 단 연주자와 가수들이 모여들었다. 영화 〈부에노스아이레스 탱고카페Café de los Maestros〉로 기록된 역사적인 공연을 위해서였다. 〈브로크백 마운틴〉, 〈모터사이클 다이어리〉의 영화음악가 구스타보 산타올라야는 1940~50년대 황금기의 탱고를 재현하기 위해 그 시절의 스타들을 불러모았고, 호라시오 살간, 레오폴도 페데리코 등의 마에스트로들이 열정의 공연을 보여주었다.

7 · 군사 독재를 이겨낸 스트리트 탱고 | 산텔모 |

페론과 에비타의 시절은 탱고의 시대였다. 그러나 1955년 군사 쿠데타와 더불어 탱고의 황금기는 처절하게 끝난다. 30년 간 이어진 군사 독재는 3명 이상의 모임조차 금지시켰고, 페론의 민족주의가 육성시켰던 탱고는 더욱 엄격히 탄압되었다. 1983년 독재의 종식과 더불어 '탱고 르네상스'가 꽃을 피운다. 그 싹은 이미 자라나고 있었는데, 이 도시의 가장 오래된 동네 산 텔모San Telmo에서였다. 이 동네는 그 어두운 시절에도 독특한 보헤미안의 분위기를 만들어내고 있었다. 1950년대 후반 문을 연 현대 미술관Buenos Aires Museum of Modern Art을 중심으로 예술가들이 모여들었고, 탱고 뮤지션들과 댄서들도 거점을 마련했다. 1969년 탱고 가수 에드문도 리베로는 식민지 시절의 식료품점을 개조한 뮤직홀 '엘 비에요 알마센El Viejo Almacén'을 열어 이 지역 탱고의

에드문도 리베로가 문을 연 '엘 비에요 알마센'은 탱고 르네상스의 산실이었다.

상징으로 만들었다. 지금 산 텔모는 보카, 플로리다 스트리트와 더불어
길거리 탱고 댄서들을 가장 쉽게 만날 수 있는 곳이다.

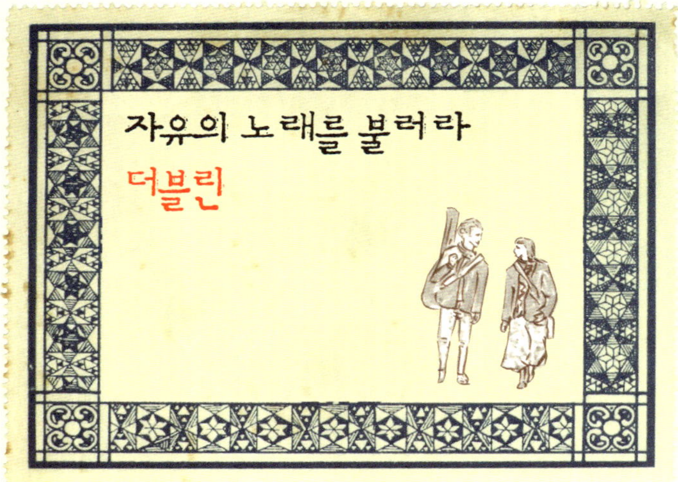

지상에서 가장 끔찍한 기근, 피의 일요일이 남긴 지독한 상처, 1990년대의 대호황, 다시 닥쳐온 어려운 경제 상황…… 역사의 굴곡은 지금도 이 도시 곳곳을 울퉁불퉁하게 만들고 있다. 그래도 달라지지 않는 게 있다면, 까끌까끌한 맥주와 거리의 노랫소리다.

1· 하늘을 찌르는 아일랜드 | 스파이어 오브 더블린 |

아일랜드만큼 극과 극의 이미지를 지닌 나라가 있을까? 이 나라를 덮친 1847년의 대기근은 800만 명의 인구 중 200만을 죽였고 200만을 이민선에 오르게 했다. 그러나 1990년대부터 2000년대 초반까지의 '10년의 기적'은 더블린 사람들을 세계에서 가장 부유한 시민들로 탈바꿈시켰다. 이 나라의 이름에는 언제나 피 냄새가 난다. 영국의 식민 지배에 저항한 무장 독립 전쟁과 IRA의 테러 때문이다. 그러나 내심은 무척이나 상냥한 나라다. 《론리 플래닛》이 뽑은 '외국인에게 가장 친절한 국민' 1위에 선정되었을 정도다.

유럽에서 가장 큰 대로 중 하나인 오코넬 스트리트는 이 모든 사건들의 현장이 되었다. 지금 거기에 서 있는 '스파이어 *Spire of Dublin*'는 하늘을 찌르는 더블린 시민들의 자부심을 상징한다. 원래 이 자리에는 넬슨 기념비가 있었는데, 시민들로부터 꽤나 천대를 받았다. 상인들은 교통체증을 불러일으킨다고, 애국자들은 영국의 식민지배를 상기시킨다고, 시인 예이츠는 "전혀 아름답지 못하다"고 투덜댔다. 결국 넬슨 기념비는 1966년 전직 IRA 멤버들의 부활절 봉기 50주년 기념 테러로 산산조각이 났다. 1990년대에 더블린 시민들은 오코넬 스트리트의 대대적인 개비에 들어가고, 국제적 공모를 통해 2003년 '스파이어'를 건설한다. 이 첨탑은 아일랜드인이 식민 지배국이었던 영국인의 국민소득을 추월한 시점의 상징물로 인식되기도 한다.

2· 100년 전의 더블린을 걷는다 | 제임스 조이스 센터 |

"나는 항상 더블린에 대해 쓴다. 내가 더블린의 심장에 다가간다는 것은 세계 모든 도시의 심장에 다가간다는 말이다. 그 세부 속에 전체가 담겨

DUBLIN RIVER
Dublin Zoo
BLOODY SUNDAY
Inns
제임스 조이스 센터
2
1
스파이어 오브 더블린
그래프턴 스트리트
4
6
7
기네스 스토어 하우스
세인트 스테판스 그린
St St
Greer
Grand Canal

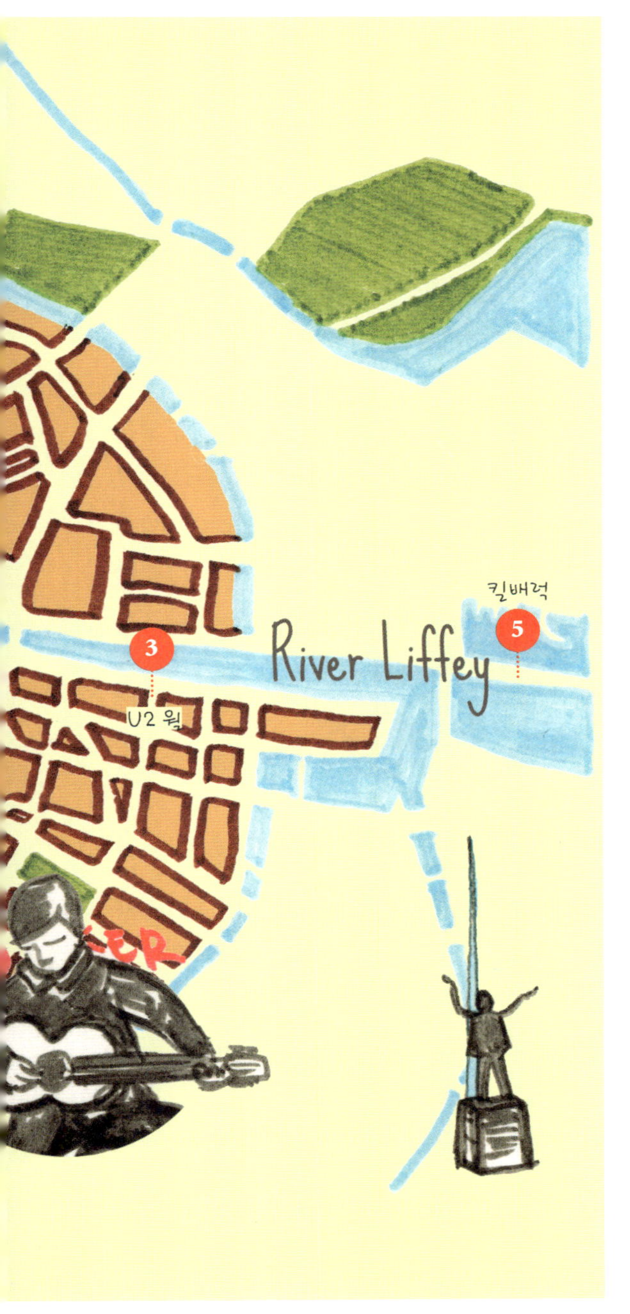
킬배럭
5
3
River Liffey
U2 월

"나는 항상 더블린에 대해 쓴다. 그 세부에 세계가 담겨 있다." - 제임스 조이스

있다." 스물두 살에 더블린을 떠난 소설가 제임스 조이스는 이후의 생을 트리에스테, 취리히, 파리 등을 옮겨 다니며 살았다. 그러나 작가로서 그의 영혼은 언제나 고향 더블린에 머물러 있었다. 그의 대표작인 『더블린 사람들Dubliners』과 『율리시즈Ulysses』는 20세기 초반의 더블린을 마치 그 현장에 있는 듯이 들여다보게 한다. 세인트 스테판스 그린, 그래프턴 스트리트, 템플 바, 오코넬 스트리트, 우체국……. 지금도 이 도시에서 제임스 조이스의 발자국을 따라가기란 그리 어려운 일이 아니다. '제임스 조이스 센터James Joyce Centre'에서 이 위대한 작가를 기리는 강의, 워크숍을 만날 수 있고, 워킹 투어 프로그램에 함께 할 수 있다. '세인트 스테판스 그린' 안에 있는 그의 조각상은 그가 다니던 대학을 바라보고 있다.

3 · 유투와 친구들의 흔적 | U2 월 |

1976년 더블린의 북쪽 바닷가 클론타르프Clontarf의 마운트 템플 스쿨에 다니고 있던 열네 살의 래리 뮬런은 학교 게시판에 밴드 모집 공고를 냈다. 래리의 부엌에 하나둘 멤버가 모여들었다. 밴드의 이름은 무엇으로 할까? 당연히 리더의 이름을 따서 '래리 뮬런 밴드'가 되었다. 그러나 그 영광은 딱 10분만. 부엌문을 열고 '보노'가 나타났던 것이다. 훗날 전설의 밴드 U2가 될 멤버들의 첫 만남이었다.

U2는 〈오 대니보이〉 같은 민속음악이 아니라 록으로 아일랜드를 세계화했다. 더불어 보노의 당당한 사회적 주장은 밥 겔도프, 시네이드 오코

너와 더불어 아일랜드 록스타는 그냥 록스타가 아님을 증명했다.

더블린에는 U2의 흔적을 찾아 오는 팬들의 순례 행렬이 끊이지 않고 있다. 'U2 월Wall'은 여러 팬들이 함께 만든 거대한 그래피 티 벽화로 순례의 중심이 되고 있 다. U2가 옛 시절 공연했던 워터

'보노'라는 별명은 훌륭한 목소리(Bonabox)라는 뜻의 보청기 가게의 이름에서 나왔다.(노스 얼 스트리트)

프론트 록 카페와 그들의 녹음 스튜디오인 하노버도 근처에 있다. U2가 더블린 시절 많은 공연을 했던 댄드리온 마켓Dandelion Market은 쇼핑센터 가 되어버렸지만, 벽 한쪽에 붙어 있는 록 앤 스트롤Rock'n Stroll 마크가 그 시절을 기억하게 한다.

4 • '원스'와 버스커들 | 그래프턴 스트리트 |

이제 많은 사람들이 '더블린'이라 는 말을 들으면 거리에서 기타를 두드리며 노래를 부르는 자유로 운 뮤지션들을 떠올린다. 버스커 busker라 불리는 이 거리의 예술가 들을 세계에 알린 데는 영화〈원 스〉의 역할이 적지 않았다. 이 작 은 음악 영화는 소규모의 상영관 에 선을 보인 뒤 관객들의 입소문 을 통해 신드롬을 만들어냈다.

보우리스 오리엔탈 카페는 그래프턴의 상징과 같은 존재 다.

더블린의 버스커들을 가장 쉽게 볼 수 있는 곳은 그래프턴 스트리트 Grafton Street. 뮤지션들뿐만 아니라 마술사, 행위예술가 등 여러 장르의 공연예술인들을 만날 수 있다. 데미안 라이스 등이 이곳 출신으로 세계적 명성을 얻었고, 그 때문에 직접 연주를 해보고자 세계 각국에서 찾아오는 음악인들도 적지 않다고.

1927년에 문을 연 보우리스 오리엔탈 카페 Bowley's Oriental Cafe는 이 거리의 상징과도 같은 존재다. 2004년 10월 문을 닫게 되었다는 소식을 전하자, 더블린 시장을 비롯한 여러 사람들이 캠페인을 벌여 살려놓았다고. 카페에 있는 작은 공연장에서 펼쳐지는 카바레, 재즈, 코미디도 인기 높다.

5 • 더블린 사람은 아일랜드의 흑인이지 | 킬배럭 |

흔히 하기 쉬운 오해가 있다. 아르헨티나 사람들은 탱고만 연주하고, 쿠바 사람들은 살사만 좋아하고, 한국 사람들은 장구만 두드릴 거라는. 더블린 젊은이들이라고 몽롱한 민속악기만 즐기란 법은 없다. 한국 밴드 '두 번째 달 바드'가 아이리시 음악에 빠졌듯이, 이들 중에는 미국 음악에 홀딱 빠져버린 친구들이 있었다. 앨런 파커의 영화 〈커미트먼트〉는 1990년대 초반 흑인 소울 음악에 미친 더블린의 청년들을 그리고 있다.

더블린 노동자 계급의 소울
타령을 담은 『커미트먼트』

"아일랜드인은 유럽의 흑인이에요. 더블린 사람들은 아일랜드의 흑인이죠. 그리고 여기 북부 사람들은 더블린의 흑인인 거죠." 영화는 로디 도일의 소설을 원작으로 하고 있는데, 더블린 북부 가상의 동네 배리타운 Barrytown을 배경으로 가난한 노동자 계급 청년들

의 모습을 솔직하고도 코믹하게 그리고 있다. 원작자가 교사생활을 한 킬
배럭^{Kilbarrack}의 분위기와 아주 유사하다고 한다.

6 · 자유는 맥주로부터 | 기네스 스토어 하우스 |

진짜 더블린 사람을 만나려면 '펍^{pub}'을 찾아가라. 이는 모든 여행자들에
게 내려오는 계율과도 같다. 거기에는 자글자글한 주름 너머 상냥한 웃음
을 지어주는 사람들이 가득하다. 진짜 뮤지션들의 살아 있는 연주가 있
고, 끝났다 싶으면 또 시작하는 노래가 있다. 그 모든 것이 가능한 것은
바로 맥주, 칠흙같이 검고 까끌까끌한 스타우트 맥주 덕분이다.

더블린의 세인트 제임스 게이트
에 있는 양조장에서 처음 만들어진
기네스 맥주는 아이리시 드라이 스
타우트 맥주의 대명사가 되어 있
다. 빽빽한 거품으로 유명한 이 맥
주는 아일랜드에서 가장 많이 팔린
알코올 음료이다. 그리고 펍에서
술꾼들이 사소한 상식을 두고 다투

기네스 맥주는 세인트 제임스 게이트에서 탄생했다.

는 걸 보고 만들어낸 '기네스북'은 기록 문화의 아이콘으로 자리잡았다.
기네스 발원지 근처에 있는 '기네스 스토어 하우스'는 고층빌딩이 별로
없는 더블린 시내를 내려다보며 맥주 한 잔을 넘길 수 있는 명소다.

7 · 세인트 스테판스 풀밭 위를 달리는 양 | 세인트 스테판스 그린 |

우라사와 나오키의 만화 『마스터 키튼』의 주인공은 옥스퍼드 대학에서
고고학을 전공하고 영국 특수부대 SAS에서 근무한 경력을 지닌 보험회사

로이드의 조사원이다. 그는 세계 각국을 돌아다니며 조사업무를 벌이는데, 영국과 떼어놓을 수 없는 아일랜드 섬에도 가끔 모습을 보인다. '위선의 유니온 잭' 편에서는 전직 IRA 요원의 테러 혐의에 관해 추적하며 영국이 북아일랜드에서 벌인 잔인한 참상을 고발한다. 그리고 '불과 얼음' 편에서 더블린 시내의 메어리 가에 찾아온다.

키튼은 도쿄 올림픽 금메달의 도난사건을 추적하다가 그 배후에 두 육상 영웅의 오랜 대결이 자리잡고 있음을 알게 된다. 벨파스트에서 자란 영국인 지주의 아들 찰스 파이어맨과 북아일랜드 출신의 브라이언 히긴스별명이 아이스맨가 그 당사자들이다. 실화에 기반을 두고 있나 해서 조사해보니, 도쿄 올림픽의 1만 미터 우승자는 인디언 부족 출신의 미국인 빌리 밀스였다. 그러나 아일랜드인들이 육상에 대해 남다른 애정을 가지고 있는 것은 사실인 것 같다. 1956년 멜버른 올림픽 1,500미터에서 우승한 론 들러니Ron Delany는 국민적 영웅으로, 1932년과 1992년 사이 아일랜드의 유일한 올림픽 금메달리스트였다. 그는 더블린 시민들이 수여하는 '프리덤 오브 시티 오브 더블린Freedom of the City of Dublin' 상을 받기도 했다. 수상자의 특전 중에는 '시내의 공유 목초지에서 양의 풀을 뜯길 수 있는 권리'도 있다. 또 다른 수상자인 보노는 진짜로 세인트 스테판스 그린에 양을 데리고 와서 맛난 식사를 제공했다고 한다.

(1city / 1week) × 1year = 52map

브뤼셀 시민들의 유머감각은 어디에서 나오는 것일까? 매사에 거리를 두고 보는 쿨함? 세상을 재밌게 살고자 하는 낙천성? 만화를 즐겨보고 난해한 농담을 좋아하는 그들의 도시를 돌아보는 것은 '웃기는' 일이다. 어디서 웃어야 할지 모르는, 하지만 확실한 농담의 도시, 브뤼셀.

1· 만인을 실망시켜도 꿋꿋하게 | 오줌싸개 소년 동상 |

브뤼셀 시민들의 유머감각은 브뤼셀에서 가장 유명한 동상. 마네캥-피스 Manneken-Pis에서 단적으로 드러난다. 수많은 관광객들을 실망시켜온 이 55센티미터짜리 자그마한 동상은 온갖 이야깃거리들을 가지고 있다. 가장 흥미로운 것은 옷장. 그랑플라스의 메종 뒤 루아 시립박물관에 있는 옷장에는 이 벌거벗은 소년의 옷이 한복을 포함하여 600벌이 넘게 보관되어 있다고 한다. 외국의 정상들이 방문할 때마다 소년의 옷을 선물로 챙겨왔다고 하니, 브뤼셀의 유머감각은 전염성이 강한 듯.

브뤼셀의 최장수 시민으로 사랑받는, 줄리앙Julian이라는 애칭도 있는 이 동상은 1619년 조각가 제롬 뒤케누아Jerome Duquenenoy가 만들었는데, 1745년 영국에 약탈되는 것을 시작으로 갖은 고초를 겪어왔다. 1817년에 도난당했을 때는 심지어 조각나기까지 했는데, 그것을 이어붙여 만든 것이 현재의 동상이다.

이 동상은 몇 개의 전설을 가지고 있다. 그중 유명한 것이 프랑스군이 브뤼셀에 불을 질렀는데, 한 소년이 오줌으로 그 불을 껐던 사건이 이 동상을 만드는 계기가 되었다는 것이다. 그 때문에 이 오줌싸개 소년의 동상이 오줌을 누는 한 브뤼셀은 안전하다는 이야기가 전해 내려온다.

2· 모험소년의 전설 | 스토켈 지하철역 |

벨기에의 만화는 유명하다. 세계에서 일본인 다음가는 만화광으로 꼽히는 이들은 만화를 아이들의 장르로 제쳐두지 않는다. 이곳에서 그려져 전 세계적인 인기를 누린 만화들이 적지 않은데, 그중에서 첫손 꼽을 만한 작품으로 『땡땡Tintin』이 있다.

용감한 소년기자 땡땡과 그의 애견 밀루의 모험을 그린 『땡땡의 모험』

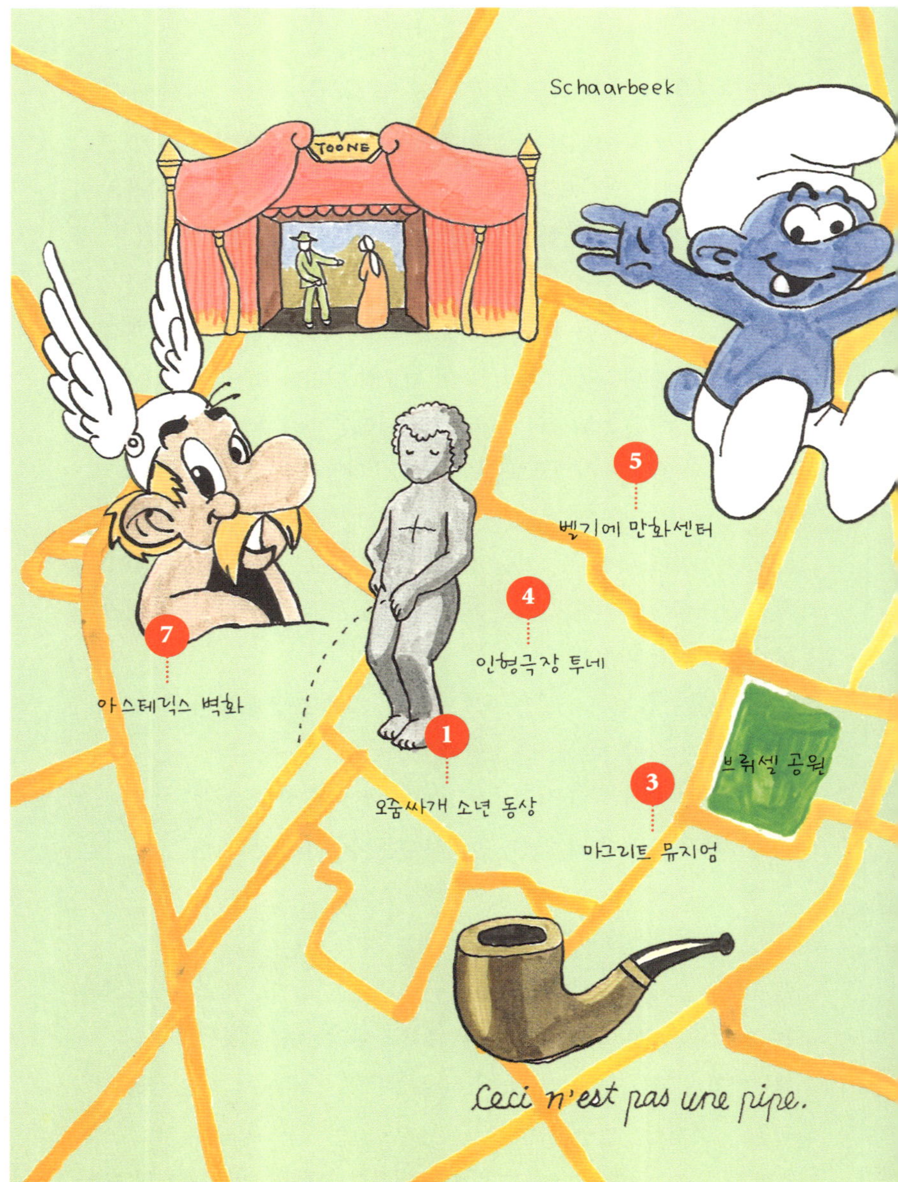

Schaarbeek
TOONE
5
벨기에 만화센터
7
아스테릭스 벽화
4
인형극장 투네
1
오줌싸개 소년 동상
3
마그리트 뮤지엄
브뤼셀 공원
Ceci n'est pas une pipe.

cook&Book
2
6
스토켈 지하철역
Etterbeek

땡땡의 벽화로 가득 채워져 있는 지하철역

시리즈는 1929년에 만화가 에르제Herge가 그리기 시작하여 전 세계를 사로잡았다. 현재 세계 60여 개국에 50개 언어로 소개되어 3억 부가 넘게 팔린 이 시리즈는, 어린이뿐 아니라 어른들에게도 굉장한 관심을 불러일으켰다. 1960년에는 〈땡땡과 트와존도르 호의 비밀〉이라는 제목으로 영화가 만들어지기도 했으며, 1982년에는 에르제의 75세 생일을 축하해, 벨기에 항공우주국이 당시 발견된 화성과 목성 사이의 혹성에 그의 이름을 붙이기도 했다.

유명인들이 땡땡에 보낸 찬사의 목록도 두툼하다. 프랑스의 드골 대통령은 "땡땡은 세계에서 나의 유일한 라이벌"이라고 하였으며, 조지 루카스는 그의 영화 〈인디아나 존스〉가 〈땡땡의 모험〉을 모델로 한 것임을 공언했다. 앤디 워홀은 "땡땡은 나의 작품 세계에 디즈니보다 더 큰 영향을 끼쳤다."며 이 작품의 가치를 인정했다.

현재 브뤼셀의 지하철 스토켈 역에는 땡땡의 모험에 나오는 140개 캐릭터를 소재로 한 벽화가 그려져 있다. 137미터에 걸쳐 있는 이 대작의 스케치는 작가 에르제가 죽기 직전인 1983년에 그린 것이다. 1988년 8월 31일 역사 개장에 맞춰서 완성된 이 프레스코화는 땡땡의 팬들뿐 아니라 지하철을 이용하는 수많은 이들에게 즐거움을 주고 있다.

3 · 이것은 농담이 아니다 | 마그리트 뮤지움 |

황토색 배경에 파이프가 하나 그려져 있다. 더할 것도 덜할 것도 없는 파이프다. 그 아래에 한 문장이 써 있다. "이것은 파이프가 아니다."

20세기의 가장 위대한 벨기에 화가로 일컬어지는 르네 마그리트René Magritte의 이 작품에 대해서는 말이 많다. 심지어 이 그림에서 촉발된 사유로 책 한 권이 나올 지경이다. 초현실주의, 데페이즈망 기법 등 다양한 해석이 시도된다. 이에 대해, 혹자는 한마디로 명쾌하게 해석한다. "황당한 벨기에식 발상"이라고.

마그리트 뮤지움은 그 자체로 마그리트의 그림이다.

그의 작품들은 농담하면서 웃지 않는 표정처럼 진지하지만, 그가 시도하는 넌센스는 사람들에게 지적인 충격을 주면서 웃음을 유발한다. 1898년 벨기에에서 태어나 1916년 브뤼셀에서 미술공부를 시작하고 1927년 이 도시에서 첫 번째 개인전을 연 르네 마그리트. 이 도시의 벽지회사에서 일하고 2차 대전 때 독일 점령하에서도 브뤼셀에 남아 있기를 고집하다가 결국 1967년 자기 침대에서 죽어 브뤼셀 샤비크 묘지에 묻힌 그. 그는 뼛속까지 브뤼셀의 시민이었다.

2009년 5월, 브뤼셀에 마그리트 뮤지움이 문을 열었다. 200여 점에 달하는 마그리트의 회화, 드로잉, 조각 등을 소장한 5층짜리 미술관은 외양도 마그리트의 그림 같다. 그가 살았던 집도 작은 미술관으로 꾸며져 있으므로 마그리트를 좋아하는 사람이라면 두 군데 다 놓치면 안 될 듯.

4 · 어른들의 유머 | 인형극장 투네 |

TV가 없던 시절, 브뤼셀 시민들의 엄청난 인기를 한 몸에 받으며 웃음을 주었던 것이 바로 인형극장이다. 공식명칭은 왕립투네극장이지만, 브뤼셀 사람들은 메종 드 투네, 즉 투네의 집이라고 부른다.

투네Toone란 인형조종사를 뜻하는 말. 대를 물려 전승되는 '투네'의 1대 시조는 1830년대부터 활동했는데, 당시 왕궁에서 코미디언들을 인형으로 대체시키면서 생겨났다고 한다. 현재 활동하고 있는 투네는 8세. 2003년부터 본격적인 활동을 시작했다.

각 세대의 투네들은 자신의 포스터를 가지고 있다.

그러나 인형극장의 존속이 순탄하기만 한 것은 아니었다. 4세 투네가 활동하던 50년대에 메종 드 투네는 문을 닫을 위기를 겪게 된다. 텔레비전이나 축구와 같은 대중적인 오락이 번성하게 되면서 구닥다리 인형극은 외면받게 된 것이다. 결국 1963년, 문을 닫기로 결정되었으나 이를 안타깝게 생각한 사람들이 '투네의 친구들'이라는 모임을 만들어 투네 인형을 보호하기를 호소한다. 결국 공식적인 문화유산으로 인정받으면서 안정적인 자리를 잡게 되었다.

인형극 자체도 볼만한 구경거리지만 무대에서 은퇴한 인형들을 전시해놓은 것이 흥미롭다. 현재 꼭두각시 인형을 1,200여 개 보유하고 있다고. 원래 전통적인 이야기를 주로 다루었지만, 요즘은 현대적인 이야기도 레퍼토리에 올리고 있다고 한다.

5• 심각한 사회에 조크를 날리다 | 벨기에 만화센터 |

평화로운 스머프Smurfs마을, 실제로는 어디에 있을까? 실제의 장소를 찾을 수는 없지만 어디에서 나왔는지는 알 수 있다. 벨기에 만화가 페요Peyo의 펜끝이 바로 그곳.

크기는 쥐만하고, 몸색깔은 푸른색, 똑같이 하얀 바지와 모자를 갖추어 입고 사이좋게 같이 살아가는 이 상상 속의 부족에게 가장 큰 적은 사악한 마법사 가가멜과 그의 고양이 아즈라엘이다. 1958년에 첫선을 보인 이 만화는 1981년 미국에서 텔레비전용 애니메이션 시리즈로 만들어진 이래, 전 세계에 푸른 웃음을 선사해왔다.

스머프가 더 유명해진 것은 이 만화가 마르크스주의를 전파하고 있다는 지적 때문이다. 늘 붉은 옷을 입고 있는 파파 스머프는 카를 마르크스를 상징한다고. 스머프 마을 자체가 공동소유를

폭격당한 스머프 마을에서 울고 있는 스머프들

기반으로 하는 공동체이다. 농부 스머프, 편리 스머프 등 역할도 잘 분배되어 있으며, 모두가 평등하다. 같은 노동복을 입고 있는 그들에게는 종교도 없다. 모든 캐릭터들의 뒤에 공통적으로 붙는 '-스머프'라는 호칭은 '동무'를 연상하게 한다.

실제로는 어떨지 모르겠지만, 한 가지 분명한 것은 스머프가 사회문제에 무관심하지만은 않다는 것이다. 2005년에 벨기에 텔레비전에 방영된 25초짜리 애니메이션이 그들의 깊은 관심을 보여준다. 유니세프가 부룬디의 소년병사 희생자들을 위한 7만 파운드의 펀드를 모으기 위해 방영한 이 캠페인은 스머프 마을이 폭격을 받아 불타고 스머프들이 학살당하는 짧은 장면을 보여줌으로써 사람들을 충격에 빠뜨렸다. 아이들에게 나쁜 영향을 줄까봐 밤 9시 이후에만 방송하게 했음에도, 우연히 이 장면을 본 아이들이 공포에 질려 울음을 터트리기도 했다고.

6 • 유머러스한 북카페 | cook & book |

브뤼셀 시민들의 유머감각을 만족시키기 위해서는 평범한 북카페로는 부족했던 것일까? 그들은 'cook & book' 안에 책과 음식점을 통합시켰다. 여행, 만화, 문학, 아동, 컨템포러리 아트, 클래식 음악과 재즈 등 아홉 개의 섹션으로 된 서점과 각각의 섹션에 마련된, 음식을 먹을 수 있는

257

Brussels

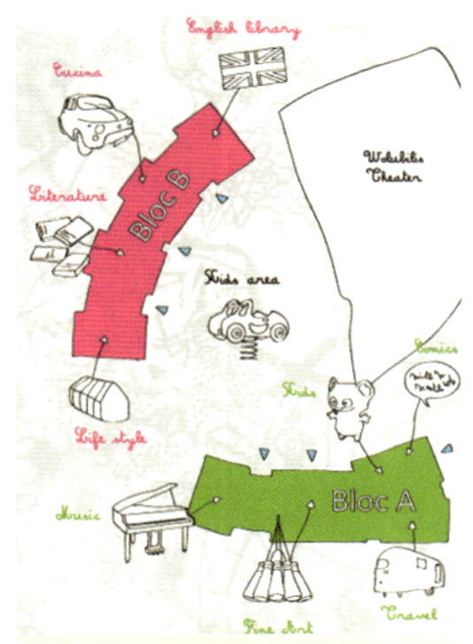

cook & book을 돌아보려면 지도가 필요하다.

레스토랑은 하나의 큰 세계를 이룬다.

이곳에서 즐길 수 있는 것은 책과 요리만이 아니다. 각 방마다 독특하게 꾸며진 인테리어를 보는 것만으로도 재밌다. 프랑스어로 된 책을 모아놓은 코너에서는 천정에 책들이 잔뜩 붙어 있는 것을 볼 수 있다. 각각의 인테리어는 그 코너의 특징을 잘 보여준다. 영어책 코너는 영국의 유니언잭 깃발을 활용한 인테리어가 돋보이고, 클래식과 재즈 코너에는 악기를 진열해놓은 것으로도 모자라 천정에 난해한 재즈풍의 낙서를 잔뜩 그려넣었다.

여행 코너의 한가운데를 떡하니 차지하고 있는 것은 알루미늄 캐러밴. 당장이라도 떠날 수 있을 것 같은 캐러밴의 한가운데에는 식탁이 마련되어 있어, 그 안에서 여행 기분을 만끽하며 식사를 할 수 있다. 그곳의 램프등은 앤디 워홀의 캠벨수프통을 이용한 것. 어린이책과 만화 코너에는 스파이더맨 동상이 자리잡고 있기도 하다. 여러모로, 책 속의 세계에서 살고 싶어하는 이들에게 놀이동산의 역할을 톡톡히 하고 있다.

7· 브뤼셀식 유머는 벨기에를 넘는다 | 아스테릭스 벽화 |

브뤼셀에서는 곳곳에서 만화를 주제로 한 벽화를 만날 수 있다. 만화광임을 자부하는 이들이 만화를 관광자원으로 개발해낸 것이다. 관광안내소에서 지도를 받아 각각의 벽화를 찾아다니다 보면, 지형지물을 이용하거나 장소의 성격을 활용한 기발한 장면들에서 만화가 가지는 유머의 힘을 다시 한번 느끼게 된다.

『아스테릭스의 모험』의 등장인물들이 나오
는 벽화가 그려진 곳은 축구와 야구 경기장 근
처이다. 그래서인지 그들이 신나게 공을 차는
모습을 볼 수 있다. 그러나 왜 프랑스작가 르
네 고시니와 알베르 우데르조의 만화인 아스
테릭스가 브뤼셀 벽화의 명단에 올랐을까?

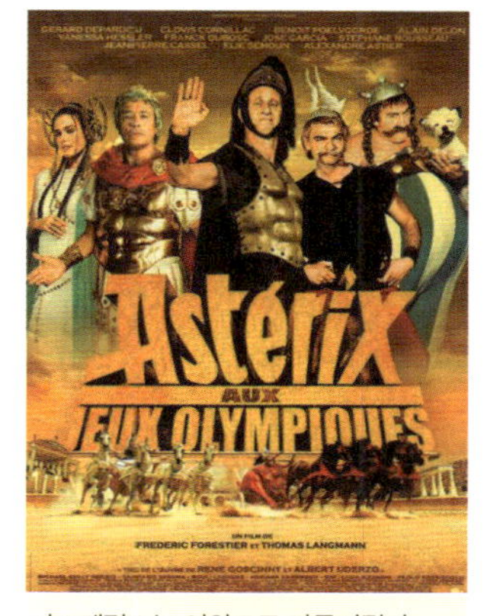

아스테릭스는 영화로도 만들어졌다.

유럽의 만화강국이라 할 수 있는 벨기에의
만화들은 실제 프랑스에서 큰 인기를 거두고
있다. 만화라는 자체가 만국공용어인데다 프랑스어를 쓰는 벨기에의 특
성상 벨기에 만화는 프랑스까지도 큰 독자층으로 품고 있는 것이다. 유럽
에서는 프랑스 만화와 벨기에 만화를 따로 나누지 않고 프랑코 벨쥐 만화
BD franco-belge라는 이름 아래 같이 지칭하기도 하는데, 프랑스의 이름이 앞
선 것이 무색하게도, 2000년대 이후 프랑스에서 판매되는 만화의 75퍼센
트가 벨기에 출신의 만화가나 출판사에 의한 것이라고 한다. 아스테릭스
의 작가들도 벨기에 출판사에서 만화를 발간해왔으므로 그들에게 있어 프
랑스와 벨기에를 나누는 것은 의미가 없을 수도 있겠다.

만화를 좋아하고 실리감각이 발달한 벨기에인들은 나치가 미국 만화
를 금지시키거나 프랑스의 검열이 만화를 탄압하는 와중에도 예술로서의
만화의 가치를 믿고 열린 마인드를 유지해왔다. 그 결과, 이곳의 만화는
국경을 초월하여 넘나든다. 아스테릭스는 브뤼셀의 만화일까? 그렇다.
브뤼셀 시민들이라면, 그렇게 대답할 것이다.

Brussels

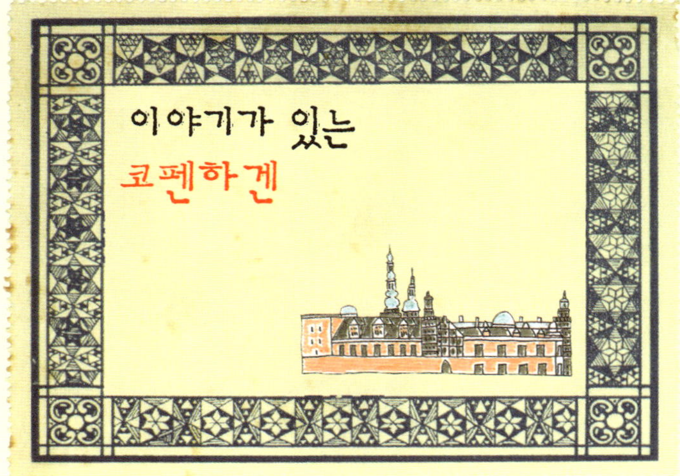

안데르센의 나라, 덴마크의 코펜하겐은 저절로 동화가 떠오르는 도시다. 하지만 동화뿐이랴, 코펜하겐 사람들은 모든 종류의 이야기들을 좋아한다. 그들이 자신의 도시에서 발굴해낸 각별한 이야기들. 한 권의 그림책 같은 도시, 코펜하겐.

1 · 세 여자의 이름 | 루이지애나 미술관 |

루이지애나 미술관은 그 이름의 연원 자체가 하나의 재미있는 이야기다. 미술관을 짓고 이름을 붙인 크누트 옌센과 옛날에 헤어진 연인 이름 같은 '루이지애나' 는 아무런 인연이 없지만, 또한 기묘한 인연이기도 하다.

식품도매업자였던 옌센은 평소에 미술과 문학에 관심이 많았다. 그는 코펜하겐 북쪽의 작은 마을 홈레백에 미술관을 세우기로 결심했다. 외레순 해협이 내려다보이는 언덕에 자리잡고 있는 그곳은 19세기 풍의 저택이 있는 사유지였는데, 그곳의 이름이 '루이지애나' 였다.

1895년에 부근의 땅을 구입한 남자의 이름은 알렉산더 부룸. 그가 바로 저택을 지은 이였는데, 그가 이 땅의 이름을 '루이지애나' 라 붙인 이유가 독특하다. 그는 평생 세 번 결혼했는데, 세 명의 부인이 모두 이름이 '루이즈' 였기 때문.

지극히 개인적인 이유로 붙여진 이름을 미술관의 이름으로 쓴 것에 대해서 말이 많았던가보다. 옌센은 후에 "과거를 존중하기 위해서 미술관의 이름을 '루이지애나' 라고 지었다. 그 이름을 한 번도 후회해본 적이 없다."고 말했다고.

루이지애나 미술관이 예술애호가들 사이에서 전설이 된 건 이름 때문만은 아니다. 건축과 자연과 미술의 가장 완벽한 공존의 한 예를 보여주고 있기 때문이다. 1954년 미술관 터를 사들인 옌센은 젊은 건축가 위르겐 보와 빌렘 볼레르트에게 새 건물의 디자인을 맡겼는데, 그들은 100년 전에 지어진 원래의 건물을 그대로 남겨둔 채 여러 번에 걸쳐 증축하며 지형과 풍광에 어울리는 미술관을 만들어냈다.

이곳에서는 후안 미로, 막스 에른스트, 헨리 무어, 알렉산더 콜더 같은 유명한 조각가의 작품들이 자연을 배경으로 전시되어 특별한 감흥을 불

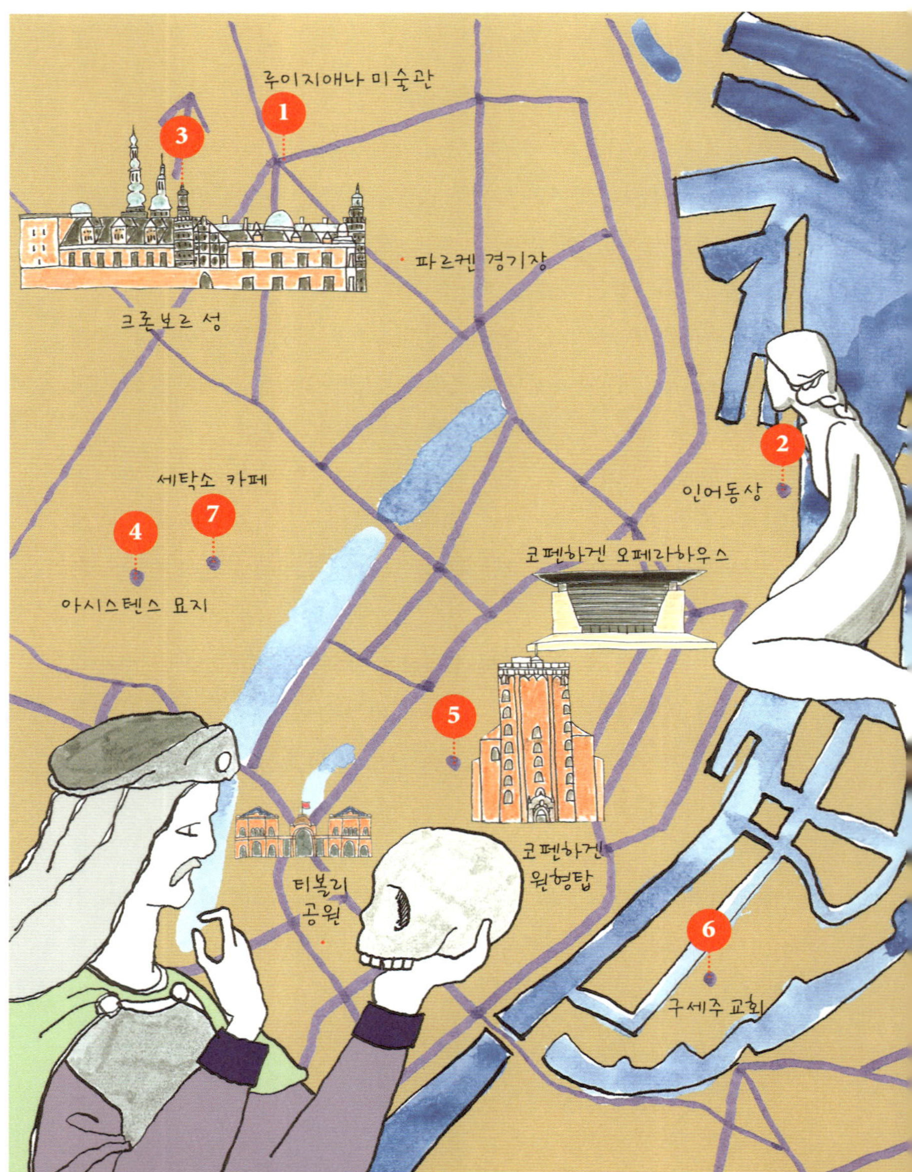

루이지애나 미술관
1
3
파르켄 경기장
크론보르 성
세탁소 카페
4
7
인어동상
아시스텐스 묘지
코펜하겐 오페라하우스
2
5
코펜하겐 원형탑
티볼리 공원
6
구세주 교회

Kebenhavnk

러 일으킨다. 특히 헨리 무어는 자신의 작품을 전시하기에 이보다 나은 곳은 상상할 수 없다고 말하기도. 자코메티의 작품들이 특히 유명하다.

2 · 인어의 도시를 지키는 인어 | 인어동상 |

『인어공주』는 전 세계인의 심금을 울린 동화이다.

코펜하겐은 인어의 도시이다. 이 도시가 자랑하는 안데르센이 동화 『인어공주』를 쓰기 전부터 그랬다. 코펜하겐 옆 해협은 중세부터 '인어의 골짜기' 라고 불렸고, 오스트리아 궁정가수인 다니엘 마이스너가 만든 1623년의 지도에는 코펜하겐이 세이렌의 거주지라 적혀 있다. 아름다운 노래로 뱃사람들을 유혹하여 빠뜨려 죽이곤 했던 세이렌. 아무래도 안데르센이 『인어공주』를 쓰게 된 데에는, 한밤중에 희미하게 들려온 세이렌의 노랫소리도 한몫하지 않았을까?

브뤼셀의 오줌싸개 소년 동상, 독일의 로렐라이와 함께 "유럽의 3대 썰렁 명소"의 하나로 언급되는 수모를 무릅쓰고 랑엘리니*Langelinie*의 바위 위에 꿋꿋하게 앉아 있는 80센티미터의 작은 인어 동상은 안데르센의 동화 속의 그 인어공주다. 1913년 칼스버그의 창립자 칼 야콥센*Carl Jacobsen*은 『인어공주』의 발레공연을 보고 조각가 에드바르 에릭센에게 인어공주의 동상을 주문한다. 공연의 프리마돈나였던 엘렌 브리스를 모델로 하고 싶어했으나, 반라를 드러내야 한다는 것에 거부감을 가진 엘렌의 반대로 실패하고 그 대신 조각가의 아내 엘리네가 동상의 모델이 되었다.

아름답고 슬픈 이야기를 토대로 만들어진 인어 동상은 만들어진 뒤에 또 숱한 이야기들을 만들어냈다. 목이 베어졌다거나 팔이 절단되었다거나 조각상 전체가 폭파되었다는 엽기적인 이야기도 있는 반면, 하루아침에 핑크색 페인트로 덮어씌워지는 등의 웃지 못할 해프닝도 적지 않다.

2010년 5월, 늘 앉아 있던 그 바위를 떠나 사상 최초로 상하이 엑스포로 옮겨져서 전시되었는데, 그에 따른 이야기들도 재미있다. 인어 동상이 놓여 있던 그 자리에는 대형 TV가 설치되어 상하이 엑스포장의 동상을 인터넷으로 중계했다고. TV와 중계영상은 한 중국예술가의 현대미술 작품인데, 반응은 좋지 않았다고 한다.

오히려 그보다 더 반응이 좋았던 것은 인어공주의 해골 설치. 덴마크 자연사 박물관*Natural History Museum of Denmark*은 만우절에 인어 동상이 놓여 있는 자리에 상반신은 사람의 뼈 모형, 하반신은 황새치의 뼈 모형으로 만든 인어공주 골격을 두 시간 정도 설치했는데, "6개월이나 인어공주 동상을 뺏기게 되니 대신할 것이 필요했다. 어쨌든 만우절이니까!"라는 이들의 장난에 사람들은 즐거워했다고.

3 · 셰익스피어의 햄릿이 사는 곳 | 크론보르 성 |

셰익스피어는 영국 사람이다. 그렇다면 그의 대표작인 『햄릿』에 나오는 주인공 햄릿은 어느 나라의 왕자일까? 정답은 덴마크 왕자. 『햄릿』의 무대가 되는 성은 코펜하겐 근처에 있다.

코펜하겐 근교에 있는 작은 마을 '헬싱괴르'는 크론보르*kronborg* 성 때문에 사시사철 사람들의 발길이 끊이지 않는다. 『햄릿』에서는 엘시노어 성이라는 이름으로 나오는 이곳의 정확한 명칭은 '성'을 떼어낸 크론보르. 덴마크어로 '보르'는 '성'이라는 뜻이므로 같은 의미를 두 번 말한

셰익스피어는 덴마크 왕자 햄릿을 전 세계인의 왕자로 만들었다.

셈이지만, 편의상 붙여서 말하곤 한다.

크론보르 성은 1574년 프레데릭 2세 시절에 착공하여 11년 뒤에 완성되었다. 하지만 1629년에 화재가 일어나고 이후에도 여러 차례 전쟁을 겪으며 파손과 보수를 계속하다가 1924년에 이르러서야 지금 우리가 보는 형태가 되었다. 그러한 수난을 겪었음에도 불구하고 내부의 방들은 잘 보존이 되어 있다. 대규모 연회장, 금박장식의 예배당, 각종 화려한 방, 지하감옥 등을 볼 수 있다. 2000년에는 유네스코 세계문화유산으로 등록되기도 했다. 북유럽에서 가장 중요한 르네상스 시대의 성으로 평가받는 이곳은 『햄릿』 때문이 아니더라도 둘러볼 만한 매력이 있는 곳이다.

매년 6월에는 이곳에서 야외 〈햄릿〉 공연이 열린다. 공연이 아니라 하더라도 코펜하겐에서 출발하는 '햄릿 캐슬 투어'에는 참여할 수 있다. 시청 앞에 모여 크론보르 성을 비롯하여 프레드릭스보르 성, 왕족들의 여름별장, 국립박물관, 기사의 홀 등등을 둘러보는 투어는 반나절 정도 걸린다.

4 · 살아 있는 무덤 |아시스텐스 묘지|

코펜하겐의 이야기꾼으로는 안데르센만 있는 것은 아니다. 마르틴 안데르센 넥쇠도 있다. 칸 영화제의 황금종려상을 수상한 영화 〈정복자 펠레〉의 원작소설을 써낸 이 작가는 1869년 코펜하겐에서 태어났다. 안데르센과 마찬가지로 가난한 집안에서 태어나 쉽지 않은 인생을 살았지만, 안데르센처럼 여러 사람들의 후원을 받으며 동화의 나라로 날아가는 대신 어릴 때부터 온갖 종류의 노동을 하면서 자전적인 작품을 다수 써냈다. 『정복자 펠레』 4부작은 그를 서유럽의 대표적인 사회주의 작가로 자리매김하게 해준 대표작. 이외에도 『파밀리엔 프랑크Familien Frank』, 『사람의 딸 디테Ditte Menneskebarn』, 『시인 모르텐Morten hin Røde』, 『잃어버린 세대Den fortabte generation』 등 30여 편의 작품을 남겼으나, 국내에 번역된 책은 많지 않다.

〈정복자 펠레〉는 소외받는 계층을 다시 돌아보게 한다.

그는 현재 뇌레브로 앞의 아시스텐스 교회묘지에 묻혀 있다. 이곳의 공원 같은 경관은, 이곳을 단지 무덤이 아니라 코펜하겐 주민들이 즐겨찾는 소풍의 장소로 만들었다. 락밴드 공연도 심심찮게 벌어지고, 심지어 벌거벗고 선탠하는 무리를 마주치기도 한다. 말 그대로 "살아 있는 무덤"인 셈이다.

안데르센과 키에르케고르의 동상이 있는 이 묘지를 지나며, 에곤 에르빈 키쉬는 이렇게 말했다. "이곳을 지나가며 묘석을 바라본다. 이렇게 큰 나라 덴마크에 이렇게 이름이 적다는 것은 이상한 일이다. 죽은 자들의 이름은 한센, 닐센, 안데르센, 마르센, 쇠렌센, 바게센, 난센, 미카엘리스, 야콥센, 옌센, 페터센 가운데 하나다. 하지만 이런 덴마크 특유의 이름을 가진 얼마나 많은 사람들이 이 세상에서 반향을 얻고 있는가." 적어도 우리는, 이 무덤에 잠들어 있는 두 명의 안데르센을 알고 있다.

어린 시절 안데르센이 쓴 동화 〈부싯돌〉을 읽은 이들이라면 원형탑이 뭘까, 한 번쯤 궁금해하지 않았을까? 마녀는 군인에게 비밀을 말해준다. 첫 번째 방에는 찻잔만한 큰 눈을 가진 개가 있다고. 그 개는 커다란 상자 위에 앉아 있노라고. 마녀가 준 푸른 주사위 모양의 앞치마를 바닥에 펼쳐놓고 그 위에 개를 앉히면 상자를 열어볼 수 있노라고. 첫 번째 방 상자 안에는 동화가 잔뜩 들어 있고, 두 번째 방, 물레만큼 큰 눈을 가진 개가 깔고 앉은 상자 안에는 은화가 들어 있다. 그리고 세 번째 방에는?

"혹시 금화를 갖고 싶다면 세 번째 방으로 들어가게. 거기서도 원하는 만큼 가져올 수 있을 거야. 그 방의 돈 상자 위에 앉아 있는 개의 눈은 코펜하겐의 원형탑만큼이나 크지. 아주 무시무시한 놈이란 생각이 들 걸세!"

원형탑은 과학적 연구를 위해 만들어졌다.

원형탑을 실제로 본다면, 아마도 그 개의 모습을 상상하기 더 어려웠을 것이다. 크리스티안 4세가 세운 천문대인 이 탑은 그가 "내가 만든 최고의 예술작품"이라고 기세등등했다는 것이 이해가 갈 만큼 웅장한 자태를 갖고 있다. 1642년에 완공된 이 탑은 높이가 36미터이며, 지름이 15미터이다. 유럽의 건축물들 가운데 유일하게 계단이 아닌 나선형의 통로를 통해 위로 올라갈 수 있는데 길이는 약 210미터가량 된다.

1716년에는 러시아 표트르 대제가 말을 타고 올라갔다고 하는데, 오늘날에는 매년 자전거 경주가 열리고 있다고. 평상시에는 코펜하겐을 한눈에 바라보기 위한 전망대로 각광받고 있다.

6 • 지구 속을 여행하기 위해서는 높이 올라볼 일 | 구세주 교회 |

괴짜 광물학자인 리덴브로크 교수는 고서점에서 구한 16세기 고문서를 해독하다가 이상한 쪽지가 책갈피에 끼워져 있는 것을 발견했다. 조수로 일하는 악셀은 얼떨결에 암호를 해독한다. 아이슬란드의 연금술사가 남긴 이 책 사이의 쪽지는 어떤 비밀을 말하고 있는 것일까? 쥘 베른의 소설 『지구 속 여행』은 그렇게 시작한다.

크리스티안스하운 섬에 있는 구세주 교회 Vor Freslers Kirke 는 악셀이 현기증을 치료하기 위해 리덴브로크 교수에게 끌려가는 곳이다. "내부의 나선계단을 올라가는 중에는 별 문제가 없었다. 그러나 150개의 계단을 오르기 시작하자 바깥 공기가 얼굴을 때렸다. 종탑의 테라스에 이르자 거기서 계단은 외부로 계속 이어졌다. 난간은 약해 보였고 점점 좁아지는 계단은 하늘로 올라가는 듯했다."

구세주 교회는 1696년 크리스티안 4세에 의해 지어진 고딕 양식의 건물이다. 천사가 조각된 정교한 바로크 양식의 제단과 파이프오르간도 눈길을 끌지만, 뭐니 뭐니 해도 인상적인 것은 95미터의 나선형 교회탑이다. 전해내려오는 이야기에 따르면, 이 교회탑을 설계한 이는 다 지어지고 나서야 내부의 나선형 계단을 거꾸로 설계한 것을 깨달았다고 한다. 그것을 깨닫자 마자 꼭대기에서 뛰어내렸다고.

교회탑 밖으로 난 계단은 아찔하지만 전망을 바타보기에 최적의 장소다.

탑의 바깥으로 빙 둘러 꼭대기의 그리스도 상 아래 금공까지 이어지는 150개의 계단은 확실히 고소공포증이 있는 이들에게는 경계의 대상이다. 그곳을 꾸준히 오르면 악셀처럼 현기증을 고칠 수 있을지는 모르겠지만, 훌륭한 전망을 즐길 수 있는 것만은 확실하다.

7 · 책과 이야기가 일상인 북카페 | 세탁소카페 |

코펜하겐에는 맛있는 커피를 내는 카페가 많다. 커피 한 잔을 앞에 놓고 이야기 나누기 좋아하는 성정 때문일 것이다. 그뿐이랴, 이야기는 수다 속에도 있고 책 속에도 있지 않은가. 그래서인지 코펜하겐에는 북카페들이 유독 발달해 있다. 북카페야말로 책과 이야기를 좋아하는 코펜하겐 사람들의 생활에 잘 들어맞는 공간인 것이다.

헤밍웨이가 좋아했던 타자기의 이름을 딴 카페 '언더우드 잉크'에는 타자기가 진열되어 있다. 그곳 벽에는 체스터튼이 쓴 글이 적혀 있는데, 그에 따르면 "문학은 사치품이고 이야기는 생필품이다".

이곳의 북카페는 많을뿐더러 세분화되어 있다. '더 프렌치 북카페'는 프랑스식을 고수한다. 메뉴도 크루아상 등 프랑스풍의 음식으로 마련되어 있다. 당연히, 구비된 책들도 프랑스 작가들의 작품이 중심이다. 찾아오는 사람들의 40퍼센트가 프랑스어를 말하는 사람들이고 현지인은 60퍼센트 정도라 하니, 코펜하겐 안에서 프랑스를 느끼고 싶은 이들에게 어울리는 공간이 아닐까.

프랑스뿐이랴, 스페인도 있다. '라유엘라'는 스페인어를 말하는 사람들을 위한 카페이다. 이곳에 구비된 책도 스페인과 스페인어를 쓰는 남미 작가들의 작품이 중심이다. 이런 특화된 북카페들만 돌아다녀도 작은 도시 안에서 세계문학여행을 할 수 있을 듯하다.

　　물론 여행자들을 위한 북카페도 있다. '세탁소 카페 Laundromat cafe'는 어떨까? 여행 도중 쌓인 빨래들을 우아하게 해결할 수 있는 방법이다. 네 개의 환경친화적 세탁기와 두 개의 건조기를 갖춘 세탁소는 북카페 안에 자리잡고 있다. 세탁기가 돌아가는 동안 아늑한 카페에서 맛있는 커피를 마시며 4,000여 권의 장서 중 한 권을 골라 읽을 수 있는 카페. 지겨우면 젊은 아티스트들의 작품도 관람할 수 있는 카페. 여행의 숙제를 해결하면서 그 도시를 진하게 느낄 수 있는 시간이 될 것이다.

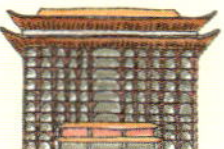

타이베이 시민들의 개방적인 태도는 어디에서 나오는 것일까? 새로운 것을 받아들

이고 자기 것으로 흡수하는 데 거부감 없는 이들이 만드는 시끌벅적한 도시의 풍경.

그래서 더욱 흥미진진한 도시, 타이베이

1 ● 신들의 한집살림 | 룽산쓰 |

타이베이는 사찰도 '오픈마인드'다. 타이베이의 사원에는 부처뿐 아니라, 도교, 민간신앙의 신들도 같이 모셔져 있다. 여러 종교가 한집살림을 하는 것이 전혀 이상하지 않다. 되도록 많은 신에게 빌면 누구든 들어주겠지, 라는 욕심 때문일까? 아니면 모든 종교에서 중요한 덕목으로 치는 '관대함'이 이곳 사찰에 독특한 방식으로 통용되는 것일까?

가장 오래되고 가장 유명하며 가장 전형적인 대만의 사원인 룽산쓰에 가보자. 관음보살이 나무에 앉았다는 전설에 따라 그를 기리기 위해 세워졌으나 관음, 문수, 보현보살과 함께 공자, 관우, 바다의 여신 마쭈 등의 신도 함께 모셔져 있을 뿐 아니라 심지어 늘어나는 중이다. 경건한 종교적 분위기를 이곳에서 기대해서는 안 된다. 신이 많다보니 제각각의 신을 참배하려는 사람들로 늘 북적대고 시끌시끌하다. 평소에도 진한 향냄새로 가득 차 있는데다, 명절에는 이곳에서 피우는 향불이 기둥처럼 거대한 연기로 솟아올라 멀리서 보면 큰 불이 난 듯 보인다고.

1740년에 건립된 룽산쓰는 온갖 재해로 몇 차례 파괴되고 재건되기를 반복하다가, 1957년 현재의 모습이 되었다. 중국 고유의 건축양식을 살펴볼 수 있는 곳으로, 돌기둥의 섬세한 용 조각과 그 뒤에 새겨진 역사적 인물들이 춤추는 모습은 눈여겨볼 만하다. 신심이 없더라도 한번 방문해볼 것. 우연찮게 수많은 잡다한 신들 중에서 믿고 싶은 신을 만나게 될지도 모르니.

2 ● 음식들의 만국박람회 | 화시지에 야시장 |

타이베이 시민들은 무엇을 먹고 사는가? 음식의 면면을 살펴봐도 그들의 '오픈 마인드'는 확연하다. 온갖 진귀하고 희귀한 식재료로 만든 음식들

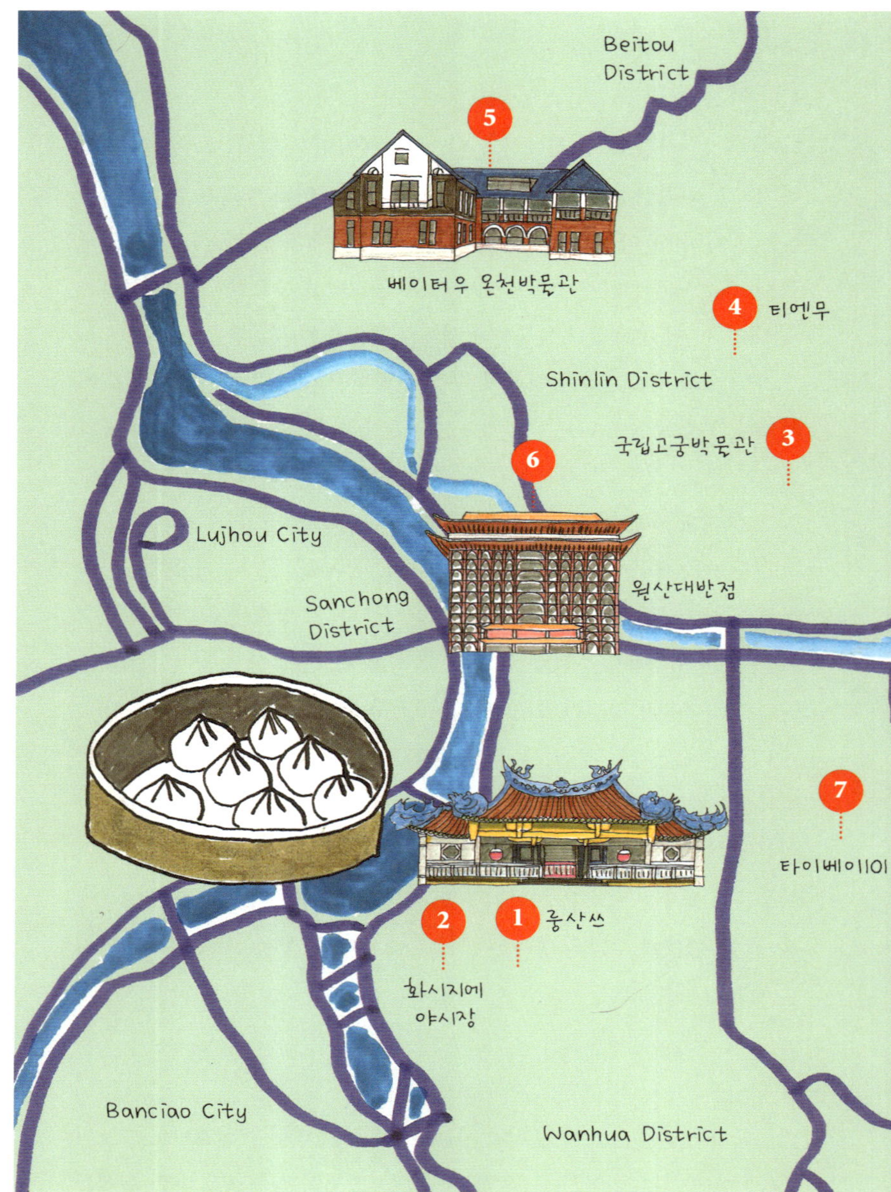

Beitou District
Shinlin District
Lujhou City
Sanchong District
Banciao City
Wanhua District
5
베이터우 온천박물관
4 티엔무
3
국립고궁박물관
6
원산대반점
7
타이베이이이
2
1 룽산쓰
화시지에
야시장

Neihu District

화시지에 야시장은 특히 음식 노점이 많다.

을 거부감 없이 즐기고, 세계 각국의 다양한 요리법들을 받아들이는 데 주저함이 없다. 특히 이곳은 세계 최고 수준의 중국 요리를 맛볼 수 있는 곳이다. 중국 본토에서 이주해 온 중국인들은 광둥, 베이징, 상하이, 쓰촨 등 중국 4대 요리의 요리법들을 고스란히 이곳으로 가지고 왔다.

그 모든 음식들을 고급 음식점에서만 맛볼 수 있다고 생각하지 마시라. 대만에는 '야시장'이 있다. 그냥 '시장'이 아니라 한밤중에 성황을 이루는 '야시장'이 발달한 이유는 덥고 습한 기후 때문. 해가 지고 숨쉴 만해지면 온 가족이 놀러 나와 야외의 포장마차에 앉아 늦은 저녁을 먹는다. 대부분의 부부가 맞벌이를 하기 때문에 거의 모든 식사를 외식으로 해결하는 이들의 습관도 야시장의 수많은 포장마차들을 번성하게 한 이유다.

타이베이의 야시장 중 가장 유명한 것은 스린 야시장이지만, 희귀한 음식을 맛보고 싶다면 화시지에 야시장을 방문하는 것도 좋겠다. 입구가 중국 전통 건축양식으로 지어져 있는 이 야시장에서는 온갖 재료의 음식들을 만날 수 있다. 그중에서 가장 유명한 것은 뱀, 자라 등의 강장음식. 먹는 것 외에도 보너스로 뱀을 잡는 장면, 뱀싸움을 보여주는 공연을 볼 수 있다고.

3 · 물 건너온 보물들이 여기에 | 국립고궁박물관 |

타이베이의 국립고궁박물관은 고대 중국의 보물과 미술품을 세계에서 가

장 많이 소장하고 있기로 유명
하다. 고대 중국 황실 소장품
들 중 최고만 모아놓은 컬렉션
은, 이곳을 프랑스 루브르, 미
국의 메트로폴리탄 미술관,
영국의 대영박물관과 함께 세
계 4대 박물관 중 하나로 꼽게

자금성의 많은 보물들이 바로 이곳에 보관되어 있다.

하기에 부족함이 없다. 송나라 초인 1,000여 년 이전부터 수집된 65만
점에 달하는 소장품. 모두 공개할 수 없어 3개월에 한 번씩 교체전시를
하고 있는데, 모두 다 보려면 8년 이상이 걸린다는 어마어마한 규모다.

그 모든 보물들은 중국에서 건너온 것이다. 국립고궁박물관의 '고궁'
이 지칭하는 바는 자금성. 중국 황제가 자금성에 수집했던 방대한 유물들
은 만주사변, 청일전쟁, 2차 세계대전 등의 전쟁을 거치면서 여기저기 나
뉘며 옮겨졌는데, 어렵게 다시 난징으로 모아들였으나 국민당과 공산당
의 싸움이 격렬해지면서 국민당에 의해 소장품의 4분의 1이 대만으로 이
송되었다. 규모는 중국에 남은 것보다 적지만 선별과정을 거친 터라, 이
곳의 소장품들은 베이징 고궁박물원의 소장품보다 훌륭하다 공인받는다.
대만으로 도망치는 장제스의 배를 공격하려던 마오쩌둥이 소중한 유물까
지 수장될까봐 마음을 접었다는 일화는, 이 보물들의 가치를 다시 한 번
일깨워준다.

1965년부터 일반공개된 이 소장품들은 송, 원, 명, 청의 유물들뿐 아
니라 기원전 2000년의 하나라, 기원전 1500년경의 은나라 출토품까지
망라되어 있다.

Taipei

4 · 타이베이의 이태원 | 티엔무 |

타이베이는 외국의 문물을 받아들이는 데 거부감이 없다. 타이베이의 북쪽지역인 티엔무는 서울로 치자면 이태원이나 한남동에 비교할 만하다. 외국인들이 많이 사는 고급 주택가로, 외국의 독특한 식재료를 파는 식료품점이나 골동품가게, 작은 찻집, 여러 나라의 정통요리를 맛볼 수 있는 식당들이 모여 있다.

이곳이 외국인 거주지역이 된 이유 중 하나는 미국 학교*Taipei American School*, 일본인 학교 등 외국인 학교가 몰려 있기 때문. 미국 학교 앞 광장인 티엔무 스퀘어에서는 주말에 벼룩시장이 벌어지기도 한다.

많은 인기를 끌었던 〈유성화원〉은 일본 만화를 원작으로 하고 있다.

평소에도 주말이면 이국적인 분위기를 만끽하기 위해 사람들이 몰려들곤 했으나, 최근 들어 일본 만화『꽃보다 남자』를 원작으로 한 대만판 드라마 〈유성화원〉 팬들이 즐겨 찾는 코스가 되면서 명실상부한 관광지로 떠올랐다. 'P.S bubu'는 빈티지 차를 인테리어 컨셉으로 삼은 독특한 퓨전레스토랑인데, 드라마의 등장인물인 산차이와 따오밍스가 데이트를 하면서 유명해졌다. 그들이 앉았던 핑크색 차에 앉으려면 반드시 예약을 해야 한다니, 그 인기를 짐작해볼 수 있다.

5 · 일본식 료칸문화를 다시 본다 | 베이터우 온천박물관 |

대만은 환태평양조산대에 위치하여 전국적으로 수많은 온천이 자리하고 있는데, 그중에서도 유명한 곳은 타이베이 시내에서 북쪽에 있는 양밍산 근처의 베이터우 온천. 타이베이의 대표적인 온천지대인 이곳은 특히 유황성분이 함유된 온천수가 나오기로 유명하다. 양밍산 중턱의 노천온천에서는 지하에서 온천수가 수증기와 함께 세차게 뿜어나오는 장관을 볼 수 있다.

타이베이는 온천 마니아에게도 인기가 많다.

일본의 식민지 시절을 지나와서인지, 이곳은 일본 료칸스타일의 온천장들이 많다. 스타일뿐 아니라 '교토京都' 같은 일본 지명을 이름으로 내세운 곳들도 있다. 이곳에 미친 일본 목욕문화의 영향은 '혼탕'에서도 볼 수 있다.

계곡의 입구에는 베이터우 온천박물관이 자리하고 있다. 1913년 일본인이 만든 공동목욕탕을 개조한 이 박물관은 그때의 공중목욕탕 분위기를 잘 보여준다. 당시 극동 최대의 목욕탕이었던 이곳은 현재에는 입욕손님을 받고 있지 않지만, 무료로 베이터우 온천의 역사를 삼개국어로 설명해주고 있다. 베이터우 온천박물관 뒤로는 계곡을 따라 100여 개의 온천들이 자리잡고 있다.

6 · 한류가 머물다 | 원산대반점 |

대만이 한국에 대해 가지고 있는 감정은 호감보다는 반감에 더 가깝지만, 열린 마음을 가진 그들은 한류 바람에도 너그러웠다. 한국의 가수와 한국 드라마를 통해 알려진 배우들은 타이베이에 와서 그 인기를 몸으로 체감하곤 했다.

대만의 랜드마크로, 외국의 귀빈들이 선호하는 그랜드호텔인 원산대반점The Grand Hotel이 자리하고 있는 곳은 일제 점령기에 일본 신사가 있던 곳이다. 1949년 중국 국민당의 장제스가 대만으로 오면서 이곳에 머물렀는데, 당시 비상시에 대피할 곳을 마련하기 위해 파놓았던 지하의 굴은 현재에도 남아 있다고 한다. 이곳은 1952년에 장제스 총통의 부인 쑹메이링이 영빈관으로 세웠다. 쑹메이링이 미국으로 이민가면서 국가에 헌납한 이 건물은 지금은 국가 소유의 호텔이 되었다.

화려한 외양은 숙박객이 아닌 관광객도 환영이다.

자금성을 본떠 지은 이 건물은 호화롭기 그지없다. 이곳은 드라마 〈온에어〉의 촬영지가 되면서 그 웅장한 면모가 한국에 소개된 바 있다. 원산대반점은 한국과의 인연이 없지 않다. 영화홍보차 대만에 왔던 배용준이 묵었던 방은 12층 총통방인데, 무려 280평 규모의 이 방은 배용준의 팬이었던 당시 원산대반점 회장 부인이 선뜻 제공했다고. 욘사마를 보기 위해 몰려온 일본팬들로 숙박비가 만만치 않은 호텔 전체가 만원이었다고 하니, 그의 인기를 짐작해볼 수 있겠다. 가수 비 또한 이곳에서 기자회견을 하여 한류를 과시하기도 했다.

이 호텔은 전망이 좋기로도 유명하다. 매년 타이베이101 빌딩에서 하는 신년 불꽃놀이가 잘 보이는 명당자리로 꼽혀, 신년마다 불꽃놀이를 보러오는 사람들로 북적이는 곳이기도 하다.

7 • 높고도 다양한 | 타이베이101 |

세계에서 제일 높은 빌딩의 경쟁 속에서 한때 세계에서 가장 높은 빌딩이었던 타이베이101도 2위로 내려섰다. 하지만 높이경쟁이나, 세계에서 제일 빠른 엘리베이터 등의 기록으로만 이 건물을 바라보아서는 곤란하다. 돈과 기술만이 아니라 다양한 요소들이 이 건물을 이루고 있다.

타이베이를 한눈에 보려면 역시 이곳 전망대가 최고이다.

일단 외양은 당(唐)나라 때의 불탑 형태를 띠고 있다. 대만의 건축가 리쭈웬이 설계했는데, 멀리서 보면 만개한 꽃잎들이 겹쳐진 모습이나, 죽순처럼 보이기도 한다. 8층씩 묶어 여덟 개씩 올렸는데, 굳이 8이라는 숫자를 지킨 이유는 그것이 중화권 문화에서 길하다고 사랑받는 숫자이기 때문.

재미있는 것은 건물을 지진과 강풍으로부터 지키기 위해 설치해놓은 진동완충장치를 관광객들에게 구경거리로 보여준다는 것이다. 윗부분의 진동을 흡수하기 위해 87층과 92층 사이에 매달아놓은 이 공의 무게는 무려 680톤이다. 벽에 부딪치지 않도록 달아놓은 유압실린더만도 여덟 개. 건물로서는 나름대로 안전을 위해 고심한 결과 나온 구조물이지만, 그것을 관광포인트로 만든 발상이 재미있다.

Taipei

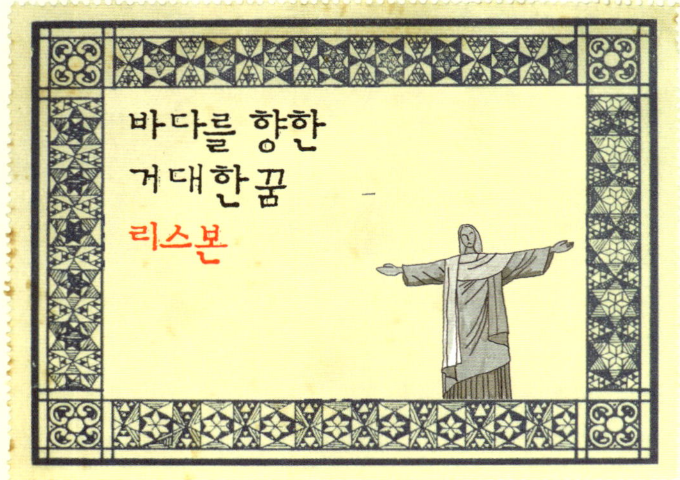

리스본에서 태어나 바다를 향해 내달렸던 수많은 모험가들. 그들이 두 손 가득 안고

온 선물들로 흥청망청했던 아름다운 도시. 리스본에 선 이들은 반드시 바다에 대해

말한다. 그들의 한계이자, 현실이자, 또한 현재진행형인 꿈, 바다.

1 • 브라질을 바라보다 | 리스본 예수상 |

거대한 남미 대륙에서 오직 브라질만이 포르투갈어를 쓰게 된 것은 서른
두 살 청년의 운, 혹은 비운 때문이었다. 페드루 알바레스 카브랄. 바스
코 다 가마의 화려한 귀환 이후 후속 탐험대를 맡게 된 그는 13척의 함선
을 이끌고 1500년 3월 8일, 인도로 출발한다. 바스코 다 가마가 밟았던
항로 그대로 아프리카 연안에서 멀리 떨어져 무역풍을 타고 가던 그는 강
풍으로 돌변한 바람 때문에 표류하게 되었다. 희망봉을 돌아 위쪽으로 올
라가야 할 지점을 놓친 그의 눈앞에 보인 것은 커다란 원뿔 모양의 산이
었다. 육지가 있으리라 상상도 하지 못했던 곳에 있었던 대륙. 그가 도착
한 곳은 인도가 아니라 브라질이었다.

현재 브라질의 리우데자네이루 코르코바두 산 정상에는 거대한 예수
상이 자리잡고 있다. 포르투갈에게서 독립한 지 100주년 되는 해를 기념
하여 세운 이 예수상은 여러 영화에서 위용을 자랑했다. 높이 38미터, 양
팔의 길이 28미터, 무게 1,145톤. 높이 710미터의 산 정상에 자리잡고

있어, 체감규모는 훨씬 더 크다. 1926년부터 1931
년까지 6년간 에이토르 다 실바 코스타 Heitor da Silva
Costa의 설계로 만들어진 이 예수상은 기단 내부에
150명을 수용할 수 있는 예배당도 갖추고 있다.
2007년에는 신세계 7대 불가사의 중 하나로 지정
되어 격렬한 찬반양론을 불러일으키기도 했다.

재미있는 것은, 리스본에도 이와 비슷한 거대 예
수상이 세워졌다는 것이다. 테주 강을 바라보고 브
라질 예수상과 비슷한 포즈로 서 있는 이 예수상은
브라질 예수상 이후에 만들어졌다. 자신들에게서

2007년에는 신세계 7대 불가
사의 중 하나로 지정되어 격렬
한 찬반양론을 불러일으키기도
한 리스본 예수상

Lisbon

공항
알쿠셋 스타디움
7
아말리아
로드리게스 뮤지엄
2
로시오 광장
엘리베이터 승차장
제로니모스 수도원
5
6
3
벨렝탑
발견의 기념비
Casa Dos Bicos
1
리스본 예수상

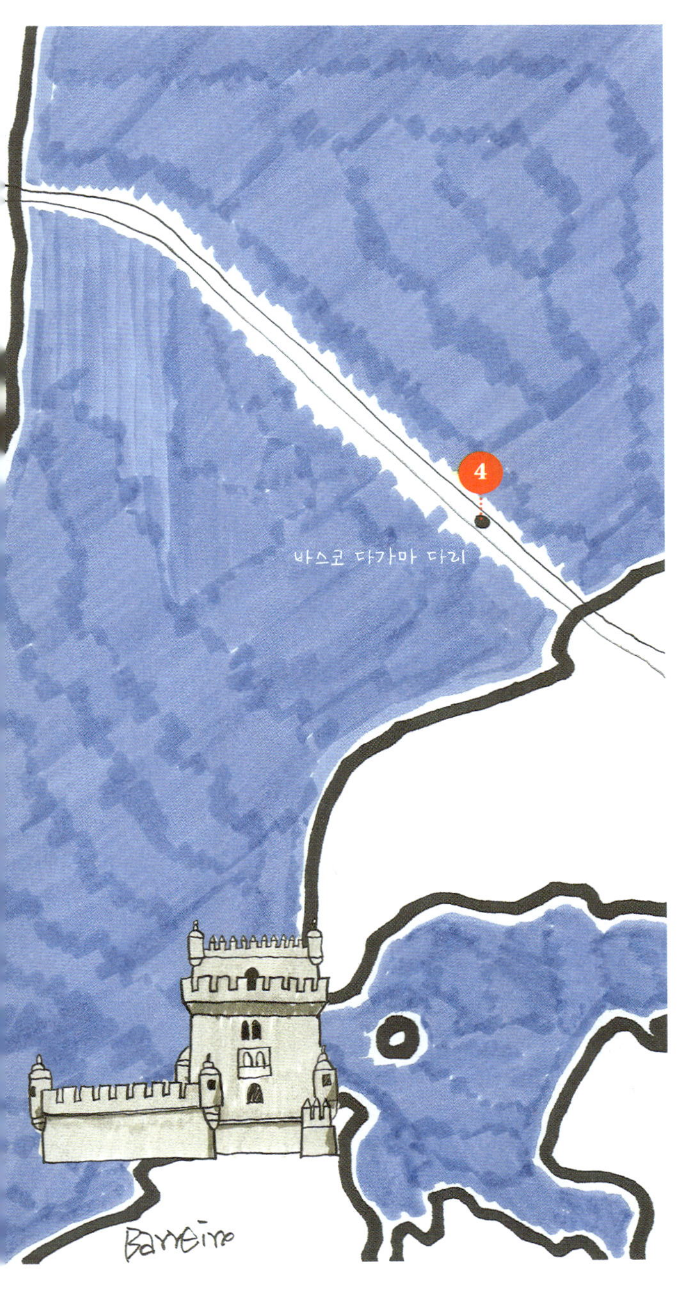

4
바스코 다가마 다리
Barreiro

독립한 것을 기념해 만든 조각상을, 심지어 본따서 만들다니! 여하튼 기단 75미터, 예수상 28미터의 적지 않은 크기로 탑 내의 엘리베이터를 타고 올라가면 테주 강과 리스본의 전망을 한눈에 볼 수 있으니, 나름대로 톡톡한 역할을 하고 있다.

2 ● 파두가 흐르다 | 아말리아 로드리게스 뮤지엄 |

파두는 일종의 메아리다. 포르투갈에서 나아간 이들이 포르투갈로 가지고 돌아온 "포르투갈의 목소리"다. 라틴어 'Fatum^{숙명}'에서 유래했다는 포르투갈 전통가요인 파두^{Fado}는 주로 숙명과 좌절, 고난과 그리움을 노래한다. 포르투갈 전통의 기타반주에 맞춰 검은 망토를 걸친 여가수, 파디스따가 부르는 애절한 곡조의 파두는 전용 파두 클럽들을 통해 아직도 포르투갈 사람들의 심금을 울리고 있다.

파두의 기원 중 가장 유력한 것은 18세기에 브라질로 이주해간 포르투갈인들이 즐기던 춤이었다는 것이다. 남미와 흑인 노예들의 음악이 포르투갈인들의 정서 속에 섞여들었다. 그것을 선원들이 즐겨 부르게 되면서, 파두는 마음의 고향으로 돌아오게 된다. 1840년 이후에는 춤은 남지 않았고 오직 노래만이 알파마나 바이루 알투 부근에 위치한 수많은 파두 클럽들을 채우게 되었다.

"포르투갈의 목소리"라는 찬사를 받은 이는 자타공인 파두의 여왕인 아말리아 로드리게스다. 오늘날의 파두를 만들고 전 세계로 전파시킨 그녀가 1999년 세상을 떠났을 때, 당시 포르투갈의 수상인 안토니

아말리아 로드리게스의 파두 앨범

우 구테레스는 3일간의 국장을 선포했다. 빈민촌에서 태어나 부모를 잃고 행상과 재봉사를 전전하다가 밤무대 직업가수로 데뷔한 그녀. 데뷔한지 1년이 채 지나지 않아 스타가 된 그녀의 목소리가 "포르투갈의 목소리"가 된 이유는, 노래 속에 영혼의 절규를 담았기 때문이다. 드넓은 바다를 건너갔다가 다시 돌아온 노래, 파두는 아말리아 로드리게스의 목소리 안에서 영혼을 얻었다. 그녀가 살던 집은 현재 작은 박물관이 되어, 파두에 흔들린 이들의 방문을 기다리고 있다.

3 • 해양왕 엔리케의 눈으로 바다를 보다 | 발견의 기념비 |

포르투갈이 바다를 향해 일찍이 눈을 돌릴 수밖에 없었던 것은, 땅은 좁고 바다를 접한 면적은 넓은 지리적 요건 때문이었을 것이다. 바다는 벽이지만, 또한 가능성이기도 했다. 그 바다에 대한 열망을 직접 실천한 해양왕 엔리케 덕분에 유럽은 대항해시대의 막을 열었다.

포르투갈의 왕자 엔리케. 일찌감치 바다로 나아가야 함을 깨달은 그는 아버지 밑에서 북아프리카의 세우타를 정복하고 그곳을 중계무역에 활용함으로써 막대한 수입을 올렸다. 포르투갈 남단의 알가르베 총독으로 간 그는 유럽 각국의 항해가, 천문학자, 조선공, 지도제작자를 초빙하여 여러 항해 기기를 개발하고 선박을 개량하며 아프리카를 탐험하고 더 넓

해양왕 엔리케

은 바다를 탐했다. 마침내 적도를 넘어 세네갈에 도착한 그는 만족하지 않고 카보 베르데, 기니 해안, 시에라리온까지 도달하였다. 그의 활발한 원정활동은 이후 브라질을 식민지로 만드는 데도 징검다리로서의 역할을 톡톡히 했다. 열다섯 번이나 원정대를 꾸려 아프리카 남쪽에 있는 미지의

Lisbon

땅에 보냈던 그. 직접 항해에 나선 적은 없지만, "해양왕"이라는 별칭은 과분한 것은 아니었다.

1960년, 해양왕 엔리케의 사후 500년을 기념하여 '발견의 기념비'가 세워졌다. 그 기념비가 세워진 곳은 바스코 다 가마가 항해를 떠났다는 바로 그 자리다. 항해중인 범선 '카라벨'의 모양을 한 이 기념비에는 수많은 인물들이 조각되어 있는데, 뱃머리 맨 앞에 서 있는 이가 바로 해양왕 엔리케다. 그 뒤를 바스코 다 가마, 서사시인 카몽이스, 이어 많은 모험가와 천문학자, 선교사가 따르고 있다.

높이 53미터로 위용을 자랑하는 발견의 기념비를 보느라 바닥을 놓치지는 말 것. 광장 내 대리석 바닥에는 전성기 포르투갈이 지배하던 나라들을 표시한 세계전도가 있다.

4 · 가장 먼 곳으로 나아가고 싶다는 열망 | 바스코 다 가마 다리 |

애덤 스미스는 콜럼버스의 '아메리카 항해'와 바스코 다 가마의 '인도 항해'를 세계사에서 가장 중요한 사건이라고 말했다. 사실 바스코 다 가마의 행로는 말 그대로의 최초가 아니라 "유럽인으로서 최초"일 뿐이지만, 유럽이 중세를 마감하고 근대로 진입한 시발점으로서 큰 의미를 가진다.

바스코 다 가마가 리스본을 출발한 것은 1497년 6월이었다. 그해 11월에 희망봉을 돌고, 인도 서해안의 캘리컷에 상륙한 것은 이듬해 5월 20일이었다. 항해 자체는 괴롭고 힘들기 그지없었다. 괴혈병, 폭풍, 그리고 선상반란의 위협이 상존했다. 하지만 항해의 성과는 분명했다. 엄청난 양의 후추를 싣고 1499년 리스본으로 돌아온 그는 상상을 초월한 이익을 남기며 국민적 영웅으로 등극했다. 왕실로부터 연금, 재산에 덧붙여 귀족의 지위까지 부여받은 그는 탐험가의 대명사가 되었다.

하지만 그는 포르투갈의 입장에서만 "영웅"이었을 뿐이다. 1502년 다시 캘리컷에 간 그는 무슬림을 학살하고 그들의 조각낸 시체를 캘리컷의 왕자 모린에게 보내며 "카레를 만들라"고 비아냥거렸다. 도시를 파괴하고 무력으로 제압한 그는 포르투갈의 교역에는 톡톡히 이바지했지만, 현지인들에게는 '악마'일 수밖에 없었다.

1998년은 바스코 다 가마가 인도의 캘리컷 해안에 상륙한 지 500주년이 되는 해이다. 인도와 포르투갈에서는 각각 기념행사가 있었으나, 그 행사의 성

바스코 다 가마의 인도상륙 장면

격은 판이했다. 리스본에서는 대대적인 축하행사가 벌어졌으나 인도에서는 바스코 다 가마의 인형을 만들어 불태우고 검은 깃발을 올리며 항의 행진을 했다.

바스코 다 가마 다리가 세워진 것도 1998년이다. 테주 강 위를 가로지르는 이 다리는 총 길이 17.2킬로미터로 유럽에서 가장 긴 다리 1, 2위를 다툰다. 걸어서 건널 수는 없지만, 바라보는 것만으로도 장관이다. 이토록 긴 다리에 바스코 다 가마의 이름을 붙여주면서 포르투갈 사람들은 무슨 생각을 했을까? 가장 먼 곳으로 나아가고 싶다는 열망이, 그의 이름을 다시 불러온 것 아닐까?

Lisbon

5 · 『우스 루지아다스』의 아버지가 묻히다 | 제로니모스 수도원 |

루이스 바스 드 카몽이스Luís Vaz de Camões는 낯익은 이름은 아니다. 그의 책은 국내에 한 권 번역되었으나 주목을 받지 못했다. 하지만 포르투갈에서 그의 이름은 드높다. 1572년에 발표된 그의 대표작『우스 루지아다스』는 "포르투갈 국민의 정신적인 성서"로 불린다.

수도원 건설의 스폰서였던 마누엘 1세

이 책의 제목이 뜻하는 바는 "이베리아 반도의 서쪽에 살았던 주신 바쿠스의 아들이라고 하는 루조의 자손인 루지다니아인, 즉 포르투갈인"이다. 이 애국적인 대서사시가 찬양하고 있는 것은 인도항로의 발견, 즉 바스코 다 가마의 첫 번째 원정이다. 이 역사적 사건은 포르투갈의 역사와 신화와 얽혀 웅장한 위대함을 갖게 되었다. 11음절의 8연시聯詩 10편, 전부 1,102절節로 되어 있는 이 대작은 작가 자신이 아프리카와 인도에서 겪은 경험과 더불어 풍부한 상상력이 유감없이 발휘되었다. 가히 호메로스의『오디세이아』, 베르길리우스의『아이네이스』에 비견될 만하다.

현재 카몽이스는 제로니모스 수도원Mosteiro dos Jerónimos에 안치되어 있다. 대항해시대의 고유한 건축양식인 마누엘양식으로 지어진 이 아름다운 건물은 1498년 바스코 다 가마의 인도항로 발견을 기념하기 위해 약 1세기에 걸쳐 건축된 수도원이다. 원래는 해양왕 엔리케가 세운 예배당이었으나, 미누엘 1세가 제로니모스 파 수도사들을 위한 수도원으로 증축했다. 이곳에서 리스본 항구를 출발하는 항해단을 위한 미사가 진행되었다고 한다.

6. 강에서 바다로 | 벨렘탑 |

리스본이 자리하고 있는 테주 강 하구는 바다와 상당히 가깝다. 테주 강이 대서양으로 흘러드는 지점에 도시가 자리잡고 있다. 강물은 밀물과 썰물의 영향을 받아 물 높이의 차이를 보인다. 강과 바다가 만나는 곳. 벨렘 탑이 애초에 물속에 세워진 건, 그 때문 아니었을까.

현재의 벨렘 탑은 물 속에 있지 않다. 테주 강의 흐름이 바뀌면서 육지로 걸어나왔다. 처음 지어졌던 당시, 물이 차올랐다 빠지곤 했던 1층은 정치범 감옥이었다. 스페인이 지배하던 시절부터 19세기 초까지 감옥으로 사용되던 1층은 때마다 차올랐다 빠지는 물로 죄인들을 고문했다. 스페인의 지배에 저항하던 독립운동가, 나폴레옹 군에 반항하던 애국자 등 시대에 따라 '죄명'은 달랐지만 그들은 똑같은 고통을 겪어야 했다.

하지만 "테주 강의 귀부인"이라는 애칭까지 가지고 있는 이 아름다운 건물을 싸잡아 폄하하면 곤란하다. 1515년부터 21년까지 7년간 지어진 이 마누엘 양식의 3층탑은 현재 리스본을 상징하는 건축물로 여겨지고 있다. 옛날 왕족의 거실로 이용되었던 3층의 테라스는 아름답고, 2층에는 항해의 안전을 수호하는 '벨렘의 마리아상'이 자리하고 있어 모든 떠나는 이들을 따뜻하게 품는다.

벨렘 탑은 여러 가지 얼굴을 가진다. 선박출입을 감시하는 요새이기도 했고, 모든 탐험대의 전진기지이기도 했다. 탐험가들은 오랜 항해를

물 위에 앉은 나비와 같다는 벨렘 탑

떠나기 전 마지막으로 벨렘 탑을 보았고, 돌아오느라 지친 눈으로 벨렘 탑을 발견했다. 바다를 통해 오는 이들에게 벨렘 탑은 리스본의 얼굴이었다.

7 · 축구를 통해 세계로 나가다 | 알쿠셋 스타디움 |

알쿠셋 스타디움

포르투갈어를 사용한다는 것과 축구는 어떤 관계가 있을까? 당연히 우연이겠지만, 남미 대륙에서 유일하게 포르투갈어를 쓰는 브라질과 포르투갈은 둘 다 축구에서 강한 모습을 보여 준다.

축구에 대한 포르투갈의 집념은 열광에 가깝다. 포르투갈이 배출한 세계적인 선수들의 목록을 보라. 에우제비오, 피구, 호날두 등. 대항해 시절 이후 축소되고 위축된 포르투갈에게 축구는 세계로 나아가는 중요한 통로가 된 것이 아닐까? 늘 넓은 땅을 동경해온 이들에게 축구 경기장은 또 다른 '영토'인 것은 아닐까?

알쿠셋Alcochete 스타디움은 리스본을 대표하는 스포르팅 팀의 축구장이다. 2003년 개장을 기념하여 맨체스터 유나이티드와 친선경기를 가졌을 때, 스포르팅은 3-1로 승리를 거두는 기염을 토했다. "축구선수공장"으로도 불리는 이 팀은 크리스티아누 호날두 등 수많은 슈퍼스타들을 배출했다.

(1city / 1week) × 1year = 52map

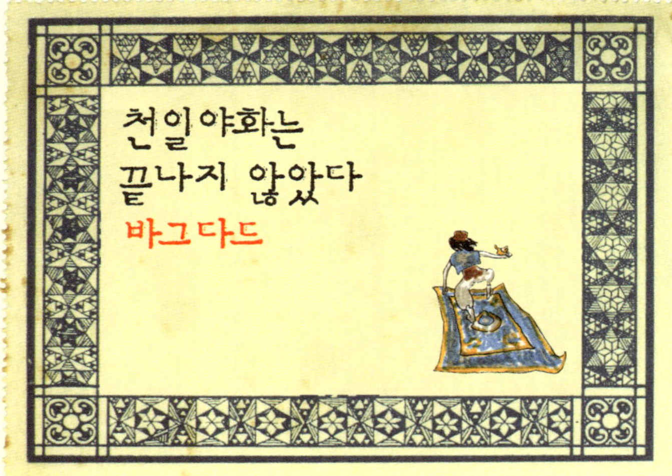

그 도시로 날아가는 두 가지 유명한 방법이 있다. 마법의 양탄자를 타거나, 미군의 전투기를 타거나……. 신라가 큰 꿈을 꾸던 시절 바그다드는 세계에서 가장 부유한 도시였다. 그러나 천년이 지난 지금, 세계에서 가장 위험한 수도가 되어버렸다. 그리하여 바그다드의 영광은 『아라비안나이트』의 꿈으로만 기억해야 하나? 그 답은 미로 같은 골목길 속에 숨어 있다.

1 • 칼리프의 잃어버린 박물관 | 바그다드 고고학 박물관 |

티그리스 강이 휘감은 이 도시는 4대 고대 문명 중에서도 가장 큰 영광을 빛낸 메소포타미아의 한복판에 자리 잡고 있다. 서기 762년 아바스 왕조의 수도가 되고 나서 세계 최대의 도시로 성장하기에는 그리 긴 시간이 걸리지 않았다. 예언자 마호메드의 계승자를 자처하며 이슬람 세계의 지배자가 된 칼리프는 인도와 중국에까지 손을 뻗었고, 수도 바그다드는 육상과 해상 실크로드의 중심지로 사람과 문화가 풍성히 교류하는 거대한 시장이 되었다. 영광은 1258년 몽골의 침략에 의해 이집트로 왕조를 옮겨가기까지 이어졌다.

1926년 영국의 여행가 거트루드 벨Gertrude Bell이 건립한 바그다드 고고학 박물관은 후에 국립 박물관National Museum of Iraq으로 발전해 이 지역의 문명을 자랑하는 장소가 되었다. 바빌론, 수메르, 아시리아 등 메소포타미아 지역 문명의 가장 중요한 유산들이 이곳에 보관되어 있었다. 그러나 2003년 이라크 전쟁이 발발하고 양측의 교전 도중 박물관 안의 소장품들은 참담하게 약탈당했다. 수메르의 여신 이난나를 새긴 고대 화병, 아카디아의 우루크 청동상 등 5,000년 전의 고대 유산들을 비롯해 박물관 카달로그에 적힌 17만 점 대부분이 손실된 것으로 파악되었다. 이후 유네스코, FBI 등의 전문 인력이 동원되어 상당수의 유물이 회복되었지만, 우리가 마음 편히 박물관 안을 거닐며 바그다드의 영광을 떠올리기에는 아직 많은 시간이 필요해 보인다.

2 • 알리 바바가 40인의 도적을 죽이는 법 | 알리바바 광장 |

세헤라자데는 목숨을 부지하기 위해 밤마다 페르시아의 황제에게 기상천외한 이야기를 들려주어야 했다. 만약 그녀에게 바그다드 이야기는 하지

바그다드
고고학 박물관
1
이븐 시나 병원
5
Green Zone
그린 존
4
승리의 존
3
바그다드
르네상스
플랜
7
바빌 존
6
Tigris River

알리바바 광장
2

알리 바바는 바그다드가 세계에서 가장 부유했던 시절의 풍요를 보여준다.

말라고 했다면, 그 목숨이 1,001일 동안 이어지지는 못했을 것이다. 『천일야화』를 모으기 시작한 것은 원래 6세기 사산조의 페르시아 사람들이었지만, 8세기 아랍어로 번역되면서 당시 최대의 도시였던 바그다드를 배경으로 한 이야기들이 많이 첨가되었다.

모험왕 신밧드는 노년에 바그다드의 대저택에서 살고 있었는데, 어느 날 짐꾼 신밧드와 우연히 만나게 되어 그가 젊은 시절 겪은 일곱 개의 대모험을 들려준다. 하룬 알 라시드를 비롯한 바그다드의 칼리프들이 여러 차례 『천일야화』의 주인공으로 등장하기도 한다. 위기를 모면하기 위해 칼리프 앞에서 자신의 여섯 형제 이야기를 들려주는 '바그다드의 이발사'가 대표적이다.

그중 바그다드 사람들이 가장 좋아하는 야화는 '알리 바바와 40인의 도적'. '알리 바바 광장' 혹은 '카라마나 광장'이라 불리는 곳에 그 일화를 새긴 조각상이 있어 큰 사랑을 받고 있다. 재미있는 것은 주인공이 '열려라 참깨' 해서 벼락부자가 된 알리 바바가 아니라 그의 충직한 하녀라는 사실. 광장에는 이곳 사람들이 카라마나라고 부르는 총명한 하녀가 항아리에 든 도둑에게 끓는 기름을 붓는 장면이 조각되어 있다. 전쟁 이후 무법천지가 되어 도적 떼가 들끓는 바그다드. 시민들이 겪고 있는 고난의 가장 큰 원인이 땅 속의 기름이라는 사실이 아이러니하다.

3 · 누구를 위한 승리의 손인가? | 승리의 손 |

2008년 《에스콰이어》 잡지 영어판은 '전체주의의 7대 불가사의'를 선정
해서 소개했다. 중국의 마오쩌둥 동상, 북한의 노동당 창건 기념탑과 더
불어 다분히 조롱 섞인 이 리스트에 들게 된 것은 바그다드의 '승리의 손
The Hands of Victory'. 도로 양쪽에 있는 두 손이 거대한 칼을 서로 가로지르
게 해서 들고 있는 모양으로, 〈호랑이와 눈〉, 〈그린 존〉 등 21세기의 바
그다드를 배경으로 한 영화를 보면 단번에 알아볼 수 있는 기념물이다.

'승리의 손'의 공식 명칭은 '카디시야의 검the Swords of Qādisiyyah'으로
일종의 개선문이다. 사담 후세인이 이란-이라크 전쟁의 승리를 기념한
다며 자우라 광장으로 통하는 도로에 건립했다. 전쟁에서 죽은 이라크 병
사들의 총을 녹여 칼을 만들었고,
전장에서 뺏어낸 이란 병사들의
헬멧으로 그 아래를 장식해두고
있다. 칼을 쥔 손의 모델은 사담
후세인 자신으로, 완성 후 백마를
타고 그 아래를 행진해갔다고 한
다. 100만 명이 넘는 희생자를 내
고 얻어낸 승리란 과연 무엇일까?

일종의 개선문인 '승리의 손'. '전체주의의 7대 불가사
의'라는 다분히 조롱 섞인 리스트에 선정되기도 했다.

4 · 티그리스 강변의 베르사유 | 그린존 |

바그다드의 중심부, 티그리스 강변 서쪽에 있는 10평방킬로미터의 지역
은 이라크 전쟁 이후 '그린 존'이라는 이름을 얻었다. 미군이 이 도시를
점령한 이후에도 치안은 불안정하기 이를 데 없었는데, 외곽의 '레드 존'
에 비해 안전이 확보된 지역이라는 의미였다. 이라크 과도 정부하에서의

Bagdad

그린 존의 핵심인 공화궁의 모습

공식 명칭은 '인터내셔널 존'으로 외국 공관과 호텔들이 밀집해 있었는데, 그 때문에 과격파의 테러 목표가 되어 '그린 존 카페' 등에 수차례 폭탄 테러가 행해지기도 했다.

본Bourne 시리즈의 폴 그린그래스 감독이 맷 데이먼 주연으로 만든 영화 〈그린 존〉은 바로 이 지역의 실상을 고발한다. 미국이 전쟁 개시의 이유로 밝힌 '대량 살상 무기'의 존재 여부를 추적하는 영화는 전쟁이 계속되고 있는 상황에서도 그린 존 안에서 향락을 즐기고 있는 미국 행정부 관리와 고위층의 달콤한 생활을 보여준다. 후세인이 사용했던 공화궁 Republican Palace 앞의 수영장에서는 마이애미비치와 같은 화려한 파티가 벌어지고 있다.

5 · 호랑이와 눈과 병원 │ 이븐 시나 병원 │

"눈 오는 날 호랑이를 만나면 사랑을 고백하세요." 로맨틱한 홍보 문구와는 달리 로베르토 베니니의 영화 〈호랑이와 눈〉은 포화가 빗발치는 참담한 바그다드로 우리를 데리고 간다. 베니니가 사랑하는 여인이 부상을 당해 병원에 누워 있으나 전쟁 중에 외국 민간인에게 돌아올 의료 장비나 약품은 없다. 그는 언제나 그래왔듯이 바보 같은 무모함으로 스킨 스쿠버 장비를 가져와 산소 호흡을 시키고, 우스꽝스럽게 사막을 건너 약품을 가져온다.

바그다드의 환자들이 언제나 최악의 상황에 있었던 것은 아니다. 이곳은 한때 아랍 최고, 그러니까 세계 최고의 의학 기술이 꽃피었던 곳이다.

칼리프 하룬 시대부터 무료 공공 병원이 운영되었고, 의료 학교를 졸업하지 않고서는 의사로 활동할 수 없는 등 엄격한 의료체제가 갖추어져 있었다.

천년 후 바그다드의 병원은 지옥의 입구가 되었다. 그 실제 상황이 어떤지는 미국 HBO 채널이 2006년에 방영한 다큐멘터리 〈바그다드 응급병동 Baghdad ER〉에서 확인할 수 있다. 피바디 상을 받은 이 프로그램은 바그다드 그린 존 안에 있는 이븐 시나 병원 Ibn Sina Hospital 의 응급 현장을 생생히 기록하고 있다. 이곳은 1960년대 사담 가족과 친지를 위한 병원으로 건설되었는데, 근처에 비밀 경찰의 고문실이 있어 부상당한 정치범들을 이 병원에서 되살려내기도 했다고 한다. 물론 계속 고문하기 위해서다. 2003년 이라크 공습 이후 부상당한 미군 병사들을 위한 시설로 사용되다가, 2009년 10월 이라크 정부로 이양되었다.

전쟁 중의 바그다드에서 사랑하는 사람을 살리려면 바보가 되어야 한다.

6 • 바빌론의 강가에서 무너진 바벨탑을 떠올리다 | 바빌론 |

'바이 더 리버스 오브 바빌론~.' 올드 팝 팬이라면 보니 엠의 전설적인 히트곡 〈Rivers Of Babylon〉을 기억하는 분이 많으리라. 고향을 잃은 유대인들이 울음 섞인 노래를 부르게 한, 그 성스러운 강이 바로 바그다드 남쪽에 있다. 하늘의 뜻을 거역하고 천상에 이르는 탑을 짓다가 스스로 몰락한 '바벨 탑'의 주인공, 기원전 6세기에 고대 세계의 7대 불가사의 중 하나인 공중정원을 건설한 놀라운 과학의 도시, '바빌론'이다.

Bagdad

바빌론의 공중 정원 뒤로 바벨탑이 보인다.

메소포타미아 문명을 대표하는 고대 바빌론을 재발견하려는 계획은 19세기 초반부터 있어왔다. 당시의 도시 구조를 보여주는 석조 벽들이 복원되었고, 2,600년 전에 만들어진 것으로 보이는 '바빌론의 사자 상'도 발견되었다. 걸프전 이후 사담 후세인은 이 유적 위에 수메르의 피라미드를 본딴 현대적인 궁전을 건설할 계획을 진행하기도 했다. 자신의 이름을 따 '사담 힐Sadam Hill'이라 부른 이 프로젝트는 실행 직전인 2003년 미국과의 전쟁이 시작되어 결국 상상 속의 바벨탑이 되고 말았다.

7 · 21세기의 신밧드 | 바그다드 르네상스 플랜 |

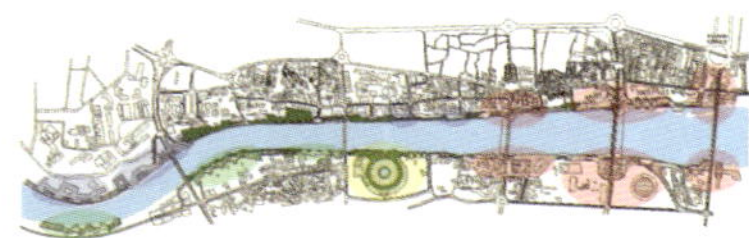
바그다드 르네상스 플랜의 레이아웃. 건축가는 도시의 자급자족을 가장 중요시한다.

아바스 왕조 시대 동아프리카, 인도, 중국해까지 넘나들었던 바그다드의 영예는 신밧드라는 위대한 모험가의 이야기로 집약된다. 그는 세계의 바다를 넘나들며 온갖 기이한 모험을 벌인 뒤 수많은 금은보화를 바그다드에 가지고 돌아온다. 전쟁 이후, 복구 작업에 박차를 가하고 있는 이라크인들에게는 운수 좋은 알리 바바보다는 어떤 고난도 스스로 이겨낸 신밧드가 더 훌륭한 롤 모델이 될 것 같다.

건축가 히삼 아스쿠리Hisham N. Ashkouri는 이라크 재건의 상징으로 31층짜리 신밧드 호텔Sindbad Hotel Complex and Conference Center을 건설하기 위해 애쓰고 있다. 그는 이 건물이 바그다드의 첫 번째 마천루로 도시의 스카이라인을 바꿀 것이라 기대하고 있다. 티그리스 강을 중심으로 진행되

고 있는 '바그다드 르네상스 플랜' 역시 이 도시가 꿈꾸고 있는 21세기의
천일야화다.

Bagdad 

홍콩에 가면 우리의 눈은 부지런해진다. 이미 익숙한 풍경을, 이미 익숙한 얼굴을 찾아 돌아간다. 홍콩의 거리와 건물들은 언젠가 어디선가 본 것들이다. 어두운 영화관에서 우리는 이미 홍콩의 거리와 뒷골목을 돌아다녔다. 기시감의 도시 홍콩, 그러나 또 늘 새로운 도시, 홍콩.

1 • 〈유리의 성〉에서 빅토리아 피크를 가다 | 빅토리아 피크 |

홍콩 영화 팬들에게 성지로 사랑받는 빅토리아 피크*Victoria Peak*는 수많은 관광객들에게도 사랑받는 곳이다. 홍콩 최고의 부자들이 모여 사는 곳이기도 하다. 수많은 홍콩 영화의 장면으로 이곳을 접하지 않았던 사람이더라도 이곳의 풍광 앞에서는 할 말을 잃는다. 홍콩이 자랑하는 야경이 바로 여기 있다.

센트럴의 남쪽에 있는 타이핑 산의 정상. 빅토리아 피크는 홍콩에서 가장 높은 곳에 자리잡고 있다. 이곳에서는 홍콩 섬은 물론이요, 침사추이의 야경까지 한눈에 내려다보인다.

〈유리의 성〉에서 여명과 서기는 이곳에서 사랑을 확인한다. 〈성월동화〉에서 장국영과 다카코 도키와가 찾아왔던 곳이기도 하다. 〈금지옥엽〉에서 장국영과 원영의는 이곳에 있는 레스토랑 '카페 데코'에 마주 앉는다.

빅토리아 피크로 올라가는 피크트램은 홍콩의 또 다른 명물이다. 45도 급경사의 길 373미터를 매달리듯 오르는 피크트램의 역사는 무려 100년이 넘지만, 안전성에 있어서는 믿을 만하다고.

2 • 〈중경삼림〉에서 청킹맨션을 보다 | 청킹맨션 :

왕가위 감독의 팬에게, 홍콩의 이미지는 '청킹맨션*Chungking Mansion*'이다. 금발 가발을 쓴 임청하가 사람들 사이를 비집고 지나가는 곳. 그러다 금성무와 만나 피곤한 머리를 가누며 술 한 잔 하는 곳. 그 시간에 어디에선가 살인이 일어나도 이상하지 않을 듯한, 그런 곳. 이곳의 분위기를 좋아한 왕가위 감독은 〈중경삼림〉과 〈타락천사〉를 찍었다.

〈중경삼림〉은 〈동사서독〉 후반 작업을 하던 중에 찍은 작품이다. 부담 없이, 심심풀이로 2주 만에 만든 작품이 많은 이의 관심을 끌었다. 영화

Kowloon Bay
캔턴로드
청킹맨션
침사추이
시계탑
IFC
만다린
오리엔탈 호텔
뱅크오브 차이나
빅토리아 피크
세인트
마가렛 교회
마가리타 교회
Tai Tam
홍콩섬

Junk Bay
섹오해변
3

청킹맨션은 지금도 음습하고 활발하다.

를 찍을 당시 촬영허가를 받지 못한 왕가위 감독은 게릴라 방식으로 촬영을 감행했는데, 그 덕분인지 청킹맨션은 특유의 음험한 분위기를 영화 속에 잘 살릴 수 있었다.

처음에는 부유층과 스타들이 살던 고급 아파트였다는 청킹맨션은 지금은 외국인노동자들이 위층의 닭장 같은 게스트하우스에서 싼값에 묵으며 아래층 가게들에서 호객행위를 하는 소란스럽고 낡은 건물로 전락했다. 심심찮게 토막살인사건과 실종자들의 소문으로 사람들 입에 오르내리는 이곳은, 여전히 '홍콩 영화 같은' 분위기를 그리워하는 이들의 순례지가 되고 있다.

3 · 〈희극지왕〉에서 섹오 해변에 가다 | 섹오 해변 |

희극지왕에는 무명시절 주성치의 자전적 이야기가 담겨 있다.

특유의 유머감각으로 매니악한 인기를 누리고 있는 주성치의 〈희극지왕〉. 웃다보면 어느새 울게 되는 이 영화의 배경이 된 한적한 바닷가가 바로 섹오 Shek O 해변이다. 장백지의 큰 키에 맞춰 키스하기 위해 애쓰던 주성치의 모습이 오버랩되는 이곳은 영화 속에서도 한적했지만 지금도 복잡한 대도시 홍콩에서의 피곤을 풀기에 적합한 한가로운 바닷가로 사랑받고 있다.

두 사람이 연극연습을 하던 낡은 단층건물, 식당 등을 찾아볼 수 있어 주성치 팬들에게는 반드시 가보아야 할 곳으로 손꼽히는 이곳은 많은 홍콩스타들의 화보와 뮤직비디오가 촬영된 배경이기도 하다.

광둥어로 '섹'은 바위를, '오'는 해변을 의미한다고 하지만, 기암괴석이 즐비한 경치를 상상하면 안 될 듯. 바비큐 파티가 벌어지는 한켠에는 서핑하는 사람들, 햇볕 쬐는 사람들이 제각각의 행복을 만끽하고 있다.

4 · 장국영의 만다린 오리엔탈 호텔, 홍콩을 보다

| 만다린 오리엔탈 호텔 |

홍콩 영화의 아이콘으로, 영화보다 더 극적으로 살다 간 장국영. 그가 우울증에 시달리다 자살한 곳이 바로 만다린 오리엔탈 호텔Mandarin Oriental Hotel이다. 죽기 전 그곳의 스위트룸에서 지내던 장국영은 2003년 4월 1일 만우절에 거짓말처럼 이곳 24층에서 몸을 던졌다.

그의 죽음이 사람들에게 미친 충격은 대단했다. 사망보도 9시간 만에 홍콩에서 여섯 명의 팬이 모방자살을 했을 정도였다. 그가 죽은 뒤로도 수많은 이들의 애도는 끊이지 않고 있다. 장국영의 마지막 연인이었던 당학덕이 '이 세상의 모든 만물은 끝이 있지만 우리의 사랑은 끝이 없다'는 추모글을 남겨 화제가 되기도 했다.

홍콩의 5성급 호텔인 이곳은 1963년 처음 지어졌던 당시 사치스러움 때문에 곱지 않은 시선을 받기도 했지만, 아시아 최고의 호텔로서 케빈 코스트너, 톰 크루즈, 브루나이 국왕, 다이애나 왕세자비, 리처드 닉슨 등 유명한 인사들이 홍콩에 방문하면 묵는 숙소로 사랑받고 있다.

5 · 〈첨밀밀〉에서 캔턴로드를 보다 | 캔턴로드 |

캔턴로드Canton Road는 홍콩의 중심가이다. 호화로운 쇼핑몰과 사무실 건

캔턴로드는 쇼핑의 거리로 유명하다.

물들, 독특한 식당들이 즐비한 이곳은 그러나 가장 '촌스러운' 남녀 덕분에 사람들의 뇌리에 남았다. 〈첨밀밀〉.

1986년 3월. 돈을 벌어야겠다는 절박한 심정으로 무작정 상경한 사람들. 여명은 어리숙하고 장만옥은 영악했지만 그들의 삶은 결국 고만고만, 홍콩에서의 정신없는 삶에 휩쓸려버리고 만다.

그들이 닭 배달하는 짐자전거를 타고 등려군의 노래를 들으며 캔턴로드를 가로지르는 장면은, 그러나 낭만적이다. 구룡에서 가장 화려하고 번화한 거리. 거대한 쇼핑몰인 하버시티를 따라 나 있을 뿐 아니라 구찌, 샤넬, 루이비통 등 온갖 명품샵들이 자리하고 있는 호화찬란한 캔턴로드는 그들에게 꿈의 장소이자, 또 생활의 장소이기도 했다. 그것은 홍콩의 모습 자체이기도 하다. 옛날과 현재가 섞여 있고, 부와 빈곤이 섞여 있으며, 꿈과 현실이 섞여 있는.

6. 〈툼레이더〉에서 IFC 타워에 가다 | IFC타워 |

홍콩의 야경을 만드는 고층건물들

홍콩의 멋진 풍경을 완성하는 것은 고층빌딩. 빽빽하게 들어선 고층빌딩이 만들어내는 야경은 입을 못 다물게 하지만, 낮에 봐도 위용이 대단하다. 그중에서도 〈툼레이더〉에서 안젤리나 졸리가 꼭대기에서부터 아슬아슬하게 공중낙하하던 빌딩이 바로 IFC_International Finance Center_이다.

오피스 빌딩인 One IFC와 Two IFC를 합쳐 IFC라고 부르는데, 그중에서도 2003년에 완공된 Two IFC가 유명하다. 88층, 420미터 높이의 초고층 빌딩은 홍콩섬 스카이라인의 한 꼭지점을 이루며 홍콩을 대표하고 있다. 〈다크나이트〉에도 이 빌딩이 찬조출연한다.

7 · 〈천장지구〉에서 세인트 마가렛 교회에 가다 | 세인트 마가렛 교회 |

홍콩 영화에서 성당은 중요한 배경으로 등장한다.

눈물 없이 볼 수 없는, 이루어질 수 없는 사랑의 상징 같았던 영화, 〈천장지구〉. 창녀촌에서 자라나 내일 따윈 없다는 듯 살아온 폭력배 유덕화와 부유한 여대생 오천련은 외진 성당에서 둘만의 결혼식을 올린다. 오천련이 입고 있는 웨딩드레스는 유덕화가 절박한 마음으로 쇼윈도를 깨서 마련한 것이다. 이들 둘은 행복할 수 있을까? 하지만 정해진 수순처럼, 웨딩드레스는 피에 젖고 둘은 끝끝내 서로에게 가지 못한다.

홍콩 영화에서는 비둘기와 함께 성당이 자주 등장한다. 〈첩혈쌍웅〉에서도 성당이 중요한 배경으로 나오는데, 이 성당은 가상의 성당을 세트촬영한 것이다. 〈천장지구〉에서 이들이 결혼식을 올리는 세인트 마가렛 교회_St. Margaret's church_는 홍콩섬의 고급 주거지에 있다. 성녀 마가렛_St. Margaret Mary Alacoque_을 기리는 아시아 최초의 교회이다. 1925년에 세워졌으며, 입구에 성 피터와 성 폴의 동상이 나란히 서 있다.

노래의 도시가 있다. 그곳에 가면 음치조차 흥얼거리게 된다. 광기의 도시가 있다. 보리차 한 잔으로도 사람들을 날뛰게 할 수 있다. 그렇다면 교토는 무엇일까? 당연히 책의 도시. 옆구리에 책 한 권을 끼고 생각에 잠겨 걸어가는 게 무엇보다 어울리는 곳이다.

1 • 생각이 봉우리를 맺는 오솔길 | 철학자의 길 |

번잡스러운 벚꽃놀이의 행락객들, 줄을 이은 수학여행 학생들, 카메라 렌즈가 아니면 세상을 보는 법을 잊어버린 관광객들……. 교토는 수많은 방문객들로 어지럽다. 그럼에도 모퉁이를 돌아가면 고즈넉한 강변, 아무도 들여다보지 않는 숲길, 100년은 족히 넘은 듯한 침묵이 기다리고 있다. 교토가 수많은 문학인들의 산실이자, 책 한 권을 들고 오는 게 자연스러운 사색의 여행지가 되고 있는 이유다.

『태양의 탑』, 『요이야마 만화경』 등 교토를 배경으로 하는 판타지 소설을 꾸준히 발표해 '교토의 소설가' 라는 별명을 얻은 모리미 도미히코는 말한다. 교토에서 가장 교토다운 곳은 '철학자의 길哲学の道' 이라고. 이름도 고상하여라. 긴카쿠지銀閣寺에서 난젠지南禅寺로 이어지는 이 오솔길은 20세기 초반 일

철학자의 길은 교토에서 가장 교토다운 곳이다

본에 서양철학을 들여온 교토대 철학교수 니시다 기타로가 즐겨 걷던 길이라 하여 이런 이름을 얻었다. 드문드문 작은 가게와 카페들이 기다리고 있는 이 벚꽃나무 길은 교토다운 차분함을 대표하는 장소다.

2 • 스스로 불타버린 문제적 자아 | 긴카쿠지 |

미시마 유키오는 20세기 일본의 문제 작가들 중에서도 가장 문제아였다. 자기 소멸에 이르는 극단적 유미주의, 세상을 뒤흔든 동성애의 고백, 도쿄대 전공투 학생들과의 맞장 토론, 그리고 자위대원들의 봉기를 선동하다 실패를 깨닫고 선지피를 흘리며 공개적 죽음을 맞은 최후까지. 그는 언제나 문제의 중심으로 다가가 그 스스로 문제가 되었다.

긴카쿠지
도시샤 대학
철학자의 길
가모가와 강
金閣寺
大學
校學
5
1
4
2
城二條
히가시야마
動物園
寺南禪
6
기온
3
寺清水
東寺

미야마소
7
大
女字山

눈 속의 금각은 더욱 비현실적이다.

교토의 찬란한 금빛 사찰, 긴카쿠지金閣寺의 공식적인 이름은 로쿠온지鹿苑寺다. 그러나 물 위에 떠 있는 금박의 누각이 워낙 유명해 금각이라는 이름으로 더 알려져 있다. 1950년 이 절은 정신병을 앓고 있던 승려가 자살을 기도하면서 불타버리게 되었는데, 미시마 유키오는 바로 이 사건에 착안해 1956년 소설 『금각사』를 창작하기에 이른다. 1955년에 재건축된 누각은 지금도 비현실적인 금박을 입고 있지만, 실제로 본 사람들은 실망감을 토해내기도 한다. 어쩌면 소설 속의 주인공처럼 금각은 상상 속에서야 진정한 황금의 누각으로 존재할 수 있는 건지도 모르겠다.

3 • 게이샤는 추억이 아니라 현재 | 기온 |

교토가 '천년 고도'라는 사실을 알리기 위해 역사책을 보여줄 수도 있다. 도시 곳곳에 100년 넘은 건물들이 그대로 남아 있음을 보여주며 그 증거로 삼을 수도 있다. 그러나 수백 년 전의 삶과 직업을 그대로 살아가는 사람들이 있다는 것만큼 강한 설득력이 있을까? 교토를 정말로 놀라운 도시로 만드는 것은 기온祇園의 게이샤들일지도 모른다.

잘못된 통념과 달리 기온은 홍등가가 아니라 수백 년 간 여성 예술인들의 전통을 이어오고 있는 거리다. 또한 교토에서는 이들을 게이샤가 아니라 게이코芸子라고 부른다.

『게이샤의 추억 *Memoirs of a Geisha* 』은 콜롬비아 대학에서 일본사를 공부한 아서 골든이 이와사카 미네코

영화 속에서 어린 사유리가 뛰어가는 몽환적인 길은 교토 동남쪽 후시미이나리 신사(伏見稲荷大社)의 붉은 토리이다.

등 기온에서 게이코로 살았던 사람들을 인터뷰한 뒤 그것을 바탕으로 쓴 소설이다. 장 쯔이 주연의 영화로 만들어지기도 했는데, 주인공 사유리는 가난한 어촌 마을에서 태어나 기온의 '노부 오키야'에서 게이코로 자라난 뒤 2차 대전을 통해 격동의 시간과 사랑의 아픔을 겪어간다. 기온의 일상은 무라카미 모토카의 만화『용』에서도 섬세하게 그려진다.

4 · 신본격파 추리가 부른다 | 가모가와 강 |

『살육에 이르는 병』의 아비코 다케마루, 『잘린 머리에게 물어봐』의 노리즈키 린타로, 『십각관의 살인』의 아야츠지 유키토……. 이들의 공통점은 무엇일까? 1980년대 후반부터 등장한 '신본격파'의 핵심 작가들. 그리고 모두 교토대 미스터리 연구회 출신이다. 이들은 고전 본격파의 명탐정과 트릭 풀이에 매료되어 서로를 자극하며 추리소설을 써나갔고, 결국 아야츠지를 필두로 일본 추리소설계에 새로운 바람을 불러일으키게 된다. 뿐만 아니라, 『월광게임』의 아리스가와 아리스가 교토 도지샤同志社 대학 미스터리 동호회 출신이기도 하다.

이 고전적인 도시와 미스터리와는 어떤 관계가 있을까? 여러 추리가 있지만 다음과 같은 유추들이 나름 설득력을 지니고 있는 것 같다. 하나는 이 비현실적인 고전 도시의 분위기가 상식 바깥의 착상을 쉽게 불러일으키게 한다는 점이다. 고도의 밀실 트릭이나 엽기적 연쇄 살인과 같은 본격파의 상상력은 교토를 배경으로 한 판타지, 호러 소설 들과도 진한 혈연관계를 이루고 있다. 또 다른 이유는 교토가 '대학 도시'라는 데서 찾을 수 있지 않을까? 곳곳에 자리 잡

교토대 미스터리 연구회의 화려한 데뷔 – 『십각관 살인 사건』

은 대학들은 어떤 주제를 치밀하게 탐구하는 분위기를 만들고 그것을 교류할 통로를 제공하고 있다. 확실히 교토는 도쿄나 오사카의 상식적 일상과는 다른 정신세계를 만들어내고 있는 것 같다.

5 · 윤동주와 정지용의 교정 | 도시샤 대학 |

'鴨川 十里ㅅ벌에/ 해는 저물어……저물어……// 날이 날마다 님 보내기 / 목이 자졌다……여울 물소리……' 교토 도시샤 대학의 교정에는 이와 같은 시비가 자리잡고 있다. 시인 정지용의 시 〈압천〉을 새긴 것인데, 이 〈압천〉이란 바로 교토 한가운데를 흐르는 가모가와 강을 말한다.

대학 도시인 교토는 바다 너머 조선의 청년들을 부르기도 했다. 1923년 정지용은 모교인 휘문고보의 교비생으로 도시샤 대학 영문과를 다니게 된다. 그는 고향인 옥천과 교토를 오가며 조선과 일본 양쪽 문단에 시를 발표한다. 일본《근대풍경近代風景》에는 예민한 언어 감각으로 순간의 이미지를 그린 〈카페 프란스〉, 〈바다〉, 〈갑판 위〉와 같은 작품들이 실렸다. 지금 들여다보아도 지극히 현대적인데, 1930년대 우리 문단의 총아였던 김기림은 "한국의 현대시는 지용에게서 비롯되었다."고 말하기도 했다.

20년 뒤 도지샤는 또 다른 조선의 천재를 맞이한다. 바로 윤동주. 1942년 도쿄 릿쿄 대학 영문과에 들어갔다가, 6개월 뒤 도지샤 대학 문학부로 옮기게 된 것이다. 그는 선배인 정지용처럼 대학 생활을 즐길 수는 없었다. 때는 2차 대전의 시기였고,

정지용의 〈압천〉을 새긴 도시샤 대학의 시비

몰락 직전의 일제가 마지막 발악을 하고 있었다. 그는 1943년 7월 사상범으로 체포되어 교토 지방 재판소에서 2년형을 언도받았고, 후쿠오카 형무소로 간 뒤에 돌아올 수 없는 몸이 되었다.

정지용 역시 해방 전후와 6·25전쟁 시기의 이념 분쟁에 휘말려 북으로 사라지게 되고, 남에서는 오랫동안 존재하지 않는 이름이 되었다. 두 사람의 시비는 도지샤 대학의 교정에 나란히 앉아, 그들이 겪은 비극의 깊이만큼이나 또렷한 언어를 빛내고 있다.

6 • 후쿠야당 딸들의 과자 | 히가시야마 |

교토, 특히 기온을 품고 있는 히가시야마에서 창업 40년, 50년은 크게 자랑할 만한 거리가 못 된다. 이곳에는 100년을 넘어서는 전통의 가게들도 적지 않기 때문이다. 『후쿠야당 딸들』의 작가는 원래 350년 전통의 교과자점을 배경으로 만화를 그리려 했는데, 교토에 400년 역사의 과자

교과자를 맛보지 않고는 교토에 다녀왔다고 할 수 없다.

점이 있다는 걸 알고 급히 창업 450년의 가게로 바꾸었다.

300년이든 400년이든 그 역사는 정말 굉장하다. 그만큼 오랜 전통과 관습이 교토와 이 가게를 꽁꽁 묶고 있기도 한데, 만화는 과자 가게를 운영해야 하는 세 자매의 각고의 노력을 흥미진진하게 보여준다. 매번 등장하는 다채로운 스타일의 과자들을 구경하는 것도 쏠쏠한 재미다. 눈이 어지러운 오색의 과자 안에 달콤한 팥을 안고 있지만, 다도회에서는 차를 앞질러 과자가 눈에 들어오게 하면 안 되는 것도 교토의 격식이다.

7 • 노르웨이의 숲은 어디인가요? | 미야마소 |

하루키가 그린 『노르웨이의 숲』은 교토의 숲이 아닐까?

소설가 무라카미 하루키는 교토에서 태어나기만 했을 뿐 고베 등지에서 자라났고, 이 세계적인 관광지를 썩 고운 시선으로 보고 있지도 않다. 그는 1983년 잡지 《앙앙》 특별호의 '남자와 교토에' 편에 다음과 같이 쓰고 있다. "지금 교토에 간다면 바로 산속 깊은 곳으로 들어가는 게 낫다. 맛있는 음식이나 먹으면서." 그런데 이 글귀가 하루키의 팬들에게는 묘한 힌트가 되고 있다. 바로 일본에서만 2009년 8월까지 1,000만 부가 판매된 『노르웨이의 숲』 나오코가 입원해 요양을 하고 있는 정신치료시설阿美寮이 교토 근교의 산속에 있

는 것으로 나오는데, 실제로 존재하는 어떤 장소를 배경으로 하고 있지 않을까 하는 추리를 만들어낸다. 그리하여 소설 속에 나오는 여정을 찾아간 일본의 어느 독자는 교토 북쪽의 산속에 있는 들풀요리점 미야마소美山莊가 바로 그 모델이 되는 장소라고 주장한다. 1985년《인 포켓》10월호에 실린 '무라카미 하루키 vs. 무라카미 류'에서 하루키가 이 요리를 열렬히 좋아한다고 말하고 있어 그 주장을 뒷받침하고 있다. 미야마소는 인기 요리 만화『맛의 달인』에도 등장하는 명소다.

(1city / 1week) × 1year = 52map

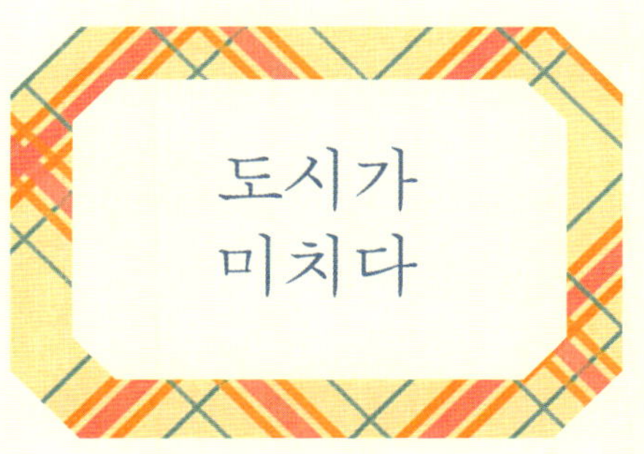
도시가
미치다

"머리에 꽃을." 그래 그래야지. 거기에 사랑의 여름이 있었고, 꽃으로 군대에 맞선 히피들이 있었고, 엉덩이를 실룩거리며 노래하는 수녀들이 있었고, 제 몸도 못 가누며 살인범을 쫓아다니는 탐정이 있으니까. 세상에는 예쁜 도시도 많고, 미친 도시도 많다. 그중에 가장 예쁘게 미친 도시. 샌프란시스코

 식스 갤러리의 여섯 천사들과 히피의 전야 | 식스 갤러리 |

"나는 광기에 의해 부서진 나의 세대 최고의 정신들을 보았다." 1955년 10월 샌프란시스코 유니온과 필모어 거리의 교차점에 있는 작은 전시장에 이름 없는 시인들과 길거리의 친구들이 모여들었다. 훗날 여섯 천사라 불리는 젊은 시인들이 '식스 갤러리 The Six Gallery' 를 차례로 빛냈고, 이어 스물아홉 살의 신출내기 앨런 긴스버그 Allen Ginsberg가 원고를 꺼냈다.

시인은 정신병원에 갇혀 있는 친구에게 바치는 시라며 〈아우성 Howl〉을 낭송…… 아니 그야말로 울부짖기 시작했다. 그의 시는 매카시의 억압과 허울 좋은 아메리칸 드림 속에 신음하며, 납골당을 납골당인 줄도 모르고 걸어다니고 있는 동시대 젊은이들의 심장을 관통했다. 이른바 '비트 세대' 가 탄생하는 순간. 그리고 밥 딜런과 히피들과 모든 미국 산 반항아들의 지도자가 등장하는 위대한 장면이다.

2 • 헤이트 애시베리의 사랑의 여름 | 헤이트 애시베리 |

1950년대 중후반에 활동한 비트 세대는 작가들을 중심으로 주류 문화에 대한 거부, 성의 개방, 영적인 체험을 탐구했다. 이 작은 파도는 1960년대에 '히피' 라는 거대한 해일을 몰고 온다. 아름다운 광풍은 미대륙 곳곳에서 태어났다. 그러나 가장 아름다운 꽃들은 샌프란시스코의 헤이트 Haight와 애시베리 Ashbury 거리로 몰려들었다.

십자형으로 걸쳐진 이 거리에는 싸고 큼지막한 아파트들이 자리잡고 있어, 대학생들과 록 밴드들이 모여들어 흥겨운 분위기를 만들어내기 시작했다. 그리

1967년 골든게이트 파크의 '휴먼 비-인(Human Be-In)' 행사에는 2만 명의 히피들이 꽃의 자동차를 타고 모여들었다.

San Francisco

THE BEAT
금문교
알카트라즈
식스 갤러리
차이나타운
1
5
Summer of love
HAIGHT
ASHBURY
3
2
헤이트
애시베리
거리
코믹스
익스피어리언스
7
세인트 폴 가톨릭 교회

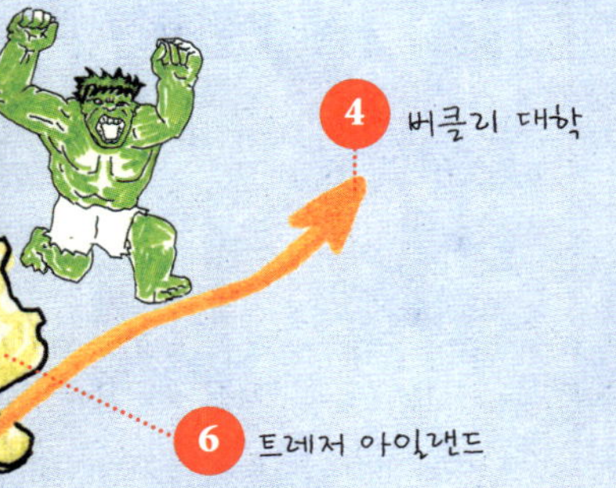

④ 버클리 대학

⑥ 트레저 아일랜드

고 1966년 '사랑의 여름_{Summer of Love}'이 펼쳐졌다. 인디언 스타일의 치 렁거리는 머리, 화려한 문양의 옷, 곳곳에 새겨놓은 꽃과 사랑의 장식……. 미 대륙 여기저기에서 찾아온 15,000여 명의 남녀들이 시를 읽고 그림을 그리고 노래를 불렀다. 자신들을 옥죄는 모든 억압에 대해 자유로운 퍼포먼스로 저항했다.

록그룹 그레이트풀 데드의 밥 웨이어는 말한다. "헤이트 애시베리는 무엇이든 하고 싶은 것을 하는 보헤미안들의 게토였다." 특히 사이키델릭 록 밴드와 함께하는 것이 그들의 가장 큰 즐거움이었다. '더 필모어The Fillmore'와 '아발론 볼룸The Avalon Ballroom'은 그레이트풀 데드, 재니스 조플린, 제퍼슨 에어플레인이 함께 뛰어놀던 전설의 공연장들이다.

3 · 히피의 엉덩이를 걷어찬 사이키델릭 만화가

| 코믹스 익스피어리언스 |

1968년 헤이트 애시버리 거리에 구부정한 허리에 도수 높은 안경을 낀 남자가 튼실한 여인과 함께 유모차를 끌고 나타났다. 히피들은 반가워했다. 또 '사랑의 아이'가 태어났구나. 그 얼굴을 들여다보기 위해 고개를 숙인 사람들은 깜짝 놀랐다. 거기에는 인간의 아이가 아니라, 전기 충격과도 같은 만화 잡지들이 쌓여 있었기 때문이다. 미국 언더그라운드 만화 혁명의 도화선이 된 《잽Zap Comix》이었다.

히피의 거리에는 온갖 장르의 미치광이 천재들이 모여들었다. 자신들의 작품을 'Comics'가 아닌 'Comix'라고 이름 붙인 언더그라운드

로버트 크럼의 사이키델릭한 재능은 재니스 조플린 등의 음반 표지 그림 에서도 확인할 수 있다.

만화가들도 그 행렬에 함께했다. 그 한가운데 로버트 크럼*Robert Crumb*이 있었다. 그는 히피들의 세계 속에서 살면서 그들의 생태를 격렬하게 풍자하고 비판했다. 『미스터 내추럴』을 통해 엉터리 구루를 비꼬고, 『고양이 프리츠』로 히피의 자유분방한 성생활을 놀려댔다. 크럼이 유모차에 싣고 다니며 팔던 만화들은 곧이어 헤드 숍이라는 히피들의 반문화 공간에서 큰 인기를 모았다. 지금 이 도시에서 언더 만화의 실체를 확인하려면, '코믹스 익스피어리언스*comixexperience.com*'를 찾아가보라.

4 · 버클리 대학의 플라워 파워 | 버클리대학 |

샌프란시스코는 태평양을 향해 열려 있다. 그 너머에 일본과 베트남이 있다. 때문에 이 도시는 전쟁의 광기에 휩싸인 채 지옥으로 떠나야 하는 젊은이들의 집결지였다. 아메리카 대륙의 꽃들이 전쟁에 반대하며 이곳으로 모인 이유가 거기에 있었는지도 모른

플라워 파워는 소리쳤다. "천 개의 공원이 꽃피게 하라 Let A Thousand Parks Bloom."

다. 아이러니하게도 도시의 동쪽 다리를 건너면, 미국에서 가장 진보적인 학풍을 지니고 있는 버클리 대학이 있다. 히피의 광란이 혁명으로 전화해가는 것은 시간 문제였다. 1969년 봄, 버클리 대학은 주차장을 만들기 위해 대학 주변의 건물들을 부수기 시작했다. 그러자 학생들과 시민들은 그 폐허 위에 나무와 꽃을 심고 대학 당국과 맞섰다. 로널드 레이건 주지사는 이 '민중의 공원*People's Park*'을 파괴하라고 명령했고 군대가 들어선다. 그들 앞에 맞선 히피들과 학생들은 총 대신 꽃을 들었다.

San Francisco

5 · 신경 쇠약 직후의 남자들 | 차이나타운 |

캘리포니아의 또 다른 도시 로스앤젤레스가 태양을 지니고 있다면, 샌프란시스코는 안개를 지니고 있다. 때문인지 이 도시가 등장하는 영화와 드라마에서는 광기와 공포증에 시달리는 남자들을 자주 보게 된다.

강박증에 시달리는 두 전직 형사의 뒤로는 언제나 금문교가 보인다.

알프레드 히치콕 감독의 〈현기증 Vertigo〉에서 전직 형사 제임스 스튜어트는 미지의 여인 킴 노박의 뒤를 좇으며 고소공포증에 시달린다. 주인공이 미지의 여인을 구해내는 곳은 금문교의 입구인 포트 포인트 Fort Point이고, 고소공포증에 맞선 피날레는 도시 남쪽의 산 후안 바티스타 Mission San Juan Bautista의 종탑에서 벌어진다.

또한 이 도시는 온갖 강박증에 시달리는 탐정 〈몽크 Monk〉의 무대이기도 하다. 드라마 오프닝에 등장하는 금문교를 비롯해, 에피소드 곳곳에서 도시의 명소들을 만날 수 있다. 그중에서도 포인트는 차이나타운. 몽크의 아버지가 포춘 쿠키의 글귀를 읽고 사라져버려, 그가 지닌 수많은 콤플렉스의 원점이 되는 곳이다.

6 · 녹색 괴물의 괴성이 도시를 흔든다 | 트레저아일랜드 |

히피의 꽃향기는 미국을 대표하는 슈퍼 영웅들까지 변모하게 만들었다. 1960년대의 만화 속에서 태어난 두 영웅 〈스파이더 맨〉과 〈헐크〉는 전 시대의 영웅들과는 사뭇 달랐다. 고리타분한 보이스카우트 소년인 〈슈퍼 맨〉과 달리 이들은 자신이 초능력을 지니게 된 것을 쉽게 받아들이지 못

한다. 자신이 슈퍼 영웅이 아니라 괴물
이 되었다고 여긴 것이다. 2차 대전 이
후 미국인이 얻은 절대적인 파워가 스
스로를 옥죄게 된 상황을 표현하고 있
는 것이다.

헐크의 초록색 피어는 1960년대 반전운동의 기운이 스며 있다.

2003년 이안 감독이 선보인 영화판 〈헐크〉는 자신의 정체성을 회의하는 초능력 괴물이 샌프란시스코를 헤매고 다니는 모습을 보여준다. 헐크는 버클리 대학에 자리잡은 군수 연구소에서 돌연변이 괴물로 변신하게 되었고, 트레저 아일랜드Treasure Island의 옛 군사 기지를 비롯한 베이 에어리어에서 난동을 피운다.

7 · 수녀들도 제법 돈다. 춤과 노래로 | 세인트 폴 가톨릭교회 |

샌프란시스코는 마이너리티의 도시다.
아시아 인종, 유대인, 게이, 예술가, 그
리고 보헤미안들이 바글거리는 동네다.
그런 곳에서 날라리 수녀가 교회를 살
리기 위해 춤을 추고 노래를 부른다고
해도 대수로울까? 사실 〈시스터 액트〉

샌프란시스코는 수녀들조차 노래와 춤에 일가견이 있는 듯하다.

가 굳이 이 도시를 배경으로 해야 했을까는 의문스럽다. 그래도 우피 골드버그가 풍만한 몸매로 그루브 넘치게 춤추고 노래하며 불량 청소년들을 끌어모으는 장면은 잊을 수 없다. 수녀들의 멋진 공연은 세인트 폴 가톨릭교회St. Paul's Catholic Church에서 펼쳐진다. 영화 속 설정에는 빈민가의 교회로 나오지만, 노에 밸리Noe Valley의 중산층 주택가 안에 자리잡고 있다.

San Francisco

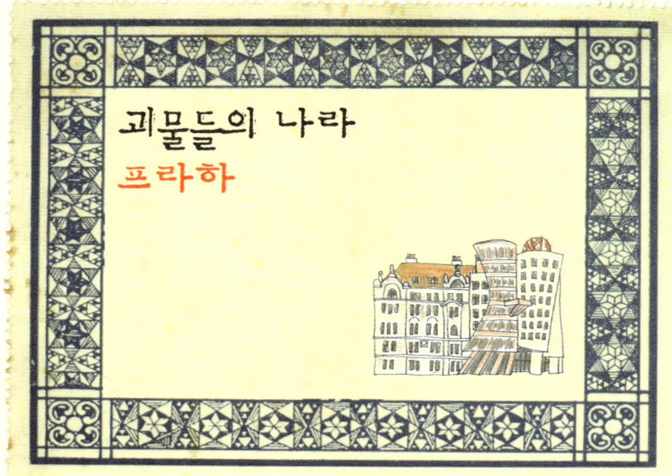

요정들이 살 것 같은 아름다운 도시 프라하는 사실 악몽을 품은 도시이기도 하다.

괴물이 태어나고 자라나 지금도 깊은 숨을 몰아쉬는 도시. 프라하에 가면 그들의 숨

소리에 귀를 기울여야 한다. 그곳은 그들의 나라이기 때문이다.

1 · '몬스터', 이곳에서 괴물이 자라나다 | 초록색 개구리 |

우라사와 나오키의 『몬스터』는 압도적인 만화다. 총 18권으로 완간되기까지 수많은 독자들이 조마조마해하며 작가의 손아귀에서 놀아났다. 냉전이 종식된 직후의 독일 뒤셀도르프에서 일하는 일본인 뇌외과 의사 덴마는 살인귀 요한을 붙잡기 위해 프라하로 달려간다. 옛날에 쌍둥이 요한과 니나의 엄마가 아이들을 데리고 도망친 '세마리의 개구리'가 있는 곳이다. 이 작품의 열광적인 팬들은 여관 겸 술집인 만화 속의 그 장소를 찾기 위해 프라하로 여행을 떠났지만, 그곳은 실제로는 존재하지 않는다.

　하지만 세 마리까지는 아니어도, 한 마리의 개구리는 찾을 수 있다. 마찬가지로 여관 겸 식당인 '초록색 개구리u zelene zaby'가 그곳이다. 이곳에도 역사적인 이야기가 숨어 있다. 1621년 합스부르크 왕조의 지배에 대항한 보헤미아 애국자 27명이 처형당한다. 망나니 얀 미드라는 그들과 같은 심정이었기에 그날은 평소의 붉은 두건이 아니라 검은 두건을 쓰고, 가능한 한 고통 없이 죽도록 칼을 예리하게 휘두른다. 그의 단골술집이 바로 '초록색 개구리'인데, 그곳에는 그가 그날 고독하게 술을 마신 방이 아직도 보존되어 있다.

2 · '카프카적 악몽'의 실체, 벌레로 변신하다 | 하우스배 |

카프카가 〈변신〉을 써내려간 곳은 어디일까. 음침하고 낡은 공동주택을 연상할 법하지만, '하우스배'는 유대인 거주지를 철거하고 새로 건설한 고급임대주택이었다. 엘리베이터 시설까지 갖춘 최신식 신축건물의 꼭대기층에서는 블타바 강과 체후브교, 루돌프 황태자 공원이 내려다보였다. 심지어 체후브교 맞은편에 있는 민간수영학교에는 카프카 개인 소유의 보트도 정박되어 있었다. 그가 입주했을 당시 체후브교는 건설 중이었

Prague

프라하 성
흐라드차니
말라 스트라나
하우스배
2
3
신구 시나고그
1 초록색 개구리
6
천문 시계
7
스트르젤레스키 섬
5
공산주의
희생자 기념물
국영카페

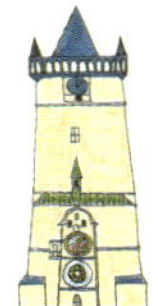

카렐 차페크
형제 기념관

4

프라하를 "어머니"라 여겼던 카프카는 현재 체코의 가장 중요한 관광자산이다.

는데, 그 다리로 향한 파르지주스카 거리를 카프카는 "자살하려는 사람들이 달려나가는 거리"라 불렀다. 공사 중인 다리 바로 앞에서 끝나는 넓은 길은 카프카에게 절망적인 질주를 떠올리게 했던 것이다.

〈변신〉은 그레고르가 어느 날 아침 벌레로 변한 자신을 발견하면서 시작한다. 당연히 회사에서는 해고당하고, 그의 수입에 의존하며 그를 가장으로 우대해주던 가족들 역시 점점 그를 홀대하게 된다. "20세기 문학의 신화"로까지 평가받는 이 작품을 밀란 쿤데라는 '검은색의 기이한 아름다움' 이라 불렀다. 현재 하우스배는 헐리고, 그 자리에는 프라하 인터콘티넨털 호텔이 들어서 있다.

3 · 진흙으로 만든 괴물 골렘, 프라하의 흙이 되다 | 신구 시나고그 |

1580년, 프라하의 유대인들은 심각한 위협에 부딪친다. 타데우스라는 기독교 사제와 광적인 기독교인들의 유대인 탄압에 목숨이 위태로워진 것이다. 랍비 레우 브라우흐는 신의 계시를 받아 기독교인들에 맞서기 위한

신구 시나고그의 다락방에는 아직도 골렘이 숨겨져 있다고 한다.

괴물 골렘을 만들었다. 진흙으로 만든 거대한 괴물 골렘은 타데우스와 기독교인들을 물리쳤으나, 말썽을 부리는 바람에 흙으로 돌아가게 되었다. 진흙과 물을 섞어 빚은 뒤에 마법과 주문을 동원해 만든 인간 형상의 자동인형인 골렘은

이빨 안쪽에 부적이 꽂혀 있을 때에만 생명을 얻을 수 있었는데 랍비가 그 부적을 꺼내는 것을 잊은 밤, 미쳐버려서 손에 닿는 모든 것을 파괴해버렸던 것이다.

골렘이 숨겨져 있었다고 알려진 곳은 신구 시나고그의 다락방이다. 1270년에 지어진 이곳은 현재 예배를 진행하고 있는 시나고그 중에서는 세계에서 가장 오래된 곳이며 중부유럽에서 가장 오래된 시나고그이기도 하다. 지금도 1389년 반유대인 폭동으로 살해된 유대인들의 핏자국이 남은 벽을 볼 수 있다.

4 · 차페크 형제, 로봇을 만들다 | 카렐 차페크 형제 기념관 |

로봇이라는 단어와 개념을 만들어낸 사람으로 유명한 이는 소설가 카렐 차페크Karel Čapek이다. 1920년 발표된 그의 작품 〈R.U.R Rossum's Universal Robots〉에서 처음으로 로봇이라는 용어가 쓰였는데, 실제 이 단어를 처음 생각해낸 이는 카렐 차페크의 형인 요세프 차페크Josef Čapek라고 한다. 체코어의 '로보타' 에서 연유한 말로, '로보타' 란 '강제노동' 이라는 뜻이라고. 이 작품은 1921년 프라하 국립극장에서 초연되었다.

20세기 체코문학의 중요한 작가인 동생 카렐 차페크와 유명한 화가이자 작가, 사진가이자 삽화가, 무대미술가인 요세프 차페크. 이 재주 많은 형제는 보헤미아 북부의 작은 마을에서 태어나 일찌감치 프라하로 진출했다.

〈R.U.R〉은 프라하 국립극장에서 초연되었다.

'차페크 형제들' 이라는 공동 필명으로 작업하기도 했던 이들은 자신들의 집을 중심으로 문학 커뮤니티를 만들기도 했다. 이들이 살았던 이 집은

현재 차페크 형제의 기념관이 되어 있다.

5 · 릴케가 그려낸 추하고도 여린 '보후쉬 왕' ｜국영카페｜

라이너 마리아 릴케는 프라하에서 태어났다. 20세기 최고의 시인 중 한 명이라는 평을 듣는 그는 시뿐 아니라 산문, 극, 소설 등 다양한 작품들을 써냈다. 그가 스물네 살에 쓴 단편 〈두 편의 프라하 이야기〉는 민족주의 운동이 싹트기 시작할 무렵 프라하의 분위기를 잘 보여주고 있다.

릴케의 소설들은 주로 젊은 시절에 쓰여진 것들이다.

가난한 곱사등이 청년 보후쉬는 '보후쉬 왕'이라는 냉소에 찬 별명으로 불린다. 그는 체코 극장 맞은편 '국영카페'에 모여 짐짓 떠들어대는 예술가들—연극배우, 화가, 소설가, 서정시인, 대학생 주변을 배회하며 그들과 어울리려 애쓴다. 보후쉬 왕의 모델이 된 실존인물인 곱사등이 도배장이 루돌프 므르바는 경찰의 첩자였는데, 체코의 비밀결사조직인 '옴라디아'에 침투하여 와해공작을 시도하다가 살해된 시체로 발견되었다고 한다. 릴케의 소설 속 보후쉬 왕 또한 살해되지만 실존인물과는 사뭇 다르다. 추한 외모에 쉽게 상처받는 여린 성정을 감춘 그를 보고 나면 과연 괴물은 누구인지, 다시 질문하게 된다.

'국영카페'는 두 번째 이야기 〈남매〉에서 즈덴코가 첫 번째 이야기에서 보후쉬를 살해한 대학생인 레체크를 만나는 곳이기도 하다.

6 · 인생을 이야기해주는 짧고도 강력한 쇼 ｜천문시계｜

구 시청의 천문시계 Staromestaromestsky Orloj 는 프라하를 방문하는 이들에게 최고의 인기다. 매 시마다 20초간 진행되는 시계의 쇼를 보기 위해 늘

사람이 구름처럼 모여 있다. 정교하게 제작된
이 짧은 쇼는 인생의 중요한 교훈을 던져준다.
정각이 되면 죽음을 상징하는 해골인형이 움직
이며 종을 친다. 두 개의 창문에서 12사도가 등
장한다. 허영을 상징하는 거울을 보는 자, 돈지
갑을 움켜쥔 유대인, 음악을 연주하는 터키인
도 등장하여 죽음 앞에 이 모든 것이 소용없음
을 극적으로 보여준다. 유대인이었던 카프카는
어린 시절 이 시계속의 탐욕스러운 유대인을
보며 마음에 상처를 입기도 했다고 한다.

구 시청의 천문시계는 그 정교한 아름
다움으로 찬탄을 자아낸다.

　　이 시계에는 끔찍한 전설이 있다. 1490년 천문학자 하누스Hanus가 이
시계를 만들었을 때, 시계의 정교함과 아름다움에 찬탄한 다른 나라와
도시에서도 같은 시계를 만들어달라는 주문이 쇄도했다고 한다. 이에 프
라하 시의회는 다른 시계를 만들지 못하도록 그를 장님으로 만들었다.
장님이 된 하누스는 자신의 걸작인 시계를 다시 만져보고 싶어했고, 그
가 만지자 시계가 멈추더니 더 이상 움직이지 않았다고 한다. 400년 이
상 아무리 수리하려 해도 움직이지 않던 시계가 움직인 것은 1860년부터
였다고. 사실 이 이야기는 1552년 시계를 수리하던 장인의 실수로 시계
제작자 이름이 잘못 기재되면서 생긴 이야기라고 한다. 실제　제작한 사
람은 천문학자이자 수학자, 카를대의 교수였던 얀 신달Jav. Sindal과 시계
장인인 미쿨라슈Mikulas이고 만든 연도는 1410년이라고 하는데, 과연 시
의회가 장님으로 만든 것이 그들인지, 그런 일이 있기는 했는지는 밝혀
진 바 없다.

Prague

7 • 체제에 의해 파괴된 인간들 | 공산주의 희생자 기념물 |

트램을 타고 국립극장 바로 다음 정류장인 우예스트Újezd역에 내리면 계단 위에 세워진 조각상들이 보인다. 이것은 '공산주의 희생자 기념물'로, 공산주의가 몰락한 지 12년 뒤인 2002년 5월 22일에 공개되었다. 만든 이는 조각가 올브람 주벡Olbram Zoubek, 건축가 얀 케렐Jan Kerel과 즈데넥 홀젤Zdenk Holzel.

청동형상으로 만들어진 사람은 뒤로 갈수록 부패되어가는 모습을 보여주고 있다. 몸의 장기를 잃어버리고 몸의 부분들은 떨어져나간다. 탄압받은 정치범들이 어떻게 정신적으로 육체적으로 부서져갔는지를 표현한 것이다. 이는 정치범들, 즉 감옥에 갇히고 처형된 이들뿐 아니라 표면적으로는 일상적인 삶을 살아갔으나 전체주의 하에서 파괴되어간 사람들 모두를 포함한다. 그들 모두 희생자들이었다.

계단에는 숫자가 적혀 있다. 체포된 사람들, 감옥에서 처형된 사람들, 국경에서 처형된 사람들, 망명자 등. 생명이 걸린 숫자들이다. 체제는 괴물의 거대한 발로 사람들을 짓밟고 지나갔다. 그 뒤에 남은 이 작은 흔적은 다시는 그런 일이 있어서는 안 되겠다는 결심의 단단한 흔적이다.

(1city / 1week) × 1year = 52map

로마는 거짓말쟁이다. 서민으로 변장한 공주는 무면허로 스쿠터를 달린다. 친구를 죽인 사기꾼은 부자 행세를 하며 명품 숍을 누빈다. 허세 가득한 무술인은 콜로세움을 피로 물들인다. 게다가 여기에는 허풍선이 영화들을 줄줄이 찍어내는 공장도 있다. 로마의 모든 길은 거짓말로 통한다. 그래도 용서하자. 너무나 달콤한 거짓말들이니.

1 • 공주의 거짓말을 위한 면죄부 | 진실의 입 |

"온종일 좋은 것만 할 거예요. 머리를 깎고, 젤라토를 먹고, 노천카페에 앉고……."〈로마의 휴일〉의 공주 오드리 헵번은 패전의 상처로 괴로워하던 이 도시에 지상에서 가장 아름다운 휴일을 선사했다. 그러기 위해서는 무엇이 필요했나? 거짓말! 공주는 서민 소녀로 변장한 채 길거리를 쏘다니다 잠든다. 기자인 그레고리 펙이 묻는다. "아가씨의 집은 어디에요?" "콜로세움!" 기자 역시 특종을 위해 그녀의 거짓말을 모른 척한다.

둘은 스페인 광장, 마르첼로 극장, 베네치아 광장, 산타젤로 성 등 로마 곳곳을 누비며 지상에서 가장 낭만적인 하루를 보낸다. 베스파 스쿠터를 마구잡이로 몰다 경찰서에 잡혀가지만, 또 하나의 거짓말로 위기를 모면한다. "결혼하러 가는 도중이었거든요."

산타 마리아 인 코스메딘Santa Maria in Cosmedin 교회 안이는 '진실의 입 La Bocca della Verità'이라는 둥근 조각이 있다. 고대 로마의 분수장식이거나 하수구 뚜껑으로 보이는데, 여기에 얽힌 전설이 중세부터 내려오고 있다. 이 조각의 입 부분에 뚫린 구멍에 손을 넣고 거짓말을 하면 손을 깨물어 버린다는 거다. 〈로마의 휴일〉에서 진실의 입에 손을 넣은 그레고리 펙은 마치 진짜 손이 잘린 양 오드리 헵번을 깜짝 놀라게 한다. 헵번에게 미리 알리지 않고 진행된 장면이라 그 놀란 표정은 연기가 아니었다나.

2 • 엄친아가 되고 싶은 사기꾼의 방 | 레지스 그랜드 호텔 |

스릴러 작가 패트리샤 하이스미스가 창조해낸 『재주꾼 리플리 씨The Talented Mr. Ripley』의 거짓말은 정도가 심했다. 사기꾼 톰 리플리는 재벌인 그린리프의 부탁으로 이탈리아에서 흥청망청 살고 있는 아들 디키를 데리러 온다. 그러나 디키의 자유분방한 삶, 혹은 디키 자체를 사랑하게 된

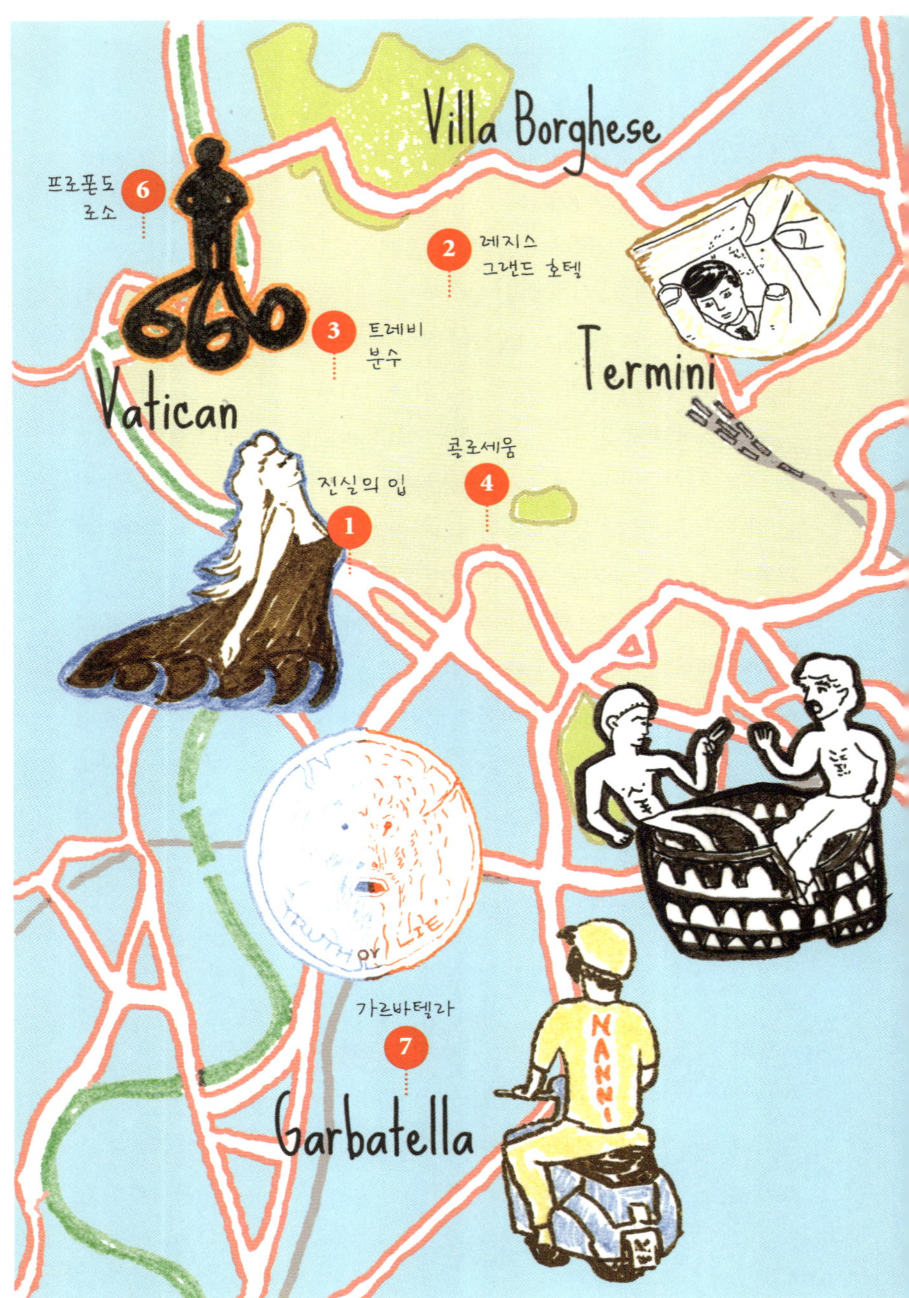
Villa Borghese
프로폰도
조소
6
2 레지스
그랜드 호텔
3 트레비
분수
Termini
Vatican
콜로세움
진실의 입
4
1
TRUTH OR LIE
가르바텔라
7
Garbatella
NANNI
프로폰도
조소

시네시타
스튜디오
5

안소니 밍겔라 감독의 〈리플리〉는 1950년대의 로마를 재현하고 있다.

톰은 결국 그를 죽이게 된다. 그리고 이 로마에서 디키로 변신하기 위한 공작을 펼친다.

하이스미스의 소설은 알랭 들롱 주연의 〈태양은 가득히〉와 맷 데이먼 주연의 〈리플리〉로 영화화되었다. 〈리플리〉에서 톰이 로마에서 머무는 곳은 레푸블리카 광장 근처의 레지스 그랜드 호텔 St Regis Grand Hotel로 진짜 로마에 있다. 훗날 톰의 정체를 의심하게 되는 디키의 친구 프레디를 만나는 곳은 나보바 광장이고, 톰이 스쿠터를 타다가 넘어지는 곳은 스페인 광장 근처이다.

3• 허영만큼 달콤한 건 없다 | 트레비 분수 |

1950년대의 로마는 미국인들에게 유럽의 낭만을 상징하는 곳이었다. 유럽의 문화 수도 파리는 미국인들의 기를 죽였지만, 패전국의 수도이자 고대 유적들이 곳곳에 방치되어 있는 로마는 여러모로 느슨했다. 때문에 이 도시는 전후 10년 동안 사치스런 여행객들에 의해 방탕과 환락의 소돔으로 바뀌어 갔다.

페데리코 펠리니 감독은 이 로마의 허영을 〈달콤한 인생 La Dolce Vita〉이라는 기념비적인 작품으로 기록하고 있다. 주인공 기자의 눈에 붙잡힌 로마의 부유층과 유명인들의 세계는 눈부시지만 또한 거품과도 같은 것이었다. 그 상징적인 장면이 바로 섹스 심벌

믿거나 말거나의 전설로 동전을 받아먹는 트레비 분수. 그러나 그걸 훔쳐가는 인간들도 꾸준하다.

아니타 에크베르그가 트레비 분수에 뛰어들어 보티첼리의 비너스처럼 물 속을 거니는 모습이다.

트레비 분수는 또 다른 거짓말로 우리를 꼬인다. 바로 분수 안에 동전을 던지면 로마로 돌아온다는 믿거나 말거나의 전설이다. 여기에는 몇 가지 설이 있는데, 최근의 버전에 따르면 동전 세 개를 오른손으로 쥐어 왼쪽 어깨로 던지면 행운을 가져다준다고 한다. 분수는 이 거짓말로 하루 평균 3,000유로를 삼킨다고 한다.

4 · 홍콩에서 날아온 무술 영웅의 허세 | 콜로세움 |

〈벤허〉와 〈글래디에이터〉의 로마는 마초들의 도시다. 그 한가운데 전사들의 경기장, 콜로세움이 있다. 힘 좀 쓰는 남자들이라면 그 안에서 목숨을 건 격투를 벌이고 싶은 꿈을 꿀 만도 하다. 허세로 전설의 영웅이 된 이소룡, 그리고 그 허세로 전설의 놀림감이 되고 있는 척 노리스가 그 꿈을 이루었다.

이소룡은 〈맹룡과강〉을 통해 이민 초창기 로마에서 고난을 겪고 있던 중국인들을 찾아온다. 당연히 이곳의 마피아들이 그와 부딪히는데, 어찌된 일인지 이 폭력배들은 자기 식대로 총알 세례를 퍼부으면 될 걸 어설픈 주먹질로 대든다. 그마저 여의치 않자 미국의 살인청부업자 척 노리스를 불러온다. 그 정황이야 납득하기 어렵지만, 세기의 격투 영웅들이 콜로세움에서 목숨을 걸고 벌이는 결투는 흥미진진하다.

이소룡과 척 노리스, 세기의 두 허세가 콜로세움에서 만난다.

5 · 허풍선이 남작의 제작공장 | 시네시타 스튜디오 |

로마의 거짓말은 심지어 산업적이기까지 하다. 도시의 동남쪽 교외에 있는 시네시타 스튜디오 Cinecittà Studios 는 페데리코 펠리니 감독의 여러 걸작들을 만들어낸 이탈리아 영화의 산실이다. 더불어 〈벤허〉 이후 싼 제작비와 근사한 주변 환경에 매혹된 세계 각국의 영화 제작진들이 온갖 몽상의 프로젝트를 실현하고 있는 곳이기도 하다. 문학사에서 가장 어처구니없는 허풍의 대명사가 영화사에서 가장 비범한 상상력의 감독을 만난 테리 길리엄의 〈허풍선이 남작의 모험〉의 대부분의 장면은 여기에서 촬영되었다. 영국 드라마인 〈닥터 후〉에서는 고대 폼페이를 재현하기도 했고, 마틴 스콜세지의 〈갱스 오브 뉴욕〉을 위해 19세기 중엽의 뉴욕 거리를 완벽하게 세트화하기도 했다.

시네시타에서는 〈갱스 오브 뉴욕〉의 세트장도 만날 수 있다.

6 · 적그리스도의 본거지 | 프로폰도 로소 |

로마는 가톨릭을 둘러싼 온갖 오컬트의 본령이기도 하다. 고대 로마의 예언자 전설을 테마로 한 〈오멘〉 시리즈의 꼬마 악령 데미안은 6월 6일 6시에 로마에서 태어났다. 〈엑소시스트〉의 악령이 씌인 꼬마 리건의 엄마 역할로 오드리 헵번이 섭외되기도 했는데, 그녀가 영화를 로마에서 찍어야만 한다고 고집을 피우는 바람에 무산되었다.

이탈리아 호러의 대명사 다리오 아르젠토는 바로 이 도시 한복판에서 어둠의 상상력을 마음껏 펼쳐온 로마의 검은 아들이다. 그는 〈서스페리아〉1977년, 〈인페르노〉1980년를 통해 '세 어머니'라는 흑해의 마녀 전설을 모티프로 한 연작을 만들어왔는데, 30년 만에 〈눈물의 마녀〉2007년로 3부작의 완성을 이룬다. 시리즈는 한숨의 어머니, 어둠의 어머니, 눈물의 어머니라는 세 마녀가 프라이부르크, 뉴욕, 그리고 로마에 본거지를 두고 어둠의 임무를 수행하고 있다는 테마를 다루고 있다. 바티칸 근처에 있는 '프로폰도 로소Profondo Rosso'는 호러 스릴러의 테마숍으로, 다리오 아르젠토의 작은 박물관과 같은 모습이다.

다리오 아르젠토는 로마인의 어두운 상상력을 대변한다.

7 · 난니 모레티의 진짜 로마 | 가르바텔라 |

그렇다면 거짓말이 아닌 진짜 로마는 어디 있는가? 로마에서 살며 로마 시민을 주인공으로 로마의 영화를 찍는 난니 모레티에게 물어보자. 그는 자신이 주인공으로 등장하는 〈나의 즐거운 일기〉의 첫 번째 에피소드 '베스파'를 통해, 그가 가장 잘 알고 있는 로마의 일상을 보여준다.

"나는 베스파에 탄 채 아파트들을 둘러보는 걸 좋아한다." 난니가 탄 베스파 스쿠터는 지난 수십 년간 변모해온 로마의 일상적인 풍경들을 지나간다. 특히 가르바텔라La Garbatella 지역은 그가 생각하는 진짜 로마에 가장 가까운 것 같다. 오래된 주거 지구인 이 동네는 블록마다 중세, 르네상스, 바로크 등 서로 다른 스타일의 건축물로 패치워크를 만들고 있다.

가짜 로마도 진짜 로마도, 베스파 스쿠터로 달리는 것이 가장 어울린다.

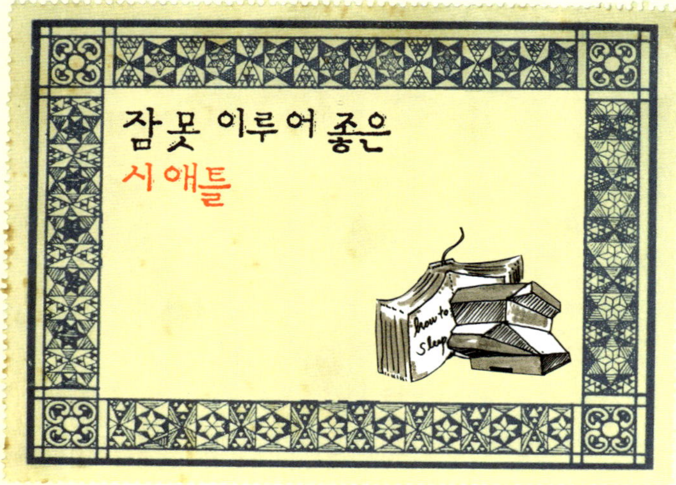

시애틀의 잠 못 이루는 밤. 그것은 홀아비 톰 행크스의 쌉싸름한 로맨스를 위한 것만은 아니었다. 24시간 살아 있고 싶은 사람들의 도시. 안개와 빗속에서 밤과 낮의 경계를 잊은 이들의 동네. 그로 인해 시애틀은 스타벅스와 아마존과 펑크 록을 만들었고, 세계인들을 잠 못 들게 하고 있다.

1 • 시애틀의 밤을 찌르는, 우주 바늘 | 스페이스 니들 |

파리의 밤과 낮에 에펠탑이 함께하듯이, 시애틀을 보여주는 모든 풍경에는 스페이스 니들 Space Needle 이 있어야 한다. 마치 외계의 비행선이 하늘 위에 정차한 채 바늘과 같은 통로로 지구인들을 초대하는 것 같은 이 괴상한 건축물은 1962년 시애틀 세계 박람회 때 처음 문을 열었다. 360도로 돌아가는 전망 레스토랑의 창은 시애틀의 야경을 보기에 가장 좋은 곳인데, 거기에서 내려다보면 왜 이 도시의 시민들이 잠을 잊고 사는지 잘 알 수 있다. 미국의 여러 대도시들은 밤만 되면 시민들이 빠져나가 공동화되고 슬럼화된다. 반면 대표적인 '24시간 도시'인 시애틀은 빌딩 사이사이 풍성한 녹지와 쾌적한 시설로 시민들에게 밤낮 그 안에 머무르며 활발한 시간을 보낼 수 있게 한 것이다.

2 • 잠 못 이루는 밤에 둥둥 떠 있는 | 보트하우스 |

아내를 잃고 외롭게 불면의 나날을 보내고 있는 시애틀의 건축가 톰 행크스. 이를 보다 못한 아들이 라디오 심리 상담 코너에 아버지의 사연을 내보낸다. 볼티모어에서 이 방송을 들은 맥 라이언은 약혼한 상태임에도 불구하고 그의 사연에 끌리게 되고, 결국 시애틀까지 날아와 이 외로운 남자와 사랑스러운 아들을 보게 된다.

톰 행크스가 영화 〈시애틀의 잠 못 이루는 밤〉 속에서 살고 있던 곳이 호수 위에 떠 있는 보트 하우스. 남자는 쓸쓸히 베란다로 나와 호수를 바라보고, 난로 옆의 벤치에서 데이트 상대와 통화하고, 아

보트 하우스에서 살고 있는 외로운 독신남의 시애틀

seattle 

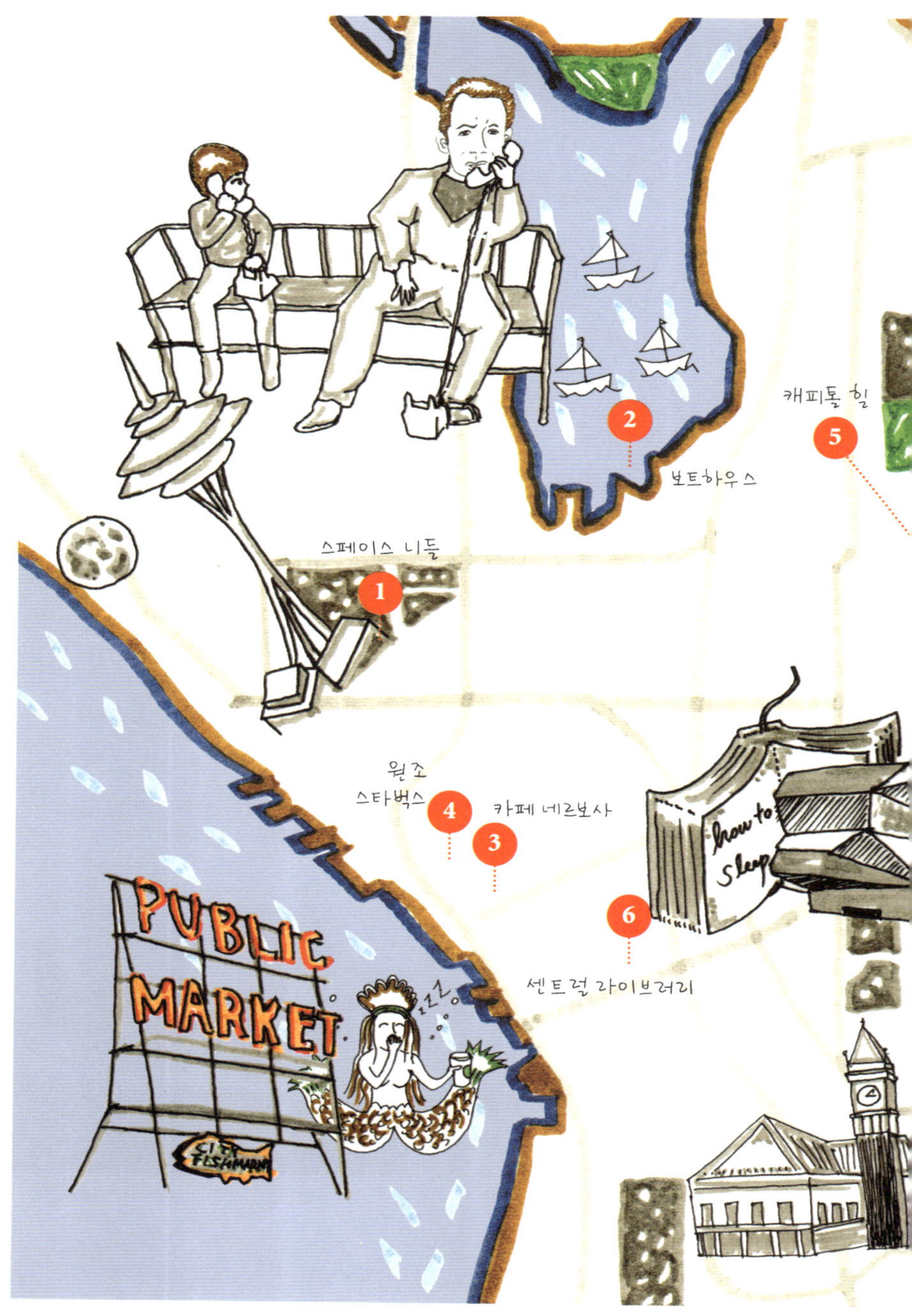

스페이스 니들
보트하우스
캐피톨 힐
5
2
1
원조
스타벅스
4
카페 네르보사
3
6
PUBLIC
MARKET
how to
Sleep
센트럴 라이브러리

커트의 공원
7
Grace
Hospi

들은 이 전화를 엿들으며 일일이 코치한다. 시애틀의 선상 가옥은 1890년대 어부와 선원들이 처음 지어 살기 시작했는데, 1930년대 대공황 때 세금을 아끼고 값싼 주택을 얻으려는 사람들이 대거 몰려와 2,000가구까지 늘어났다고 한다. 지금도 500개 정도가 남아 있는데, 그중 하나가 영화 속에 등장했던 바로 그 집으로 지금도 유니온 호수*Lake Union* 위에 떠 있다.

3 · 잠 못 드는 이들의 라디오 상담소 | 카페 네르보사 |

인기 시트콤 〈프레이저〉의 주인공인 프레이저 박사는 톰 행크스의 아들이 사연을 보냈을 법한 라디오 심리상담자다. 보스턴에서의 결혼생활을 정리하고 시애틀에서 편안한 독신생활을 보내려던 그의 계획은 말 많은 전직 경찰인 아버지 마틴, 소심한 잘난척장이인 동생 나일스와 뒤섞이면서 매우 '시애틀'스럽게 된다. '시애틀'적인 인생이란 무엇인가? 인간의 관계란 언제나 뒤틀리고 비 오는 날처럼 우중충하다. 그렇지만 한 잔의

시애틀 사람들이 왜 불면에 빠져 있는지는 37개의 에미상을 수상한 〈프레이저〉에게 물어보라.

커피 같은 유머가 있기에 씁쓸하게 이겨낼 수 있는 것이다. 이들과 함께 커피 한 잔을 마시며 시니컬한 말다툼에 끼어들고 싶다면, 3번가와 파이크*Pike* 스트리트가 만나는 귀퉁이에 있다는 카페 네르보사*Café Nervosa*를 찾아가면 된단다. 안타깝게도 드라마 속에서만 존재하는 카페지만 말이다.

4 · 인어가 가져다 준 새로운 커피 | 원조 스타벅스 |

사시사철 안개와 비에 덮여 있는 스산한 날씨, IT 직업군 등 꽤나 지적인

인구 구성, 국경 너머 밴쿠버와의 교류 등이 이
도시의 막대한 커피 소비량을 만들어냈다. 그
리고 이제는 스타벅스, 시애틀스 베스트 커피,
툴리스 등을 통해 세계의 커피 문화를 좌지우지
하는 도시가 되었다.

시애틀에선 스타벅스 본사의 건물
과 오리지널 로고의 원조점을 만날
수 있다.

　스타벅스는 1971년 시애틀의 웨스턴 애비뉴
에 처음 문을 열었다. 샌프란시스코의 피츠 커
피Peet's Coffee에 영향을 받아, 싸구려 아메리칸 커피의 나라를 뒤집기 위한
첫발을 내딛은 것이다. 이 원조점은 1977년에 자리를 옮겨 지금은 파이
크 플레이스 마켓Pike Place Market에 자리잡고 있다. 전 세계 스타벅스 중에
서 오리지널 로고—가슴을 드러낸 갈색의 인어—를 달고 있는 유일한 가
게로, 그 앞에선 번쩍이는 은색 더블베이스의 밴드 등 로컬 뮤지션들의
공연이 이어지고 있다.

5 • 커피 혁명의 폭죽 | 캐피톨 힐 |

시애틀이 진짜 커피의 도시인 이유는, "스타벅스 따위 멍멍이나 줘."라고
말하는 커피 마니아들을 위한 독립 카페들이 즐비하기 때문이다. 거대 커
피 체인의 대칭점에 있는 독립 커피Independent Coffee는 국가가 아니라 농장
단위로 원두를 구매하고, 커피 무역의 착취 구조를 근절시키고, 지역 커
뮤니티에 밀착해 다양한 개성을 만들어내는 커피 로스터리나 카페를 말한
다. 그들이 가장 활발하게 뛰어놀고 있는 동네가 시애틀 반문화의 중심지
캐피톨 힐Capitol Hill이다. 이 도시가 펑크 록의 성지인 만큼 뮤지션들과 활
발한 교류를 하고 있다는 점도 이들 카페의 또 다른 특징이다. 시애틀에서
가장 오래된 카페 중 하나이며 펄 잼이 밴드명을 만들어낸 장소이기도 한

seattle

캐피톨 힐의 일상을 담은 만화 〈캐피톨 힐〉, 바우하우스 등의 카페들도 즐겨 등장한다.

'비앤오 에스프레소B&O Espresso', 펑크 록에서부터 드랙 쇼까지 각종의 공연을 보기 위한 관객이 길거리까지 흘러넘치는 '커피 메시아Coffee Messiah', 높은 천장을 책으로 가득 채운 '바우하우스Bauhaus' 등 개성 넘치는 카페들이 즐비하다.

6 · 24시간 흐르는 책의 강 | 센트럴 라이브러리 |

이 불면의 밤에 함께할 가장 좋은 친구는 누구일까? '책'이다. 1990년대 중반 사업가 베조스는 뉴욕에서 시애틀로 차를 몰고 오던 중 어떤 착상을 하게 된다. 인터넷으로 책을 팔자. 나인 투 파이브의 일과 시간만이 아니라 언제든 책을 고르고 살 수 있게 하는 거지. 이렇게 시작한 '아마존 닷컴'은 2년 남짓한 기간에 세계 최대의 서점으로, 160개국 300만 독자들에게 24시간 책을 주문받고 보내는 거대한 책의 강이 되었다. 비콘 힐Beacon Hill에 있는 아마존 본사를 어렵게 찾아가보았자 특별히 볼 것은 없다. 시애틀 시민의 24시간 독서생활을 엿보려면 센트럴 라이브러리Seattle Central Library로 가자.

현대적인 디자인 속에서의 24시간 독서 생활, 센트럴 라이브러리

2004년에 문을 연 이 도서관은 이제 스페이스 니들과 더불어 시애틀을 대표하는 건축물이 되었다. 도서관 건물로는 이례적이다 싶을 정도로 모던한 디자인인데, 바깥에서는 번쩍이는 은빛이 사람들의 시선을 끌고 안에서는 부드럽고 따뜻한 자연 채광이 새로운 독서환경을 제

공해준다. 듀이 시스템에 따라 같은 분류의 책이 여러 층의 서가로 나뉘는 것을 막기 위해 디자인된 나선형의 논픽션 서가Books Spiral도 시선을 잡는다. 145만 권의 다채로운 장서를 갖추고 있는데, 인터넷으로 책을 요청해 읽은 뒤에 24시간 개방된 반납함에 책을 넣으면 자동 컨베이어가 서고로 책을 보내는 시스템 역시 밤을 잊은 도시답다.

7 · 이제는 평화롭게 잠들 수 있기를, 커트 코베인 | 커트의 공원 |

내가 만약 이 도시에서 불면증에 시달리게 되면 이 병원을 찾아갈 것 같다. 드라마 〈그레이스 아나토미〉의 매력적인 의사들이 기다리는 시애틀 그레이스 병원 Seattle Grace Hospital. 많은 드라마들이 그렇듯이 극 중 대부분의 장면은 세트 촬영이지만, 응급 헬기 이착륙 등을 찍기 위해

영원히 이 도시데 안겨 잠든 커트 코베인, 그에 관한 책과 영화들

병원의 외관은 피셔 플라자Fisher Plaza로 설정되어 있다.

시애틀의 심리학자도 커피도 의사도 치료해주지 못한 슬픈 마음이 있다. 매년 4월 워싱턴 호수 근처의 '비레타 파크Viretta Park'에 많은 사람들이 꽃을 들고 모이는 이유도 거기에 있다. 1994년 4월 8일 시애틀 펑크 록의 아이콘이었던 커트 코베인이 그 근처 자택에서 자살한 상태로 발견되었다. 시신은 가루가 되어 위스카 강Wishkah River에 뿌려졌고 묘지는 없다. 때문에 팬들은 그의 집과 가까운 이 공원의 표지판을 지우고 '커트의 공원Kurt's Park' 이라 이름 짓고 영원히 잠든 그를 추도하고 있다.

seattle 

스페인의 다른 이름은 열정이다. 열정의 다른 이름은 세비야다. 이곳의 땅, 바람, 물,
공기, 사람 모두 열정으로 가득 차 있다. 공기 중에 에너지가 떠다니는 뜨거운 땅, 세
비야에 가면 만날 수 있는 열정의 흔적들.

1 • 죽거나 죽어야 끝이 나는 쇼, 투우 | 토로스 델 라 마에스트란사 |

투우에 대한 의견은 오랫동안 분분해왔지만 어느 쪽이든 인정하지 않을
수 없는 것은 그 열광적 에너지일 것이다. 소든 투우사든, 둘 중 하나가
죽어야만 끝나는 쇼. 헤밍웨이는 투우에서 삶과 죽음을 넘나드는 에너지
를 발견하고 그에 대한 떨리는 기록들을 남겼다. 수많은 동물보호단체의
반대에도 불구하고 투우가 사라지지 않는 이유 중 하나가 바로 그 뜨거운
에너지 아닐까.

투우는 스페인 남부 안달루시아 지방에서 시작되었다. 세비야는 론도
와 함께 현대적 의미의 투우가 시작된 곳이다. 세비야에는 18세기에 지
어져 아직도 경기가 벌어지고 있는 웅장한 투우경기장, 토로스 델 라 마
에스트란사가 있다. 1761년에서 1881년 사이에 세워진 이 건물은 스페
인에 남아 있는 가장 오래된 건축물 중 하나로, 마드리드의 라벤타스 투
우장과 쌍벽을 이루며 그 웅장함을 자랑한다. 1만 4천 명이 한꺼번에 관
람할 수 있는 규모로, 투우사들과 투우비평가들 사이에서는 이곳에서 승
리하지 못하면 진정한 투우사가 아니라는 말이 퍼져 있다.

투우박물관도 볼 만하다. 투우사들의 초상화, 광고포스터와 의상 등이
진열되어 있는데, 그중에는 피카소의 그림도 있다. 투우경기는 지금도
볼 수 있는데, 가장 바쁘게 열리는 달은 4월, 페리아 데 아브릴 축제가 열
리는 기간이다. 거의 매일 볼 수 있는 4월이 지나면 5~6월과 9월에 3, 4
차례씩 열린다. 대부분 일요일에 진행된다.

2 • 종교적 고난을 축제로, 세마나 산타 | 세비야 대성당 |

세마나 산타 *Semana Santa* 는 세비야에만 있는 고유한 축제는 아니다. 예수
님이 십자가를 지고 언덕을 오르는 순간부터 부활하기 전까지의 고난을

마카레나 성당
3
Calle
Resolana
Av Torneo
MUSEO DE BELLAS ARTES
세비야 대성당
히랄다탑
로스 가요스
5
토로스 델 라
마에스트란사
2
호스텔 델
로렐
6
알카사르
7
1
세비야 대학
4
Ctra Muro de Dfensa
마리아루이자 공원

Ctra de Carmona
Av de Kansas City

세비야 대성당은 극도의 호화찬란함과 예술성으로 유명하다.

고스란히 되살려내는 '고난주간'은 종교적인 행사로, 부활절 전의 일요일부터 1주일간 세계 곳곳에서 열린다. 하지만 세마나 산타가 가장 유명한 곳이 바로 세비야이다. 세비아의 세마나 산타는 열정이 넘친다. 이 시즌에 맞춰 세비야로 향하는 순례자들의 발걸음이 바쁘다.

성모자상, 십자가의 그리스도상, 성모마리아상과 종교화들이 행렬하는 이동식 차량인 파소만도 100개가 넘게 거리로 쏟아져 나온다. 거대한 규모의 퍼레이드가 연일 줄을 잇는다. 젊은 남자들은 가마를 짊어진다. 길고 뾰족한 두건을 쓰고 눈만 내놓은 사람들, 성경 속의 인물처럼 차려입은 사람들이 돌아다닌다. 사람들은 예수그리스도나 성모마리아를 찬양하는 노래, '사에타Saeta'를 부른다. 예수의 수난 연극이 상영되는가 하면 자신의 몸에 참회의 채찍질을 하는 사람들도 보인다. 화려한 장식을 한 마카레나의 성모와 트리아나의 에스페란사 성모상이 나오면 축제는 절정에 이른다.

세비야 한가운데에는 스페인 최대의 성당이자 유럽의 3대 성당의 하나인 세비야 대성당이 있다. 15세기에 이슬람을 정복한 기독교도들이 8세기에 건설된 모스크 위에 지은 성당이 바로 세비야 대성당이다. 고딕양식의 건물이지만 모스크였던 시절의 자취들을 품고 있는데, 그중에서도 대표적인 것이 바로 히랄다 탑이다. 무슬림의 기도시간을 알리는 미나레트에 28개의 종을 달고 고딕식 지붕을 얹은 것.

지극히 종교적인 축제인 세마나 산타가 끝난 직후, 4월말에 벌어지는 축제가 바로 4월의 축제, 페리아 데 아브릴Feria de Abril이다. 그날이 오면 화려한 춤과 온갖 퍼포먼스가 야단스레 펼쳐지며 삶의 기쁨을 찬양한다.

3• 성모마리아에 대한 강렬한 애정 | 마카레나 성당 |

히랄다 탑과 함께 세비야의 또 하나의 상징으로 손꼽히는 마카레나 성당의 가장 큰 특징은 "눈물 흘리는 성모마리아"에 대한 강렬한 애정이다. 세마나 산타 기간이 아닐 때 그 축제의 분위기를 알려면 이곳으로 가면 된다고 할 정도로, 이곳에는 평소에도 열광적인 분위기가 감돈다. 유독 성모마리아에 대한 신앙이 독실한 스페인 내에서도 성모마리아 사랑이 돈독하기로 유명한 세비야 사람들의 경애를 엿볼 수 있는 곳이다. 그들의 사랑은 종교적 신앙과 옛날부터 내려오던 대지의 여신에 대한 민간신앙이 결합된 형태를 하고 있다. 그래서인지 마카레나 성당의 분위기는 다른 성당의 분위기와는 사뭇 다르다.

이곳은 1949년에 성녀 에스페란사 마카레나 동정녀를 위해 지어졌다. 에스페란사 마카레나는 투우사의 수호성녀이기도 하다. 신 바로크 양식으로 지어진 이 성당에서 제일 먼저 눈에 띄는 것은 화려한 내부장식. 눈물 흘리는 성모마리아는 금은보화로

세비야의 성모 사랑은 유난하다.

장식된 왕관과 호화찬란한 의상에 둘러싸여 있는데, 매번 갈아입는 옷들이 다른 방에 진열되어 있다. 성모마리아와 함께 수난의 여 수상이 모셔져 있는 이곳은 중요한 성지순례지이기도 하다.

4 · 정열과 변덕과 질투의 화신, 카르멘 | 세비야 대학 |

안달루시아의 여인들은 정열적이기로 유명한데, 그 이미지의 대부분은 광기에 가까운 정열을 가진 여인, '카르멘'에서 나온 것이 아닐까?

1820년 세비야에서 있었던 이 요란한 연애담에서 카르멘이 돈 호세를 만나는 곳은 담배공장 앞이다. 그는 선량한 약혼자 미카엘라가 있는 군인 돈 호세를 유혹하여, 담배공장 내에서 일으킨 트러블로 연행당하던 자신을 구해줄 것을 부탁한다. 돈 호세는 그녀를 도망가게 하고 대신 자신이 두 달 동안 영창에서 지내게 된다. 그 사이에 미남 투우사 에스카밀로의 유혹조차 받아들이지 않으며 돈 호세가 나오기를 기다리던 카르멘은 결국 그와 함께 밀매업자들이 사는 산으로 들어가게 된다.

비극의 시작은 카르멘의 변심. 돈 호세에게 싫증을 느낀 그녀는 그에게 집으로 돌아가라 하고, 투우사 에스카밀로에게 향한 호감을 숨기지 않는다. 눈물로 호소하는 약혼녀 미카엘라를 차마 뿌리치지 못한 돈 호세는 훗날을 기약하며 병든 어머니가 있는 집으로 돌아간다. 결국 그들이 다시 만난 곳은 죽음의 장소가 될 투우장. 에스카밀로의 투우가 있던 날, 그의 팔짱을 끼고 나타난 카르멘을 돈 호세는 결국 칼로 찔러 죽이고 만다. 그 역시 마지막에 스스로 목숨을 끊는다.

프랑스의 작가 메리메의 소설을 바탕으로 조르주 비제가 작곡한 오페라 〈카르멘〉에서 이야기가 시작되는 왕립담배공장은 현재 세비야 대학의 일부분이 되어 있다. 19세기, 유럽 전체 담배의 4분의 3을 생산하던 이곳은 담배를 만드는 여공들만 무려 1만 명에 달했다 하니, 그 규모를 미루어 짐

카르멘은 강렬하고 변덕스러운 사랑을 보여준다.

작할 수 있다.

5 · 화려함과 한의 예술적 만남, 플라멩코 | 로스 가요스 |

화려하고 정열적인 춤과 음악인 플라멩코의 다른 얼굴은 슬픔과 한이 서린 비극적인 정서이다. 소외와 박해를 거듭 당해온 집시의 역사가 이 춤에 녹아 있다. 플라멩코의 기원은 단순하지 않다. 플라멩코는 안달루시아의 수많은 민속음악에 뿌리를 두고 있다. 안달루시아의 정서와 집시들의 감각이 만나면서 만들어진 이 장르에는 수많은 피가 섞여 있다. 인도에 기원을 두고 유럽을 떠돌다가 안달루시아에 들어온 집시들의 피. 그리고 오랫동안 그곳에 있었던 땅, 안달루시아의 피.

세비야는 플라멩코의 본고장이다. 마에스트란사 공연장 Teatro de la Maestranza 에서 2년마다 플라멩코 예술 비엔날레가 열린다. 비엔날레 시즌에 방문하지 않았다고 훌륭한 플라멩코를 볼 수 없는 것은 아니다. 이곳에서는 작은 바에서 대형 오페라극장까지 도시 전역의 다채로운 장소에서 플라멩코를 만날 수 있다.

세비야에서는 정기적으로 플라멩코 비엔날레가 열린다.

산타크루스 거리를 중심으로 훌륭한 타블라오스, 즉 플라멩코 클럽들이 포진해 있는데 전문적인 공연은 식사와 함께 즐기는 '로스 가요스 Los Gallos' 같은 타블라오스나 좀더 저렴하게 공연 위주로 진행되는 '아우디토리오 알바레스 Auditorio Alvarez Quintero' 같은 곳에서 만날 수 있다.

플라멩코를 이루고 있는 것은 춤인 바일레 플라멩코뿐만이 아니다. 노래인 칸테 플라멩코와 기타연주인 토케 플라멩코를 포함한다. 그중에서

도 중심이 되는 것은 의외로 칸테 플라멩코. 그러므로 화려한 춤보다 심금을 울리는 노래에 먼저 귀를 기울여보는 것도 좋겠다. 칸테와 바일레, 토케를 맡은 예술가들을 각각 칸타오르, 바일라오르, 토카오르라 부른다.

6 · 바람둥이 돈 후안의 밀회처 | 호스텔 델 로렐 |

사랑이 넘치는 바람둥이는 단순한 악인으로 취급하기에는 지나치게 매력적이다. '카사노바'와 함께 바람둥이의 대명사로 불리는 돈 후안이 계속 문학작품들에 호명되는 이유가 그것일 것이다. 1630년 작품인 티르소 데 몰리나의 희곡 〈세비야의 난봉꾼과 석상의 초대〉에 처음 그 이름을 드러내기 전에도, 돈 후안의 이름은 민간에 떠돌았다.

사실 그가 좇는 것은 '사랑'은 아니었다. 그의 목표는 정복. 직업과 외모 가리지 않고 수많은 여자들을 유혹했다 버린 그는 결국 지옥으로 떨어진다. 수많은 작품에 나온 만큼, 그의 성격도 작품마다 천변만화한다. 몰리에르의 〈돈 후안〉, 모차르트의 〈돈 조반니〉, 바이런의 〈돈 주앙〉, 슈트라우스의 〈돈 후앙〉 등 그의 이름을 제목에 걸고 있는 작품들 외에도, 호프만, 메리메, 키르케고르 등 많은 이들이 그에게 관심을 보였다.

모차르트는 자신의 오페라에서 돈 조반니의 하인 레포렐로의 입을 빌어 그를 이렇게 설명한다. "저희 주인님이 '작업'한 미인들의 기록은 이렇습니다. 이탈리아에서 640명, 독일 230명, 프랑스 100명, 터키에서 91명이고 스페인에

돈 후안은 바람둥이의 대명사가 되었다.

서는 무려 1,003명입니다. 이 중에는 시골처녀, 하녀, 창부, 백작부인, 공작부인 등 지위 계급 스타일 연령에 관계없이 모든 부류의 여인들이 있지요."

이쯤에서 궁금한 것. 그는 자신이 유혹한 여자들과 어디에 갔을까? 민간의 이야기로 떠도는 인물이니 실제 장소가 있을법하지 않지만 현재 세비야에 가면, 있다. '호스텔 델 로렐'은 산타크루즈 거리에 있는 작은 호텔로, 돈 후안이 귀부인을 유혹했던 무대로 알려지면서 1년간의 예약이 꽉 차 있을 만큼 인기를 누리고 있다. 19세기의 극작가인 호세 소릴로가 돈 후안의 이야기를 다시 쓰면서 무대로 삼았던 이 호텔이 결국 돈 후안의 밀회처로 소문나게 된 것이다.

7 · 신대륙 발견의 열정 | 알카사르 |

세비야인의 열정은 인생을 즐기는 데서 그치지 않았다. 그들은 신세계를 향한 호기심을 참지 않았고, 그 산물을 누리는 데도 거리낌이 없었다. 15~16세기, 대항해시대의 무역항이자 아메리카 여행의 출발점. 세비야 출신이 아닌 콜럼버스의 무덤과 기념탑이 이곳에 있는 이유가 바로 그것이다.

세비야의 본격적인 발전은 아메리카 발견 이후에 왔다. 바로 이곳에서 콜롬버스가 아메리카를 향해 떠났고, 이후 식민지의 모든 생산물들은 세비야로 집중되었다. 이곳은 카스티야 왕국의 유일한 독점무역항 지위를 보장받았다. 그러한 번영은 16세기 초 카디스항이 개항하면서 무너지기 시작했지만, 그전까지 식민지 개척의 달콤한 열매는 세비야를 살찌웠다. 세비야 대성당의 제단 정면에 있는, 콜럼버스가 신대륙에서 가져온 금 1.5톤으로 만든 성모마리아의 품에 안긴 예수상은 이 모험이 가져온 부

페르난데스의 〈항해자들의 성처녀〉는
아메리카 발견을 거의 최초로 묘사했다.

를 상징적으로 보여준다.

세비야에서 모험을 시작한 또 다른 이는 마젤란이다. 그 또한 에스파냐 왕실의 후원을 받아 세계일주를 떠났다. 그는 결국 돌아오지 못했지만, 그의 탐험대가 인도네시아의 몰루카 제도에 도착하여 향료를 손에 넣고 돌아오면서 스페인의 식민지는 급격히 넓어졌다.

그러한 탐험가들이 항해를 위한 자금을 원조받기 위해 스페인 국왕을 알현하던 곳이 바로 알카사르였다. 알카사르에는 식민지 사업을 총괄하던 '카사 데 콘트라타시온', 즉 무역관의 교회당이 자리하고 있었다. 이곳은 당시 통치자들이 외교적인 만남을 자주 하던 곳이라, 식민지 개척에 관한 중요한 회합과 결정이 이곳에서 이루어졌다. 아메리카 발견을 거의 최초로 묘사한 작품인 알레 호 페르난데스의 〈항해자들의 성처녀 The Virgin of the Navigators〉를 볼 수 있는 곳이기도 하다.

(1city / 1week) × 1year = 52map

크리스마스에 바다로 뛰어드는 서퍼들, 얼빠진 관광객에게 발길질하는 캥거루들, 오페라 하우스 앞에 벌거벗은 채 모여드는 사람들……. 시드니는 대놓고 반항하지는 않는다. 언제나 휴가 중인 듯 느슨하고 삐딱할 뿐이다.

1 · 벌거벗은 오페라 하우스 | 오페라 하우스 |

"시드니 항구의 아름다움을 독자들에게 전할 수 있으리라는 희망을 나는 포기했다." 영국의 소설가 앤서니 트롤럽은 이렇게 썼다. "이 만을 아름답다고 말할 수는 있지만 묘사할 수는 없다."

그렇다고 대영제국의 통치자들이 꼴 보기도 싫은 죄수들을 지상 낙원으로 보냈을리는 만무하다. 1788년 그들이 이 해변에 깃발을 꽂았을 때는, 물 한 방울 찾아보기 어려운 퍽퍽한 벌판에 땅에 떨어져도 썩지 않는 독성의 식물들만이 시큰둥하게 서 있을 뿐이었다. 유형수들과 군인들은 기근과 고통의 공감대 속에 이 도시의 터전을 만들었다. 시드니 항구를 세상에서 가장 아름다운 장소로 변모시킨 뒤, 그 아름다움의 정점에 오페라 하우스를 세웠다. 덴마크 출신의 건축가 외른 우트존Jørn Utzon의 설계안이 공모를 통해 당선되고, 1973년 완공에 이르기까지의 과정은 아직도 미스터리로 여겨질 정도로 파격이었다.

신대륙에 건설된 아름다운 고전예술의 장. 그러나 자유분방한 시드니 시민들은 이곳을 고리타분한 장식물에 머무르게 하지 않았다. 2010년 3월 1일, 공공장소에서 대규모 누드 사진을 찍는 프로젝트로 유명한 스펜서 튜닉이 이 오페라 하우스 앞에 자원 참가자들을 불러 모았다. 이 프로젝트에 모여든 사람은 5,200명. 2001년 멜버른의 4,500명 기록을 깼다.

2 · 우리는 록스를 부술 수 없다 | 록스 |

오페라 하우스의 건설은 시드니 중심가의 대대적인 현대화 과정의 일환이었다. 더불어 항구 주변의 허름한 지역들을 정비하기 위한 공사 프로젝트들이 줄을 이었다. 그 와중에 커다란 논란거리가 등장했다. 록스the Rocks 지역은 시드니 정착의 역사를 보여주는 가장 오래된 동네. 바로 그

North Sydney
루나 파크
4
1 오페라 하우스
2 독스
7
마틴 플레이스
세인트 막스 교회
6
Darling
Point
Martin PL
5-35
The Rocks
3
뉴타운
Newtown
Centennial
Park

Dover
Heights
본다이 비치
5

시드니에서 가장 오래된 주거 건물인 록스의 캐드먼스 코티지(Cadmans Cottage). 건설 노동자들은 이 건물을 부수는 것을 거부했다.

곳에 남아 있는 역사적 유물들의 처리가 문제였다.

아이러니하게도 건설 노동자 조합의 지도자였던 잭 먼디가 반대하고 나섰다. 조합원과 지역 주민들이 주축이 된 '그린 밴스green bans'는 개발의 우선순위는 공공 장소와 역사적 유산을 보존하는 것이지 대규모 상업 시설을 짓는 것이 아니라고 주장했다. 교외에 있는 '켈리스 부시Kelly's Bush'를 보존하기 위해 시작된 '그린 밴스'는 '왕립 식물 공원Royal Botanic Gardens'을 오페라 하우스의 주차장으로 만들려는 계획과도 맞섰다. 개발업자와 지역 주민들의 다툼은 폭행, 납치, 심지어 살인으로까지 이어졌다. 시드니의 몽마르트르라고 불리는 빅토리아 스트리트에 대규모 아파트 단지를 건설하려는 시도 속에, 지역 신문의 발행인이었던 후아니타 닐슨이 실종되었는데 그녀는 아마도 살해된 것으로 추측되고 있다.

3 · 뉴타운을 그래피티로 뒤덮자 | 뉴타운 |

오스트레일리아는 아웃백, 그리고 아웃도어의 나라다. 젊은이들은 언제나 반바지 차림으로 스케이트보드, 서핑보드, 묘기 자전거를 타고 다닐 것만 같다. 그리고 그들의 손에는 당연하게도 스프레이가 들려 있을 것 같지 않나? 1980년대부터 시드니 서남쪽의 '뉴타운' 지역에서 시작된 그래피티 열풍은 이 도시의 색다른 풍경을 만들어내고 있다. 갖가지 주제와 스타일로 그려진 벽화들은 길거리 청년들의 거친 낙서가 아니라, 도시 자체를 캔버스로 삼은 집단 예술 프로젝트로 보인다. 작은 크레인을 이용해 킹 스트리트에 '아이 해브 어 드림'을 그린 앤드류 아이켄Andrew Aiken은 이것이 "포스트모더니즘의 무의미함에 맞선 휴머니스트의 저항"이라고 주장한다.

뉴타운의 그래피티는 고전의 패러디, 팝스타에 대한 오마주, 정치적 발언 등 여러 형태를 띠고 있다.

4 • 살짝 맛이 가서 즐거운 놀이동산 | 루나 파크 |

멜 깁슨, 휴 잭맨, 니콜 키드먼……. 할리우드에서 유명세를 떨치고 있는 호주 출신 배우들의 이름을 하나씩 떠올리다 보면 마음이 짠해지는 순간을 만나게 된다. 바로 〈브로크백 마운틴〉으로 떠올라 〈다크 나이트〉의 조커로 피어나던 순간, 약물과다 복용으로 요절해버린 히스 레저. 그가 마약중독자로 등장해 마치 그 최후를 예견하는 듯한 슬픈 영화가 된 〈캔디〉. 거기에 시드니 시민들이 사랑하는 놀이동산 '루나 파크Luna Park' 가 등장한다.

9미터 높이의 거대한 사람의 입을 통과해 들어가야 하는 이 놀이동산은 1930년대에 세워져 오랫동안 시민들에게 즐거움을 선사해왔다. 흥미로운 점은 입구의 얼굴이 낮에는 웃고 있는 것 같지만, 밤에는 기괴한 조명

루나 파크는 놀이기구를 이용하지 않으면 입장료는 무료다.

을 받아 공포영화의 살인마처럼 변신한다는 사실. 그만큼 기괴한 유머 감각의 공간인 셈인데, 1979년에 '유령 열차 화재'로 여러 명의 사상자를 내고 시설 대부분이 파괴되었다는 사실을 알면 놀이기구가 좀더 짜릿해질 것 같다.

5 · 본다이 비치의 숨바꼭질 | 본다이 비치 |

시드니의 거주민과 방문자는 해양성 종족이다. 선원, 낚시꾼, 요트 여행객, 수영복 모델, 그리고 서퍼 들은 곳곳에 널려 있는 항구와 모래사장을 즐겨왔다. 그중에서도 가장 사랑받아온 해변은 본다이 비치Bondi Beach. 보통의 해수욕장과는 다르게, 마치 공원을 찾아온 듯 느슨하면서도 활기찬 분위기가 적도 위쪽의 사람들을 놀라게 한다.

오랫동안 본다이에서는 조금이라도 적게 입으려는 시민들과 그걸 눈 뜨고 못 봐주는 감시관 사이의 숨바꼭질이 이어졌다. 1950년대 비키니가 유행했을 때는 감시관들이 해변을 다니며 수영복의 길이를 재서 해변에서 쫓아내기도 했다고. 그러나 점점 규제에 대한 저항이 커지면서 1980년대 이후에는 토플리스 차림도 일반화되기에 이른다.

시드니 해변의 또 다른 즐거움은 다른 곳에서는 상상하기도 힘든 동물들을 만날 수 있다는 사실. 서퍼들이 줄지어 뛰어노는 파도 너머로 돌고래와 고래가 노니는 걸 볼 수 있고, 아주 가끔이기는 하지만 남쪽에서 놀

본다이 해변의 초창기 방문객들. 지금에 비하면 옷감의 사용량이 10배는 넘어 보인다.

러온 펭귄도 만날 수 있다고 한다. 다행인지 불행인지 영화 〈죠스〉의 한 장면을 만나기는 어려워 보인다. 물 아래로 튼튼한 상어 먹이 그물이 가로막고 있다.

6 • 뮤리엘과 엘튼 존의 의심스러운 결혼식장 | 세인트 막스 교회 |

1988년 실직 상태의 영화감독 폴 제이 호건은 단골 카페에 쓸쓸히 앉아 있었다. 연이은 실패로 절망감에 빠진 그는 길 건너 신부 의상실을 오고가는 여자들을 관찰하게 되었다. 그러고는 여자들이 가게 안으로 들어간 뒤 신부로 변신해서 나타나는 웨딩 드레스의 마법에 감동하게 된다. 그러곤 생각한다. "누군가를 가짜 신부로 만들면 어떨까?" 그리하여 바닷가 마을에서 지루한 인생을 살아가던 평범녀 뮤리엘로 하여금 시드니로 와서 가짜 신부가 되게 만든다.

바닷가 처녀 뮤리엘에게 시드니에서의 결혼식은 환상 그 자체.

〈뮤리엘의 웨딩〉의 결혼식 장면이 펼쳐지는 곳은 달링 포인트의 세인트 막스 교회 St Marks Anglican Church. 그런데 뮤리엘 이전에 바로 이 교회에서 대단히 유명하면서도 의심스러운 결혼식이 벌어졌다. 팝 스타 엘튼 존은 1970년대에 자신이 양성애자라고 주장하고 다녔다. 적어도 여자도 좋아한다고. 그리고 그것을 증명이라도 하듯, 1984년 발렌타인 데이에 이 교회에서 레나테 브라우엘과 결혼식을 올렸다. 올리비아 뉴튼 존 등 유명인사들이 이 결혼식을 축하하러 왔는데, 결혼 생활은 결국 4년여의 시간 뒤에 막을 내리고 말았다. 엘튼 존은 자신이 동성애자임을 숨길 수 없었던 것이다.

7 · 빨간 약 먹을래, 파란 약 먹을래? | 마틴 플레이스 |

아르데코와 현대적 건물이 조화를 이룬 시드니의 중앙 비즈니스 구역*central business district*은 영화와 드라마를 위한 이상적인 배경을 만들어준다. 마틴 플레이스는 국내 광고에도 즐겨 등장하는 명소이지만, 할리우드에서는 미래 영화의 배경으로 인기가 높다.

영화 〈매트릭스〉의 배경이 되는 마틴 플레이스

〈매트릭스〉 시리즈에서 네오가 빨간 옷을 입은 여자에게 혼란을 느끼는 장면에서 피트 스트리트의 분수가 등장하고, 〈매트릭스 레볼루션〉에서 네오가 스미스 요원과 최종적인 결투를 벌이는 장면도 마틴 플레이스에서 촬영되었다. 〈슈퍼맨 리턴즈〉 역시 대부분의 장면이 시드니 주변의 세트와 거리에서 촬영되었는데, 슈퍼맨의 도시 '메트로폴리스'가 바로 마틴 플레이스 주변의 비즈니스 거리인 셈이다. 슈퍼맨이 여주인공 키티를 자동차 사고로부터 구해내는 장면이 어디였을까 찾아보는 것도 재미있으리라.

(1city / 1week) × 1year = 52map

세상의 어떤 항구가 이만큼 다채로운 색으로 끓어넘칠 수 있을까? 프랑스의 국가 〈라 마르세예즈〉처럼 격정적이고, 지네디 지단의 드리블 '마르세유 턴'처럼 어지럽고, 타로 카드의 클래식 '타로 데 마르세유'처럼 몽환적이다. 한때 〈볼사리노〉의 범죄로 악명을 떨치던 도시가 유럽의 문화 수도로 재탄생하고 있다.

1 · 생선 수프 속에 온갖 인종과 종교를 섞는 | 구 항구 |

마르세유는 프랑스를 대표하는 '제국의 항구', 그러나 동시에 이 나라에서 가장 프랑스적이지 않은 도시였다. 기원전 600년 그리스인에 의해 처음 세워진 항구는 프랑스 영토가 된 이후에도 모든 지중해인들의 거처였다. 20세기 초반에는 이탈리아인들이 대거 들어와 인구의 40퍼센트 이상을 차지했고, 러시아 혁명 이후에는 동유럽인들이 밀려들어왔다. 프랑스의 북아프리카 식민지 개척과 독립의 과정을 통해 알제리인과 베르베르인들도 자연스럽게 늘어나 현재 인구의 1/3 가량을 차지하고 있다. 알제리계 이민인 축구 선수 지네디 지단의 고향이 바로 이곳, 그의 환상적인 드리블은 '마르세유 턴'이라 불린다.

야간 여객선을 타고 항구에 도착해 비몽사몽간에 이 도시를 돌아다니다 보면 북아프리카의 탕헤르나 카사블랑카에 온 듯한 착각에 빠지기 십상이다. 그럴 때는 얼른 식당을 찾아들어가자. 구 항구 Vieux Port는 마르세유인들의 생활의 중심지이자, 이 도시를 대표하는 생선 요리 부야베스 Bouillabaisse의 향연이 펼쳐지는 장소다. 다채로운 해산물을 넣고 끓인 스프에 빵을 찍어먹고, 푸짐한 생선과 가재를 뜯어먹는 거창한 코스를 거치다보면 이 도시 자체가 거대한 부야베스같이 느껴진다. 워낙 다채로운 인종이 살고 있기 때문에 곳곳에서 이국적인 레스토랑을 만날 수 있는데, 〈러브 액츄얼리〉에서 콜린 퍼스가 사랑을 고백하는 포르투갈 레스토랑이 항구 남쪽에 있다.

알제리에서 태어난 프랑스 작가 알베르 카뮈는 마르세유를 트로이와 헬렌의 세계로 들어가는 관문으로 여겼다. 2013년 카뮈의 탄생 100주년에 맞추어 마르세유는 유럽의 문화 수도가 된다.

에스타크
5
L'Estaque
프리시 라 벨 드 메
7
파니에
3
Panier
구 항구
1
Vieux Port
Bouillabaisse
Le Pharo
이프 섬
2
Parc Chanot
위니테
다비타시옹
6
Parc
Borely

Saint-Pierre

라 시오타

4

La Ciotat

Marche des Marseillais

2 · 몬테크리스토 백작의 전설 | 이프 섬 |

요트가 가득한 구 항구에서 서쪽 바다로 조금만 나가면 요새처럼 보이는 작은 섬을 만난다. 마르세유를 찾는 관광객들에게 가장 인기 있는 장소 중의 하나인 이프 섬Château d' If인데, 알렉산드르 뒤마의 모험 소설『몬테크리스토 백작』의 배경이 되는 곳이다. 소설 속 주인공 에드몽 단테스는 결혼을 위해 마르세유에 돌아왔다가 억울한 누명을 뒤집어쓰고 14년 동안 이프의 감옥에 갇힌다. 감옥에서 만난 죄수로부터 몬테크리스토 섬에 숨겨진 보물에 대해 알게 된 에드몽은 섬을 탈출한 뒤 몬테크리스토 백작으로 변신, 희대의 복수극을 벌인다.

몬테크리스토 백작은 이프 섬에 14년 동안 갇혀 있었다.

이프는 원래 항구를 방어하기 위한 요새였지만 별다른 전투를 치른 적은 없다. 대신 감옥으로 바뀐 뒤 면회가 완전히 금지된 중죄수들을 수용하면서 악명을 떨치게 된다. 그중에는 수천 명의 신교도들과 프랑스 혁명 참여자들도 있었다. 『몬테크리스토 백작』은 수십 편의 영화와 드라마로 만들어졌는데, 실제 이프의 규모나 위용이 압도적이지 않아 다른 섬을 이프인 것처럼 촬영하는 경우도 적지 않다고 한다.

3 · 라 마르세유의 영광, 레지스탕스의 상처 | 파니에 |

'적군의 더러운 피가 우리의 땅을 적시도록……' 용맹하다 못해 잔혹한 가사로 가득한 프랑스 국가는 이 나라의 정체성이 혁명에 잇닿아 있음을 깨닫게 해준다. 그 노래의 제목이 '라 마르세예즈La Marseillaise'인데, 1792년 혁명 당시 의용군으로 파리에 들어온 마르세유 사람들이 너무나 우렁차게 이 노래를 부르면서 돌아다녔기 때문이라고 한다.

마르세유 인들의 반골 기질은 2차 대전 당시 극심한 고통을 감내하게 만들었다. 당시 독일과 이탈리아는 지중해를 둘러싼 세력 다툼을 위해 마르세유 항을 무참히 파괴했다. 도시는 1942년 11월부터 1944년 8월 사이에 독일에 점령되었는데, 구

파니에 구시가으 교회당은 나치에 의해 집을 파괴당한 146 가구가 집단으로 거주했던 곳이다.

항구의 북쪽인 파니에*Panier* 지역은 가난한 어부나 항구 노동자들의 거주지이자 레지스탕스, 공산주의자, 유대인들의 게토와 같은 곳이었다. 나치는 1943년 2월 단 하루의 여유를 주고 2만 명의 거주민들에게 소개 명령을 한 뒤, 이 지역을 다이너마이트로 처참하게 파괴했다.

4 · 영화를 낳았다가, 영화에게 괴롭힘 당한 느와르 도시

| 라 시오타 |

마르세유에서 자동차를 타고 동쪽으로 달려가면 시오타*La Ciotat*라는 작은 항구가 나온다. 바로 영화를 발명한 일등공신 뤼미에르 형제가 태어나 자라고, 최초의 영화인 〈시오타 역으로 들어오는 기차〉를 촬영한 곳이다. 이들이 파리의 그랑카페에 필름을 가져가기 위해 들려야 했던 마르세유가 영화인들의 사랑을 받게 된 것도 매우 자연스러운 일로 보인다.

1970년대 마르세유는 범죄 영화의 단골 무대가 되었다.

열 가지 이상 버전의 〈몬테크리스토 백작〉에서부터 〈베티 블루〉를 지나 〈택시〉와 〈트랜스포터〉

Marseille

시리즈에 이르기까지 마르세유는 프랑스에서 가장 중요한 영화 로케이션 장소가 되어왔다. 그런데 마르세유라는 지명을 국제화한 두 히트작이 이 도시를 악의 소굴로 만들고 말았다. 알랭 들롱이 멋진 중절모로 암흑가의 패션쇼를 보여주는 〈볼사리노〉와 진 해크먼이 뉴욕에서 마약 범죄 조직을 찾아온 삐딱한 형사 역할을 맡은 〈프렌치 커넥션 2〉가 그 장본인이다. 영화의 국적, 다루는 시대, 주인공의 미모는 달라도 이 도시는 경찰도 손 쓸 수 없는 범죄의 진흙탕으로 그려진다. 21세기의 마르세유가 가장 먼저 씻어야 할 이미지다.

5 · 마리우스와 자네트와 세잔의 어촌 마을 | 에스타크 |

마르세유가 거창하거나 과격한 영화의 무대로만 존재해온 것은 아니다. 1997년 로버트 게디기앙 감독이 만든 〈마리우스와 자네트〉는 피부색이 다른 남매를 키우고 사는 자네트와 경비원 마리우스의 소소한 일상과 사랑을 그리고 있다. 다양한 인종과 문화의 사람들이 자연스럽게 어울려 사는 마르세유의 모습을 가장 잘 보여주는 영화인 셈인데, 그들의 삶이 펼쳐지는 공간은 마르세유 북서쪽의 작은 어촌 마을 에스타크 Estaque다.

마르세유 바깥을 둘러싼 프로방스 지역에 기반을 둔 인상주의와 후기 인상주의 작가들은 에스타크를 즐겨 화폭에 옮기곤 했다. 대상에 대한 끝없는 관찰과 실험으로 유명한 폴 세잔은 이

1885년경 세잔이 그린 에스타크의 풍경. 그의 화실엔 르느와르도 찾아와 그림을 그리곤 했다.

마을에 있는 자신의 방에서 아침, 저녁, 그리고 계절에 따라 달라지는 풍광의 변화를 그리곤 했다. 그러나 〈마리우스와 자네트〉는 안타깝게 말한다. "세잔은 가난한 이들이 살아가는 풍경과 그 동네를 그렸죠. 하지만 그 그림은 부자들의 집에 걸려 있어요."

6. 성냥갑 집합 거주지의 혁명 | 위니테 다비타시옹 |

터키군에 쫓겨온 그리스인, 학살을 피해 건너온 아르메니아인, 파시즘을 피해 달려온 이탈리아인, 프랑코 독재 정권이 추방한 스페인인, 지금도 목숨을 걸고 바다를 건너는 북아프리카인……. 마르세유 사람들을 뭉치게 하는 것은 종교도 인종도 아닌, 무언가로부터 달아나서 여기에 왔다는 연대감인 것 같다. 이 도시를 대표하는 건축물 역시 그런 성격이 고스란히 드러난다. 바로 스위스 태생의 프랑스 건축가 르 코르뷔지에의 현대 도시 프로젝트인 '빛나는 도시 *La ville radieuse*'를 대표하고 있는 위니테 다비타시옹 *Unité d'Habitation*이다.

1952년에 건설된 이 주거지는 337가구가 살아가는 집합 거주지로, 현대적인 아파트먼트의 효시로 불린다. 그러나 단순한 주택으로 머무르는 것이 아니라, 그 안에 호텔, 식당, 수영장 등 각종 편의시설을 갖춘 독립성 강한 작은 도시의 형태를 띠고 있다. 어두운 복도, 서로 다른 원색의 외관, 옥상의 파노라마식 '사막 정원', 건축 책방 등의 시설이 차갑게 보일 수 있는 건축물에 생기를 불어넣는다.

르 코르뷔지에의 위니테 다비타시옹, 성냥갑 건물도 아름답게 살아 있을 수 있다.

7 • 담배공장을 뒤집어 예술의 미래를 | 프리시 라 벨 드 메 |

21세기의 마르세유는 '제2의 바르셀로나'를 꿈꾸며 대대적인 변신을 시도하고 있다. 바르셀로나가 스페인이면서도 스페인이 아닌 도시가 되었듯이, 마르세유 역시 프랑스이면서도 프랑스가 아닌 국제적이고 현대적인 도시로 변신하고자 하는 것이다. 도시의 변화는 정치가들이 거대 사업을 발주하고 명망 높은 건축가와 예술가를 초빙하는 게 아니라, 바로 그 도시에서 살고 있는 사람들의 작은 움직임을 통해 시작된다. 마르세유가 보여주는 아름다운 변화의 상징은 '프리시 라 벨 드 메Friche la Belle de Mai'이다.

프리시 라 벨 드 메는 인기 드라마 〈아름다운 삶〉의 무대가 되면서 전국적인 관심을 끌게 되었다.

프랑스의 인기 드라마 〈아름다운 삶plus belle la vie〉은 마르세유에 있는 가상의 지역 미스트랄Le Mistral을 배경으로 여러 계층의 사람들이 서로 교차하며 각자의 행복을 만들어가는 과정을 그리고 있다. 바로 이 드라마의 배경이 되고 있는 곳이 '프리시 라 벨 드 메'. 오래된 담배 공장이 자리잡고 있던 '라 벨 드 메'는 공장이 문을 닫으면서 흉물스러운 모습으로 방치될 위기에 처했는데, 지역의 예술가들이 손을 잡고 복합적인 문화 공간인 '프리시 라 벨 드 메'로 탈바꿈시킨 것이다. 여러 미술 프로젝트가 펼쳐지는 집단 창작촌일 뿐만 아니라 프랑스 힙합 음악계에 중요한 역할을 하고 있는 마르세유 힙합 뮤지션들의 주요 활동무대가 되고 있다.

(1city / 1week) × 1year = 52map

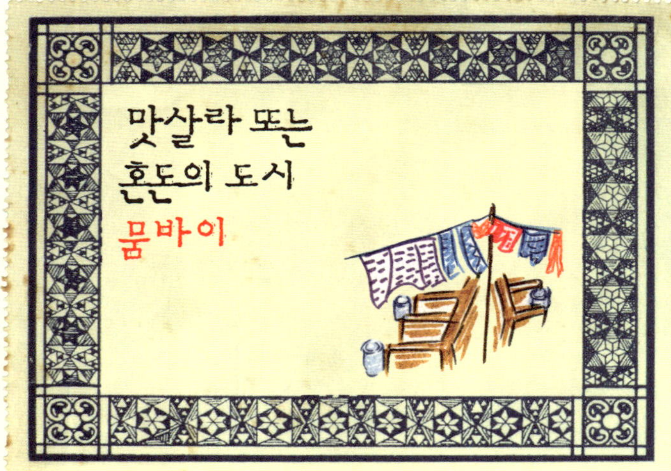

인도 대륙에서 아라비아 해 쪽으로 볼록 솟아 있는 섬 같지 않은 섬, 뭄바이. 빨간 이층버스는 산업혁명기의 빈민촌을 지나 조로아스터교의 침묵의 탑을 돌아 맛살라 영화처럼 흥겨운 시장통으로 빠져든다. 거대한 슬럼의 어두운 치맛자락 위에 모든 것이 뒤섞여 있다. 신도 인간도 동물도 향신료도.

1 · 총천연색의 빨랫감 같은 도시 | 도비 가트 |

뭄바이에는 사진작가나 여행자들을 유혹하는 포토 포인트가 하나둘이 아니다. 바다 위에 떠 있는 성문, 비현실적일 만큼 거창한 기차역, 사람 하나 빠져나갈 수 없을 것 같은 시장……. '도비 가트Dhobi Ghat'는 그들과는 또 다른 매력으로 카메라를 끌어들인다.

마하락스미 기차역 근처에 있는 도비 가트는 이 도시에서 가장 크고 오래된 시영 세탁소다. 말하자면 매머드 급의 야외 빨래터인데, 빨래 일꾼인 도비dhobi들은 매일 아침 4시부터 오후 6시까지 1인당 400벌 가량의 세탁물을 처리한다. 이들은 콘크리트로 만들어진 커다란 빨래통에 세탁물을 불린 뒤 그것을 빨아 만국기처럼 줄에 매달아놓는다. 그 총천연색의 빨래들은 마치 혼재의 도시 뭄바이를 상징하는 것처럼 여겨진다.

2 · 정글북의 고향 | 키플링의 생가 |

"나에게는 도시들의 어머니, 내가 그 문에서 태어났기에. 야자수와 바다 사이, 세계의 끝으로 가는 증기선이 기다리는 곳."
『정글북』, 『킴』의 작가인 노벨문학상 수상자 루디아드 키플링Rudyard Kipling은 이렇게 말했다. 그가 태어났을 때 도시의 이름은 봄베이Bombay였다.

봄베이는 17세기 후반부터 영국 동인도 회사의 거점으로 육성된 무역항이다. 뭄바이라는 지역 고유의 마라티 어로 개칭된 것은 1995년부터. 하지만 아직도 많은 사람들은 봄베이라고 부르고 있고, 도시 역시 19세기 영국 식민지 시절의 풍경을 간직하고 있다. 곳곳에 남아 있는 빅토리아 식의 거

키플링과 『정글북』의 감수성은 봄베이 해안에서 태어났다.

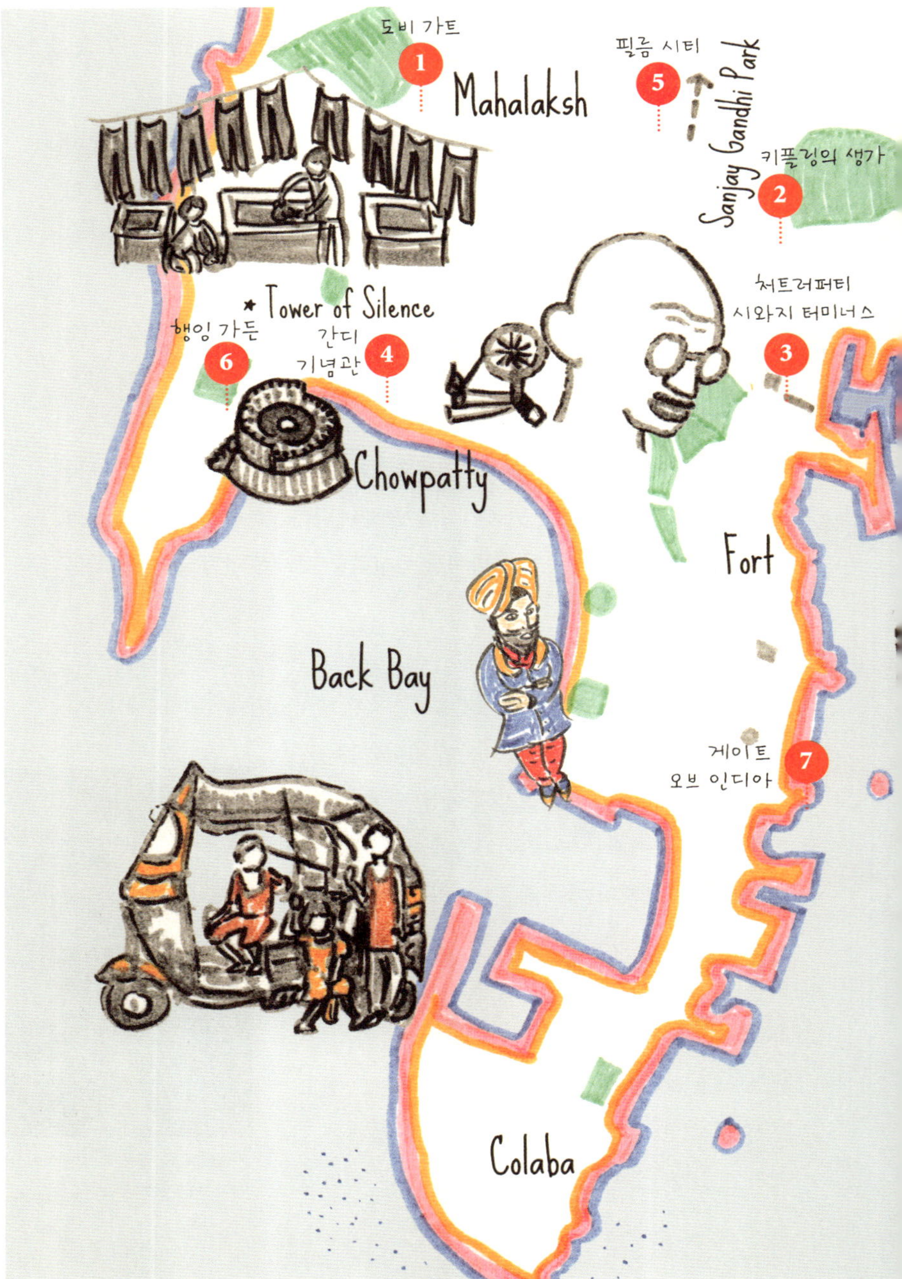

도비 가트
1
Mahalaksh
필름 시티
5
Sanjay Gandhi Park
키플링의 생가
2
처트러퍼티
시와지 터미너스
3
★ Tower of Silence
행잉 가든
6
간디
기념관
4
Chowpatty
Fort
Back Bay
게이트
오브 인디아
7
Colaba

elephanta island —→

대한 건물들을 지나치다 보면, 키플링의 시대로 돌아가는 것도 어렵지 않아 보인다.

키플링은 다섯 살 때 봄베이를 떠나 영국에서 공부를 한다. 그리고 십대 후반 옥스퍼드 대학으로의 진학이 여의치 않자 인도로 돌아오게 되는데, 봄베이 항에 들어서며 이렇게 생각했다고 한다. "이제 나의 영국 시대가 끝났다는 것을 깨달았다. 다시는 돌아오지 않을 것이다." 그는 라호르Lahore를 비롯한 아시아 곳곳을 돌아다니며 그 이전의 유럽인에게서는 전혀 없던 감수성을 가지고 새로운 문학을 토해냈다. 키플링이 태어난 생가는 그의 아버지가 교수로 있었던 J.J. 응용예술학교Sir J.J. Institute of Applied Art의 캠퍼스 안에 남아 있다.

3 · 모든 신들과 짐승들의 기차역 | 처트러퍼티 시와지 터미너스 |

1903년의 빅토리아 터미너스, 지금의 모습과 크게 다르지 않다.

이 도시는 모든 것이 과장되어 있다. 정점은 기차역 처트러퍼티 시와지 터미너스Chhatrapati Shivaji Terminus. 구 영국의 잔재를 없애기 위해 이렇게 새 이름을 얻었지만, 아직도 빅토리아 터미너스로 부르는 이들이 많다. 터미너스는 1887년대 인도 반도 철도회사Great Indian Peninsular Railway Company의 본부로 사용하기 위해 건설되었다. 웅장한 고딕의 뼈대 위에 온갖 상상과 현실의 동물들이 조각되어 있다.

4 · 식민의 도시이며 불복종의 도시 | 간디 기념관 |

인도인들은 말한다. "뭄바이는 인도지만 인도가 아니다. 오히려 유럽에 가깝다." 당연한 이야기인지도 모르겠다. 봄베이는 동인도 회사와 영국의 식민 거점이었다. 그러나 동시에 인도 독립 운동에 있어 가장 중요한 역할을 한 도시였기도 하다.

뭄바이에는 파시 족이라는 페르시아계 소수 민족이 경제계에서 중요한 위치를 차지하고 있다. 밝은 피부를 지닌 그들은 영국인들과 긴밀한 관계를 유지했고, 무굴 제국과의 거래 중계를 통해 영국에 막대한 이익을 안겨주었다. 그런데 인도 식민화가 가속화되자 독립 운동을 위해 경제적 지원을 아낌없이 베푼 것도 그들이었다.

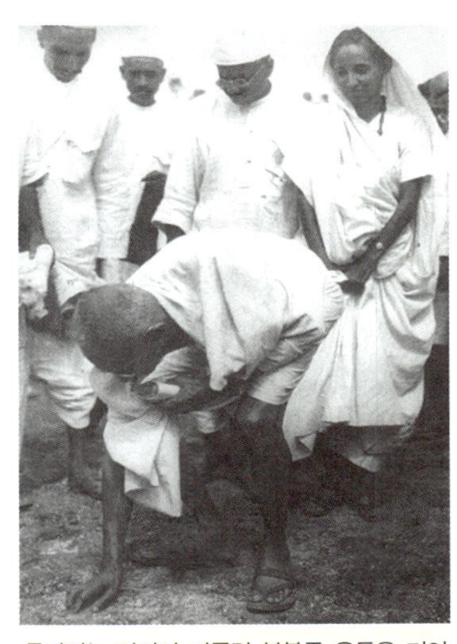

뭄바이는 간디의 비폭력 불복종 운동을 기억한다.

뭄바이에 있는 간디 기념관 *Mani Bhavan*은 그를 지지했던 친구의 집으로, 간디가 각지의 지지자들과 만난 장소였다. 1917~34년에 독립 운동 본부로 사용되었고 1932년 간디가 체포된 장소이기도 하다. 2층에 보존되어 있는 간디의 방에는 그가 실 잣는 법을 배우던 현장과 그가 애용하던 대나무 지팡이 등이 재현되어 있다.

5 · 볼리우드의 환영 | 필름 시티 |

온갖 향신료를 집합해놓았다는 뜻의 '맛살라'는 인도영화의 특색을 곧바로 전해준다. 영웅과 미녀의 로맨스, 춤과 노래의 향연, 권선징악과 쾌락의 공존……. 그 양념의 향연을 만들어내는 제작소, 볼리우드 *Bollywood*가 바로 뭄바이다.

볼리우드 영화는 할리우드에까지 영향을 미치고 있다.

봄베이와 할리우드가 합쳐져서 태어난 단어인 '볼리우드'는 원조 할리우드를 넘어 세계 최다의 영화 제작 편수를 자랑한다. 그 현장을 볼 수 있는 곳이 뭄바이 북쪽 산제이 간디 국립공원에 인접해 있는 대규모 영화 스튜디오인 '필름 시티Film City'다. 현지 투어를 이용하면 여러 영화의 제작현장을 둘러본 뒤 맛살라 스타일의 디스코 파티로 마무리 할 수 있다. 시내에 있는 100개가 넘는 영화관 역시 볼리우드의 진면목을 현지인들과 함께 즐길 수 있는 장소다. 처치게이트 스테이션 맞은편의 에로스, 메트로 극장 등이 유명하다.

6 · 슬럼 위의 공중 정원 | 행잉 가든 |

대니 보일의 영화 〈슬럼독 밀리어네어〉는 도시 북서쪽에 있는 주후 슬럼에서 태어난 어린 주인공들이 암흑가의 굴레에서 벗어나기 위해 애쓰는 모습을 '백만장자 퀴즈 대회'를 통해 보여준다.

말라바 언덕에 있는 행잉 가든Hanging Garden은 이 도시의 아이러니를 잘 보여주는 장소다. 이 도시 연인들의 쾌적한 데이트 장소인 이 정원은 문자 그대로 호수 위의 공중에 지어져 있다. 이 근처에는 조로아스터교의 신자인 파시 족들이 시체를 독수리에게 쪼여 먹이는 '침묵의 탑'이 있다. 새들은 시체를 포식한 뒤 가까운 이 호수로 날아가 목을 축이는데, 그 때문인지 호수의 물이 지독히 오염되었고 공원을 그 위 공중에 지을 수밖에

공중정원에서 도시의 아이러니를 내려다본다. 〈슬럼독 밀리어네어〉 중 한 장면

없었다고 한다. 지금은 독수리가 거의 사라졌는데, 시체들에서 나오는 화학물질을 너무 많이 먹어서라는 풍문도 있다.

7 • 웃음의 요가 | 게이트 오브 인디아 |

게이트 오브 인디아*Gateway of India*는 1911년 영국 왕 조지 5세의 방문을 기념하기 위해 세운 바다 위의 거대한 문이다. 그 지나친 스케일이 희극적으로 느껴지기까지 하는 건축물인데, 매일 아침 그 문 아래에서 혼신을 다해 웃고 있는 사람들을 볼 수 있다. 그렇다고 그들이 영국의 인도 지배를 비웃고 있는 건 아니다. 그들은 '웃음 요가'를 하고 있다.

조지 5세의 방문을 위해 지어진 게이트 오브 인디아는 웃음 요가의 명소가 되었다.

뭄바이의 의사인 마단 카타리아*Madan Kataria*는 1995년 모두 다섯 명의 구성원을 모아 웃음 클럽의 첫 번째 공개 행사를 열었다. 웃기는 일이 없어도 웃는 것 자체만으로도 몸과 마음에 활력을 얻을 수 있다는 것을 증명하기 위해서였다. 이 웃음 요가는 곧바로 큰 인기를 모아 전 세계 60여 개 국에 퍼져나갔고, 뭄바이에만 70개 이상의 클럽이 만들어졌다. BBC의 다큐멘터리 〈휴먼 페이스〉의 진행자인 코미디언 존 클리즈는 뭄바이의 교도소에서 열리는 웃음 요가 행사에 함께하기도 했다. 이것도 요가인 만큼 무턱대고 웃는 게 아니다. 절차와 수련법이 있다. 깊은 숨을 들이쉬고 웃는 연습을 시작해, 침묵의 웃음, 사자의 웃음, 칵테일 웃음 등을 배워나간다.

베니스는 언제나 가면을 쓰고 있다. 관광 엽서 같은 풍경으로 여행객들을 끌어모으는 것은 그저 구실. 이 도시로 찾아오는 어두운 존재들을 덮으려는 술책일 뿐이다. 세계를 지배하려는 일루미너티의 열쇠도, 모든 여인들을 유혹하려는 카사노바의 가면도, 마지막 십자군의 성배도, 로도스 섬으로 날아가는 비밀의 통로도 모두 여기에 있다. 물 아래 숨어 있다.

 모든 음모론의 도시로 어서 오세요 | 산마르코 대성당 |

네모 선장의 잠수함 노틸러스 호가 바다 위로 불쑥 솟아오르면, 저기 산마르코 대성당 *Basilica Cattedrale Patriachale di San Marco*이 웅장한 자태를 드러낸다. 늙은 모험가 앨런 쿼터메인, 아름다운 뱀파이어 미나, 미국의 젊은 첩보원 톰 소여, 영원히 늙지 않는 도리안 그레이, 그리고 지킬 박사와 투명인간까지……. 〈젠틀맨 리그〉의 올스타 영웅들은 왜 이 물의 도시로 왔을까? 악의 집단 팬텀이 세계 정부 수반들의 회담이 벌어지는 이곳에서 테러를 벌이려는 걸 막기 위해서란다. 그렇다면 나는 묻고 싶다. 그 정부 수반들은 왜 이곳에 모인 걸까?

그림자 정부론이라는 게 있다. 세계 각국의 정부는 선거에 따라 뒤바뀌는 것 같지만, 사실은 수백 년 동안 프리메이슨이나 일루미너티 같은 어둠의 조직에 의해 통치되고 있다는 음모론이다. 영국(좁게는 런던)과 네덜란드가 그 음모의 중심으로 자주 언급된다. 바다와 금융을 지배하고 있기 때문이다. 그런데 그 줄기를 더듬어 가면 결국 지중해에 자리잡은 베니스의 금융 자본이라는 뿌리에 와닿는다. 안젤리나 졸리가 멋진 몸매를 뽐내는 〈툼 레이더〉에서 이 도시는 세계 정복을 꿈꾸는 일루미너티 조직의 집결지로 그려진다. 그들은 절대적인 힘을 가져다줄 '트라이앵글'의 마지막 열쇠를 찾고 있다.

 베니스의 상인에 얽힌 이중의 음모 | 게토 |

세계사의 음모론 중 가장 널리 알려진 케이스는 이것이 아닐까? '셰익스피어의 걸작 희곡들은 사실 철학자 프란시스 베이컨이나 여타의 인물이 쓴 것이다.' 바로 그 셰익스피어의 대표작 리스트에 이 도시가 등장한다. 그런데 좀 이상하다. 왜 17세기의 영국 작가가 저 먼 나라 〈베니스의 상

Mestre
게토
2
Stazione S.Lucia
Rialto
산 바르나바
교회
팔라초
말리피에로
5
페기
구겐하임
콜렉션
3
6
la Giudecca

병기창의 사자상
산 마르코
대성당
1
7
한수 밟당창
ㅋㅋ
그랑
호텔 데스
바인스
4
lido

고리대금업자 샤일록은 베니스 유대 자본의 잔혹한 힘을 보여준다.

인〉을 주인공으로 희곡을 썼을까?

지중해가 세계의 중심이었을 때 베니스의 금융 자본은 바로 그 세계를 지배했다. 영국, 독일, 프랑스의 왕들은 그들의 채무자에 불과했고, 로마의 교황청조차 이들엔 손끝도 못 댔다. 또한 그들은 기독교 사회의 돈줄을 완전히 주무르면서도 아랍의 여러 나라와 적극적인 교역을 할 만큼 약삭빨랐다. 그 베니스의 실세가 바로 유대인들이었다.

'1파운드의 살'을 담보로 삼는 음흉한 고리대금업자 샤일록이라는 캐릭터는 당시의 유럽 사회가 베니스의 유대 상인들을 어떻게 바라보았는지 잘 보여준다.

베니스 유대인 사회의 영향력을 보여주는 또 다른 예가 '게토 ghetto'라는 단어다. 오늘날은 유대인, 흑인, 예술가 등의 폐쇄적 공동체를 일컫는 일상적인 용어가 되었지만, 원래 이 도시의 유대인 거주 지역을 가리키는 말에서 유래했다. 베니스 북서쪽의 게토 지역은 2차 대전 때 손상을 입었지만 다시 복구되어 오랜 유대 문화의 흔적들을 보여준다. 참고로 신 게토 Ghetto Nuovo와 구 게토 Ghetto Vecchio라는 지명이 붙어 있지만, 실제로는 신 게토가 더 오래된 동네라고 한다. 여러모로 수상쩍다.

3 · 인디아나 존스와 최후의 십자군 | 산 바르나바 교회 |

예수가 최후의 만찬 때 입에 댔다는 성배 Holy Grail는 기독교 문명의 여러 전설과 픽션에 끝없이 등장하며 모험가들을 유혹한다. 20세기의 고고학 히어로 인디아나 존스 역시 그 추적자들 중 하나. 인디아나는 성배의 행방을 찾던 아버지가 위기에 처해 있다는 사실을 알게 되어 뒤를 쫓다가 베니스에까지 오게 된다. 여기에 오래된 교회를 개조한 도서관이 있는데, 인디아나는 그 지하에 있는 옛 기독교인의 비밀 거주지catacomb로 이어지는 통로를 발견하고 거기에서 십자군 기사

성배와 아버지를 찾을 단서를 얻기 위해 도서관 지하를 뒤지는 인디아나 존스

인 리처드의 무덤을 찾아낸다. 이어 베니스에 존재하는 수많은 밀교 집단 중 하나인 '십자가 검 형제회The Brotherhood of the Cruciform Sword'와 추격전을 벌이게 된다.

　그렇다면 이 도서관은 어디에 있을까? 소설 판에는 '산 마르코 광장 옆의 마르시아나 도서관'이라고 나오지만 영화에서는 다른 장소가 사용되었다. 이들이 뛰쳐나오는 문에 '산 바르바나 도서관Biblioteca di S. Barnaba'이라고 적혀 있는데, 실제로는 '산 바르바나 교회Campo San Barnaba'의 이름을 살짝 바꾼 것. 이 고풍스러운 교회와 주변의 가게들은 캐서린 헵번 주연의 영화 〈섬머타임〉의 배경으로 등장하기도 한다.

4 · 베니스에서 죽다, 죽은 뒤에 베니스에 가다

| 그랑 호텔 데스 바인스 |

어떤 연유에서이든 베니스는 사람들을 유혹한다. 때론 죽음에 이르게 할 정도로. 1911년 독일의 소설가 토마스 만은 베니스의 리도 섬에 있는 '그랑 호텔 데스 바인스The Grand Hotel des Bains'에 머무른 뒤 〈베니스에서의 죽음Death in Venice〉이라는 소설을 쓴다. 주인공인 구스타프 폰 아센바흐는 그랑 호텔 데스 바인스에 머무르면서 폴란드계의 미소년인 타지오를 보게 된다. 그의 젊음과 아름다움에 매혹된 구스타프는 자신의 노회함을 깨

닫고 어떤 죽음의 계시를 받게 되는데, 결국 여기에서 생을 마감한다. 이 소설은 1971년 루치노 비스콘티에 의해 영화화되는데, 바로 그 호텔에서 촬영되었다.

베니스의 몽환은 니콜라스 로에그 감독의 호러 스릴러 〈지금 보면 안 돼Don't Look Now〉

〈베니스의 죽음〉에서 미소년 역할을 맡은 비외른 안데르센은 그 전설적인 미모로 아직도 사랑받고 있다.

에서도 확인할 수 있다. 불의의 사고로 딸을 잃은 뒤 그 슬픔을 잊고자 베니스로 이사 간 부부가 오히려 그곳에서 딸에 연관된 초현실적인 체험에 빠져드는 이야기다. 빨간 비옷을 입고 익사한 아이와 물의 도시 베니스가 기묘하게 연결되며 관객의 심장을 조인다. 영화 속에서 부부가 머무는 호텔 유로파는 가상의 장소로, 베니스에 있는 두 개의 럭셔리 호텔인 가브리엘리 샌드위스 호텔과 바우어 그룬월드 호텔에서 촬영되었다고 한다.

5 · 카사노바의 풋풋한 밀실 | 팔라초 말리피에로 |

베니스를 찾은 이들이라면 절대 잊을 수 없는 이미지가 있다. 리알토 다리 주변 가게에서 만날 수 있는 온갖 가면들. 산 마르코 광장을 중심으로 벌어지는 카니발에 참가한 사람이라면 더욱 그 신비에 매혹되었으리라. 가면을 쓴 채 신분과 가문을 지우고 하룻밤 연인을 찾는 전통이라니, 이 도시가 낳은 최고의 유명인 카사노바Giacomo Casanova를 떠올리지 않을 수 없다.

카사노바는 1700년대 초반 이 도시에서 태어나 근처에 있는 파도바의 학

베니스가 낳은 가장 유명한 인물, 카사노바는 이곳에서 사랑의 기술을 배웠다.

교를 오가며 청춘 시절을 보냈다. 베니스는 당시 영국을 중심으로 시작된 '그랜드 투어Grand Tour'라는 여행 붐의 필수적인 코스였다. 카니발, 도박, 곤돌라, 점술 등 온갖 환락의 기운이 넘치는 곳. 이 도시가 21세기까지 그 명성을 떨칠 바람둥이를 배출해낸 것도 그리 어려운 일은 아니었던 것 같다. 팔라초 말리피에로Palazzo Malipiero는 베니스의 한가운데 있는 멋진 건물로, 당시 카사노바의 후견인이었던 알비세Alvise Gasparo Malipiero의 소유였다. 카사노바는 바로 이 건물에서 그가 여자들을 행복하게 하기 위해 태어났다는 걸 처음 깨닫는다.

6 · 이 도시의 천사는 그것도 뗐다 붙였다? | 페기 구겐하임 콜렉션 |

시대는 그 시대의 전설을 만들어낸다. 비엔날레와 영화제로 세계적인 예술 도시로 발돋움한 현대의 베니스는 그를 통해 제법 귀여운 전설을 탄생시켰다. 뉴욕과 빌바오에 거창한 미술관을 만들어놓은 페기 구겐하임은 베니스에는 작은 콜렉션Peggy Guggenheim Collection을 내놓고 있다. 그 입구에 이탈리아인들이 아주 좋아하는 마리노 마리니의 '도시의 천사Angelo della Città'라는 조각 작품이 서 있다. 마리니의 트레이드마크인 말 위에 두 팔을 펼친 남자가 앉아 있는 연작 중 하나인데, 문제는 이 남자의 중심부가 꼿꼿하게 노출되어 있다는 점이다. 이탈리아는 에로 영화의 거장 틴토 브라스의 나라이면서, 교황청을 품고 있는 나라다. 어린 소녀들도 자연스럽게 지나며 이 작품을 보고 있지만, 그래도 보수적인 가톨릭

'도시의 천사'는 이탈리아 미래주의와 미국의 추상 표현주의의 세계로 우리를 안내한다.

인사들의 심기를 거스를 위험도 없지 않나 보다. 때문에 '귀빈이 올 때는 이 부분을 나사를 돌려 뗀 뒤 그가 떠난 뒤에 다시 붙인다, 그래서 여러 번 그 부분이 도난당했다.'는 풍문이 있는데, 그것은 말 그대로 풍문일 뿐이라고 한다.

7 • 다른 바다로 통하는 비밀 통로 | 병기창의 사자상 |

뭐니 뭐니 해도 이 도시의 신비를 가장 잘 그리고 있는 작품은 휴고 플라트의 만화 『베네치아의 전설 *Favola di venezia*』일 것 같다. 그도 그럴 것이 작가 자신이 이 도시에서 태어나 어린 시절 게토의 비밀 정원에서 할머니의 친구들로부터 갖가지 이국의 우화들을 듣고 자라났기 때문이다. 만화의 주인공인 코르토 말테제는 베니스의 밤거리를 거닐며 유대-그리스-베네치아의 전통 부적, 마법의 에메랄드, 아라비아의 묘석과 같은 신비주의의 퍼즐을 맞추어간다. 그리고 그 유명한 병기창 *Arsenal*의 사자 상 앞에 선다.

베니스의 병기창 앞에 앉아 있는 네 사자 중 하나는 원래 그리스 아테네의 외항인 피레우스에 앉아 있던 것. 1687년 오스만 제국과의 전쟁에 나선 프란체스코 모로시니 장군에 의해 이곳으로 옮겨졌다고 한다. 사자는 기원전부터 피레우스 항에 앉아 그 바다의 주인이 되고자 하는 여러 인간 군상들을 지켜보아왔다. 더욱 흥미로운 것은 이 사자의 어깨와 팔뚝에 루

병기창 앞에 있는 사자의 고향은 그리스이고, 그 팔뚝에 바이킹의 낙서가 새겨져 있다.

닉^{Runic} 알파벳과 특이한 문양으로 이루어진 문장이 새겨져 있다는 사실.
18세기에 베니스를 찾아온 스웨덴 외교관에 의해 이것이 스칸디나비아
의 고대 언어임이 밝혀졌는데, 아마도 11세기에 지중해를 찾은 바이킹이
새긴 것으로 보인다. 그 내용은 웅장한 전사의 언어로 표현되어 있지만,
간단히 말하면 "스웨덴에서 여기 왔다 가요. 여기서 돈 좀 벌었지요."라
는 내용이라나? 배낭여행자가 여행지에 새긴 낙서와 비슷한 종류랄까?

코르토 말테제는 베니스 곳곳의 신비주의 문양과 문자를 해독해, 에게
해의 로도스 섬으로 통하는 마법의 통로를 발견한다. 피레우스의 사자도
고향의 바다로 돌아가고 싶을까?

광기는 피를 불러오기도 하고, 아름다운 예술작품을 불러오기도 한다. 흥겨운 합창을 불러오기도 하고, 저주의 외침을 불러오기도 한다. 광기는 예술가들을 반짝거리게 하기도 하고, 고통에 몸부림치게 하기도 한다. 기쁨에 파르르 떨게 하는 동시에 괴로움에 치떨게 하는, 광기. 마드리드는 오늘도 끓는 피로 뜨겁다.

1 • 피가 흥건한 광장 | 플라사 마요르 |

마드리드의 중심에 자리잡고 있는 아름다운 17세기 광장인 플라사 마요르는 사실, 수많은 광기의 피가 겹겹이 스며 있는 곳이다. 한때는 투우장으로, 또 한때는 사형장으로, 그리고 한 시절은 종교재판장으로 쓰였던 이곳은 인간의 광기를 증명하는 곳이기도 하다.

1480년부터 스페인에서 있었던 종교재판은 아라곤 왕국의 페르난도 2세와 카스티야 왕국의 이사벨 1세에 의해 시작되었다. 단일한 가톨릭 이데올로기를 확립하겠다는 취지로 시작된 종교재판은 곧 광기에 휩싸이게 된다. 개신교 이단자, 가톨릭으로 거짓 개종한 유대교도와 이슬람교도들이 종교재판의 대상이었는데, 로마 교황의 대칙서를 받아 종교재판관이 진행한 이 재판을 통해 수많은 사람들이 희생된다. 재판이었다고는 해도 피고인에게는 변론할 기회도 주어지지 않았고 판결의 결과도 알려주지 않았다. 고문과 자백이 있을 뿐이었다. 처벌의 형태는 다양했다. 징역, 참수형, 교수형, 화형. 희생자의 숫자는 헤아릴 수 없었다. 한때 이토록 많은 피로 얼룩졌던 광장은 현재 과거를 잊고 평화로운 관광객들의 집합지가 되어 있다.

2 • 광인 돈키호테, 아직도 살아 숨쉬다 | 스페인 광장 |

『라 만차의 돈 키호테 *Don Quixote de La Mancha*』는 스페인을 대표하는 소설이자, 최초의 근대소설이자, 문학사에서 가장 영향력 있는 소설이다. 이 소설 속의 주인공 돈키호테는 무모한 광기의 대명사가 되었다. 1605년 『재치있는 이달고 라 만차의 돈키호테』라는 제목으로 발표되어 속편까지 쓰여졌던 이 작품의 작가는 미겔 데 세르반테스. 군인생활을 하다가 한쪽 팔을 잃고, 해적에게 붙잡히고, 노예로 팔리고, 주인에게 몸값을 지급하

산티아고 베르나베우 경기장
5
레지덴시아 데 에스투디안테스
3
시네스 골렘
6
알깔라문
2
스페인 광장
왕궁
7
엔카르나시온
왕립수도원
1
4
플라사 마요르
프라도 미술관

Parque del
Retiro

돈키호테의 동상은 세계 곳곳에서 만날 수 있다.

고 마드리드로 돌아오는 등 파란만장한 삶을 살았던 그를 유명하게 한 작품이 바로 『돈키호테』다. 이 작품 하나로 그는 스페인의 국민작가가 되었고, '지혜의 왕자'라는 별명을 얻었다.

마드리드 중심가에 자리한 스페인 광장에 그의 동상이 서 있다. 세르반테스의 사망 300주년을 기념하여 세워진 탑이다. 그곳에 가면 세르반테스뿐 아니라 그가 써낸 불멸의 주인공들, 돈키호테와 산초판사, 둘시네아도 만날 수 있다.

3 · 미친 천재들의 기숙사 | 레지덴시아 데 에스투디안테스 |

영화 〈리틀애쉬 Little Ashes〉는 20세기 초반 스페인의 젊은 예술가들을 보여준다. 화가 살바도르 달리, 시인 가르시아 로르카, 영화감독 루이스 부뉴엘을 비롯한 젊은이들은 파시즘 직전의 자유주의 시대에 서로 교류하고 영향을 받으며 지적이고 예술적인 흐름을 만들어냈다. 우정은 미묘한 애정으로 발전하기도 하고 궤를 벗어난 감정은 파국을 가져오기도 했다. 그렇게 그들은 자신의 천재성과 광기를 불태우고 과시했다. 그 시대를 스페인에서는 '은의 시대'라 부른다.

세 사람이 머물던 곳, '레지덴시아 데 에스투디안테스'는 마드리드에서 학교에 다니던 학생들이 거주하던 일종의 학생기숙사이다. 젊은 예술가들이 밀집된 그곳은 새로운 문화의 흐름을

영화 〈리틀애쉬〉에서 우리는 천재들의 젊은 시절을 엿볼 수 있다.

이끌기에 충분했다. 이곳은 지금도 중요한 문화센터로 활발하게 제 몫을 하고 있다. 콘서트와 전시 등 문화행사들이 꾸준히 열리는 한편, 지금도 스무 명의 젊은 예술가와 연구자들이 머물며 기라성 같은 선배들의 전통을 이어가고 있다.

4 · 미친 화가 히에로니무스 보쉬를 만나다 | 프라도 미술관 |

프라도 미술관에는 미친 화가, 히에로니무스 보쉬의 작품이 있다. 천하의 달리가 그의 작품 옆을 지날 때마다 질투심에 불타 눈을 가렸다는 바로 그 화가, 보쉬. 그의 상상력은 남달라서, 그의 작품 〈세속적 쾌락의 정원〉은 서양 미술 전체에서 가장 많이 연구되고 있고, 또 가장 다양한 해석을 낳고 있기도 하다. 펠리페 2세가 그의 팬이었던 덕분에 프라도 미술관은 보쉬의 패널화를 가장 많이 소장하게 되었다. 네덜란드의 화가이기는 하지만, 그의 작품세계를 만끽하려면 프라도 미술관을 방문하는 것이 정석이다.

프라도 미술관에 가면 그의 또 다른 작품인 〈미친 돌의 추출〉도 볼 수 있다. 1475년에서 1480년 사이에 그려진 것으로 추측되는 이 작품은 미친 사람의 머리에서 광기의 돌을 꺼내는 장면을 그렸다. 이 그림에서도 그의 다른 작품들과 마찬가지로 여러 가지 상징물을 볼 수 있는데, 그중 가장 주목할 만한 것이 탁자 위의 구근이다. 미친 사람의 머리에서 꺼낸 것은 광기의 '돌'이 아니라 바로 이 '구근'인데, 네덜란드에서는 튤립 구근이 바로 광기의 상징이라고.

히에로니무스 보쉬의 〈미친 돌의 추출〉. 그는 "악마를 만든 자"로 불렸다.

마드리드에 연고지를 두고 있는 프로 축구팀 레알 마드리드 축구 클럽 *Real Madrid Club de Fútbol*의 명성은 굳이 설명할 필요가 없을 만큼 자자하다. FIFA로부터 20세기 최고의 축구 클럽으로 선정된 이 팀의 자산가치는 맨체스터 유나이티드에 밀리지만 세계에서 제일 많은 소득을 올리고 있는 축구팀이기도 하다.

공화국 정부에 반대하여 쿠데타를 일으킨 프란시스코 프랑코 장군은 극우적인 일인 독재를 유지하기 위해 레알 마드리드를 이용했다. 나라 안에서는 국민을 우민화하고 나라 밖에서는 자신의 정권을 홍보하는 데 활용했던 것이다. 레알 마드리드의 '레알'이 의미하듯, 이 팀은 오랫동안 부유층과 권력자들의 팀을 자임해왔다. 그 때문에 마드리드의 또 하나의 팀, 아틀레티코 마드리드는 "레알 마드리드 정부의 팀, 나라의 수치"라는 가사가 든 노래를 부르면서 그들을 비판했다.

레알 마드리드를 논란으로 밀어넣고 있는 또 하나의 존재는 극렬 서포터인 '울트라 수르'이다. 인종차별적인 발언과 행동으로 유명한, 나치문양의 문신을 한 채 상대편 흑인선수가 공을 잡으면 원숭이 울음소리를 내어 야유하는 이들을 제재하기 위해 세계축구연맹과 유럽축구연맹이 나서기도 했으나, 어쩌랴, 반쯤 미친 그들에게는 주변의 이성적인 목소리가 들리지 않는 모양이다.

영화 〈레알〉은 이 전설적인 팀을 다루고 있다.

6 • 꿈이 있다는 건 미쳐 있다는 것 | 시네스 골렘 |

페드로 알모도바르 감독의 꿈을 이루기 위한 첫걸음은 어린 시절 교육을
받던 수도원에서 뛰쳐나오는 것이었다. 종종 몰래 나와 영화관으로 숨어
들곤 했던 그는 결국 열여섯 살에 마드리드로 무작정 상경하게 된다. 그
러나 프랑코 정권 하에서 영화학교가 폐쇄되면서 영화감독을 향한 그의
길은 역경에 처한다. 그후로도 오랫동안, 그는 전화국의 사무보조로 일
하며 꿈을 삭여야 했다.

그러나 꿈을 포기한 것은 아니었다. 프랑크 독재가 저물어가던 시절
활발하게 일어난 반문화 운동에 편승한 그는 이런저런 재미있는 일들에
뛰어들었다. 글램록의 패러디 듀오를 만들어 노래를 부르기도 하고, 어
렵게 월급으로 모은 돈으로 산 슈퍼 8미리 비디오로 단편영화를 만들기
도 했다. 그는 그렇게 만든 단편영화들을 마드리드의 클럽이나 바에서 상
영했는데, 기술적으로 사운드를 입힐 수 없어 카세트테이프로 음악을 틀
고 자신이 변사를 맡기도 했다.

그의 첫 번째 장편 작품은 〈페피, 루시, 봄 그리고
다른 사람들〉. 1980년에 발표한 이 작품은 1년 반 동
안 찍은 것이었는데, 배우와 스태프들의 경우 거의
모두 처음 영화작업을 하는 사람들이었다고 한다. 이
작품은 마드리드에 몇 개 없는 예술극장 중 하나인 알
파빌 극장에서 심야상영을 했고, 여기서 번 돈으로
두 번째 영화 〈정열의 미로〉를 찍을 수 있었다. 현재
시네스 골렘으로 바뀐 그 작은 극장 덕분에 비로소 영
화감독으로 자리잡을 수 있었던 것이다. 이후 그의
행보는 익히 알고 있는 바, 수없이 많은 영화를 찍고

영화 〈페피, 루시, 봄 그리고
다른 사람들〉은 페드로 알모
드바르 감독의 첫 번째 장편
영화다.

수없이 많은 상을 받았다. 자신의 꿈에 미쳐 있었던 한 소년은 현재 미친 듯 아름다운 작품들을 만들어내는 감독이 되었다.

7 · 성인의 두개골, 뼈, 그리고 말라버린 피 | 엔카르나시온 왕립수도원 |

엔카르나시온 수도원은 아우구스티누스회의 수녀원이다. 1611년, 펠리페 3세의 부인인 오스트리아의 마르가레트를 위해 세워진 이 수도원은 현재 16~18세기의 진기한 작품들을 소장한 박물관으로 유명하다. 호세 데 리베라, 비센테 카르두초, 카레뇨 데 미란다의 작품을 볼 수 있다. 고야의 처남인 프란시스코 바예우의 작품도 소장되어 있다.

펠리페 3세의 부인 마르가레트

하지만 그보다 더 인기를 끌고 있는 것은 유골함이 있는 방이다. 이 방에는 성인들의 두개골, 뼈 등이 보관되어 있는데, 그중에서도 가장 눈길을 끄는 것은 판탈레온 성인의 굳은 피가 담겨 있는 유리병이다. 매년 7월 27일, 즉 이 성인의 기일이 되면 말라버린 피가 녹아서 액체가 된다고 한다. 그런 현상이 일어나지 않는다는 것은 곧 마드리드에 재앙이 닥친다는 의미라고.

(1city / 1week) × 1year = 52map

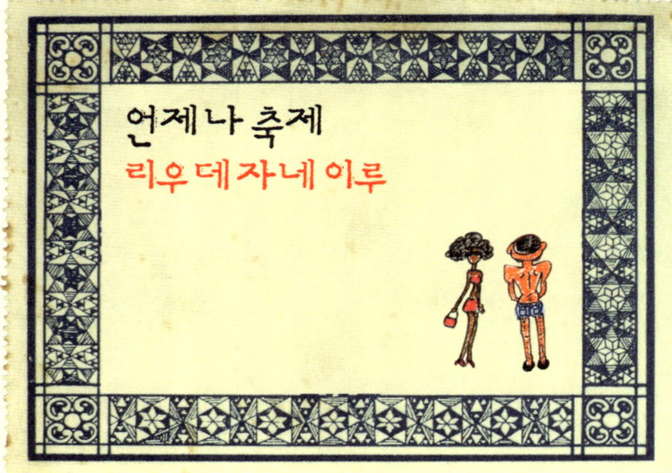

죽기 전에 딱 하루. 축제의 날을 허락받는다면 어디로 가야 할까? 숨이 끊어지기 직

전까지 춤을 추어야 한다면, 어디가 가장 좋을까? 코르코바도 예수상 너머로 태양

은 떠오르고 별은 사라지지만, 파티는 끝나지 않는다. 리우데자네이루.

1 • 카니발의 광기 | 삼바드로메 |

매년 2월, 브라질의 도시 리우데자네이루는 지상에서 가장 거대하고 화려한 파티장이 된다. 세계 곳곳에서 60만 명 가까운 사람들이 오직 그 행사를 위해 리우로 날아온다. 지구의 나머지 모든 축제의 참가자와 맞먹는 수치라고 한다. 환호와 불꽃, 음악과 춤, 지치지 않는 리듬이 그들의 심장을 가속시킨다.

리우는 삼바의 도시. 카니발의 핵심은 도시를 마법의 세계로 변신시키는 삼바 퍼레이드다. 삼바드로메*sambadrome*는 700미터 길이의 퍼레이드 전용 공간으로, 축제에 참가할 삼바 스쿨들의 공식 경연이 벌어지는 장소다. 리우 곳곳에 산재해 있는 삼바 학교들은 재의 수요일 직전에 벌어지는 4일 동안의 경연을 위해 혼신의 열정을 불태운다. 팀당 100만 달러를 호가하는 무대 장식과 기묘한 장치들, 화려한 의상과 그에 어울리는 댄스……. 주제는 아메리칸 인디언, 모세의 기적과 같은 고전적 테마에서부터 홀로코스트의 참상, 아프가니스탄 전쟁과 같은 시사적인 테마에 이르기까지 다채롭다. 12~13개 톱클래스 그룹의 퍼레이드가 벌어지는 일요일과 월요일에는 7만 명의 좌석이 꽉 차고, 가장 좋은 자리의 입장료는 300만 원까지에 이른다.

삼바드로메는 축제의 서장일 뿐이다. 코파카바나*Copacabana* 해변을 비롯한 도시 곳곳에서 펼쳐지는 야외 퍼레이드는 리우를 광기 속으로 끌고 들어간다. 삼바 스쿨들은 저마다의 개성을 살린 무대차를 앞세우고 화려한 의상을 입고 거리로 뛰쳐나온다. 공식 참가자가 아니라도 좋다. 누구든 끊이지 않는 삼바 리듬

카니발은 온갖 색채의 향연이다.

TIJUC
LEBRON
이파네마
해변
2
IPAN
SAMBA

페이라 노르데스티나
7
4
마라카나
스타디움
A
삼바드로메
1
라파
3
세라론의 계단
6
타바레스
바스토스
LAPA
5
FLAMENGO
COPACABANA

에 맞춰 춤추고, 마시고, 내일이 없을 것처럼 논다.

2 • 그 소녀는 지금 어디에? | 이파네마 해변 |

리우는 코파카바나, 레블론, 파케타, 펭야 등 세계적인 해변으로 둘러싸인 도시다. 비키니 왁스보다 더 심한 브라질리안 왁스를 마친 여성들은 까무잡잡한 피부를 내보이며 그 바닷가를 돌아다닌다. '카리오카*Carioca*'는 리우의 사람들, 특히 이들 해변의 소녀들을 일컫는 말이다.

1962년 겨울, 보사노바 뮤지션인 안토니오 카를로스 호빔은 작사가 비니시우스 데 모라에스와 함께 이파네마 해변에서 뮤지컬에 쓰일 노래를 만들고 있었다. 그때 해안에 자주 놀러오던 아름다운 열다섯 살의 소녀, 엘로이사*Heloísa Pinheiro*가 그들의 마음을 사로잡았다. 그리고 전설의 명곡 〈이파네마에서 온 소녀*Garota de Ipanema*〉가 태어났다. 모라에스는 그 곡이 태어나던 때를 떠올리며 말한다. "젊은 카리오카의 패러다임. 소녀는 황금빛 십대, 꽃과 인어의 혼합물, 빛과 우아함으로 가득 차 있다. 그러나 또한 슬픈 모습이다. 소녀는 스스로를 바다로 향한 길로 데리고 간다. 사라져가는 젊음의 감각, 절대 소유할 수 없는 아름다움. 그것은 끝없는 조수 속에서, 아름다움과 우울함을 함께 품고 있는 삶의 선물이다."

이파네마의 소녀는 어떻게 되었을까? 엘로이사는 모델로 인기를 모았고, 1987년 브라질 판 《플레이보이》 잡지에 등장했다. 2003년에는 딸과 함께 다시 그 잡지에서 몸매를 뽐내기도 했다. 그녀는 이파네마 해안에 노래 제목을 그대로 가져온 의류 부티크 숍을 오픈해 '이파네마에서

보사노바는 물론 재즈의 스탠더드가 된 〈이파네마의 소녀〉, 오리지널 앨범.

온 소녀' 티셔츠를 팔았다. 호빔과 모라에스는 이를 금지하기 위해 소송을 걸었지만 지고 말았다.

3. 금요일은 삼바 클럽 | 라파 |

리우의 밤은 언제나 뜨겁다. 그러나 라파^{Lapa}의 금요일 밤에 견줄 만한 곳을 찾기란 어렵다. 18세기에 만들어진 수도교^{Arcos da Lapa. 水道橋}와 공원 ^{Passeio Público}을 중심으로 펼쳐져 있는 라파는 리우에서도 매우 고풍스러운 지역이다. 하지만 어느 해변보다 뜨거운 동네이기도 하다.

1950년대부터 이 동네에 스스로를 '몽마르트르 카리오카^{Montmartre Carioca}' 라 부르는 사람들이 몰려들었다. 그들은 리우의 일반 시민 특히 지식인층과 거리를 두며 자유분방하고 원초적인 삶을 추구했다. 다운타운의 중심이 남쪽 해안으로 옮겨가고, 브라질의 수도가 브라질리아로 옮겨간 것도 큰 이유가 되었다. 새로운 탄생을 위해 시들고 썩는 시기가 필요했던 것이다. 다행히 삼바 음악과 춤은 여전히 그곳에 있었다. 사람들은 궁핍 속에서도 삼바를 통해 기쁨을 얻었고, 관광객들의 홍수 속에서 진짜 리우를 지켜냈다.

20세기가 되면서 라파 곳곳에 산뜻한 클럽들이 생겨났다. 처음에는 현지인들조차 위험하다며 꺼리기도 했지만, 클럽의 명성은 커졌고 골동품 가게와 노천 시장이 거리의 풍미를 더했다. 그리고 이제는 많은 사람들이 말한다. "진짜 삼바를 만나려면 라파로 가라. 거기에 스릴과 드라마와 땀이 있다."

라파의 상징인 아르코스, 18세기 때의 모습0 다.

4 · 축구, 축구, 축구, 심심하니 올림픽 | 마라카나 스타디움 |

삼바가 아닌데도 이 도시 사람들 모두를 미치게 할 수 있는 것이 있을까? 놀랍게도 존재한다. 축구! 리우는 브라질에서 가장 뜨거운 열정의 도시, 그리고 리우에서 가장 뜨거운 장소는 코파카바나 해변이 아니라 마라카나 스타디움Maracanã Stadium이다.

1950년 월드컵을 개최하기 위해 만든 이 축구 경기장은 리우 시민, 브라질 국민, 그리고 전 세계의 축구팬들에게 역사의 현장으로 남아 있다. 당시 브라질 팀은 월등한 실력으로 대회를 압도해갔다. 지금과 같은 토너먼트 방식이 아니라 결승 리그전이 펼쳐졌는데, 브라질은 우루과이와의 최종전을 앞두고 승리를 기정사실화했다. 그 경기에서 비기기만 해도 우승을 확정할 수 있었고, 이전의 경기들은 압도적인 스코어로 지배했다. 그리고 최종전의 순간이 다가왔다. 스타디움은 공식적으로 8만 2,000석 규모였지만 유료입장객만 17만 3,000여 명이 들어왔다. 실제로는 20만 명 가까이 들어와 축구 역사상 가장 많은 관람객을 동원한 경기로 기록되었다. 그리고 그 관중들 모두가 브라질의 우승을 당연시하는 분위기였다. 브라질은 자국대표 팀원들의 이름을 새긴 22개의 금메달을 미리 만들었고, 피파 의장인 줄 리메는 포르투갈어로 된 브라질 우승 축하 연설문만 준비해왔다. 그러나 경기는 거짓말처럼 우루과이의 2-1 승리로 돌아갔

마라카나 스타디움은 역사상 가장 많은 사람들이 축구경기를 관람한 장소다.

다. 이 전설적인 패배는 '마라카나조 *Maracanazo*' 라는 이름으로 남아, 아직까지 브라질 국가대표 팀의 꼬리가 되어 있다.

마라카나 스타디움은 2010년에 대대적인 리노베이션어 들어갔다. 브라질이 2014년 월드컵과 2016년 올림픽을 연이어 개최하게 되면서, 새로운 역사의 장으로 탈바꿈할 기회를 얻은 것이다. 과연 21세기의 스타디움은 마라카나조의 치욕을 뒤집을 수 있을 것인가?

5 • 할리우드를 꼬이는 슬럼가 | 타바레스 바스토스 |

영화 〈인크레더블 헐크〉를 본 사람이라면 에드워드 노튼이 미친 듯이 도망가는 판자촌의 모습을 잊지 못할 것이다. 얼기설기 덧댄 집들이 초등학생이 맞춘 레고 장난감처럼 불규칙하게 포개져 있던 모습. 그럼에도 그 형형색색의 조화는 규격화된 도시에서는 절대 찾을 수 없는 아름다움을 보여주었다. 그 무대는 바로 리우의 대표적인 슬럼가인 타바레스 바스토스 *Tavares Bastos*. 지긋지긋한 가난과 흉악무도한 범죄가 판을 치던 이곳이 지난 10년 간의 대대적인 치안회복 운동을 통해 새로운 삶을 얻고 있다. 그리고 그 독특하고 매력적인 풍광 덕분에 영화 〈엘리트 스쿼드〉, 스눕독의 뮤직비디오 등의 촬영지로 각광받게 되었다.

브라질은 월드컵과 올림픽 유치를 계기로 리우 데자네이루를 새로운 도시로 변신시킬 프로젝트를 진행하고 있다. 리우는 높은 범죄율 때문에 많은 기업체들이 떠나갔고 그로 인해 실업의 문제가 심각하다. 대외적으로는 관광 엽서 속의 해안가 도시의 이미지를 지우지 못하고 있다. 우디 앨런과 같은 감독들을 초청하며 리우를 배경으로 한 영화를

영화 〈엘리트 스쿼드〉. 교황의 방문 전에 리우 빈민가의 범죄단을 소탕하라.

만들고자 하는 적극적인 움직임이 그들에겐 변신의 중요한 열쇠다.

6 · 리우의 언덕을 오르는 가장 아름다운 방법 | 세라론의 계단 |

남미의 대국으로 세계 경제를 주도하던 영광의 시대가 사라진 뒤, 리우의 시민들은 매우 엄혹한 시간을 통과해야만 했다. 도시의 곳곳은 오랫동안 무질서 속에 방치되었다. 기업체가 빠져나간 건물들은 흉물스럽게 썩어 갔다. 그러나 덕분에 얻은 기쁨도 있었다. 리우는 가난한 아티스트들의 화폭이 되었고, 놀라운 원색의 벽화 등 거리 예술이 꿈틀대는 곳이 되었다. 그중에서 가장 널리 알려진 예술품은 세라론의 계단Escadaria Selarón이다.

세라론의 계단. 언제나 기념사진을 찍는 사람들로 가득해 계단만을 찍기란 여간 어려운 게 아니다.

칠레에서 태어나 이 도시에 터전을 마련한 예술가 세라론은 자기가 사랑하는 이 거리의 계단을 모자이크 타일로 장식하기 시작했다. 그는 215개의 계단을 초록, 노랑, 파랑의 색으로 덮으며 브라질 국민들에게 경의를 표했다. 그리고 세계 곳곳에서 가져온 거울들로 빛의 향연을 만들어냈다. 세라론은 최근 자신의 작업을 라파의 아르코스에까지 이어가고 있다.

7 · 과일과 춤과 무술이 뒤섞이는 시장 | 페이라 노르데스티나 |

흥청망청 온갖 사람들이 뒤섞이는 것이 당연한 리우. 이 도시의 시장 역시 흥겨운 축제의 현장과도 같다. 특히 북동시장, 페이라 노르데스티나Feira Nordestina는 자자한 명성으로 사람들을 불러모은다. 수백 개의 가게들이 다닥다닥 붙어 있는 거대한 시장은 명성 높은 바이안Bahian 음식을

먹기에도 아주 좋은 장소다. 사탕수수로 만든 술과
맥주를 들이켜고 길을 걸으면, 아코디언과 기타를
메고 나온 연주자들의 리듬에 취하게 된다. 삼바를
비롯한 여러 전통 음악은 물론, 브라질 전래의 무술
퍼포먼스인 카포에이라도 감상할 수 있다. 이 놀라
운 광경은 금요일 저녁 8시부터 일요일 밤까지 이어
지기도 한다고. 물론 현지인들과 심야에 뒤섞이는
일은 많은 위험에 노출되는 것이기도 하다. '스릴과
드라마와 땀'은 좋은 것이다. 단 건강하게 돌아왔을
때에만.

이 시장은 브라질 전통의 무술
퍼포먼스인 카포에이라를 보기
에도 좋은 장소이다.

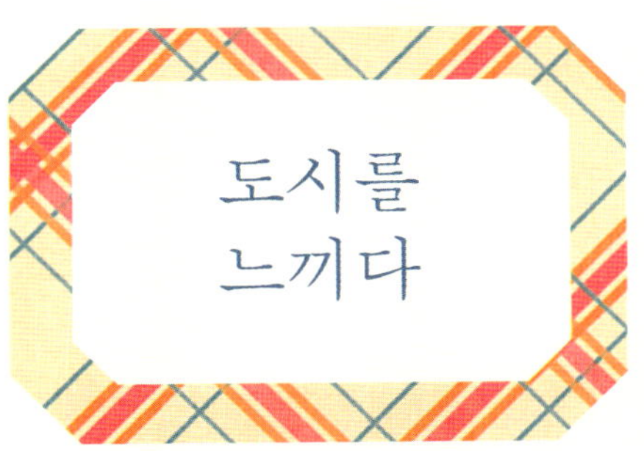

도시를
느끼다

그들은 만났다
파리

그들은 만났다. 서점에서, 카페에서, 캠퍼스에서. 그들은 만났다. 길에서, 모퉁이에서, 다리 위에서. 만나서 서로에게 피가 되고 살이 되었을 그들. 상처가 되고 비료가 되었을 그들의 온기가 남아 있는 곳. 그곳이 궁금하다.

1 • 단골은 혈육보다 끈끈한 법 | 셰익스피어 앤드 컴퍼니 |

1919년 11월 19일 미국문학전문서점인 셰익스피어 앤드 컴퍼니 Shakespeare & company가 문을 열었을 때 두 번째 손님으로 문을 열고 들어온 것은 앙드레 지드였다. 그의 나이 오십이었을 때이니, 『전원교향곡』을 지은 바로 그 해다. 이곳은 책 판매가 목적이었으나 워낙 고가의 수입서들을 다루다보니 초기에는 실질적으로는 책 대여점 역할을 했다. 앙드레 지드는 이곳에 장부를 만들어두고 바지런히 책을 빌려갔다.

당시 제임스 조이스는 서른일곱이었다. 1920년에 파리로 온 그는 새로운 문학의 핵심을 자처했다. 1918년부터 연재하던 『율리시즈』가 "풍기상 유해하다."며 수난을 당하던 와중에, 그 책을 출판하겠노라 나선 것이 바로 셰익스피어 앤드 컴퍼니의 사장인 실비아 비치였다. 이곳의 단골이던 많은 문인들이 『율리시즈』의 출간에 어떻게 힘을 실었을지 짐작 가능하다.

앙드레 지드와 제임스 조이스가 서로 깊은 우정을 나누었다는 기록은 없지만, 서로의 작품을 눈여겨보았을 것은 자명할 터, 그들이 서점 문간에서 나눴을 대화가 궁금하다.

2 • 안락한 호텔에서 벌이는 신경전 | 리츠 호텔 |

남성적이고 활달한 매력을 가졌던 헤밍웨이와 섬세하고 예민했던 스콧 피츠제럴드의 우정과 파국은 유명하다. 주로 피츠제럴드가 헤밍웨이에게 찬사를 퍼부었지만, 헤밍웨이 또한 "그의 재능은 나비의 날개가 만들어 낸 먼지의 무늬만큼이나 자연스러운 것이다."라며 그를 인정했다. 그 때문에 서로를 오히려 견제한 것일까? 그들의 끝은 좋지 않았다.

1940년대 리츠 호텔의 단골손님이던 헤밍웨이는 "천국에 관한 꿈을 꿀

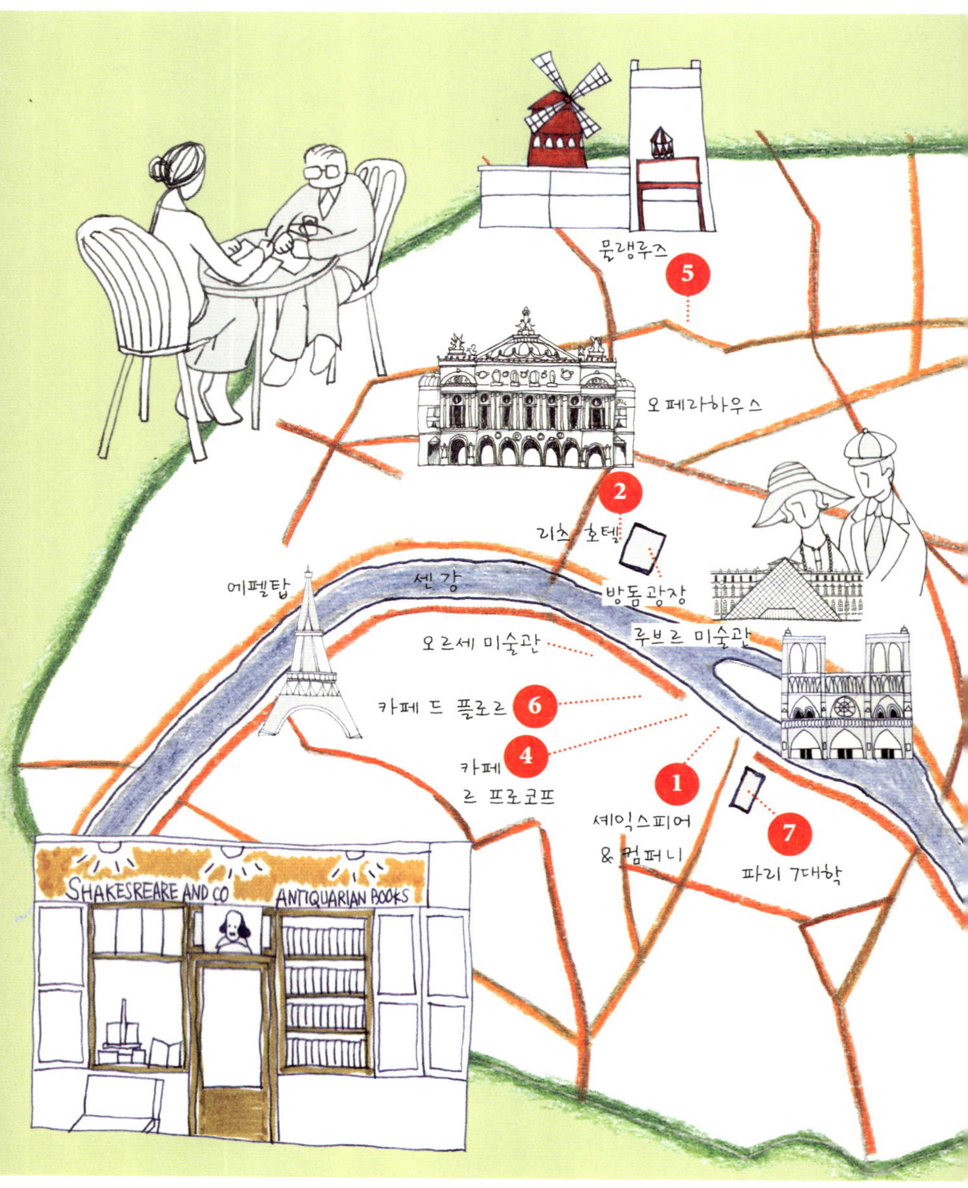

물랭루즈
5
오페라하우스
2
리츠 호텔
방돔광장
에펠탑
센 강
오르세 미술관
루브르 미술관
카페 드 플로르
6
4
카페 르 프로코프
1
셰익스피어 & 컴퍼니
7
파리 7대학
SHAKESREARE AND CO   ANTIQUARIAN BOOKS

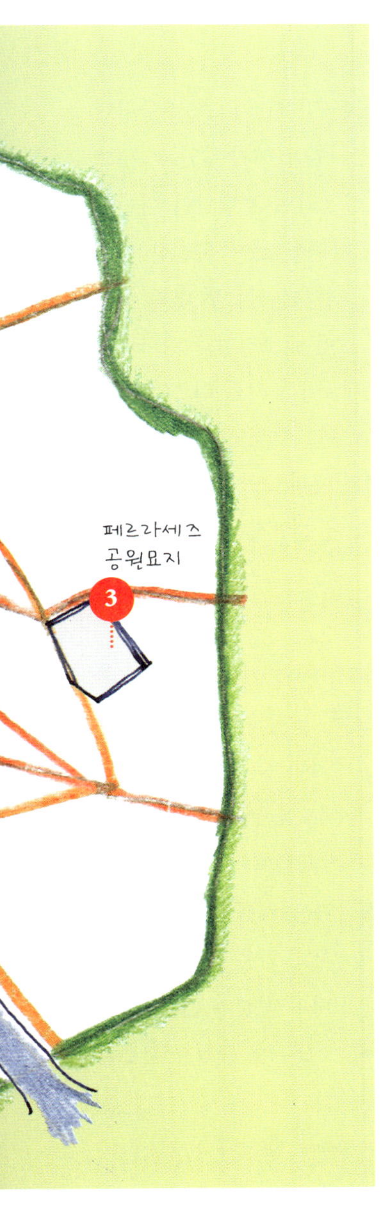

페르라세즈
공원묘지
3

호화롭기로 유명한 리츠 호텔에는 '헤밍웨이 바'가 있어 그를 기념한다.

때면, 그곳은 언제나 리츠 호텔입니다."라며 찬사를 아끼지 않았고, 피츠제럴드 또한 〈리츠 호텔만한 다이아몬드〉라는 단편을 쓰며 각별한 애정을 보였다. 헤밍웨이는 두 번째 부인인 폴린과 같이 플로리다로 떠나면서 두 개의 트렁크를 리츠 호텔에 남겨두고 가는데, 이를 샤를 리츠가 호텔 지하에서 발견하면서 〈헤밍웨이의 파리에서 보낸 7년〉이 세상에 나오게 된다. 이 책에는 파리에서 만난 많은 사람들과의 에피소드가 적혀 있는데 그중에서도 특히 스콧 피츠제럴드에게 갖고 있던 양면적인 감정이 눈에 띈다.

3 · 죽어서 만난 두 인기스타 | 페르 라세즈 공원묘지 |

페르 라세즈 공원묘지에 잠든 유명인사들은 많다. 발자크, 프루스트, 쇼팽, 모딜리아니, 알퐁스 도데, 이사도라 덩컨, 마리아 칼라스, 에디트 피아프……. 수많은 사람들이 그들을 만나기 위해 지도를 들고 넓은 묘지를 헤맨다. 그 중에서도 가장 열렬한 호감의 세례를 받는 이들은 누구일까? 무덤은 정직하니, 무덤 위에 바쳐진 꽃과 선물, 키스 자국이 그 인기를 단적으로 보여준다.

1943년에 태어나 1971년 파리의 아파트 욕조에서 심장마비

시대를 잘못 타고난 이들이 뒤늦은 사랑을 아낌없이 받고 있다.

로 죽은 '도어즈'의 리드싱어 짐 모리슨의 조촐한 무덤은 수많은 사람들이 바친 꽃과 선물들로 뒤덮여 있다. 하지만 그보다 더 뜨거운 호의로 뒤덮여 있는 것은 오스카 와일드의 무덤이다. 그의 비석은 전 세계 여성들의 키스마크로 도배되어 있다. 그가 동성애 때문에 감옥살이를 하고 비참한 최후를 마친 것을 생각하면 아이러니한 일이다.

화려한 인기를 구가하다가 결국 약물과다로 인한 심장마비로 쓸쓸히 죽은 짐 모리슨과 유미주의의 화신으로 화려한 주목을 받다가 결국 비참한 최후를 맞이한 오스카 와일드는 어딘가 닮았다. 시대를 잘못 만난 이들의 안식처에서 뒤늦은 인기를 누리며 잠들어 있다는 것조차도.

4 · 오랜 연인을 위한 오래된 카페 | 카페 르 프로코프 |

카페 르 프로코프는 1686년 처음 문을 열었다. 그 세월이라니! 세월만큼이나, 그곳 단골들의 목록은 길다. 몰리에르, 라신, 발자크, 볼테르, 로베스피에르, 나폴레옹. 그리고 그곳에 이들의 수줍은 이름도 있다. 쇼팽과 그의 연상의 애인 조르주 상드.

천박한 남편과 아이들을 버리고 파리에 와 남장을 하고 문인들과 어울리며 소설을 썼던 조르주 상드는 자유분방한 연애로도 유명했는데, 그녀의 가장 유명하면서도 애처로운 애인이 쇼팽이다. 그들은 1836년, 쇼팽이 스물여섯 살 때 만나 1847년, 그가 서른일곱 살 때 헤어진다. 그리고 2년 후 쇼팽은 세상을 뜨게 된다. 일생을 폐

연약한 쇼팽, 강인한 조르주 상드는 들라크르와의 눈을 통해 이렇게 재탄생했다.

Paris

결핵을 앓았던 쇼팽은 조르주 상드의 모성적인 극진한 보살핌에도 불구하고 결국 병을 이겨내지 못한 것이다.

쇼팽을 만날 당시 서른둘이었던 상드는 자신에게는 없는 면 때문에 쇼팽을 좋아했으나 결국 "그는 극도로 예민하고 섬세하며 어린아이다운 순진함도 지니고 있다. 하지만 그는 편협하기 짝이 없는 상투적인 틀 안에만 갇혀 있다."라고 인정하게 된다.

5 · 화려함 속의 두 그늘 | 물랭루즈 |

물랭루즈와 로트렉을 따로 떼어놓고 생각할 수 있을까? 그는 '물랭루즈의 화가'였다. 처음 파리에서 화가로 명성을 얻은 것이 바로 물랭루즈의 포스터 덕분이었는데, 파리 전역에 뿌려진 이 포스터를 수집가들이 떼어가려고 경쟁이 붙었다고 한다.

유서 깊은 귀족가문에서 태어났으나 유전병으로 기형적인 몸매가 된 그는 "다리만 길었어도 화가는 되지 않았다"고 자조했다고. 콤플렉스와 고통스러운 치료과정은 그를 술로 이끌었고, 결국 정신병원을 오가던 그는 알코올 중독과 발작으로 요절하고 만다.

로트렉의 눈에 비친 물랭루즈

그러한 로트렉에게 가장 많은 영향을 준 화가가 반 고흐였다. 로트렉, 고갱과 함께 독자적인 인상파 모임을 만들고 싶어했던 그는 결국 실패하고 끝내 권총자살로 생을 마감한다. 물랭루즈의 화려한 붉은 풍차 밑에는 이렇듯 캄캄한 시간들이 있었던 것이다.

6 • 사르트르와 보부아르의 열린 서재 | 카페 드 플로르 |

사르트르와 보부아르는 열린 사람들이
있다. 서로를 구속하지 않으면서도 서
로에게 굳건한 사람이 되기 위해 맺었
던 그들의 '계약결혼'은 유명하다.

그들은 또한 정해진 작업실도 싫어
했다. 카페를 전전하며 시끄럽고 번잡
한 와중에 글쓰기를 즐겼던 그들은 특

카페 드 플로르는 여전히 성업중이다.

히 카페 드 플로르를 좋아했는데, 그곳을 좋아한 것은 이들뿐은 아니었
다. 롤랑 바르트, 앙드레 말로, 프레베르, 아폴리네르 등.

이곳의 주인인 폴 부발은 그들에 대해 다음과 같이 촌평한 바 있다.
"사르트르는 우리 카페를 찾는 손님 중 최악의 손님이었습니다. 차 한 잔
을 앞에 두고서 몇 시간이고 죽치고 앉아 알 수 없는 무언가를 계속 쓰고
있었으니 말입니다." 하지만 그는 메뉴판에 "나에게 있어 플로르에 이르
는 길은 자유에 이르는 길이었다."라는 사르트르의 글을 적어두는 상술
을 잊지 않았다.

50년 이상 이어졌던 그들의 계약결혼은 한 무덤에 나란히 묻힘으로써
아름다운 결말을 맺었다. 그리고, 그들이 앉았던 자리에는 또 다른 새로
운 사람들이 와 차 한 잔을 시켜놓고 알 수 없는 무언가를 쓰고 있다.

7 • 낯선 이국땅에서 만난 이방인 | 파리7대학 |

이옥은 연세대학교에서 한국사를 전공했다. 전임강사로 있던 그는 모든
것을 버리고 파리로 삶의 자리를 옮겼다. 그는 파리7대학의 한국학과 교
수가 되었고, 프랑스에서 한국학을 창설하면서 한국학 연구소 소장을 맡

Paris

았다. 그가 죽을 때 그는 파리7대학의 명예교수였고, 국민명예훈장과 교육공로훈장 그리고 대한민국 국민명예훈장의 수상자였다. 그는 파리 사람답게 몽파르나스 묘지에 묻혔다. 비석에 한글을 한 글자 새기고.

그가 파리에서 만났던 모리 아리마사 또한 그와 닮았다. 도쿄대 불문과를 나와 조교수를 맡았던 그는 교직을 버리고, 부인과 이혼하면서까지 파리에 남았다. 파리에서의 삶은 녹록치 않았으나, 그는 아름다운 수필을 쓰며 견뎠다. 파이프 오르간 연주의 국제적 권위자이자 동양어학교 교수로.

그들이 만났던 파리는 그들 누구의 고향도 아니었지만 어느 누구의 고향이기는 했을 터. 결국은 그들의 고향이 되었을 터. 그토록 그들을 매혹케 한 도시, 그 도시에 대한 애정만으로도 그들은 서로를 알아보았을 것이다.

(1city / 1week) × 1year = 52map

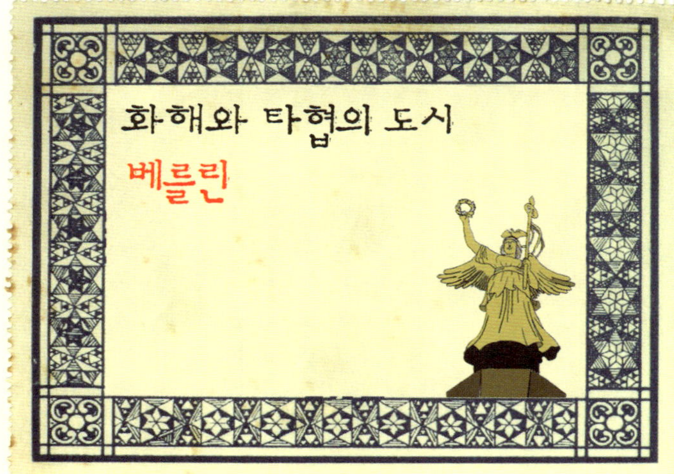

최근 가장 에너제틱한 도시로 주목받고 있는 베를린. 베를린의 힘은 어디서 오는 것

일까? 수많은 충돌과 화해와 타협과 만남과 손잡음, 그것이 바로 베를린의 저력을

이루고 있는 것 아닐까?

1 • 지상과 지하가 만나다 | 훔볼트하인의 방공호 |

'베를리너 운터벨텐'은 '베를린의 지하세계'라는 뜻을 가진 단체이다. 1998년부터 활동을 시작한 이 단체의 목적은 베를린의 지하를 체계적으로 조사하고 공개하여 사람들이 직접 볼 수 있게 만드는 것. 제2차 세계대전이 끝난 뒤 도시가 동서로 분단되면서 수많은 시설이 더 이상 쓰이지 않게 되었는데, 이렇게 잃어버린 지하시설이 통일된 베를린 사람들의 관심을 받게 된 것이다. 새롭게 발굴된 교통용 터널, 전철역, 수송로, 방공호, 공기송출 우편시설 같은 지하시설이 덕분에 사람들의 시선을 모으고 있다.

　훔볼트하인 공원 언덕 위에 자리한 방공호 또한 그렇게 해서 공개된 시설의 하나다. 제2차 세계대전 당시 5만 명의 시민들이 공습을 피했던 방공호는 중세시대의 요새와 같은 위용을 자랑한다. 당시 대공포가 설치되어 있던 85미터 높이의 방공호 탑에서는 베를린 시내를 내려다볼 수 있다. 현재 이곳은 4월부터 10월까지만 공개되는데, 겨울에는 동면하는 박쥐를 보호하기 위해 입장이 금지된다고 한다.

2 • 예술가와 정부, 타협하다 | 타헬레스 |

1990년 2월, 일군의 예술가들은 화려한 퍼포먼스를 벌이며 방치된 백화점에 입성했다. 무단점거운동, 스쾃squat의 대표적인 이름이 된 '타헬레스Tacheles'의 탄생이었다. '타헬레스'란 '자신의 주장이나 견해를 명확하게 말하다'라는 의미를 가진 유대어다. 이 명랑한 스콰터squatter들은 "너희는 건물을 가졌지만 쓰지 않고 있고, 우리는 돈이 없지만 작업실이 필요하다."라고 말하며 당당하게 자리잡았다.

　원래 그 건물은 1907년 백화점으로 지어졌다가 2차 세계대전을 거치

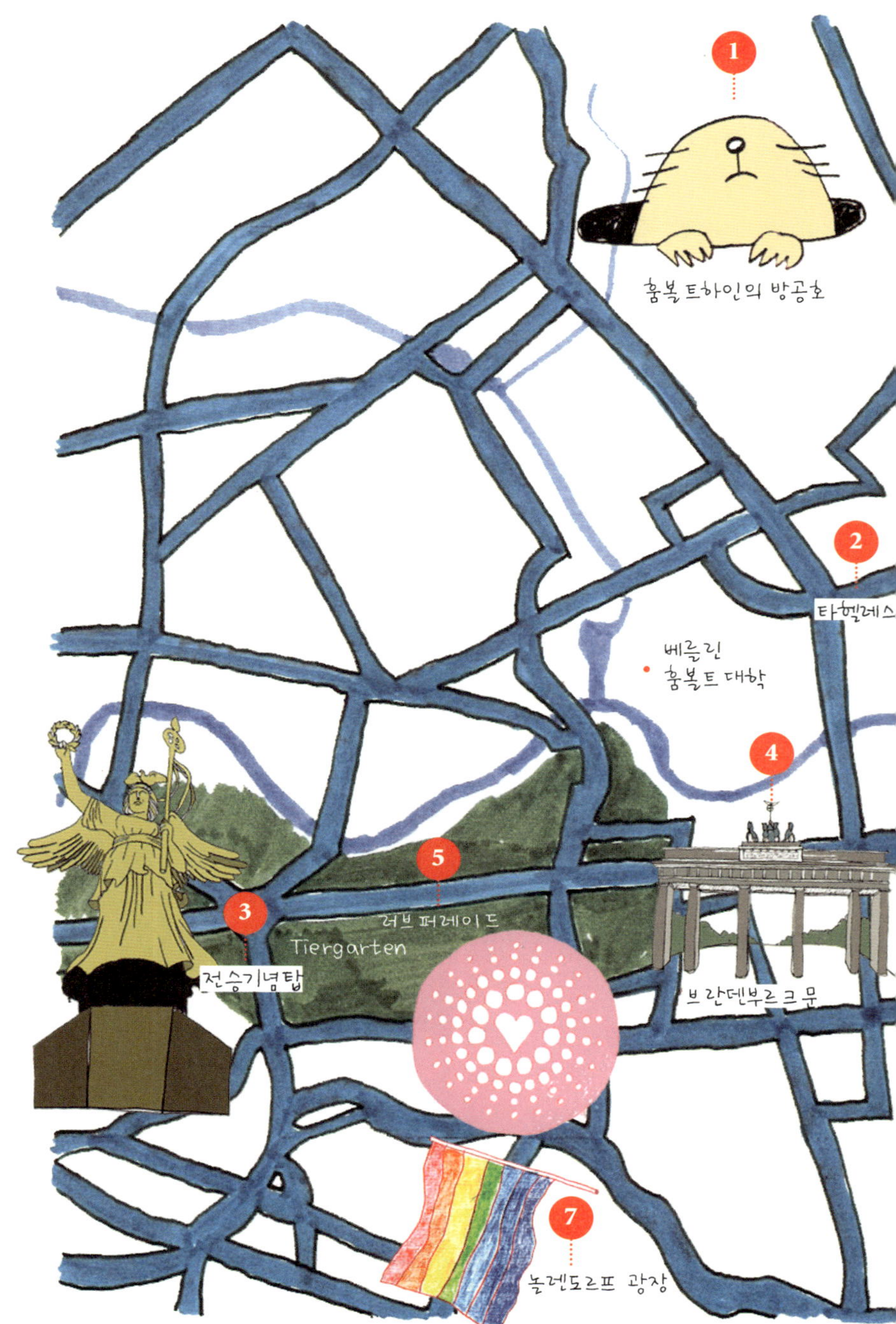
1
훔볼트하인의 방공호
2
타헬레스
베를린
훔볼트 대학
4
5
러브 퍼레이드
Tiergarten
3
전승기념탑
브란덴부르크문
7
놀렌도르프 광장

Volkspark Friedrichshain
페르가몬 박물관
IS NOW
베를린 돔
(베를린 대성당)
유대인 박물관
6

그래피티로 가득 찬 타헬레스 전경

면서 폐허가 된 건물이었다. 이곳은 철거될 운명에 놓여 있었는데, 예술가들이 다시 살려냈다. 하지만 정부의 관점은 예술가들과는 달랐다. 그후 10년간 강제퇴거의 협박과 버티기의 지난한 싸움이 기다리고 있었다. 결국 정부가 "문화공간으로 보존할 가치가 있다"고 판단을 바꾸면서 타헬레스의 위상은 극적으로 바뀌었다. 1999년, 정부 보조금까지 받는 예술단지로 인정받게 된 것이다. 50여 명의 전 세계 예술가들은 관리비에 해당하는 저렴한 임대료를 내고 작업실을 합법적으로 대여할 수 있게 되었으며, 불법이었을 때와 마찬가지로 골든홀과 블루살롱, 영화관 겸 카페 Highend 54 등의 공동공간에서 수시로 전시회, 공연, 콘서트, 영화상영을 할 수 있게 되었다.

그러나 그것이 끝이 아니었다. "합법적인 지위와 실험성을 바꿨다"는 통렬한 비난과 정부의 간섭이 타헬레스에 미친 영향도 적지 않았지만, 2009년 이 건물을 소유한 투자펀드 '푼두스 그룹'에서 10년의 임대계약이 끝났다며 예술가들에게 강제퇴거를 통보해 또 다른 지난한 싸움을 맞이하게 되었다. 베를린 반문화 *Counterculture* 운동의 상징이었던 타헬레스는 이에 "우리는 과거에도 무단점거자였고, 이제 다시 무단점거자로 돌아왔을 뿐"이라며 당당한 한판 싸움을 다시 벌이고 있다.

3 • 천사와 인간, 손을 잡다 | 전승기념탑 |

천사 다미엘은 황금빛 여신의 동상 어깨에 앉아 먼 곳을 바라보고 있다. 독일어로 속삭이는 목소리가 인상적이었던 영화 〈베를린 천사의 시*Der*

〉는 1987년 빔 벤더스 감독이 연출하고 페터 한트케가 공동으로 각본을 쓴 작품이다. 서커스단에서 공중그네를 타는 아름다운 마리온을 사랑하게 된 천사 다미엘은 고뇌 끝에 인간이 된다. 격찬을 받았던 이 영화는 베를린 전승기념탑 의 아름다움을 알리는 데도 한몫했다.

전승기념탑 꼭대기의 '황금의 엘제'는 영화 〈베를린 천사의 시〉를 통해 그 아름다움을 널리 알렸다.

다미엘이 앉아 있는 황금빛 여신을 베를린 사람들은 '황금의 엘제'라는 애칭으로 부른다. 원래는 승리의 여신인 '빅토리아'다. 키가 무려 8.3미터에 달하는 이 조각상은 무게만도 무려 35톤. 프리드리히 드라케 가 조각한 것이다.

베를린 중심가에 있는 그로쎄 티어가르텐 공원에 자리잡고 있는 전승기념탑은 1873년에 하인리히 슈트라크스 의 설계로 완성되었다. 덴마크, 오스트리아, 프랑스와의 전투에서 승리한 것을 기념하기 위해 만든 탑이었다. 탑 내부에 있는 285개의 계단을 오르면 베를린 시내를 한눈에 내려다볼 수 있지만, 아쉽게도 다미엘처럼 황금의 엘제 어깨에 앉아보지는 못할 것이다. 67미터 높이까지는 엘리베이터로 올라갈 수 있으나, 거기까지만 가능하다.

4 • 동독과 서독, 마주보다 | 브란덴부르크 문 |

브란덴부르크 문은 동베를린과 서베를린의 경계선에 자리하고 있어, 한때는 독일의 분단을 상징했고 이제는 독일통일의 상징이 되었다. 1788년

445

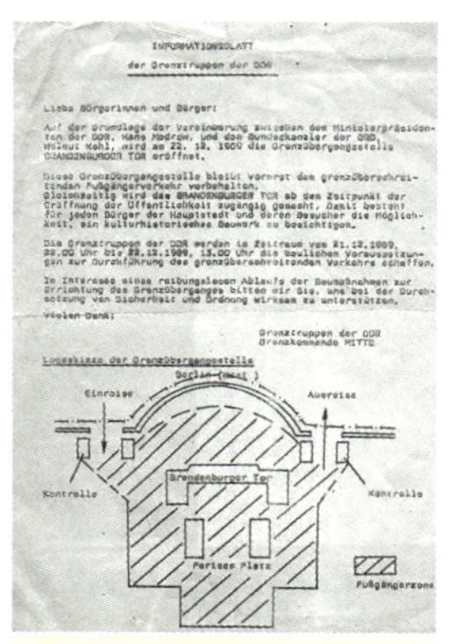

브란덴부르크 문을 낀 장벽을 통과하는 방법을 설명한 안내문

부터 91년까지 3년여에 걸쳐 지어진 이 문을 설계한 이는 칼 고트하르트 랑한스Carl Gotthard Langhans. 처음에는 도시 성문으로 만들어졌으나 도시가 점점 커지면서 시내 중심에 자리잡게 되었다. 브란덴부르크 문 위의 동상 크바트리가Quadriga는 승리의 여신 빅토리아가 네 마리의 말이 끄는 전차에 올라타 달리는 형상을 하고 있다.

2009년 11월 9일은 베를린 장벽이 허물어진 지 20년째 된 날이었다. 포츠다머 플라츠에서 시작하여 브란덴부르크 문을 거쳐 국회의사당까지, 1.5킬로미터에 걸쳐 베를린 장벽이 서 있던 선을 따라 1,000여 개의 도미노 벽이 세워졌다. 베를린 장벽의 붕괴를 재연하기 위해서였다. 각국의 예술가들이 하나씩 맡아 자유의 메시지를 형상화한 이 도미노 벽은 10만 명이 참여한 대대적인 "자유의 축제" 끝에 장엄하게 쓰러졌다.

동베를린과 서베를린을 나누었던 베를린장벽은 통일 이후 부서진 조각들조차 기념품으로 부지런히 실려나가 지금은 보기 힘들다. 오스트반호프Ostbahnhof 역 부근에 남은 장벽만이 세계 각국의 작가 118명이 그림을 그린 이스트사이드갤러리East Side Gallery가 되었다.

5 · 음악, 모두의 손을 잡다 | 러브 퍼레이드 |

독일은 음악과 아주 밀접한 나라이다. 바흐, 헨델, 베토벤, 바그너, 멘델스존, 슈만, 브람스, 말러 등의 대가 이름만 떠올려도 그 관계가 어렵지 않게 짐작되리라. 베를린 필하모니, 드레스덴 오페라, 라이프치히 오케스트라는 또 어떤가. 현대음악에서도 독일의 활동은 대단하다. 그런 곳이기에 '러브 퍼레이드'가 열리는 게 가능했을 것이다.

사랑과 평화의 테크노 축제 '러브 퍼레이드' *Love Parade* 는 1989년 베를린 장벽이 무너지기 넉 달 전, 생활예술가이자 DJ이며, 미장이였던 '모테 박사' *Dr. Motte*의 주창으로 시작되었다. 그는 자신의 생일을 쓸쓸히 보내고 싶지 않다는 단순한 이유로 퍼레이드를 개최한다. 그가 집회허가신청을 낼 때 내세웠던 모토는 '평화, 기쁨 그리고 팬케이크'였다. 그것은 군비축소와 음악을 통한 화해, 그리고 공정한 분배를 의미하는 것이었다. 그날, 한 대의 트럭과 약 150명의 사람들이 당시 서베를린의 소비의 중심지였던 쿠담 *Kurfrstendamm* 거리를 행진했다. 그것이 말 많고 탈도 많으면서 기쁨으로 가득 찬 러브 퍼레이드의 시작이었다.

참가자들이 폭발적으로 늘어나면서 1996년부터 에른스트 로이터 광장, 6월 17일의 거리, 브란덴부르크 문, 전승기념탑까지 펼쳐지게 된 러브 퍼레이드는 매년 7월 첫째 토요일에 열린다. 행사로 인한 소음과 환경파괴, 엄청난 쓰레기 처리 문제, 마약의 남용과 폭리, 무단방뇨 등의 문제로 위기를 맞기도 했으나 러브 퍼레이드의 정신은 세계 각지로 퍼져 다양한 나라에서 같은 이름의 퍼레이드가 열리고 있다.

6 · 학살자, 죽인자를 추모하다 | 유대인 박물관 |

히틀러 정권에 의해 학살된 유대인은 600만 명. 믿을 수 없을 만큼 어마어마한 비극의 가해자로서, 독일은 반성을 아끼지 않는다. 위령탑을 건설하고 광장을 만드는 한편, 유대인들의 끔찍했던 경험을 간접적으로나마 짐작하게 만드는 유대인 박물관 *Judisches Museum* 건설에도 발벗고 나섰다.

여러 도시에서 계속되고 있는 러브 퍼레이드 포스터

유대인 박물관 전시실은 그 자체로도 많은 상징을 품고 있다.

2001년 다니엘 리베스킨트Daniel Libeskind가 설계한 이곳은 소장품이 아니라 건물 자체로 유명해진 드문 케이스의 박물관이다. 이곳에 들어가기 위해서는 바로크풍의 구 박물관을 지나 지하통로를 거쳐야 한다. 입구에서부터 가스실과 수용소에서 대량학살된 유대인들을 떠올리게 한다. 다윗별을 참고한 건물의 전체적 모양, 칼로 난도질한 듯한 가늘고 길고 불규칙한 창문들은 이곳이 평범한 박물관이 아님을 보여준다. 49개의 기둥에 심어놓은 49그루의 올리브나무로 이루어진 '추방의 정원Garden of Exile', 메나슈 카디쉬만Menache Kadishman 의 작품 〈낙엽〉을 설치하여 절규하는 사람 얼굴 모양의 철 조각들을 밟아야만 지나갈 수 있게 만든 '공백의 기억memory void', 아무것도 없는 거대하고 높은 밀실인 홀로코스트 타워 등의 요소들은 풍부한 상징을 담고 있다. 빈 전시실조차도 사라진 유대문화를 상징한다.

원래 베를린 박물관의 부속건물인 유대인관으로 계획되었던 이곳은 일련의 과정을 거쳐 현재와 같이 확장되었다.

7 · 동성끼리, 팔짱을 끼다 | 놀렌도르프 광장 |

베를린의 다른 이름은 동성애자들의 천국이다. 전체 주민의 약 10퍼센트, 35만 명 가량이 동성애자라는 수치는 이곳이 다른 도시에 비해 동성애자들에게 비교적 관대하다는 것을 보여준다. 특히 분단 시절 서베를린으로의 이주를 유도하기 위해 군대 면제 등의 혜택을 내밀었고, 이를 받아들인 동성애자들의 이주가 급격히 늘면서 베를린은 명실상부한 유럽 최대 동성애 도시로 떠올랐다.

'놀렌도르프 광장*Nollendorfplatz*'은 동성애자들이 즐겨 찾는 식당과 술집, 바, 카바레들이 모여 있는 카페거리로 유명하다. 놀렌도르프 광장 역 건물에는 나치 강제 수용소에서 죽어간 동성애자들을 추모하는 기념물이 있다. 나

20세기 초의 놀렌도르프 주변. 이때부터 게이 커뮤니티가 형성되었다.

치가 학살한 것은 유대인만이 아니었다. 게르만 민족의 피를 더럽히는 불순한 자들로 규정된 동성애자들은 가슴에 핑크색 역삼각형*Rosa Winkel*을 붙이고 강제수용소에 감금되어야 했는데, 더군다나 유대인이라면 노란색 정삼각형을 겹쳐 달아야 했다. 그들에 대한 대우는 상상을 초월할 정도로 끔찍했다고 한다. 1933년에는 놀렌도르프 광장 주변의 동성애자 카페들이 대부분 강제로 폐쇄당하는 역사적 아픔을 겪기도 했다.

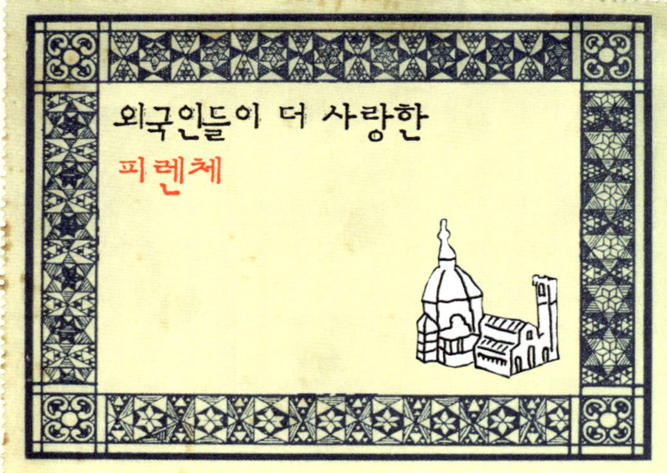

세계인은 이 도시를 사랑했다. 심지어 그 시민들보다도. 예술가들은 거기에 이상향 아르카디아가 있다고 여겼고, 동성애자들은 박해를 피해 자유의 공동체를 만들었고, 히피들은 도시가 물에 잠기자 진흙의 천사가 되어 달려왔다. 피렌체는 즐겨 이탈리아를 위반했고, 세계인은 그런 도시를 아껴주었다.

1 • 독일인의 카페에서 미래주의자의 혁명을 | 레푸블리카 광장 |

피렌체는 언제나 '그냥' 살고 있는 외국인들의 비율이 지나치게 높았다. 현대의 마천루에 지쳤지만 야생의 삶과 친해지고 싶지도 않은 어떤 종류의 인간들에게 이 영원한 르네상스의 도시만한 해답이 있었을까? 이들은 피렌체의 고풍스러운 모습을 사랑했고, 거기에서 고대의 이상적인 공동체를 찾았다. 때문에 이탈리아인들이 현대화를 위해 망치를 들 때마다 소매를 걷어붙이고 막아 나서기도 했다.

현재의 레푸블리카 광장*Piazza della Republica*은 19세기어는 오래된 시장 거리가 남아 있던 동네였다. 그러나 피렌체가 통일 이탈리아의 수도가 되면서 현대화에 들어갔고, 외국 거주민들의 반대에도 옛 건물들은 헐리고 말았다. 그럼에도 광장 주변의 고풍스러운 카페들은 여전히 그 시대의 국제적인 느낌을 간직하고 있다. 가리발디 장군의 '붉은 셔츠'의 이름을 딴 '기우베 로세*Giubbe Rosse*'는 20세기 초반 독일인 형제에 의해 열린 카페다. 피렌체의 독일인 커뮤니티로 자리 잡았다가, 곧 이탈리아 미래주의자의 살롱이 되었다.

2 • 전망 좋은 방 | 시뇨리아 광장 |

"이탈리아에는 친절함을 바라고 오는 게 아니다. 인생을 바라고 오는 것이다." 1차 세계 대전 직전, 유럽의 교양인들에게 피렌체는 여행지 이상의 존재였다. 죽기 전에 꼭 가보아야 했고, 죽으려면 거기서 죽어야 했다. 이 시대의 분위기는 E. M. 포스터의 소설 『전망 좋은 방*A Room with a view;*』에 가장 잘 드러난다. 영국 처녀 루시는 부유한 친척과 함께 피렌체로 여행을 온다. 아르노 강 옆의 베르톨리니 펜션에 묵은 그녀는 '전망 좋은 방'을 얻기 위한 실랑이 속에 에머슨이라는 남자를 만나게 된다.

Firenze

Santi

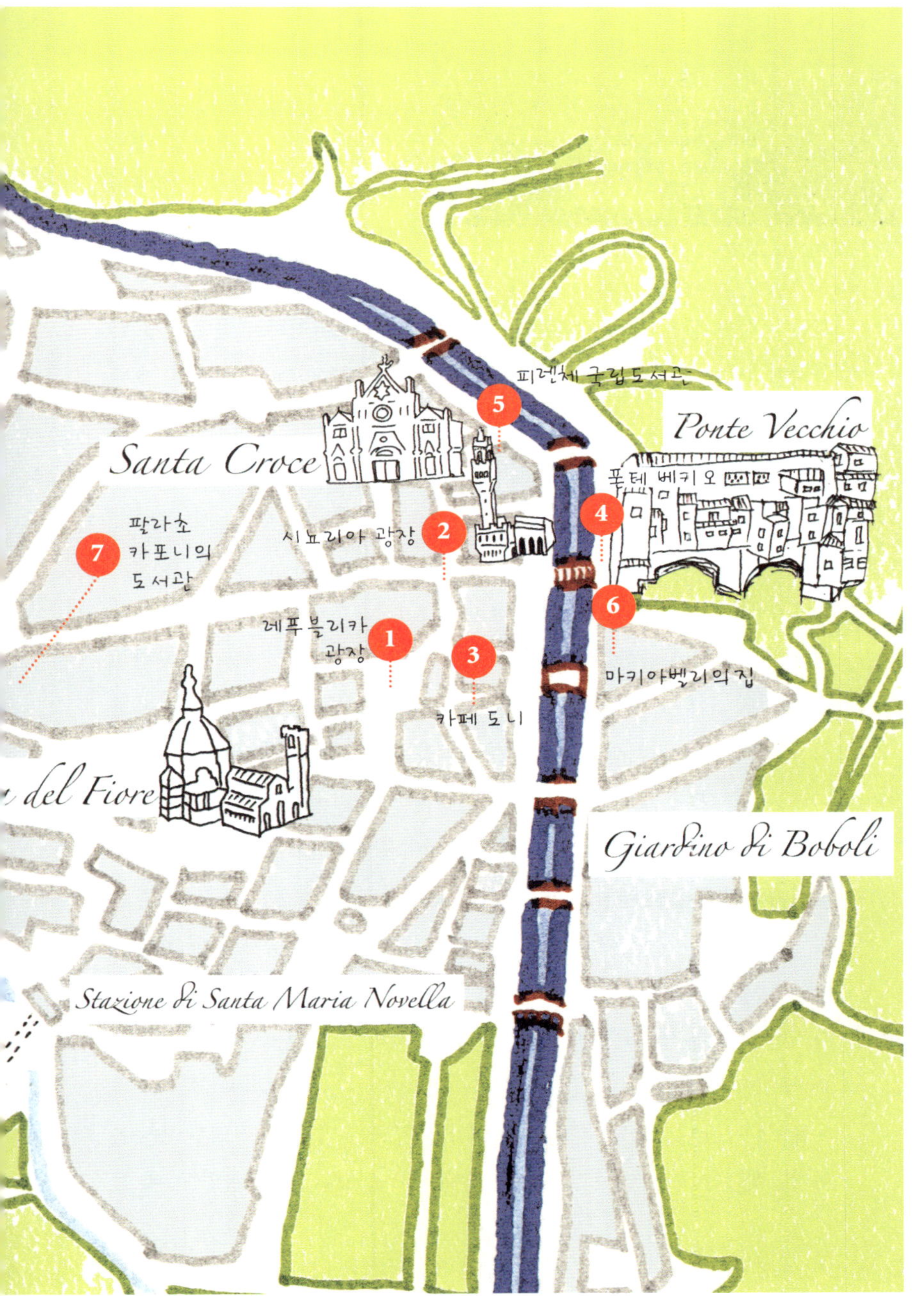
피렌체 국립도서관
Ponte Vecchio
Santa Croce
폰테 베키오
팔라초
카포니의
도서관
시뇨리아 광장
레푸블리카
광장
마키아벨리의집
카페 도니
del Fiore
Giardino di Boboli
Stazione di Santa Maria Novella
1
2
3
4
5
6
7

<전망 좋은 방>의 그 '전망'은 아직도 그대로이다.

루시와 에머슨이 거닐던 피렌체는 아직 거의 그대로 남아 있다. 산티시마 광장의 페르디난드 상, 산타 크로체의 단테 기념비, 그리고 운명적인 기절의 장면이 연출되는 시뇨리아 광장. 베르톨리니 펜션은 문을 닫았지만, 제임스 아이보리의 영화판 <전망 좋은 방>의 촬영장이었던 호텔 데그리 오라피*Hotel Degli Orafi*가 그 대체물이 될 만하다. 루시가 보았던 전망*view* 역시 여전히 그 도시에 있다. 오렌지 빛 퍼즐 같은 지붕들, 아르노 강과 다리, 성벽 너머의 언덕과 사이프러스 나무들.

3. 무솔리니와 차 한 잔 | 카페 도니 |

피렌체를 특히 사랑한 외국인들은 영국과 미국 출신들로, 19세기 후반부터 커다란 군락을 이루었다. 1930~40년대에는 '스코르피오니'라고 불리는 영국 부인들의 상류사회가 형성되었는데, 그 모습은 영화 <무솔리니와 차 한 잔>에 잘 드러난다. 이들은 카페 도니*Gran Caffé Doney*나 우피치 미술관에서 차를 마시며 그들만의 호사를 누렸다. 애초에 이 부인들은 이탈리아의 파시즘에 대해 관대한 입장이었지만, 2차 대전은 그 모든 걸 뒤엎었다. 무솔리니가 아비시니아(현재 에티오피아)를 침공했을 때 영국은 반대 성명을 냈고, 이에 파시스트 병사들이 '도니'에 난입해 행패를 부렸다. 전쟁이 본격화되자 영국 부인들은 성곽 도시인 산 지미냐노*San Gimignano*에 감금된다.

토르나부오니 가*Via de' Tornabuoni*에 있던 '도니'의 가장 유명한 손님은 바이올렛 트레푸시스*Violet Trefusis*. 버지니아 울프의 소설 『올란도』에 등장하기도 하는 레즈비언 작가인데, 피렌체에는 미국과 영국의 청교도적 억압에서 탈출한 동성애자들의 커뮤니티가 오래도록 이어져오고 있다.

4 · 히틀러도 차마 부수지 못한 다리 | 폰테 베키오 |

폰테 베키오Ponte Vecchio는 이름 그대로 피렌체에서 가장 '오래된 다리'다. 고대 로마 시대부터 교각이 있었고, 오늘날과 비슷한 모습을 띠게 된 것은 대홍수 뒤에 새로 건조된 1345년이었다. 무심코 길을 걷다보면 자신이 강을 건넌다는 사실조차 모를 정도로, 양쪽에 다층의 상점 건물로 웅성거리는 수상한 다리. 중세의 피렌체에는 이처럼 건물로 둘러싸인 다리가 일반적이었지만, 지금은 베키오가 유일하다.

2차 대전 동안 피렌체를 잠시 지배했던 독일군은 연합군의 북침으로 인해 도시를 버리고 도망가야만 했다. 잠시라도 적의 진군을 막기 위해 다리를 폭파시키는 것은 당연한 일. 그러나 마지막 순간, 히틀러는 폰테 베키오만은 남겨두라는 명령을 내렸다. 그럼에도 다리 남쪽의 아름다운 건물들은 독일군이 설치한 지뢰에 의해 심각한 피해를 입었다.

히틀러는 폰테 베키오만은 부수지 말라는 명령을 내렸다.

5 · 진흙의 천사들 | 피렌체 국립도서관 |

피렌체 시민들은 14세기부터 아르노 강의 상류와 하류를 막아 강의 유속

1966년의 대홍수는 피렌체 국립도서관 소장품들을 진흙 구덩이에 빠뜨렸다.

을 부드럽게 만들었다. 갈수기와 홍수, 양쪽을 대비한 것이리라. 그러나 1966년의 대홍수 때에는 모든 것이 속수무책이었다. 그 자체로 르네상스 박물관인 이 도시의 대부분이 수몰되었고, 온갖 예술품들은 흙탕물과 진흙 속에서 썩어갔다. 홍수로 인해 가장 큰 피해를 입은 곳은 강변에 붙어 있던 피렌체 국립도서관Biblioteca Nazionale Centrale Firenze으로 소장품의 1/3에 해당하는 13만 점이 심각한 피해를 입었다.

가혹한 자연의 횡포에 맞서 세계의 예술 애호가들이 모여들었다. '진흙의 천사들Mud Angels' 이라 불린 이들 자원봉사자들은 도시 곳곳의 수해를 복구하고, 물에 젖은 책과 그림과 조각들을 닦아내고 말리는 일에 나섰다. 때는 히피들의 시대. 낮에는 책과 미술품을 말리고 밤에는 춤추고 노래하는 나날이었다고 한다.

6 · 500년 전의 공무원을 사랑한 여인 | 마키아벨리의 집 |

1960년대 일본에서 학생운동을 하다 좌절에 빠진 한 여성이 지중해 세계에 매료된다. 도시 국가의 흥망과 르네상스의 문화는 그녀로 하여금 역사야말로 진정한 엔터테인먼트라는 사실을 깨닫게 한다. 1970년 『체사레 보르자 혹은 우아한 냉혹』을 펴내며 이탈리아인 의사와 결혼한 그녀, 시오노 나나미가 정착한 곳은 피렌체. 그녀는 500년 전 이 도시의 공무원이었던 한 남자와 깊은 사랑에 빠진다. 『군주론』의 마키아벨리였다.

시오노 나나미는 폰테 베키
오의 남쪽, 마키아벨리가 살던
집의 바로 이웃에 거주하며 이
남자의 삶과 사상을 연구했다.
『나의 친구 마키아벨리』를 보
면, 그것은 단순한 역사학자의
집념이라기보다는 페티시즘에

우피치 미술관과 팔라초 베키오에 있는 마키아벨리의 인상
은 사뭇 다르다.

가까워 보인다. 마키아벨리는 과연 근무처였던 팔라초 베키오에는 어떤
방법으로 출근했을까? 동서남북의 문 중에서 어느 쪽을 택해 직장에 들
어갔으며, 퇴근 후에는 어디로 나가 무엇을 했을까? 그녀는 피렌체를 어
슬렁거리며 이런 호기심들을 채워나갔다.

7 • 한니발의 숨은 거처 | 팔라초 카포니의 도서관 |

외국인들이 득시글거리는 동네이니, 누군가
신분을 숨기고 슬그머니 숨어 있어도 이상할
게 없다. 최악의 상상이라면 희대의 살인마
한니발 렉터가 아닐까? 영화 〈한니발〉에서
그는 닥터 펠Dr Fell이라는 이름으로 피렌체에
살고 있다. 팔라초 카포니Palazzo Capponi의 도

한니발의 등 뒤로 폰테 베키오가 보인다.

서관이 그가 기거하며 연구에 몰두해 있는 곳이며, 도시 곳곳이 영화의
무대가 되었다. 형사 파치가 그를 염탐하는 곳은 레푸블리카 광장의 카
페, 파치가 박사의 지문을 채취하기 위해 팔찌를 사는 곳은 폰테 베키오,
오페라가 상영되는 곳은 산타 크로체 옆의 파치 성당이다.

Firenze 

이제 "퀘벡Quebec의 Q도 모른다"가 아니라 "퀘벡의 F도 모른다"고 해야 할 일이다.

퀘벡을 이루는 키워드, 일곱 개의 F. 숨은 F를 찾다보면 어느샌가 이 고풍스러운 도시

의 심장에 가 닿을 것이다.

1 · 프랑스France ┆ 르와얄광장 ┆

프랑스의 옛 정취를 맛보고 싶으면 퀘벡으로 가라. 퀘벡은 "작은 프랑스"라는 별칭에 걸맞게, 프랑스의 분위기로 가득 차 있다. 노트르담 성당을 비롯한 각종 프랑스풍의 건물들뿐 아니다. 사람들은 프랑스어로 대화를 나누고, 프랑스식으로 사고한다. 인구의 95퍼센트가 불어를 하는 곳. 그래서 퀘벡은 캐나다에서도 이국이다.

한 세기가 넘도록 이곳을 지배한 프랑스의 영향으로 퀘벡은 지금까지도 프랑스 스타일을 간직하고 있다. 미국의 한 저널리스트는 이곳을 "잘난 척 하지 않는 파리"라 촌평했다. 영화 〈캐치 미 이프 유 캔〉에서 사기꾼 프랭크 애버그네일로 분한 레오나르도 디카프리오를 톰 행크스가 분한 FBI 요원 칼 핸러티가 체포한 곳, 프랑스 중부의 소도시 몽트리샤르의 영화 속 촬영장소가 바로 퀘벡이었다. 퀘벡의 주 깃발은 옛 프랑스 왕가를 떠올리게 하는, 파랑색 바탕에 흰색의 백합 문양이며, 퀘벡 주의 모토는 '나는 스스로를 기억한다*je me souviens*' 이다. 그들은 그 짧은 문장 속에 프랑스의 문화와 언어를 지켜온 자부심을 담고 있다. 주민의 3/4이 프랑스계인 이들 퀘벡주민들은 프랑스어를 공용어로 정하고, 적극적인 분리 정책을 추진하고 있다.

이 더할 나위 없이 프랑스적인 도시에서도 가장 프랑스적인 곳은 르와얄 광장*Place Royal*이다. 이 광장의 한 가운데를 장식하고 있는 것은 루이 14세의 흉상. 가파른 지붕을 가진 18세기 초의 건축물로 둘러싸인 이 광장은 여전히 그들이 프랑스를 계승하고 있음을 몸으로 보여준다.

2 · 자유Freedom ┆ 전장공원 ┆

퀘벡의 역사는 자유와 독립을 끊임없이 추구해간 과정이다. 캐나다 연방

Bassin Louise
MUSEE DU FORT
고속도로 교차점
6
노트르담 대성당
쿼벡의 프레스코
즈와얄 광장
1
4
5
성문
place Loto-Québec
7
샤토 프롱트낙 호텔
시타델
달하우지게이트
2
3
전장공원
아브라함 평원

Fleuve Saint-Laurent

아브라함 평원에서의 전투

으로부터 독립하려는 퀘벡의 움직임은 30여 년 간 이어져 왔다. 여러 번의 주민투표를 통해 독립을 도모하였으나 0.1퍼센트의 근소한 차이로 여전히 그들은 캐나다에 묶여 있다. 캐나다에서 가장 오래된 역사를 가지고 있는 이 도시는 그만큼 자신들의 정체성에 대한 자부심이 강하다. 캐나다의 유명한 마트나 레스토랑 체인은 퀘벡에 쉽게 발을 붙이지 못한다.

프랑스 문화의 영향으로 결혼해서도 남편 성을 따르지 않는 퀘벡은 2004년 캐나다에서 처음으로 동성결혼을 인정하기도 했다. 그 다음해인 2005년에 동성결혼이 캐나다 의회에서 합법화되었으니, 이러한 일화에서도 퀘벡시민들의 자유로운 사고방식을 엿볼 수 있다.

그들의 자유에 대한 의지는 다른 사람의 다양성을 인정하는 데로 뻗어나간다. 프랑스와 영국의 전투결과 영국이 이김으로써 영국령이 되었지만 그들은 프랑스 문화를 존중해주었고, 그러한 과정은 그들이 치열한 전투를 벌였던 '평원'—현재의 전장공원 Parc des champs de bateille에 고스란히 남아 있다. 1759년 아브라함 평원에서의 전쟁은 캐나다 지배권을 결정하는 역사적인 전쟁이었는데, 현재 이곳에는 승리자와 패배자, 양국을 대표하는 두 장군의 동상과 기념비가 모두 세워져 있다. 기념비에는 다음과 같이 쓰여 있다. "용기는 그들에게 같은 죽음을, 역사에는 같은 명예를, 후대에는 같은 기념비를 갖게 했다."

3 • 얼음^{Frozen} | 아브라함 평원 |

퀘벡의 겨울축제는 유명하다. 세계 최대라는 형용사가 아깝지 않다. 퀘벡의 겨울이 견디기 어려울 정도로 추운 덕분이다. 평균기온이 영하 20도를 오르내리는 날씨, 평균 60센티미터 이상 쌓이는 눈. 사람들은 눈과 얼음을 이용한 온갖 행사와 작품생산에 나선다. 그것을 보기 위해 국내외에서 백만 명의 사람들이 몰려든다.

1894년부터 시작되어 2주 이상 계속되는 이 유서 깊은 축제가 시작되면 퀘벡은 곧 눈과 얼음의 성으로 돌변한다. 옛 유럽을 떠올리게 하는 거리는 곧 눈 조각상들로 가득 차고, 눈으로 쌓은 성과 암벽 타기, 얼음미끄럼틀 등 온갖 놀이도구들이 올드타운 가득 들어선다. 세인트로렌스 강에서 잘라온 얼음으로 만든 거대한 얼음궁전이 들어서고 그 앞에 조명이 설치된다. 축제기간 동안 이 얼음의 나라를 다스릴 본부다.

눈과 얼음으로 하는 것이라면 무엇을 상상하든 이곳에서 볼 수 있게 될 것이다. 얼음으로 만든 테이블에서 얼음으로 만든 잔으로 와인을 즐기는 사람들, 송어얼음낚시를 하는 사람들, 한쪽에서는 영하 20도의 날씨에 수영복을 입은 채 눈 목욕을 즐기고, 또 다른 한쪽에서는 개썰매 대회가 한창이다. 세인트로렌스 강에서는 카누 경기가 벌어진다. 공연과 전시도 줄을 잇는다. 축제의 여왕을 태운 화려한 행렬이 지나가는 야간 퍼레이드는 축제의 꽃이다.

원터 카니발의 원형인 마르디 그라스 축제 포스터 (1912년)

이 행사의 마스코트는 거대한 눈사람인 봉 옴므^{Bon homme}다. 불어로 '좋은 사람' 이라는 뜻으로, 축제 내내 이 얼음의 도시를 다스린다. 축제가 시작될 때 퀘벡 시장에게서 통치권을 상징하는 열쇠를 넘겨받고, 100평

넓이의 얼음궁전에 살며 눈의 도시 시장으로 군림한다.

4 • 프레스코화 *fresco* | 퀘벡의 프레스코화 |

퀘벡의 거리를 걷다보면 눈길을 끄는 프레스코화를 종종 만날 수 있다. 주로 사람들의 일상을 그린 이 프레스코화들은 실제로 사람들이 창문을 통해 내다보는 듯한 착각을 불러일으킨다. 퀘벡의 겨울이 너무 추워서 북쪽으로는 창을 내지 않았고, 그렇게 텅 빈 벽에 그림을 그리기 시작한 것이 이 아름다운 벽화들의 기원이라고. 이러한 벽화의 기원은 400년을 거슬러 올라가며, 현재는 관광자원으로서 주 정부에서 관리하고 있다.

그중에서도 가장 화려하고 눈길을 끄는 프레스코화는 La fresque des quebecois 즉 '퀘벡의 프레스코화'이다. 5층 정도 되는 높이에 그려넣은 실물크기의 이 벽화는 길의 무늬와도 교묘하게 연결되어 그림임을 알아채기가 쉽지 않다. 이 그림 속에는 16명의, 퀘벡 역사에서 중요한 인물이 그려져 있음과 동시에 현재의 생활 모습이 흔연스럽게 섞여 있다. 역사라는 것이 끊어진 과거의 일이 아니라 현재와 이어지고 있음을 한 장의 그림으로 보여주고 있는 것이다. 그림 옆에는 인물들을 설명하는 안내판도 설치되어 있다.

퀘벡에 처음 발을 디딘 프랑스의 탐험가 자크 카르티에, 퀘벡에 처음 정착한 사무엘 샹플랭, 퀘벡 최초의 주교 라발, 미시시피 강을 발견한 항해자 루이 줄리엣 등 역사적 인물들을 공부하기 위한 학생들의 단체관람도 심심치 않게 볼 수 있다. 1990년

그중에서도 가장 화려하고 눈길을 끄는 프레스코화는 'La fresque des quebecois' 즉 '퀘벡의 프레스코화'이다.

464

에 완성된 이 벽화는 12명의 아티스트가 2,550시간 동안 작업한 결과물
이다.

5 · 성곽Fort | 성문 |

퀘벡의 또 하나의 특징은 북아메리카에
서 유일하게 성벽으로 둘러싸인 성곽도
시라는 점이다. 프랑스로부터 이 지역
을 빼앗은 영국은 미국과의 전쟁 때 빼
앗기지 않기 위해 1765년부터 성벽을
쌓기 시작했다. 이 성벽은 1957년부터
퀘벡 역사지구로 지정되어 관리되고 있
다. 전체 길이 4.6킬로미터인 이 성벽
은 해변 벼랑을 따라가며 여행자들에게

요새 도시 퀘벡을 건설한 드 샹플랭은 추운 겨울
지친 사람들을 위해 노래와 음식으로 기쁨을 나
누는 파티를 열었다.

전망 좋은 산책로를 제공함과 동시에 도시를 로어타운, 어퍼타운, 신시
가지, 구시가지로 구분하는 역할을 맡았다. 구조상 도시의 확대를 방해
할 수밖에 없는 성곽을 도시 안에 품음으로써 옛 도시의 모습을 상상하게
해주는 한편 도시에 입체감을 부여한 것이다.

생 장Saint. Jean 거리나 생 루이Saint. Louis 거리와 성벽이 만나는 곳에
성문이 있다. 이 성문 옆의 돌계단으로 성벽에 올라설 수 있는데, 성벽을
따라 도시 전체를 한 바퀴 둘러볼 수 있다. 퀘벡 시는 허물어진 성곽을 최
대한 복원시키고, 일부 구간은 허물어진 터를 보존하여 성곽이 어떻게 이
어지는지를 알 수 있게 해준다. 이러한 성곽을 따라 걷는 산책은 크다고
할 수 없는 퀘벡을 한 바퀴 둘러볼 수 있는 좋은 방법이다.

6 · 퍼니페이스 Funny Face | 고속도로 교차점 |

캐나다 국민들은 유머감각이 탁월하기로 정평이 나 있다. 그동안 캐나다가 배출한 코미디언의 면면을 보면 쉽게 수긍이 갈 것이다. 마이크 마이어스, 레슬리 닐슨, 마틴 쇼트, 콜린 모크리, 톰 그린, 댄 애크로이드.

특히 퀘벡 주는 대대적인 코미디 페스티벌이 열리는 곳이다. 코미디뿐 아니라 서커스에 있어서도 두각을 나타내고 있다. 유명한 〈태양의 서커스 Cirque du Soleil〉 본사가 있는 곳이 바로 퀘벡 주이다. 1984년 퀘벡 주에서 본격적인 활동을 시작한 〈태양의 서커스〉는 현재 전 세계적으로 4천만 명의 관객을 모으는 인기를 누리고 있다. 그들은 아홉 번째 작품 〈퀴담〉으로 우리나라에 내한공연하여 폭발적인 반응을 이끌어내기도 했다.

〈보이지 않는 길〉의 포스터

〈태양의 서커스〉는 2009년부터 2014년까지 5년 동안, 여름의 퀘벡에서 거리공연을 펼치기로 결정했다. 2008년 퀘벡 시 400주년을 기념한 행사이다. 〈보이지 않는 길〉이라는 제목의 이 작품은 퀘벡 시의 지형지물을 백분 활용하고 있다. 세 개의 색깔로 각각 대표되는 부족들은 시내의 각기 다른 곳에서 출발하여, 고속도로 교차점에서 만난다. 교각과 상판을 이용해 펼칠 이 무대의 입장료는 무료. 태양의 서커스가 야외공연을 하는 것은 이번이 처음이라고 한다.

7 · 프롱트낙 Frontenac | 샤토 프롱트낙 호텔 |

샤토 프롱트낙 호텔은 퀘벡 시의 대명사이자 상징이다. 객실이 600개에 달하는, 건물 자체만으로도 웅장한 위용을 자랑하는 이 호텔은 높은 곳에 자리잡고 있어 시내 어디서나 그 자태를 바라볼 수 있다. 덕분에 여행자들이 길을 잃지 않도록 돕는 도시 안의 등대 노릇을 톡톡히 하고 있다.

샤토 프롱트낙 호텔의 원래 입구

르네상스 시대의 샤토 스타일로 지어진 이 건물의 이름은 1673년 뉴프랑스의 초대 총독으로 부임한 콩트 드 프롱트낙Comte de Frontenac에서 유래한다. 1892년부터 지어진 이 호텔은 한때는 군 지휘부 및 병원으로 사용하기도 했다고.

역사가 깊은 이곳은 2차 세계대전 당시 연합군의 중요한 회의가 있었던 장소이기도 하다. 1943년과 44년에 미국대통령 루스벨트와 영국수상 처칠은 이곳을 방문한다. 캐나다 정부의 초청이었다. 이 둘은 제2차 세계대전의 전략을 의논하는데, 이곳에서 결정된 것이 바로 그 유명한 노르망디 상륙작전.

그러한 비밀회의 외에도 다양하고 화려한 행사들이 이곳에서 열렸다. 퀘벡이 고향인 가수 셀린 디옹의 결혼식이 열렸던 곳도 바로 이곳이다.

부다페스트는 과거를 잊고 나아가자고 하지 않는다. 부다페스트는 과거를 어떻게 하면 잊지 않을까, 현재 속에 살아 숨쉬게 할까 생각한다. 그리하여 부다페스트는 한 권의 아름다운 역사책이 된다. 그들의 도시에, 죽어 묻힌 것은 없다.

1 • 마자르 문화를 현재로 불러오다 | 공예미술관 |

스페인에서 안토니오 가우디가 승승장구하던 시절, 부다페스트에는 레히네르 외된이 있었다. 천재건축가로 일컬어지는 그는 아르누보 전성시대에 활동했는데, 그의 건물들은 다른 나라에는 없는 독창성을 마음껏 뽐냈다. 그것이 가능했던 것은 그가 "헝가리의 뿌리인 마자르 문화로 돌아가기"를 염원했기 때문이다. 헝가리 전통자수에서도 드러나는 산뜻한 색과 섬세하고 독특한 문양은 그의 건축에서도 재현되고 있다.

레히네르 외된은 금속, 유리 등을 자유롭게 쓰며 마자르 전통문양을 건물에도 도입했는데, 그 문양을 그리기 위해 졸너이 타일을 즐겨 썼다. 온도 차에 강한 이 타일은 건축자재로도 인기가 높았는데, 빈의 슈테판 대성당을 비롯한 중부 유럽의 건축물에서도 이 타일을 볼 수 있다. 초록색과 황금색이 빛나는 레히네르 외된 스타일의 지붕은 공예미술관뿐 아니라 헝가리 중앙은행에서도 볼 수 있다. 이외에도 지질학 박물관, 시각장애인협회 사무소 등 그의 작품들이 많이 있지만 현재 내부 관람이 가능한 것은 공예미술관뿐이다.

2 • 지금의 극장에서 과거의 극장을 생각한다 | 국립극장 |

처음 국립극장이 문을 연 것은 1837년이었으나, 여정이 순탄하지만은 않았다. 전쟁을 비롯한 정치적 상황 때문에 장소를 옮기기도 하고 여러 곳에 분산되기도 하면서 제대로 된 상징적인 의미를 갖추지 못했던 것.

결국 1965년에 '국민의 극장'이라는 이름으로 운영되던 건물이 부서지면서 국립극장이라는 이름에 걸맞는 새로운 건물을 짓는 공모가 시작되었다. 그러나 이 또한 여러 정치적 상황 속에서 좌절을 겪다가, 결국 2000년 9월에 공사를 시작했다. 오픈은 2002년 3월 15일. 기록적인 속도

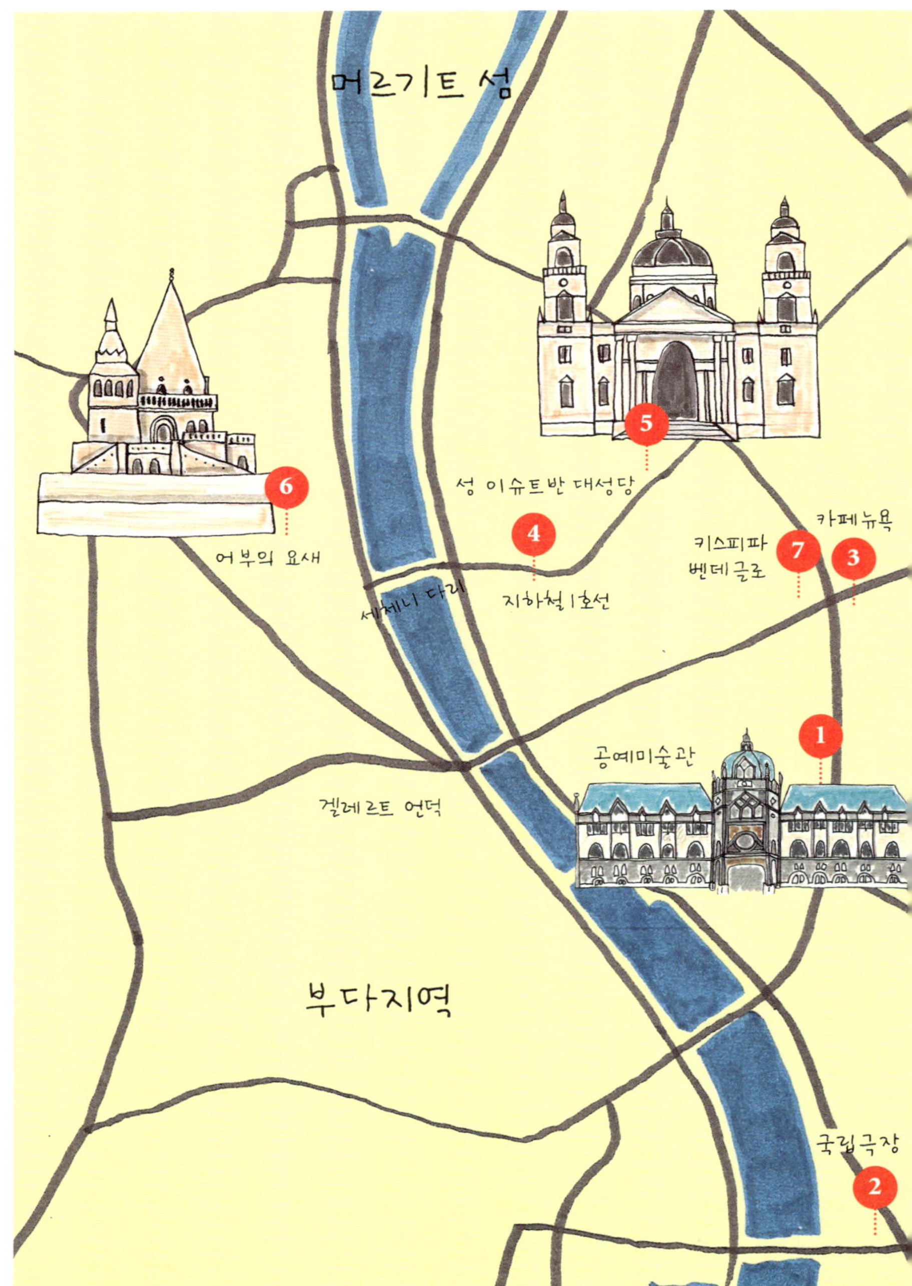

머르기트 섬
성 이슈트반 대성당
5
4
어부의 요새
6
카페뉴욕
키스피파
벤데글로
7
3
세체니 다리
지하철 1호선
공예미술관
1
겔레르트 언덕
부다지역
국립극장
2

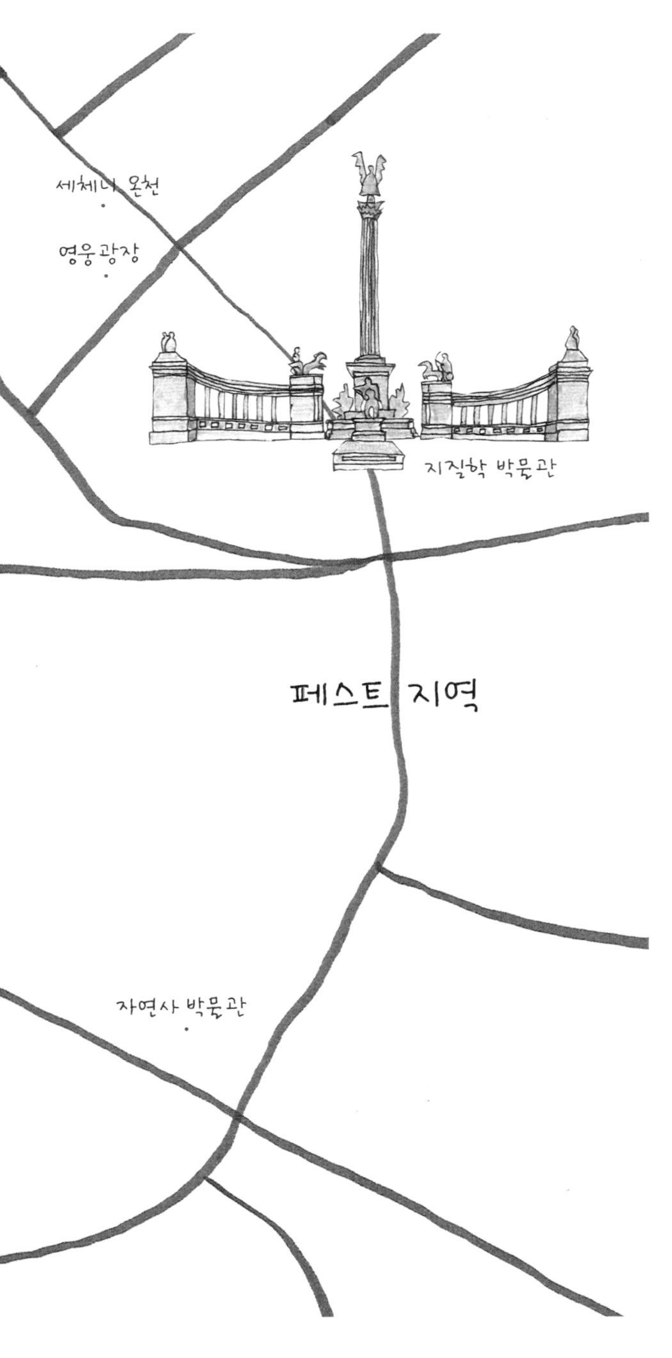
세체니 온천
영웅광장
지질학 박물관
페스트 지역
자연사 박물관

옛 국립극장의 파사드를 통째로 떼어와 기념물로 만들었다.

였다.

다뉴브 강변에 자리잡은 이곳에서는 헝가리의 연극이나 영화산업의 역사를 보여주는 기념물들도 볼 수 있는데, 재미있는 것은 옛 국립극장 기념물. 건물의 파사드 부분을 떼어와 물에 비스듬하게 잠긴 상태로 눕혀놓았다. 이 눕혀진 기념물 위로는 영원을 상징하는 횃불이 타고 있다.

3 • 과거에도 지금에도 여전히 가장 아름다워라 | 카페 뉴욕 |

카페 뉴욕의 역사는 지난하고 장구하다. 1894년에 처음 문을 연 이곳은 왕궁에 비유될 만큼 아름다운 실내장식으로 유명했다. 이탈리아 르네상스와 바로크 양식에 기초해 대리석, 청동, 실크, 벨벳을 사용하여 인테리어를 했는데, 당시 "세계에서 가장 아름다운 카페"라는 찬사가 무색하지 않았다.

카페 뉴욕이 이름을 떨친 것은 실내장식만이 아니라 그 실내를 채운 사람들 덕분이었다. 이곳은 20세기 초반 헝가리 부다페스트의 예술가와 지식인의 집합지였다. 이곳에서 풍성한 생각과 논의가 벌어졌다. 또한 문학 잡지의 편집 회의실 역할도 맡았다. 여러모로, 이곳에 신세를 진 예술가들이 많았다.

저명한 작가인 페렌크 몰나르와 그의 친구들은 카페가 문을 여는 날 "이 카페는 예술가들에게 24시간 개방되어야 한다."며 열쇠를 다뉴브 강에 던졌다고. 영화 〈카사블랑카〉의 감독인 마이클 커티즈는 부다페스트 출신이었는데, 이곳 카페에서 예술가 수업을 시작했다고 고백한 바 있다.

그는 1912년 국립극장에서 연극연출 및 배우로
데뷔했다.

  카페 뉴욕의 여정은 화려한 만큼 지난했다.
사회주의 시절 국영화되었던 이곳은 한때 창고
로 사용되어 "세상에서 가장 아름다운 창고"라
는 비아냥을 듣기도 했는데, 2006년 이탈리아
보스콜로 *Boscolo* 그룹에 의해 재탄생했다. 그들은
카페 뉴욕을 이름만 가져온 현대적 카페로 만드는 데는 관심이 없었다.
옛 영화를 떠올리게 하는 화려한 장식을 충실히 재현함과 동시에 현대적
인 디자인을 도입하여 새로운, 그러나 여전한 카페 뉴욕으로 재탄생시
켰다.

카페 뉴욕의 열쇠를 다뉴브 강에
집어던진 작가 페렌크 몰나르

4 · 과거의 차를 타고 현재를 돈다 | 지하철 |

부다페스트에 세계에서 두 번째, 유럽대륙 최초의 지하철이 개통된 것은
1896년. 건국 천년을 기념해서였다. 이 지하철의 정식 이름은 황제의 이
름을 따서 '지하철 페렌츠 요제프 *Ferenc József* 였으나, '밀러니엄 언더그라
운드' 라 부르기도 하며, 그보다는 더 즐겨
'1호선' 이라고 부른다.

  부다페스트의 자랑 '1호선' 을 타는 것은
19세기 후반으로 시간여행을 하는 듯한 각
별한 느낌을 준다. 건설 당시의 모습을 간
직함과 동시에 현대의 도시 교통시스템으로
도 원활하게 활용될 수 있도록 노력한 흔적
이 역력하다. 이곳의 지하철은 과거의 유물

지하철 1호선은 언드라시 대로를 따라 건
설되었다.

이 아니며, 그렇다고 사람들을 편리하게 운반하는 단순한 기계상자도 아니다.

에스컬레이터도 없는 층계를 걸어 내려가면 조그만 차량을 탈 수 있으며, 도착할 때의 흥겨운 음악도 예전과 같다. 현재 지하철 터널의 일부는 박물관으로 사용되고 있는데 이곳에 가면 예전에 사용되었던 차량들을 볼 수 있다.

영화 〈언더월드〉에도 나오는 이곳의 지하철은 어쩐지 낯익은데, 그것은 수많은 영화의 배경이 된 뉴욕시 지하철 입구가 바로 이곳의 지하철 입구를 모델로 만든 것이기 때문이다.

5 · 탑의 높이로 역사를 기억하다 | 성 이슈트반 대성당 |

성 이슈트반은 헝가리의 초대 국왕이다. 그는 기독교를 헝가리에 전파하여 기독교의 성인이 되었다. 이 성당에 그의 이름이 붙은 것은 그의 오른손 미라가 안치되어 있기 때문인 걸까? 성당의 정문에서도 그의 동상을 볼 수 있다.

부다페스트 최대의 성당인 이곳은 헝가리 건국 천년을 기념해 지어졌다. 네오르네상스 양식으로 지어진 이 성당은 완공하는 데 무려 50년이 걸렸다고 한다. 특징적인 것은 탑의 높이. 중심에 있는 중앙 돔까지 건물 내부에서는 86미터, 돔 외부의 십자가까지는 96미터이

성 이슈트반 성당의 탑 높이는 헝가리 건국의 해를 기념하여 결정되었다.

다. 이는 헝가리 건국의 해 896년을 의미한다. 건국 천년을 기념하기 위하여 탑의 높이를 정한 것이다. 다뉴브 강변의 모든 다른 건축물들은 도시 미관을 이유로 이보다 더 높이 지을 수 없게 규제된다고 한다.

6 · 탑의 숫자로 선조를 기억하다 | 어부의 요새 |

"헝가리 애국정신의 상징"으로 일컬어지는 어부의 요새 또한 헝가리 건국 천년 기념으로 지어졌다. 1896년에 착공에 들어가 완성된 것은 1902년. 이곳의 이름이 '어부의 요새'가 된 것은 옛날 이곳에 어시장이 있었기 때문이라는 평범한 설명부터 19세기

어부의 요새는 아기자기한 아름다움이 인상적이다.

시민군이 왕궁을 지키려 했을 때 어부들이 다뉴브 강을 통해 공격하는 적을 막기 위해 만들었다는 극적인 설까지 다양하다. 분명한 것은 이곳이 중세 시절 다뉴브 강에서 어시장으로 가는 지름길이었다는 것.

네오로마네스크와 네오고딕양식이 혼재되어 있는 이 건물에서 가장 인상적인 것은 일곱 개의 탑이다. 고깔모양을 한 이 탑이 상징하는 것은 건국 당시 마자르족 일곱 부족이다. 성 이슈트반 대성당이 탑의 높이로 건국의 해를 기념했다면, 이곳은 일곱 개의 탑으로 건국의 주체를 오늘의 기억 속에 되살리고 있는 것이다.

7 · 가끔은 과거를 잊을 필요가 있다 | 키스피파 벤데글로 |

1930년대 헝가리 작곡가 레조 세레즈가 작곡한 이 곡, 〈글루미 선데이〉는

악명 높다. 이 곡을 들은 수많은 사람들이 자살하여 "자살 찬가" 혹은 "자살의 송가"라는 기괴한 칭호를 얻었다. 그럼에도 불구하고 빌리 홀리데이, 루이 암스트롱, 레이 찰스, 톰 존스 등 여러 유명한 가수들에 의해 리메이크되고 영화화되기도 한 이 음악은 지금은 예전만큼의 위력을 발휘하고 있지는 못하다. 아무래도 당시의 사회적 분위기와 관련된 게 아니었을까 하는 짐작, 사실 자살이 많았다는 것 자체가 루머라는 냉소도 있다.

처음 음악이 전파를 탄 날 다섯 명의 청년이 자살하고, 전파를 탄 지 8주 만에 187명의 자살자가 생겨났다는 구체적인 숫자와 BBC를 비롯한 여러 방송국에서 금지곡으로 지정되었다는 사실은 이 루머를 그럴듯하게 만들어준다. 《뉴욕타임스》는 '수백 명을 자살하게 한 노래'라며 특집기사를 수록하기도 했고, 프로이드는 이 음악에 대한 정신분석학 이론을 발표하기도 했다. 마케팅에도 소문은 활용되었다. 코코 샤넬은 이 음악을 모티프로 '피치 블랙-죽음의 화장품'을 출시하였고, 해골모양의 피아노를 만들어 '글루미 선데이'라는 이름을 붙인 예술가도 있었다.

'자살의 송가'라는 명성에 확신의 마침표를 찍어준 것은 1968년 1월 7일, 작곡가 레조 세레즈의 자살이었다. 그가 자살한 원인은 분분하나, 〈글루미 선데이〉의 성공 이후 두 번째 히트곡을 만들 수 없었던 괴로움 때문이라는 설이 유력하다. 죽을 당시 손가락이 굳어 있어 두 손가락밖에 쓰지 못했다고 한다.

그가 연주하던 카페 이름은 '키스피파 벤데글로'. 작은 파이프 스토프라는 의미다. 평생 그곳에서 피아노를 치며 살았던 그는 그의 음악이 성공을 거두면서 미국으로 가 로열티를 받으며 호화롭게 살 수 있었지만 형

가리에 대한 애국심이 너무 강한 나머지 부다페스트를 떠나지 않았다 한
다. 결국 그의 과거가 그의 발목을 잡았다.

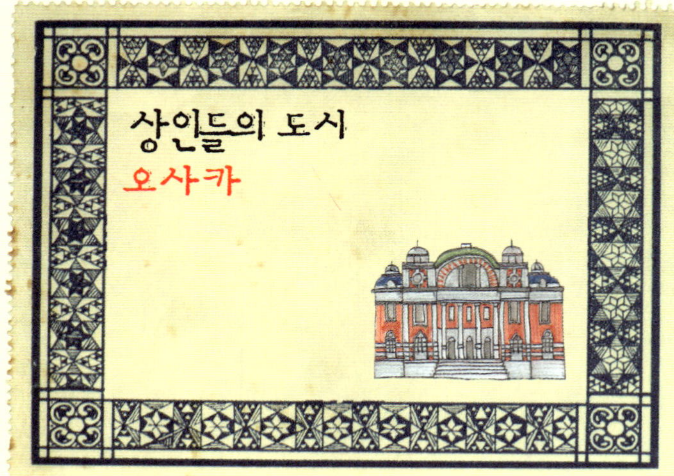

오사카가 '천하의 부엌' 을 자임한 데는 맛있는 음식들이 많은 곳이라는 의미도 있었 겠지만 일본 상업의 중심이라는 자부심도 있었을 것이다. 상인들의 합리적인 정신 이 면면히 내려온 상업의 도시 오사카. 그곳의 역사에는 갈피마다 영리한 상인들이 눈 반짝이며 서 있다.

1 • 일본에서 가장 긴 상점가 | 덴진바시 시장 |

오사카가 진정한 상업도시로서 가지는 면모는 '시장'에 가면 바로 볼 수 있다. 대형 할인마트에 전통시장이 밀리는 건 오사카도 마찬가지. 그에 대한 갖가지 다양한 아이디어들을 볼 수 있는 곳이 바로 일본에서 가장 긴 상점가인 '덴진바시 시장'이다.

오오강에 연결된 덴진바시에서 시작하여 남북으로 2.6킬로미터. 걸을 수 없을 정도로 긴 것은 아니지만 걷고 나면 뿌듯할 만한 거리다. 그것을 장점으로 내세워 덴진바시에서 만든 제도가 바로 완보상장. 오사카 덴만구 사무소에서 증명서를 받아 완주 후 아로욘 케이크점에 제출하면 완보상장으로 교환해준다. 물론 반대방향 완주도 가능하다.

이곳에 시장이 형성된 이유는 오사카 덴만구 때문이었다. 이곳에 참배하러 오는 사람들을 위해 열린 가게들이 모여 시장이 된 것이다. 시인 스가와라노 미치자네를 학문의 신으로 모시는 학문의 신사인 이곳은 947년에 세워졌다. 이곳에서 매년 열리는 마츠리도 유명하다.

일곱 개의 번지로 나누어진 상가는 제각각 다른 특징들을 가지고 있다. 식료품, 잡화, 의료품, 찻집 등 600여 개의 점포가 자리잡고 있는데, 이 외에도 '덴산 오카게칸'이라 하여 프리마켓을 하거나 전시를 하거나 장사하는 법을 배울 수 있는 공간을 따로 마련해두고 있다.

2 • 상업도시로 꽃피다 | 오사카성 |

오사카가 상업도시로 활발하게 꽃 피게 된 데에는 도요토미 히데요시의 역할이 지대하다. 우리에게는 임진왜란의 주범으로 미움받는 인물이지만, 오사카에서는 거의 신으로 추앙받으며 사랑받고 있다.

도요토미 히데요시는 당시 천황이 있는 교토로 집중되어 있던 경제력

회덕당
5
나카노시마
4
유니버셜 시티
미나토구
6
산토리 미술관
다이쇼구

기타구
덴진바시 시장
1
2
오사카성
조토구
오사카
중앙공회당
히가시나리구
3
겐로쿠
회전초밥
덴노지구
7
공고구미

오사카성의 전경

을 오사카로 가지고 오기로 마음먹었다. 그는 상인의 힘을 믿었고, 전국의 유명하다는 상인들을 모두 오사카로 불러들였다. 교토의 후시미 상인, 오우미 상인, 오사카의 히라노 상인, 사카이의 사카이 상인들은 도요토미가 마련해준 성 아래 동네, 현재의 추오구 혼마치도오리 지역으로 집단이주했다. 그곳을 '센바'라 칭했는데, 그 뜻은 '선착장'이다. 운하를 물류에 적절히 이용할 수 있는 지리적 조건 덕분에 상인들은 그곳에서 전국의 시장을 좌지우지할 수 있었다.

오사카의 상징으로 일컬어지는 오사카성도 도요토미 히데요시가 지었다. 1583년, 히데요시는 혼간지 절터에 거대하고 호화로운 성을 축성하기 시작했다. 당시는 대단한 규모로 눈길을 끌었지만, 현재 이곳은 히데요시가 지었던 성의 1/5에 불과하다. 여러 차례의 전쟁과 2차 대전의 공습으로 부서지고 재건하기를 반복했기 때문이다.

이곳은 도요토미 히데요시의 야망과 몰락의 흔적이 고스란히 남아 있는 곳이다. 그는 오사카를 중심으로 하여 전국시대를 끝내고 일본을 통일했다. 그가 죽은 뒤 도쿠가와 이에야스는 도요토미 가문을 멸망시키는데, 오사카성은 마지막 남은 후손 히데요리가 끝까지 버텼던 곳이기도 하다. 1615년 오사카성을 함락시킨 '오사카 여름전투'는 현재 오사카 성에 미니어처로 재현되어 있다. 도쿠가와 이에야스는 그후 오사카성을 고쳐 지었으나 원래의 호화로움을 재현할 생각은 없었다. 정권을 잡게 된 도쿠가와 이에야스는 오사카를 떠나 도쿄를 거점으로 삼았다. 그 바람에 일본의 정치, 경제의 중심은 도쿄로 옮겨가고 오사카는 그 위세당당했던 지위를 잃게 되었다. 지금도 오사카의 상인들이 도쿠가와 이에야스를 무척 싫어

하는 것은 그 까닭이다.

3 · 상혼이 발명을 낳다 | 겐로쿠 회전초밥 |

필요는 발명을 낳는다. 마찬가지로, 투철한 상혼도 발명을 낳는다. 저렴하게 스시를 즐길 수 있는 회전초밥집은 현재 우리나라에서도 여기저기 볼 수 있지만, 처음 발명된 것은 1958년이었다. 직접 컨베이어벨트에서 접시를 집어 먹는 회전초밥 시스템을 발명한 것은 오사카의 시라이시 요시아키. 공장지대인 동오사카에서 작은 스시집을 운영하던 그는 혼자서 여러 손님들을 대접하기가 어려운데다 사람을 고용하자니 인건비가 들어 스시 단가가 높아지는 것을 걱정하던 차에 우연히 아사히 맥주 공장의 컨베이어 벨트를 보게 된다.

컨베이어 시스템을 초밥집에 도입하겠다는 아이디어는 괜찮았지만, 좁은 초밥집에서 수월하게 돌아가는 컨베이어벨트를 만드는 것은 쉽지 않았다. 5년간 디자인과 초밥이 돌아가는 속도 등을 연그한 끝에 그는 1958년 오사카의 겐로쿠 스시에 처음 이 시스템을 도입하였다. 그에 따르면, 회전초밥이 돌아가는 이상적인 속도는 초속 8센티미터라 한다. 방향도 중요하다. 오른손에는 젓가락을 들고 있으니 접시를 잡는 손은 왼손일 수밖에. 그러므로 컨베이어벨트는 시계방향으로 돌아야 했다. 섬세한 관찰이 내린 결론이었다.

이 생경한 기계는 오사카 만국박람회에 선을 보인 뒤 1970년대에 대히트를 하게 된다. 첫 번째 초밥집을 낸 2년 뒤 도톤보리에 2호점

겐로쿠 회전초밥의 전단지. 회전초밥은 스시의 대중화와 세계화에 큰 기여를 했다

을 낸 그는 그 기세를 몰아 몇 년 후 일본 전국에 240여 개의 지점을 내는 기염을 토했다. 후에 시라이시 요시아키는 로봇이 스시를 서빙하는 시스템을 발명하기도 했으나 아쉽게도 이는 상업적으로 성공하지는 못했다.

4 · 쌀창고들로 가득찬 섬 | 나카노시마 |

나카노시마는 오사카의 중심부에 자리하고 있는, 길이 약 3.5킬로미터 면적 약 50헥타르의 섬이다. 오사카를 가로지르는 도우지마강^{堂島川}과 도사보리강^{土佐堀川} 사이에 나카노시마가 있다. 이 작은 섬은 현재 도심속의 오아시스로서의 역할을 톡톡히 하고 있으나, 1600년, 에도시대에는 쌀시장으로 유명했다. 당시 이 섬은 각 지방의 다이묘^{大名}가 지은 창고 딸린 저택인 구라야시키^{倉屋敷}로 가득 차 있었다.

이곳에 쌀시장이 자리잡은 것은 도쿠가와 이에야스가 만든 시스템 덕분이었다. 반란의 기미가 있는 번주들을 확실하게 휘어잡기 위해, 도쿠가와 이에야스는 전국의 쌀을 일단 한 곳에 모았다가 다시 분배했다. 식량을 통제하면 번주들도 통제되리라 믿었던 것이다. 그렇게 하여 모인 쌀이 부려지는 곳이 바로 오사카와 도쿄였고, 오사카 중에서도 나카노시마였다.

옛 나카노시마 풍경

지방의 번주들이 세금으로 내는 연공미들은 모두 이곳으로 모였다. 각 지방의 번이 이곳에 설치한 창고의 수는 한창 때인 19세기 전반에는 120개가 훌쩍 넘었다. 쌀 생산량이 적어 인구에 비해 돌아가는 쌀의 양이 부족하기는 했지만, 추수 때가 되면 이곳은 쌀이 넘쳐났다. 수용할 범위를 넘어서는 쌀들은 야외에 방치되었다가 썩기도 하였으므로 그때쯤에는 도매상과 생산자들은 흥정에 여념이 없었다. 그 때문에 생긴 독특한 시스템이 바로 깃발신호다. 적당한 간격으로 늘어선 깃발을 향해 빨리 오라거나 늦게 오라는 신호를 보내면, 깃발들은 봉화처럼 차례차례 메시지를 전달했다. 그 깃발을 보며 번주들은 배의 속도를 조절했다.

갈대가 우거져 있는 버려진 땅이었던 나카노시마에 제방을 쌓아 개발한 것은 바로 전설적인 상인 요도야 조안이었다. 목재상이었던 요도야 조안은 도쿠가와에게서 쌀시장의 독점권을 얻어 쌀시장을 일으킨 뒤, 그 노하우를 활용하여 오사카 각지에 다양한 상품 시장을 세웠다.

5 · 상인들이 세운 교육기관 | 회덕당 |

오사카의 상인들은 눈앞의 이문에만 급급한 '장사치'가 아니었다. 그들은 1724년, 사재를 털어서 '회덕당'이라는 교육기관을 세우며 장기적으로 앞날을 내다보아야 한다는 신념을 구체화했다. 설립자는 다섯 명의 상인이었다. 미쓰보시야 다케에몬, 도묘지야 기치에몬, 후나바시야 시로우에몬, 비젠야 기치베에, 고노이케 마타시로. 그들은 작은 서당 형태의 교육기관만이 있는 오사카에 상당한 규모의 교육기관을 세워 미래를 준비했다.

그들이 회덕당을 세우는 과정은 쉽지 않았다. 하지만 에도로 올라가 다섯 달을 기다리며 허가를 얻은 그들은 오사카의 도묘지 절 자리에 가로 20미터, 세로 36미터 규모의 번듯한 학교를 세우는 데 성공한다. 빈부귀천을 가리지 않고 누구나 입학이 가능했으며, 교실에서는 모두가 평등한 대우를 받았다. 신분제도가 엄격했던 당시로서는 파격적인 일이었다. 학파와 학설에 구애받지 않는 자유로운 학풍을 바탕으로 합리적인

중건 당시의 회덕당 모습

사고를 중요시하고 체계적이고 실증적인 교육에 집중한 회덕당은 이후 수많은 인재를 배출했다.

회덕당은 146년 뒤인 1869년에 문을 닫았다. 그러나 50년 후인 1916년 '재단법인 회덕당기념회'의 주도하에 시민강좌 형태로 다시 문을 열게 된다. 이 또한 제 2차 세계대전으로 인해 파괴되었으나, 1931년 일본의 여섯 번째 제국대학으로 문을 연 오사카 대학의 기원이 된다. 1949년, 회덕당의 모든 서적과 자료는 오사카 대학에 기부되었다. 현재 오사카 대학 문학부에 '회덕당 센터'가 자리잡고 있는데 현재에도 여러 기업들의 지원을 받아 다양한 주제로 연간 60회 정도의 세미나를 열고 있다. 오사카 상인의 전통은 이렇듯 계속되고 있는 것이다.

6 · 사회로 환원하다 | 산토리 미술관 |

오사카의 오랜 역사를 자랑하는 기업들에 견주어보면, 산토리는 내세울 게 별로 없을지 모른다. 1899년 창업했으니 100년은 넘었지만 오사카에 100년 넘은 기업이 한둘이던가. 하지만 산토리는 적극적인 사회환원으로 그 이름을 선명하게 남겼다. 지금도 일본 곳곳에는 '산토리'의 이름이 휘황하다.

1988년 위스키 수입상으로 처음 문을 열었을 때의 이름은 '도리이 상점'이었다. 약품도매상이던 도리이 신지로는 한동안 위스키 수입을 병행하다가 1906년 고토부키야 양주점으로 상호를 변경하면서 포도주를 생산, 판매하기 시작한다. 포도주의 성공은 국산 위스키에 대한 꿈을 불러일으켰다. 1921년 큰 마음 먹고 위스키 증류소를 만들었으나 위스키의 자체생산은 쉽지만은 않았다. 지난한 과정을 거쳐 1937년에 '가쿠빙'을 출시, 인기를 모으면서 일본은 국내에서 생산된 위스키를 갖게 되었다. 현재 산토리는 위스키와 와인뿐 아니라 맥주, 소주, 식품, 의약, 외식산업 등 다양한 방면으로 사업을 펼쳐가고 있다.

1922년에 나온 산토리의 아카다마 포트 와인 광고 포스터. 일본 최초의 누드 광고 포스터다.

산토리의 이름을 '위스키'보다 '미술관'으로 먼저 접한 이들도 있으리라. 창업 70주년을 기념하여 1969년 만든 산토리홀도 유명하지만, 건축가 안도 다다오가 설계한 바닷가의 미술관도 많은 이들의 사랑을 받았다. 산토리사는 관청을 설득하여 공공대지였던 오사카 남항의 뗌포잔을 시민공간으로 바꾸어냈다. 1994년에 완공된 이 미술관은 전시공간뿐 아니라 아이맥스 영화관과 스카이라운지 레스토랑으로 이루어져 복합문화공간의 역할을 자임했다. 지금은 이전하여 도쿄미드타운에서 만날 수 있다. 이외에도 도리이 음악상, 산토리 학술상 등 다양한 분야의 예술가를 육성하고 지원하려는 산토리의 활동은 계속되고 있다.

7. 시텐노오지 절을 지은 가장 오래된 기업 | 공고구미 |

세계에서 가장 오래된 기업은 어디에 있을까? 오사카에 있다. 서양에서 가장 오래된 회사는 이탈리아의 금세공회사인 토리니 피렌체. 1369년에 창업하여 약 700년의 역사를 가지고 있지만, '공고구미'의 역사는 그보다 훨씬 더 장구하다. 얼마나 오래되었길래 세계에서 가장 오래된 기업으로 이름을 떨치는 걸까? 무려 1,400여 년 전, 586년에 창업했다. 창업자는 누구일까? 놀랍게도, 우리나라 사람이었다. 당시에는 백제사람. 쇼

Osaka

20세기 초반 공고구미의 모습

토쿠 태자의 초청으로 백제에서 건너온 장인이다.

쇼토쿠 태자가 머나먼 백제에서 큰 절을 지을 수 있는 기술을 가진 장인을 초청하게 된 이유는 전설로 전해내려온다. 당시 일본에서는 불교를 받아들일 것인가 배척할 것인가를 두고 대대적인 전쟁이 벌어졌다. 무려 48년에 걸친 오랜 '불교전쟁' 동안 불교의 편에 서서 싸운 쇼토쿠 태자는 그만 적들에게 포위되어 목숨이 위태로운 상황에 처하게 되었다. 태자는 "저를 살려주시면 큰 절을 짓겠습니다."라고 부처에게 애절하게 기도를 올리는데, 놀랍게도 그가 기대서 있던 고목이 반으로 쫙 갈라지면서 그를 감추어주었다. 전쟁은 곧 불교의 승리로 끝났고, 쇼토쿠 태자는 약속을 지키기 위해 큰 절을 지을 계획을 세운다. 하지만 당시 일본에는 큰 절을 지을 수 있는 기술자가 없었다. 결국, 백제에서 네 명의 장인과 인부들이 건너오게 된 것이다.

그중 한 명인 유중광은 일본에 와서 쇼토쿠 태자에게 직접 '공고'라는 성을 하사받고 '공고 시게미쓰'가 되었다. 그는 오사카에서 가장 큰 절인 시텐노오지를 짓고, "앞으로 시텐노오지의 보수 관리는 유중광과 그의 후손들이 맡으라"는 쇼토쿠 태자의 명령에 따라 현대에 이르기까지 그 역할을 맡는 회사, '공고구미'를 설립했다.

그렇게 세워진 공고구미는 사찰전문 건축회사이다. 1995년 고베에서 있었던 심각한 대지진 때도 공고구미가 세운 절은 멀쩡했다며 대단히 신뢰받는 기업으로 오랜 세월 유지해왔으나, 지나친 확장노선으로 2006년 파산 위기에 처하게 되었다. 결론적으로 기업은 해체위기를 면했지만, 실질적으로 공고구미의 전통은 끊긴 셈. 그러나 건설 쪽 경영권과 종업원

대부분이 남아 있으니, 백제인이 세운 공고구미의 역사는 오사카에서 지금도 계속되고 있다고 슬쩍 믿어도 되지 않을까.

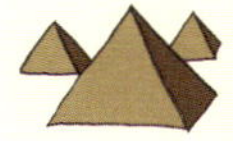

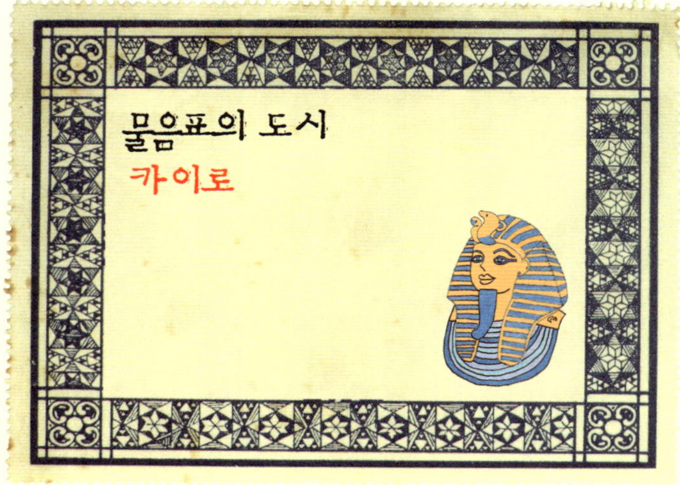

많은 이들이 이 도시에서 물었다. 호기심, 궁금증, 탐욕, 애절함, 절박함, 지식 욕심, 신기함, 경외감. 수많은 감정들이 오고 갔고, 또 오가고 있다. 그들이 모두 대답을 얻지는 못했다 해도, 질문은 멈추지 않는다. 카이로에 묻는다. 카이로에서, 묻는다.

1 • 투탕카멘의 수수께끼, 이곳에 모이다 | 이집션박물관 |

이집트, 미라, 하면 당연히 떠오르는 투탕카멘. 투탕카멘의 발굴은 그 자체로 전설이다. 이집트의 제18왕조의 파라오였던 투탕카멘의 무덤은 1922년에 처음 발견되었는데, 당시 굉장한 관심을 불러일으켰다. 무덤이 발견되기 이전에는 존재감조차 희박하던 이 파라오는 도굴이 안 된 온전한 무덤에서 수많은 보물과 함께 발견되면서 이집트의 왕을 대표하는 이름으로 떠올랐다.

아홉 살의 나이로 파라오의 자리에 올랐다가 열아홉에 죽은 연약한 왕. 요절의 원인은 오랫동안 미스테리였으나 오랜 연구 끝에 뼈 질환과 말라리아 등 합병증으로 일어난 한쪽 다리의 부상으로 밝혀졌다. 발이 안쪽으로 휘는 병인 내반족, 입천장이 갈라져 말을 제대로 할 수 없는 기형인 구개파열을 앓고 있던 것도 함께 드러났다.

투탕카멘은 또한 기이한 저주로도 유명하다. 발굴에 관련된 사람들이 비정상적으로 죽었다는 게 그 소문의 내용인데, 발굴을 기획하고 자본을 댔던 카나본 경이 호텔에서 숨진 채 발견된 사건, 그 5개월 뒤 카나본 경의 동생이 돌연사한 사건, 발굴을 지휘했던 하워드 카터가 기르던 카나리아가 무덤을 열던 날 코브라에 잡아먹힌 사건 등이 저주의 목록을 채우고 있다. 하지만 막상 무덤을 열었던 하워드 카터의 평범한 죽음은 그 모든 저주설을 무색하게 한다. 사실, 발굴에 관련된 사람 58명 중 12년 안에 죽은 건 오직 여덟 명뿐이라는 객관적인 사실은 저주설이 소문에 불과하다는 것을 밝히는 분명한 증거다.

투탕카멘에 대한 모든 이야기들을 화려하게 장식하고 있는 것은 손타지 않고 고스란히 발견된 수많은 보물이다. 그중에서도 청금석으로 장식된 골드마스크는 유명하다. 투탕카멘의 보물들은 현재 카이로에 있는 이

쿠푸 왕의
피라미드
7
2
대 스핑크스

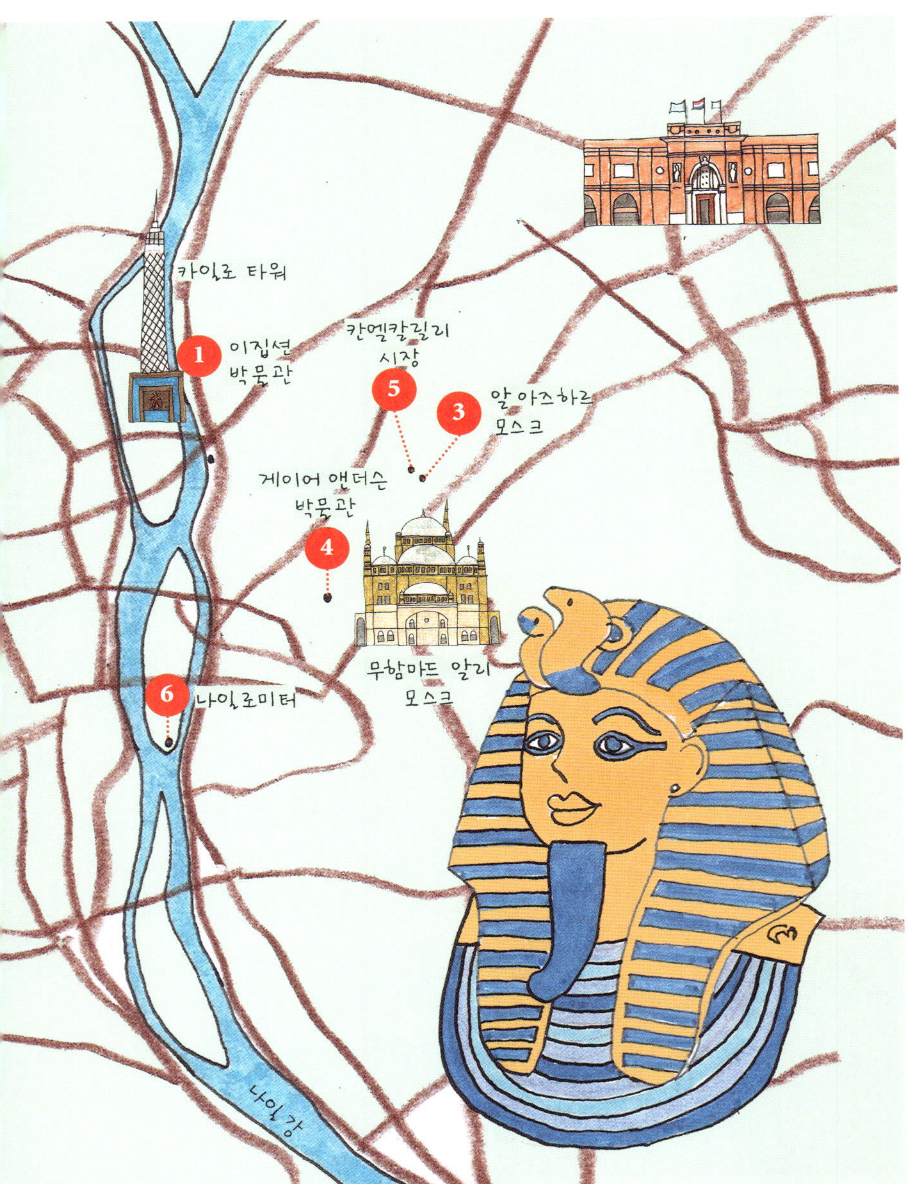

카이로 타워
이집션 박물관
칸엘칼릴리 시장
알 아즈하르 모스크
게이어 앤더슨 박물관
무함마드 알리 모스크
나일로미터
나일 강

집선 박물관에 모셔져 있다.

2 · 묻고, 죽이다 │ 대 스핑크스 │

스핑크스는 그리스 신화에 등장하는 상상의 괴물이다. 여자의 머리와 가슴, 사자의 몸, 독수리의 날개를 지닌 이 괴물은 티폰과 에키드나 사이에 태어난 딸이라고 한다. 헤라는 그녀를 테베 시민들을 징벌하기 위해 파견했다. 테베의 왕 라이오스의 죄를 묻기 위해서였다.

테베에 있는 피키온 산 부근에 자리잡은 스핑크스는 지나가는 이에게 그 유명한 질문을 던진다. "아침에는 네 다리, 낮에는 두 다리, 밤에는 세 다리로 걷는 짐승이 무엇이냐?" 그리고 정답을 내놓지 못하는 자를 가차없이 잡아먹었다.

정답인 "사람"을 내놓아 스핑크스가 자살하게 만든 것은 유명한 오이디푸스다. "인생의 아침인 어린 시절에는 네 발로 기어다니다가 낮이라 할 수 있는 장년에는 두 발로 걸어다니고 인생의 밤인 노년이 되면 지팡이를 짚고 세 발로 기어다닌다."는 것이 답이었다.

신화 속에서 스핑크스는 오이디푸스에게 지고 난 뒤 사라졌지만, 현실 속에서는 길이 57미터, 높이 20미터의 장대한 몸집을 자랑하며 살아남아 이집트에 굉장한 관광 수익을 안겨주고 있다. 하나의 바윗덩어리를 깎아 만들어 세계에서 가장 큰 석조조각으로 인정받는 이 대 스핑크스Great Sphinx는 코도 떨어져나가고 풍파에 시달

사막 속의 스핑크스가 모습을 드러내고 있다.

려 정교한 맛은 사라졌지만, 아직도 수많은 이들에게 경외감을 안겨주고 있다.

카프레가 만든 것으로 알려져 있는 스핑크스는 오랫동안 모래에 파묻혀 있었는데, 훗날 젊은 왕자였던 이집트의 투트모세 4세의 꿈에 나타나 "내 몸을 덮고 있는 모래를 다 걷어주면 너를 왕으로 만들어주겠다."고 약속하고 비로소 지상으로 나왔다고 한다. 현재 이 전설을 새긴 붉은 화강암으로 만든 '꿈의 비석'을 앞다리 사이에 끼고 있다.

스핑크스의 이름은 많다. 고대 이집트인들은 "파라오의 살아 있는 모습"이라는 뜻의 "쉐세프 앙크Shesep ankh"라고 불렀고, 아랍인들은 "공포의 아버지"라는 뜻을 지닌 "아엘 홀Abu al-Haul"이라고 불렀다.

3 · 이슬람에 대해 묻다 | 알아즈하르 모스크 |

이슬람에 대해서 궁금한 게 있다면, 어디에 물어보면 좋을까? 이집트 국내에서는 물론이요 전 세계 무슬림들에게 막대한 영향을 미치고 있는, 이슬람 연구의 본산 알 아즈하르 모스크Al-Azhar Mosque가 정답이다. 서기 972년에 모스크가 세워진 뒤, 989년부터 본격적으로 연구활동을 시작하며 대학을 세운 이곳은 꾸준히 활동하고 있는 대학 중에서는 세계에서 두 번째로 오래된 곳이다. 이슬람 세계에서 가장 뛰어난 교육기관으로 인정받는 이곳은 이슬람의 '하버드'로, 이곳 출신의 이슬람 학자들은 무조건적인 신뢰를 받고 있다.

현재 알 아즈하르 모스크는 이슬람의 다수 종파인 수니파의 본산이다. 처음 설립되었을 당시에는 이슬람의 소수 종파인 시아파의 교육 기관 및 모스크였다고 한다. 시아파의 지류인 이스마일 파를 따랐던 파티마 왕조의 통치자 알 무잇즈가 세운 이곳에서는 첫 신학 세미나에서 시아파 율법

495

알 아즈하르 모스크 전경

요지를 낭독하며 정체성을 분명히 했다. 대학이 세워진 이후에도 35명의 교수는 시아파 내 이스마일 파의 신앙을 가르쳤다.

알 아즈하르의 입장이 바뀐 것은 파티마 왕조의 몰락 이후이다. 새로운 왕조인 아윱 술탄들은 시아파 교육을 이집트에서 금지했다. 알 아즈하르 모스크가 수니파의 사원으로 거듭난 것은 맘룩 술탄시대에 이르러서이다. 오스만 제국 통치기에는 무슬림 세계의 중심 신학 대학이 되었고, 오늘날에는 일반 대학과 마찬가지로 모든 학문을 가르치고 있다.

4 · 여자들의 호기심이 비밀의 방을 만들다 | 게이어 앤더슨 박물관 |

카이로에 살던 무슬림 여자들은 눈도 막고 귀도 막은 채 갇혀 살기만 했을까? 그러리라는 예상과는 달리, 그녀들은 훔쳐보기의 달인이었다. 그녀들이 손님을 훔쳐보고 잘생긴 남자를 품평하던 비밀의 방은 옛 저택에 고스란히 남아 있다.

1935년 카이로에 머물던 영국인 장교인 존 게이어 앤더슨이 17세기에 지어진 두 채의 집을 구입해 연결하고 터키 양식, 파라오 양식, 중국 양식 등으로 꾸며 완성한 집은 현재 게이어 앤더슨 박물관Gayer Anderson Museum이라는 이름으로 그 속살을 보여주고 있다. 그곳에는 얼핏 벽장 같아 보이는 문을 열고 들어갈 수 있는 좁고 긴 비밀의 방이 있다. 연회를 열면 손님들이 모여들 거실의 천정 높은 곳에 자리잡은 이 방은 안에서는 밖이 보이지만 밖에서는 안이 보이지 않는 작은 창문이나 작은 나뭇조각을 이어만든 장식인 마샤라베야로 가려져 있다. 여자들은 이곳에 마련된

496

의자에 앉아 호기심을 채웠다.

두 채의 집 중 하나는 게이어 앤더슨이 구입하기
전, '크레타 여인의 집'이라 불렸다. 한때 크레타
섬에서 온 부유한 무슬림 여인의 소유였기 때문에
그런 이름이 붙었다고 한다. 게이아 앤더슨은 이
집에 얽힌 전설들을 수집했는데, 가장 흥미로운 것
은 그 집이 바로 노아의 방주가 홍수 뒤에 머물렀
다는 산에서 나온 재료로 지었다는 것이다. 또한,
모세가 신의 말을 들은 것이 바로 이 지점이라는
이야기도 있다.

게이어 앤더슨 박물관은 영화
〈007 나를 사랑한 스파이〉의 촬
영장으로 쓰였다.

이븐 툴룬 사원의 부속건물로, 이곳 테라스에 서면 이븐 툴룬 사원을
한 눈에 볼 수 있다. 이곳의 리셉션 홀과 옥상 테라스에서 영화 〈007 나
를 사랑한 스파이〉를 촬영했다.

5 · 성궤가 있는 곳을 묻다 | 칸 엘 칼릴리 시장 |

카이로에 가보지 않은 사람들이라 해도, 카이로의 시장통에 대한 분명한
이미지는 가지고 있다. 그것은 영화 〈레이더스〉의 유명한 한 장면 때문
이다. 전통복장을 한 사람들로 가득 찬 시장 한복판에서 인디아나 존스는
길을 가로막는 건장한 체구의 남자를 만난다. 그는 위협적인 칼을 현란하
게 휘두르며 인디아나 존스에게 다가가는데, 우리의 주인공, 고개를 갸
웃하더니 바로 총으로 쏘아버린다. 야단법석을 떠는 코믹한 현지인들과
인디아나 존스의 쿨한 태도가 대비되어 인상적인 장면이었다.

영화 속 그 시장의 분위기를 맛보고 싶다면, 카이로에서 가장 오래된
시장인 칸 엘 칼릴리 *Khan al-Khalili* 시장에 찾아가보는 것도 좋겠다. 1382

카이로의 시장이 나오는 영화 〈레이더스〉

년 맘루크 왕조의 술탄 바르쿠크의 아들 알 칼릴리 왕자가 세운, 630년 된 유서 깊은 이 시장은 이집트에서도 가장 규모가 클 뿐 아니라 아랍권에서도 최대의 규모를 자랑한다고. 1,500개가 넘는 점포와 미로 같은 좁은 골목들이 인상적이다. 아쉽게도, 카이로의 한 시장이라고 하지만 막상 영화를 촬영한 곳은 튀니지의 다른 시장이라고.

6 · 나일 강물아, 어디까지 왔니? | 나일로미터 |

그리스의 역사가 헤로도투스는 말했다. '이집트는 나일의 선물'이라고. 그들의 농사짓는 법은 독특하다. 애써서 밭을 갈고 잡초를 뽑지 않는다. 그들은 상류의 에티오피아 고산지대에서 범람한 강물이 밭에 흘러들어왔다 물러가기를 기다린 뒤, 비옥하고 촉촉해진 땅 위에 씨앗을 뿌리고 돼지로 하여금 땅을 밟게 한다. 돼지는 수확 때도 이용된다. 그렇게 한 해 농사가 끝나면, 다음번 나일 강의 범람을 기다린다.

그들이 가장 궁금해하는 것이 '나일 강의 수위'인 것은 너무나도 당연하다. 강물이 적어도 안 되고 지나쳐도 곤란했다. 적당하면 그해는 풍년이었다. 강물의 높이를 재는 단위는 큐빗cubit, 약 54센티미터였는데, 풍년을 보장하는 높이는 약 16큐빗이었다. 그보다 모자라도 재난이었고 그보다 높아지면 농사를 망치는 것은 물론이요, 역병이 돌았다.

1902년 나일 강 상류에 영국이 1,900미터 길이에 54미터 높이의 아스완 댐을 만든 이후 수위를 인공적으로 조절할 수 있게 되었고, 나일 강의 범람은 이제 사람들의 관심에서 벗어났다. 하지만 나일 강의 수위를 측정

498

하기 위한 건축물인 나일로미터Nilometer는 아직도 제자리에 남아 당시 이집트 농부들의 관심과 열망을 한눈에 보여주고 있다.

카이로 남부 로다 섬에 있는 나일로미터는 AD 861년에 지어졌다. 압바스 조 칼리프인 알 무타와킬이 지었는데, 설계는 당대 최고의 과학자였던 아흐마드 이븐 무함마드가 맡았다. 강 바닥부터 가파른 계단 같은 수위측정계를 설치하여 강물의 범람을 한눈에 알 수 있게 하였다. 중앙에는 물높이를 재는 팔각형의 가는 돌기둥이 우뚝 서 있다. 카이로의 나일로미터는 이집트 내에서 원형이 보존되어 있는 가장 오랜 이슬람 시대 건축물이다.

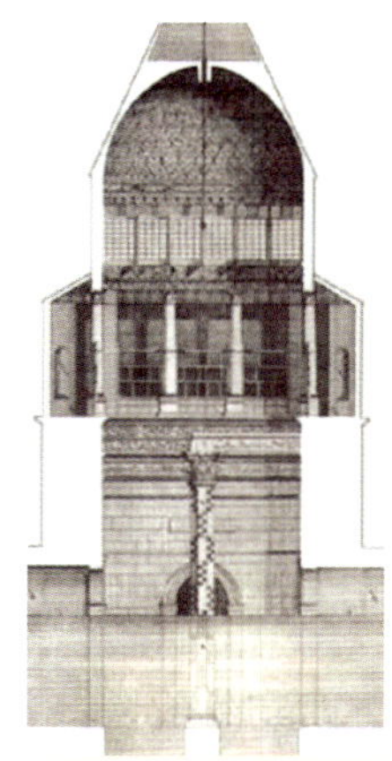

나일로미터의 설계는 당대 최고의 과학자였던 아흐마드 이븐 무함마드가 맡았다.

7 • 궁금증이 뾰족하게 솟아오르다 | 쿠푸 왕의 피라미드 |

세계 7대 불가사의. 초등학교 시절부터 들어왔던 이 목록의 첫 번째 줄에는 늘 피라미드가 있었다. 그중 가장 유명한 것이 카이로 남서쪽 기자에 있는 쿠푸 왕의 피라미드이다. 대피라미드, 혹은 제1피라미드라는 별칭이 무색하지 않게 쿠푸 왕의 피라미드는 규모가 압도적이다. 높이 146.5미터, 바닥변 약 230미터, 사면각도 약 51도. 평균 2.5톤의 돌을 230만 개 쌓아올려 만들었다. 현재는 137미터만 남아 있지만 그렇다 치더라도 명실상부한 세계 최대의 석조건물이다.

이집트 제4왕조의 제2대 왕인 쿠푸 왕의 무덤인 이 피라미드는 4,500년 전의 건축물임에도 불구하고 수많은 놀라운 기록을 가지고 있다. 첫 번째 놀라운 것은 동서남북을 가리키고 있는 각 변의 오차가 아주 미세하다는 것. 두 번째는 피라미드가 세워진 시기가 철이 발견되기 전이었는

499

기자의 피라미드는 규모 면에서 타의 추종을 불허한다.

데, 230만 개의 돌을 필요한 크기대로 자르고 다듬는 데 이용된 도구가 겨우 돌과 구리로 만든 연장이었다는 사실이다.

세 번째로는 그 돌을 쌓기 위해 발휘된 뛰어난 건축술이다. 나폴레옹의 이집트 원정에 참여했던 수학자 몽즈는 대피라미드의 체적을 계산하여 프랑스의 국경을 3미터 높이에 0.3미터 폭을 가진 담으로 둘러쌀 수 있는 양이라 환산했다 하는데, 그토록 큰 규모의 건물을 변변한 도구 없이 지어올렸다는 것은 신비에 가까운 일이다. 네 번째는 높이 20센티미터, 폭 22센티미터의 천체창이다. 이 창의 진정 놀라운 점은 기원전 2600년에서 기원전 2400년경의 오리온자리 세 별에 정확히 맞춰져 있다는 사실. 당시 천문학의 발달수준을 보여주는 건축물이라 할 수 있겠다.

(1city / 1week) × 1year = 52map

풍차와 튤립으로 상징되던 도시는 이제 마약과 매춘의 대명사가 되었다. 하지만 그 부

정적인 그림자를 걷어내면, 놀라울 만큼 찬란한 자유와 관용의 정신을 만나게 된다.

1 • 죽을 자유를 찾아오다 | 암스테르담 중앙역 |

이 도시의 이름이 책 제목으로 쓰인 것은 의미심장하다. 이언 매큐언의 소설 『암스테르담』에서 두 친구 클라이브와 버넌은 암스테르담으로 간다. 약속을 지키기 위해서, 약속을 어기기 위해서. 둘은 한때 서로의 우정을 걸고 약속했었다. 상대방이 끔찍한 병에 걸려 인간으로서의 품위를 잃고 겨우겨우 생존하는 처지가 된다면 다른 한 친구가 책임지고 안락사가 허용되는 암스테르담으로 데려가겠노라고. 그들은 결국 약속대로 상대방의 죽음을 도모한다. 약속과 다른 것은 상대방의 동의가 없었다는 것. 이 소설 속에서, 네덜란드의 정신을 상징하는 '안락사'는 파렴치하게 악용된다. 네덜란드 자유의사 안락사연맹De Nederlandse Vereniging voor vrijwillige Euthanatie이 알았으면 경악하여 펄쩍 뛸 노릇이다.

1973년부터 이미 "편안하게 생을 마감할 수 있는 권리를 달라"는 운동이 펼쳐졌고 사실상 용인되었던 네덜란드에서 안락사 법안이 공식 발효된 것은 2002년 4월이다. 2000년 11월, 하원에서 찬성 104, 반대 40으로 통과된 이후 2년 만이었다. 파장은 컸다. 안락사 허용에 따른 논란은 유엔 인권위원회를 필두로 하여 전 세계적으로 일었다. 그러나 네덜란드는 엄격한 기준을 세워 남용을 방지한다. 소설 속에서의 사건과 같은 악용이 진짜로 일어날 가능성은 거의 없다.

안락사가 허용되지 않는 나라의 절망적인 사람들은 지금도 암스테르담으로 모여들고 있다. 육로로건 비행기로건 암스테르담에 도착한 이들은 반드시 한번은 거쳐 가야 하는 중앙역. 그곳은 그들에게는 인생의 마지막 역이기도 할 터이다.

Amsterdam 

중앙역
1
ANNELIES MARIEK FRANK
안네 프랑크의 집
7
막스 하블라르 재단
2
드발렌 지역의 홍등가
3
왕궁
렘브란트 하우스
미술관
6
TAA-LA'I BLAMA
5
라이드세플라인
REMBRANDT HARMENSZOON VAN RIJN

암스테르담 항
4
FLYING
DUTCHMAN

2 • 공정한 거래를 주장하다 | 막스 하블라르 재단 |

'공정무역 커피'라는 이름은 더 이상 낯설지 않다. 지금은 거대 규모의 커피체인점에서도 공정무역 커피를 내세운다. 커피를 마시며 한가로운 시간을 보내는 문화가 정착한 지 꽤 되었음에도 불구하고, 커피농장의 노동착취에 대해 인식하게 된 역사는 짧다. 하지만 네덜란드에서는 이미 1859년에 물타툴리의 『막스 하블라르*Max Havelaar*, 또는 네덜란드 동인도회사의 커피경매』라는 소설이 출간되면서 당시 네덜란드의 식민지에서 실행되던 '강제재배제도'의 폐해가 논란이 되었다.

소설 속에서 인도네시아 원주민들의 권리를 위해 열정적으로 투쟁한 인물이었던 '막스 하블라르'의 이름은 이후 1986년 공정무역거래를 위해 세워진 무역회사의 이름이 되었다. 중간상인의 과도한 착취를 막아 제3세계 커피 재배자들의 원둣값을 보장해준 이 재단은 호응에 힘입어 카카오, 초콜릿, 차, 꿀, 바나나로 활동 품목을 확대하고 있다.

암스테르담에서는 매년 10월 말에서 11월 초에 '페어트레이드 위크'가 열린다. 스티칭 막스 하블라르 재단의 주관하에 댐 광장을 중심으로 벌어지는 이 행사에는 전 세계 페어트레이드 단체가 모여든다. 다채로운 페어트레이딩과 유기농 제품을 구할 좋은 기회이다. 여러 뜻깊은 이벤트들도 연이어 벌어진다. 이 재단은 페어트레이드 레스토랑 주간, 페어트레이딩 결혼식 등도 벌이고 있다.

이동식 장터인 페어트레이드 SRV는 공정무역 행사의 명물이다.

3 · 투명한 매춘을 지향하다 | 드발렌 지역의 홍등가 |

네덜란드의 자유, 하면 쉽게 떠오르는 것이 바로 시내 한복판에 위풍당당하게 자리잡고 있는 홍등가이다. 관광코스의 하나로 공인되었을 만큼 밝고 발랄하게 조성된 이 거리는 암스테르담에 대해 잘 모르는 사람들에게 선입견을 가지게 하기에 충분하지만, 네덜란드의 속내를 잘 아는 이들은 한결같이 홍등가와 마약 가게로 그들의 사회를 재단하지 말라고 충고한다.

이 도시에서 매춘은 정식 직업이다.

암스테르담 매춘부들의 노동조합 이름은 '붉은 실*Rode Draad*' 이다. 그들은 노동조합을 통해 스스로의 권익을 옹호한다. 질병 휴가, 세금 혜택, 연금, 임신 휴가, 월경 휴업시 보상 등 다양한 문제에서 그들은 조합원의 입장을 대변한다. 그들은 자신의 직업활동에 따른 세금을 내고, 허가를 받지 않았을 경우 엄격하게 제재된다. 덕분에 암스테르담의 홍등가는 음침한 범죄의 그림자를 벗겨냈다. 그곳에는 음성적인 매춘시장은 없다.

이러한 합법화를 통해 매춘이 범죄와 결탁하는 것을 막을 수 있다는 것이 이들의 믿음이지만, 최근 들어 정책이 변화하고 있다. 시 당국은 2,500만 유로, 약 324억 원의 예산을 들여 홍등가의 3분의 1에 해당하는 51개 업소를 사들였다. 합법적이지만 "지나치게 많은 매매춘이 이뤄지고 있다."는 것이 시 당국의 판단이다. 이에 대한 홍등가 노동조합의 반발도 만만치 않은 상황에서, 관광의 명소로도 유명한 드발렌의 축소가 암스테르담의 '자유로운' 이미지에 어떤 영향을 미칠지는 두고 볼 일이다.

Amsterdam

4 • 전 세계로 나아가다 | 암스테르담 항 |

네덜란드에서 가장 큰, 세계적 차원에서도 뒤지지 않는 항구는 로테르담 항구이다. '항만의 경쟁력 종합평가'에서 전 세계 항만 중 1위의 경쟁력을 가진 것으로 평가되며 부동의 자리를 지키고 있는 로테르담 항구는 '방황하는 네덜란드인'의 상징이다.

암스테르담에 자리잡고 있는 암스테르담 항은 로테르담 항을 보완하는 위치이기는 하지만, 세계 화물 이동의 절반에 달하는 르아브르-함부르크 라인Le Havre-Hamburg Range의 중심에 위치하고 있는 항구이다. 이 두 개의 항구를 통해 운하와 육상운송, 바닷길은 거미줄처럼 서로 엮인다.

잘 발달된 항구와 물류는 세계를 네덜란드로 끌어들이는 한편, 네덜란드인을 밖으로 내몰았다. 진정으로 세계화된 인간, 네덜란드인들은 전 세계의 곳곳으로 나아갔지만 고향으로 돌아오지는 못했다. 17세기 당시 세계 무역을 휘어잡았던 그들은 인구 200만 명의 절반인 100만 명이 해외를 향하는 기염을 토했다.

그래서일까, 북해에는 '방황하는 네덜란드인'의 전설이 있다. 입에서 입으로 전해내려오던 다양한 버전의 전설들은 1826년 영국에서 에드워드 피츠볼에 의해 『방황하는 네덜란드인』이라는 제목의 소설로 출간되기도 했고, 1839년에는 프레드릭 머리엇에 의해 〈유령선〉으로 탄생하기도 했다. 결국 이 강력한 이미지는 바그너에 의해 오페라 〈방황하는 네덜란드인〉으로 완성되면서 현대에까지 그 그림자를 드리우고 있다.

세계를 향한 네덜란드인의 열망은 '방황하는 네덜란드인'의 전설을 낳았다.

네덜란드인들의 자유와 관용의 정신은 억압받는 사람들에게도 한결같다. 암스테르담과 상당히 먼 거리에 있는 티베트의 독립에 그들이 가지는 관심만 보더라도 알 수 있다. 현재 중화인민공화국의 통치 아래 있는 티베트의 독립운동은 망명한 티베트인들에 의해 꾸준히 벌어지고 있는데, 이에 대해 국제적인 지원도 적지않다. 그중 국제 티베트 원조기구가 자리잡고 있는 곳이 바로 암스테르담. 2004년에 설립되어 국제 티베트 독립운동의 유럽지부를 맡고 있다.

이러한 조직을 통한 상시적인 활동 이외에도, 티베트 독립운동을 지원하기 위한 이벤트가 활발하게 일어나고 있다. 1999년 암스테르담 라이 파크할*Rai Parkhal*에서 열린 '프리 티베트 99' 콘서트만 해도 블러, 앨러니스 모리셋, 라디오 헤드의 톰 요크 등 유명 뮤지션들이 참가하여 많은 이들의 관심을 끌었다.

그중에서도 색다르게 눈길을 끌었던 이벤트는 '자유를 위한 발자국*foot-printsforfreedom.com*'. 디자이너인 브리트 다스*Britt Das*라는 여성이 티베트의 독립 열망을 지지하기 위해 암스테르담에서 라사까지 1만 킬로미터가 넘는 길을 1년 동안 걸어서 간 이 이벤트는 많은 사람들의 호응을 불러일으켰다. 출발지점은 라이드세플라인*Leidseplein* 지구였는데, 나이트라이프로도 유명한 이곳에는 출발점을 알리는 표지판이 붙어 있다.

6 • 자유로운 정신을 구가하다 | 렘브란트 하우스 미술관 |

렘브란트 반 레인*Rembrandt Harmenszoon van Rijn 1606~1669*이 활약하던 17세기는 네덜란드의 황금의 세기였다. 당시 네덜란드는 유럽 문화의 중심지로 부상하여 전 유럽의 지식인들이 몰려들다시피 했는데, 가장 큰 이유

렘브란트는 자유롭게 기존의 관습을 벗어난 작품을 그렸다.

로 당시의 자유로운 분위기를 꼽을 수 있다. 자신의 나라에서 도피해 온 수많은 철학자와 지식인들이 암스테르담에서 활발하게 토론을 하며 지식을 나누었고, 그 결과물들이 속속 출판되었다. 직접 암스테르담으로 올 수 없는 사람들은 자신의 저작물을 이곳으로 보내어 출판하기도 했다. 암스테르담이 당시 유럽에서 가장 중요한 출판중심지의 하나가 된 것은 그 때문이다. 데카르트, 로크, 스피노자 등이 당시 활발하게 활동한 철학자들이었다.

렘브란트는 그러한 자유로움을 그림으로 표현했다. 렘브란트는 인간의 감정과 영혼에 지대한 관심을 쏟았고, 주로 성경을 주제로 한 그림들임에도 색다른 해석을 부여했다. 유다는 단순히 배신자가 아니라 자신의 잘못을 뉘우치고 고통스러워하는 인간이었고, 예수 또한 성스럽기만 한 자리를 벗어나 인간적인 모습을 보여주었다. 여자를 그릴 때도 이상화된 여성미는 관심이 없었다. 미인이라 할 수 없는 있는 그대로의 여성의 모습은 당시 사람들에게 충격을 주어, '추의 미학' 이라는 표현이 나왔을 정도였다. 그의 그림은 당시의 관행을 힘차게 뛰어넘었기에 많은 논란을 불러일으켰지만, 현재 그의 예술성을 의심하는 사람은 없다. 그의 대표작들은 대부분 암스테르담 국립미술관에 소장되어 있으나, 그의 탁월한 판화와 드로잉 작품들은 이곳에서 볼 수 있다.

7· 숨겨주고 보호해주다 | 안네 프랑크의 집 |

암스테르담에는 당시 이 도시를 점령했던 나치의 폭력을 피해 숨어 살던 안네 프랑크의 집이 있다. 안네 프랑크의 아버지이자 유대인 사업가였던 오토 프랑크는 집을 개조하여 비밀공간을 만든 뒤 그곳에서 2년간 숨어 지냈다. 프랑크 가족과 친구 가족, 이렇게 두 가족은 집 뒤쪽의 체리공장 창고와 연결된 이 아지트에서 숨죽인 나날을 보냈고, 당시의 기록은 안네의 일기에 생생하게 적혀 있다.

그들의 안전은 고작 2년간 보장되었을 뿐이다. 한 밀고자에 의해 아지트에서 끌려나온 그들은 포로수용소로 잡혀갔다가 아버지 오토 프랑크를 제외하고는 모두 사망했다. 겨우 살아나온 오토 프랑크는 프랑크 회사의 여사원이 몰래 숨겨놓았던 안네의 일기를 받게 되고, 결국 이 책은 출간되어 60개 이상의 언어로 번역되면서 전 세계에 나치의 만행을 알리는 역할을 했다.

〈안네 프랑크의 일기〉는 나치의 만행을 폭로하는 대표적 작품으로, 위조논쟁을 불러일으키기도 했다.

Amsterdam

태국인들은 왕을 사랑한다. 그들은 월요일마다 왕의 색인 노란색 옷을 입어 경의를 표하고 왕의 무병장수를 빈다. 한 번도 식민지였던 적이 없던 도시. 그들의 왕에 대한 경애는 오랜 퇴적층처럼 겹겹이 손상 없이 쌓여 있다.

1 • 왕을 상징하는 바로 그곳 | 왕궁 |

반들반들한 대머리 몽꿋 국왕역을 맡은 율브리너는 이 영화 〈왕과 나〉에서 자존심 강하고 의욕적인 '왕'의 이미지를 만들어냈다. 애나 레오노웬스라는 실존 인물의 이야기를 바탕으로 한 마가렛 란든의 책 『애나와 샴의 왕』을 영화화한 이 이야기는 샴의 왕과 그의 아이들을 가르치기 위해 온 영국인 미망인인 애나의 갈등과 신뢰를 보여준다.

몽꿋 국왕, 즉 라마 4세는 태국 역사상 최초로 공식외교의 장을 열었던 진취적인 인물로, 현재 룸피니 공원 입구에 가면 그의 동상을 볼 수 있다. 하지만 〈왕과 나〉의 율브리너와 그를 동일시해서는 곤란하다. 애나의 이야기는 태국에서 역사적으로 부정확하다는 이유로 전면 금지되어 있다. 책, 뮤지컬, 영화 모두 태국에서는 인정받지 못하고 있는 것이다. 한편으로는 역사적 신뢰도와는 무관하게, 왕에 대한 존경심이 극진하여 왕을 영화나 뮤지컬 따위로 묘사하는 것을 참을 수 없기 때문이라는 이야기도 있다.

정식 명칭이 '프라 보롬 마하 랏차 왕'인 왕궁 Grand Palace은 1782년, 라마 1세가 수도를 방콕에 세우면서 건설하기 시작하여 끊임없이 증축하고 확장했다. 지금은 왕이 머물고 있지는 않지만, 화려하고 아름다운 왕궁은 태국 현지인이나 여행자 모두에게 각별한 의미를 가지고 있다.

'차끄리 마하 쁘라삿 홀 Chakri Maha Prasat Hall'은 영화 〈왕과 나〉의 배경이 되는 곳이다. 유럽 유학을 다녀온 라마 5세가 지은 이 건물은 태국의 양식과 유럽의 양식이 반반씩 섞여 웅장하면서도 독특한 분위기를 풍긴다.

6
차오프라야 강
위만멕 궁전
4
아나타 사마쿰
동무원
3
카오산 로드
7
랏차담넌 로드
락 므앙
5
2
에메랄드 사원
민주기념탑
1
왕궁

칫갈라다 궁전

라마 1세 때 왕궁과 함께 지어진 왕실전용사원인 왓 프라 깨우가 '에메랄드 사원Temple of Emerald Buddha' 이라 불리는 이유는 본당에 모셔진 불상 때문이다. '프라 깨우' 라 불리는 이 불상은 벽옥으로 만들어졌기는 하지만 푸르게 빛나는 모습을 보면, 에메랄드라는 이름이 아깝지 않다.

1미터가 채 되지 못하는 아담한 사이즈에도 불구하고, 이 불상은 태국에서 가장 신성시되는 불상이다. 기원전 인도 북부지방에서 만들어진 것으로 추정되며 전설에 가까울 정도로 구구절절 복잡한 사연을 안고 떠돌던 이 불상이 이곳으로 온 것은 1778년. 라오스와의 전쟁에서 승리한 라마 1세가 전리품으로 가지고 온 것인데, 아직도 라오스는 꾸준히 반환을 요구하고 있다.

태국이 이 불상을 얼마나 소중하게 여기고 있는지는 '옷 갈아입히기 행사' 만 봐도 알 수 있다. 우기, 건기, 겨울, 세 계절이 바뀔 때마다 옷을 갈아입히는 행사는 국왕이 직접 집행한다. 계절마다 갈아입는 옷은 왓 프라 깨우 박물관에서 볼 수 있다.

에메랄드 사원에 모셔져 있는 '에메랄드 불상' 은 태국 국민 최고의 보물이다.

에메랄드 사원에는 그밖에도 볼거리가 많다. 부처의 갈비뼈를 보관하고 있다고 하는, 황금으로 덮인 둥근 탑인 '프라 시 라따나 체디Phar sri Rattana Chedi'. 화려한 모자이크로 장식된 왕실도서관인 '프라 몬돕Phra Mondop' 등의 화려한 건축물들을 보며 태국의 전통적인 건축의 아름다움을 제대로 느낄 수 있는 곳이다.

3 • 손님은 왕이다 | 카오산 로드 |

태국의 왕은 방콕 구석구석 손길을 안 뻗치는 곳이 없지만, 카오산로드
*Thanon Khaosan*에서만큼은 주춤하지 않을까. 여행자들의 해방구인 이곳은
방콕의 일부라기보다 세계의 일부에 가깝다. 여행자들은 이곳에서 '여행
자들의 나라'를 만끽한다. 이곳에서 여행자들은 모두 '왕'이다.

카오산 로드는 밤마다 축제가
벌어진다. 해가 질무렵이면 교통
이 통제되며, 전 세계에서 몰려
든 배낭족들은 어슬렁어슬렁 길
거리로 나온다. 폭 10여 미터, 길
이 350여 미터의 길지 않은 골목
인 이 거리에는 여행자들에게 필
요한 모든 것이 있다. 손때 묻어
낡은 여행가이드북에서부터, 술

카오산 로드에서는 여행자들이 왕이다.

과 분위기에 취해 흐느적거리는 환락의 순간까지.

값싼 숙소, 기념품 가게, 현지 여행사, 여행용품 가게, 중고 가게, 옷
가게, 노천 카페와 바. 열기는 밤새 식지 않는다. 사람들은 길거리에 앉
아 레게머리를 땋거나, 맥주병을 들고 배회한다. 누군가는 거리공연을
하고, 짧은 일정의 여행자에게 맞춤형 강습을 제공하는 무에타이 교습소
가 있는가 하면, 헤나와 초상화 그려주는 사람들이 진을 친다. 장기체류
자들이 어느새 직원이 되어 있는 바는 손님 주인 구분 없이 어울린다.

4 · 왕은 어디에 살고 있는가 | 위만멕 궁전 |

왕은 어디에 살고 있을까? 왕은 번잡하고 소란스러운 관광지 한가운데에서 이미 오래전에 탈출했다. 평온하고 한적한 두싯에 새로 궁전을 짓고 이사한 사람은 라마 5세. 유럽의 건축양식을 도입한 왕궁이 늘어선 이 지역의 이름, 두싯이 뜻하는 바는 '천국'이다.

1901년에 완공된 첫 왕궁이 위만멕 궁전*Vimanmek Palace*이다. 유럽풍과 태국의 전통이 적절히 조화된 이 건물의 특징은 티크목으로 지었다는 것. 쇠못은 전혀 쓰지 않았다. 내부에 81개의 방이 있는 이곳의 가장 큰 매력은 왕이 살던 시절의 모습을 고스란히 간직하고 있다는 것이다. 현재 31개의 전시실을 볼 수 있는데, 왕의 삶을 엿보기에 부족함이 없다. 응접실, 침실, 서재, 욕실, 드레스룸에 궁녀들의 방까지. 그리고 그 방에서 쓰던 물건들까지 잘 보존되어 있다.

두싯에는 위만멕 궁전 이외에도 다양한 볼거리들이 있다. 단일건물로는 방콕에서 가장 크다는 아난다 사마크홈 궁전, 방콕에서 가장 아름다운 사원으로 꼽히는 대리석 사원, 주로 방콕 현지인들에게 인기있는 두싯 동물원, 갖가지 수공예품이 전시되어 있는 아비섹 두싯 궁전 박물관, 창 똔 왕실 코끼리 박물관, 왕실차량 박물관 등등.

그러니까, 결국 왕은 어디에 살고 있을까? 칫랄라다 궁전*Chitralada Palace*이다. 당연한 일이겠지만, 이곳은 삼엄한 경비로 일반인의 접근을 막고 있다.

단일건물로는 방콕에서 가장 크다는 아난다 사마크홈 궁전

5 · 왕이 내려준 도시의 배꼽 | 락 므앙 |

태국에서 왕은 도시의 '어머니'이기도 하다. 왕은 도시에 '배꼽'을 선사한다. 그것을 '락 므앙*Lak Muang*'이라고 한다. '도시의 기둥'이라는 뜻이다. 도시를 건설하기 위해 가장 먼저 하는 일이 상징적인 기둥을 세우는 것. 그 도시가 번영하고 평화롭기 위해 락 므앙은 꼭 필요하다.

방콕의 락 므앙은 두 개다. 첨탑 모양의 사원 안에 나란히 서 있다. 둘 중 높은 것은 약 4미터의 크기로 1782년 라마 1세가 세운 것. 그리고 또 하나는 라마 4세가 오래된 기둥을 대신하기 위해 세운 것이다. 도시마다 기둥의 모양은 다르다. 방콕의 락 므앙은 연꽃봉오리의 모양새를 하고 있다.

첫번째 기둥은 라마 1세가 방콕으로 수도를 옮긴 뒤에 세워진 것으로 알려져 있다.

방콕으로부터 거리를 표시하는 기준점이 바로 락 므앙이다. 하지만 그런 실질적인 역할보다 더 큰 역할을 맡고 있다. 태국인들은 기도를 하려고 끊임없이 이곳을 찾는다. 불공을 드리고 소원을 빈다. 외부에 마련된 불당에도 참배객들이 쉴새없이 모여든다.

락 므앙만 보는 것이 심심하다면, 락 므앙 입구의 작은 무대에서 벌어지는 무료 전통공연을 기다리자. '리께*Like*'라는 이름의 이 공연은 일종의 무용극인데, 코믹한 재미가 있다.

6 · 왕의 강 | 차오프라야 강 |

태국에서는 강도 왕을 위해 흐른다. 도시를 가로지르는 가장 큰 강인 차오프라야 강*Mae Nam Chaophraya*은 일명 메남 강이라고 불리기도 하는데,

519

방콕 한가운데에는 왕의 강이 흐른다.

그것은 단순히 태국어로 '강'을 가리키는 말이다. 정식명칭인 차오프라야는 장군, 또는 전하로 번역되기도 하지만 '왕의 강'을 의미한다.

차오프라야 강은 수상보트로 사람들을 실어보내는 대중교통수단으로도 분주하지만, 관광코스로도 톡톡히 제 몫을 한다. 왕궁 주변, 왓 라캉 등의 유적지와 로열 오키드 쉐라톤, 오리엔탈 방콕, 페닌슐라 방콕 등 특급호텔들도 볼 수 있다. 화려한 건물들 뿐 아니다. 수상시장과 일반 서민들이 사는 수상가옥을 보는 것도 강을 떠돌며 느낄 수 있는 재미다. 방콕의 다채로운 풍경들은 모두 강가를 중심으로 모여 있다.

차오프라야 강이 가장 아름다운 날은 매년 열한 번째 보름달이 뜨는 날이다. 태국의 한가위라 할 수 있는 '로이크라통 *Loy Krathong* 축제' 때문이다. 일명 '빛의 축제'인 이날을 보기 위해 몰려든 사람들로 차오프라야 강변의 호텔과 레스토랑은 수개월 전에 예약이 끝난다.

이날의 가장 핵심적인 행사는 '크라통'을 띄우는 것이다. 바나나 잎사귀로 두른 작은 판에 조그만 촛불과 향, 꽃들을 얹어 만든 일종의 꽃바구니다. 이 바구니에 그간에 지은 죄와 불운을 실어 물에 띄워보낸 뒤, 새해의 복을 기원하는 것이다. 요즘은 수질오염 문제가 대두되어 빵으로 크라통을 만든다고 한다. 빵으로 만든 크라통은 가라앉으면서 물고기들의 식사가 된다. 행운을 빌면서 다른 생명체에게 음식을 베풀게 된 것이다. 왠지 행운이 더 기껍게 다가올 듯하다.

7 • 왕이 행차하는 길 | 랏차담넌 |

'랏차담넌'은 '왕이 행차한다'는 의미다. 왕이 거주하던 두 개의 건물인 왕궁과 두싯 궁전을 연결하는 8차선 도로로, 건설 당시인 라마 5세 때는 가장 크고 넓은 도로였다고 한다. 길의 중앙분리대에는 국왕과 왕비의 사진이 길게 전시되어 있고, 왕의 생일이나 왕비의 생일 같은 왕실행사가 있을 때는 화려한 조명으로 꾸며진다. 말 그대로, 왕의 길이다.

왕이 행차하는 한가운데는 민주기념탑이 자리하고 있다.

랏차담넌을 지나가며 눈여겨 볼 만한 건축물로는 민주기념탑과 라마3세 공원이 있다. 민주기념탑은 1932년 6월 24일에 일어난 입헌 민주혁명을 기념하기 위해 세워진 기념탑인데, 그 과정에서 희생된 이들의 위령탑이기도 하다. 라마 3세 공원Rama 3 Prak은 이름 그대로 라마 3세를 기리는 공원이다. 18세기 후반부터 약 60년간, 재임기간 동안 사원을 건설하는 데 많은 노력을 기울인 그는 서자 출신이었던지라 그의 아들들이 왕위를 계승하지 못하고, 라마 2세의 아들이었던 라마 4세로 왕권은 돌아가게 된다.

전쟁과 투쟁으로 얼룩졌던 도시 호치민, 하지만 그곳에서는 사랑이 만개했다. 사랑의 흔적을 찾아 호치민을 만져본다. 발그레한 온기 가득한 그곳을.

1 • 사이공의 흰 옷이 아직도 나풀거리는 곳 | 전쟁유물박물관 |

『사이공의 흰옷』의 배경은 1960년대 베트남. 당시 호치민 시의 이름은 '사이공'이었다. 가난한 집안에서 태어난 홍은 성공해서 식구들을 부양하는 것을 꿈꾸며 시골에서 사이공으로 올라와 학교에 다니다가 현실의 고통에 눈뜨게 된다. 그녀는 결국 학생운동가로 거듭나 지독한 고문을 당하면서도 자신의 신념과 사랑을 지킨다.

이 소설이 많은 이들에게 감동을 주었던 이유는 실제 주인공을 모델로 하고 있다는 것과 작가 자신이 소설 속 주인공과 크게 다르지 않은 삶을 살았다는 점 때문일 것이다. 1921년에 태어난 작가 응웬 반봉은 꽝남다낭 항전문화단과 제5구 항전문화연단의 집행위원으로 1945년 8월 혁명에 참가하기도 하고 월북하여 토지개혁운동에도 참가하는 등 활발한 활동을 해왔다. 이 소설의 실제 모델은 응우웬 티 짜우. 그녀는 결국 해방 후 혁명동지였던 레 홍 뜨와 결혼했다. 소설 속의 애틋한 사랑이 실제로 이루어진 것이다. 응우웬 티 짜우가 갇혀 있던 쯔오하 감옥은 지금 역사박물관이 되어 있으며, 그녀가 고문당하던 당시의 참혹한 고문실은 전쟁유물박물관에 재현되어 있다.

"한 다발의 삐라와 신문 감추어진 가방을 메고/행운의 빛을 전하는 새처럼 잠든 사이공을 날아다닌다/ 복습은 끝나지도 않고 평안한 밤도 오지 않았다/내일도 수업시간엔 잠이 오겠지 그러나 간다 내일도 내일도// 죽음 너머 뇌옥의 깊은 암흑의 벽에 흰 옷의 시를 쓴다/방울방울 흐르는 선혈 속에 이 흰 옷 언제까지나" 『사이공의

전쟁유물박물관

호치민 뮤지엄
메콩 강
7
2

구 미국대사관
전쟁유물박물관
통일궁
타오 당 공원
벤탄 시장
노트르담 성당
구 주월한국군사령부

흰옷』을 보고 베트남의 시인 레 아인 수앙이 쓴 시 〈흰옷〉은 한때 우리나라에서 민중가요로 불리며 사랑받았다. 금서목록에도 올랐던 『사이공의 흰옷』은 현재 『하얀 아오자이』라는 이름으로 다시 번역되어 나와 있다.

2 · 연인들이 만난 곳 | 메콩 강 |

열다섯 살 반의 백인 소녀. 가난한 그녀는 어머니가 물려주신 낡은 원피스를 입고 두툼한 남자용 펠트모자를 쓰고 사덱^{sadec}에서 출발하여 메콩 강을 흘러 사이공으로 가는 통근용 페리에 오른다. 1929년 프랑스령 베트남에서의 일이다. 그곳에서 그녀는 검정 리무진을 탄 한 중국남자를 만난다. 그녀를 기숙사까지 데려다준 그 남자는 결국 그녀의 연인이 된다. 서른둘의 부자 중국인과 열다섯 살 반의 가난한 백인 소녀의 기묘한 연애 이야기, 『연인^{L'amant}』. 1914년 베트남에서 태어나 베트남 곳곳을 떠돌며 살았던 작가 마르그리트 뒤라스^{Marguerite Duras}의 이 작품은 공쿠르상

영화 〈연인〉의 포스터

을 수상했으며, 이후 장 자크 아노 감독에 의해 영화화되기도 했다. 제인 마치와 양가휘가 연기했던 이들 연인의 모습은 프랑스에서는 좋은 평가를 받지 못했지만, 많은 이들에게 메콩 강과 사이공의 매력을 알리는 역할을 했다. 현재 그들이 만났던 메콩 강의 그 코스 위로 '라망^{L'amant}', 즉 '연인'이라는 이름의 크루즈가 운행하고 있다.

 젊은 베트남 연인들의 현재를 볼 수 있는 곳 | 타오 당 공원 |

프랑스가 지배하던 시절의 흔적은 호치민 내에 역력하게 남아 있다. 그중
에서도 크고 작은 규모의 공원들은 현재 베트남인들의 삶에도 많은 영향
을 미친다. 사람들은 공원에 모여 배드민턴을 치고 소일하며 더운 땀을
나무그늘에서 식힌다. 한창 더운 날씨를 피해 움직이는 베트남 사람들은
이른 새벽의 공원을 유용하게 이용한다.

타오 당 공원 *Tao Dan Park* 은 그중에서도 연인들에게 사랑받는 곳이다. 조
경이 잘 되어 있어 데이트 코스로 각광받는다. 저녁에는 공연이 펼쳐지
기도 하며, 설 즈음에는 봄꽃 페스티벌이 열리는 등 꽃구경도 볼만하다.
〈어메이징 레이스〉 베트남 편에 배경으로 등장하기도 했다.

이곳의 데이트 풍속도는 이색적이다. 보통 서양의 젊은이들이 차에서
데이트를 하듯이 그들은 모터사이클 위에 앉아 데이트를 한다. 차 안과는
달리 공개된 자리인데도, 그들은 애정표현에 거리낌이 없다. 한 여행자
는 그들을 "마치 부모님이 없을 때 거실 소파에서 하는 것처럼 행동하고
있다."고 말하기도 한다. 그들을 눈여겨보는 것은 여행자들 뿐이다. 현지
의 사람들은 그들의 그런 애정행각을 모른척하고 지나간다. 이러한 문화
의 한편에는 애정표현에 거리낌 없는 프랑스 문화의 영향이 남아 있다고
분석하는 의견도 있다.

4 · **〈미스 사이공〉의 피와 눈물이 서려 있는 곳** | 구 미국 대사관 |

열일곱 살 고아소녀 킴은 술집 '드림랜드'의 '아가씨'다. 그녀는 전쟁의
의미를 찾지 못해 방황하던 미군 크리스를 만나 전쟁 중 절박한 사랑을
꽃피운다. 그러나 사이공이 함락되던 날, 미군이 급박하게 철수하는 바
람에 둘은 헤어지고 만다. 킴의 손에는 그가 남기고 간 권총이 남아 있을

미군이 전쟁에서 진 뒤 베트남에서 탈출한 사람들은 세계 곳곳에 '리틀 사이공'을 만들었다.

뿐이다.

이 슬픈 이야기는 푸치니의 오페라 〈나비부인〉을 각색한 것이기는 하지만, 실제 모델이 있다. 1985년 한 잡지에 공항에서 이별하는 베트남 여인과 혼혈 소녀를 찍은 한 장의 사진이 실린다. 미군 파일럿과 사랑에 빠졌던 이 베트남 여인은 그와의 사이에 딸이 하나 있었지만 전쟁의 혼란 틈에 헤어지고 만다. 갖은 노력 끝에 다시 만나게 되지만, 이미 남자는 결혼한 몸. 결국 아이의 비자만이 허가가 났고, 공항에서 엄마와 딸은 가슴 찢어지는 이별을 해야만 했다. 작곡가 클로드 미셸 숑베르와 작사가 알랭 부브릴은 이 사진을 보고 감동하여 〈나비부인〉에 이 사연을 담았다. 그것이 〈미스 사이공〉이다.

뮤지컬 〈미스 사이공〉의 헬리콥터 탈출 장면은 유명하다. "실제 헬기가 나온다"는 소문이 돌 만큼 실감나게 재현된 무대는 '잦은 바람frequent wind'이라는 작전명으로 수행된 대규모 철수작전의 아수라장을 관객들에게 고스란히 보여준다. 1975년 4월 30일 새벽 4시경 이루어진 이 철수작전은 미국에 협조했던 베트남 사람들의 죽음을 의미하는 것이기도 했다. 그들은 어떻게든 헬기에 오르려 했으나 저지당했고, 이래 죽으나 저래 죽으나 마찬가지인 베트남인들의 필사적인 노력에 미군은 M16과 폭력과 최루탄으로 화답했다. 헬기들은 근처의 바다에 떠 있는 항공모함으로 사람들을 실어나른 뒤, 전부 바다에 수장되었다.

당시 헬기가 뜨던 미국대사관은 폭파되어 사라졌고, 그 자리에는 1999년 미국 영사관이 들어섰다. 현재 실내에 일반인은 들어갈 수 없다. 당시

528

의 헬리콥터 모형은 통일궁에서 볼 수 있다.

5 • 웨딩 사진 장소로 사랑받는 곳 | 노트르담 성당 |

호치민에서 가장 큰 성당인 노트르담 성당 *Notre Dame Cathedral* 이 지어지기 시작한 것은 프랑스 식민 지배하였다. 1877년부터 1883년까지 지어진 이 성당은 외부는 전형적인 네오-로마네스크 양식을, 내부는 고딕양식을 보여준다. 호치민 시의 프랑스 건물 중 가장 아름다운 건물로 손꼽히는 이 성당이 이국적인 모습인

노트르담 성당은 그 아름다움으로 유명하다.

것은 물론 건축양식 때문이지만, 지을 당시 모든 자재를 프랑스에서 들여왔던 것도 한몫했을 것이다.

붉은 벽돌로 정교하게 쌓아올린 이 성당의 정면에는 성모마리아 상이 자리잡고 있다. 두 개의 첨탑은 높이가 40M이다. 최근 몇 차례 눈물을 흘린 것으로 유명한 이 성모마리아상에는 "REGINA PACIS ORA PRO NOBIS"이라는 문구가 새겨져 있다. "평화의 모후여, 우리를 위하여 비소서"라는 의미다.

수많은 관광객과 신도들이 이 성당 앞에서 사진찍기를 좋아하지만, 그 중에서도 눈길을 끄는 것은 결혼을 갓 마친 커플들이다. 이곳은 결혼사진을 찍는 장소로 사랑받고 있다.

6 • 〈님은 먼곳에〉를 써니가 노래한 곳 | 구 주월한국군사령부 |

순이의 남편 상길은 군대에 있다. 둘 사이의 거리는 단지 물리적인 거리

영화 〈님은 먼곳에〉의 주인공 써니

만은 아니다. 애인이 따로 있는 상길은 순이를 데면데면하게 대하고, 결국 그녀에게 한마디 말도 없이 베트남전에 자원해 떠나버린다. 떠밀리듯 사랑하지도 않는 남편을 찾아 베트남으로 떠나기로 결심한 순이는 무작정 위문공연단의 보컬로 합류하여 '써니'라는 새 이름을 가지고 사이공으로 향한다. 수많은 난관을 거쳐 남편을 찾아가는 순이. 그 과정에서 순이는 철없는 시골처녀의 껍질을 벗고 성장하게 된다. 〈님은 먼곳에〉라는 영화의 제목은 주인공 순이가 '써니'의 이름으로 부른 노래 제목이기도 하다.

1970년대의 사이공, 미군들과 전쟁통에 주인없이 흘러다니는 돈을 벌기 위해 모여든 사람들이 북적거리는 당시의 대표적인 환락가를 재현하기 위해 선택된 곳은 태국의 한 마을 '타무앙'이다. 이곳에 약 6만 평방미터에 달하는 거대한 오픈세트를 만들고, 온갖 조명과 간판으로 현란한 분위기를 만들었다.

월남전 당시 베트남을 방문했던 위문공연단이 주로 공연을 했던 곳은 주월한국군사령부였다. 사이공 중심가에서 차이나타운방향으로 가는 길에 자리잡고 있는 이곳에서 위문공연단은 때로는 위험에 노출되면서, 때로는 젊다 못해 풋풋한 병사들의 열광에 감동하면서 공연을 했다. 현미, 김세레나, 패티김 등 당대 최고의 가수들의 경험담이 영화 속 순이의 공연 속에 녹아 있다.

7 · 호아저씨에 대한 베트남인들의 사랑 | 호치민 뮤지엄 |

한 도시의 이름을 그에게 바치는 것만큼 큰 사랑의 표현이 있을까. '사이

공' 이라는 이름을 가지고 있던 이 아름다운 도시
는 혁명가 호치민에게 헌정되었다. '호 아저씨'
라는 애칭으로 불렸던 호치민의 본명은 응우엔
탓 단. 호치민은 "성공할 사람"이라는 의미의 이
이름을 버리고 1942년부터 호치민, 즉 "깨우치
는 자"라는 이름을 썼다. 현재 호치민 뮤지엄 앞
길의 이름이 바로 '응우엔 탓 단 거리'이다.

베트남이 사랑한 혁명가 호치민

　1975년 베트남이 통일되자 베트남 통일정부
는 호치민의 이름을 따서 이 도시의 이름을 '호치민' 으로 명명했다. 호치
민시 곳곳에서 동상과 기념관 등 호치민의 흔적을 찾아볼 수 있는데, 그
중에서도 호치민 박물관이 자리잡은 곳은 의미가 깊다. 1911년, 당시 스
물한 살이던 호치민은 호치민 박물관 옆의 사이공 강 부두에서 프랑스 화
물선 '아미랄 라투셰-트레빌 호' 의 주방보조로 취직해 프랑스 마르세유
로 떠났다. 이후 무려 30년간 타국을 돌며 혁명을 도모해, 명실상부한 통
일 베트남을 이룩했던 것이다.

　이곳에는 호치민이 살아있을 적 사용하던 안경, 지팡이, 타자기 등의
유물이 2,000여 점 가량 전시되어 있어, 살아 있을 당시의 이 혁명가의
체취를 가까이서 느낄 수 있다.

NAME
M이 수집한 도시 목록

NAME
P가 수집한 도시 목록

도시수집가

1판 1쇄 찍음 2012년 4월 20일
1판 1쇄 펴냄 2012년 4월 25일

지은이 박사 · 이명석

주간 김현숙
편집 변효현, 김주희
디자인 이현정, 전미혜
영업 백국현, 도진호
관리 김옥연

펴낸곳 궁리출판
펴낸이 이갑수

등록 1999. 3. 29. 제300-2004-162호
주소 110-043 서울시 종로구 통인동 31-4 우남빌딩 2층
전화 02-734-6591~3
팩스 02-734-6554
E-mail kungree@kungree.com
홈페이지 www.kungree.com
트위터 @kungreepress

ⓒ 박사 · 이명석, 2012. Printed in Seoul, Korea.

ISBN 978-89-5820-235-6 03810

값 18,000원

• 이 책은 네이버 캐스트 '한 장의 그림지도'에 연재된 글과 지도를 중심으로 만들었습니다.
• 본문 사진들 중 저작권자의 허락을 미처 받지 못한 사진들은 저작권자가 확인되는 대로 게재 허락을 받고 사용료를 지불하도록 하겠습니다.